www.bbulmedia.com

www.bbulmedia.com

지금이
아니라면

지금이 아니라면

초판 1쇄 찍음 2014년 7월 15일
초판 1쇄 펴냄 2014년 7월 21일

지은이 | 차 크
펴낸이 | 정 필
펴낸곳 | 도서출판 **뿔미디어**

편집장 | 이재권
기획 · 편집 | 정시연, 주종숙

출판등록 | 2002년 9월 11일 (제1081-1-132호)
주소 | 경기도 부천시 원미구 상동로 117번길 49(상동) 503호
전화 | 032)651-6513 / 팩스 | 032)651-6094
E-mail | dahyangs@naver.com
블로그 | http://blog.naver.com/dahyangs
홈페이지 | http://bbulmedia.com

값 9,000원

ISBN 979-11-315-2784-9 03810

차크 장편 소설

DAHYANG ROMANCE STORY

'지금이 아니라면

Contents

프롤로그

　

"오빠, 이거요."

남자의 집 앞 가로등 불빛 아래였다. 하얀 운동화에 고등학교 교복을 예쁘게 입은 여자아이의 입에선 하얀 입김이 나왔지만 그쯤은 문제가 아니라는 듯 수줍어하면서도 조심스럽게 남자에게 조그만 상자를 내밀었다. 손재주가 좋은 같은 반 친구에게 포장까지 부탁한 선물이었다. 그러나 처음부터 끝까지 남잔 무덤덤한 표정으로 여자아이를 바라보고만 있었다.

"아직도 학생이냐?"

희미한 담배 냄새가 느껴진다.

몰랐는데 담배도 피우나 보다. 담배는 건강에 안 좋은데…….

"……네."

의외의 질문에 당황한 아이가 늦은 대답을 하자, 남자의 표정이 잠시 흔들렸지만, 이내 그것은 사라지고 의미를 알 수 없는 웃음을 지을 뿐이었다.

정우는 남자의 낮은 웃음소리에 고개를 들었다. 불빛 아래 표정이 잘 보이진 않았지만 그리 나빠 보이진 않았다. 그리고 그의 눈빛은 분명 그녀에게 향해 있었다. 그래서 한 번 더 용기를 내기로 했다.

"오빠, 저 오빠 좋아해요."

긴장한 듯 입술을 적신 그녀가 그를 똑바로 바라보았다. 남잔 물끄러미 정우를 바라보았다. 잠시 그녈 향해 뻗었던 손은 그저 자신의 팔에 찬 손목시계로 시간을 확인하려 했다는 듯 무심하게 내려졌다.

"공부 열심히 해라. 늦게 다니지 말고."

9시. 그리 늦은 시간도 아니었다. 그녀가 버릇처럼 미간을 모으고 입술에 힘을 주었다.

좋아한다는 그녀의 고백을 듣기는 한 걸까. 말 안 듣는 학생을 타이르는 선생님 같은 말투로 그는 그녀에게 말했다. 그 말투에는 이제 가 보라는 뜻도 포함되어 있었다.

"가라."

"……태완 오빠."

자동차 경적이 울리자, 정우의 목소리가 다급해졌다.

"태완 씨, 뭐 해?"

저쪽 주차된 차 안에서 유리창이 내려지고 한 여자가 그를 불렀다.

정우의 목소리, 그리고 그 여자의 목소리가 동시에 나온 것 같았지만, 그의 시선은 이미 그녀의 반대편, 정확히는 여자에게로 향하고 있었다.

그의 시선을 느낀 것인지 여자가 천천히 차에서 내렸다. 두꺼운 패딩점퍼를 입었지만 그 아래로 드러난 늘씬한 다리와 그에 어울리는 검은색 부츠, 그리고 진한 화장, 자신이 보기에도 TV에서 보던 연예인처럼 예뻤다.

게다가 그녀는 어른이었다. 그녀가 가장 신경 쓰는 그것, 그 여자는 완벽한 어른이었고, 그녀로선 흉내조차 낼 수 없는 성숙미를 풍겼다. 교복을 입은 자신과는 달랐다. 정우의 얼굴에서 설핏 부러움이 스쳤다.

며칠 전 태완의 집에 심부름을 갔을 때, 누군가 그랬던 것 같다. 이미 오래전 독립을 해서 혼자 살고 있는 그였기에 소식을 듣는 게 쉽지 않았는데, 태완의 생일 즈음이었기에 그의 모친 황 여사가 전화를 한 모양이었다. 그런데 그는 친구들끼리 여행을 간다고 했고 황 여사 역시 서운해하는 기색 없이 담담히 전화를 끊었었다.

얼핏 보니 뒷자리에 여자 한 명이 더 있었고, 그리고 운전석에 앉은 남자 역시 그를 기다리고 있었다. 어쩌면 그들은 그녀가 내미는 초콜릿 상자를, 떨리는 손길을, 아니 이 모습 전부를 처음부터 모두 보고 있었을지도 모르겠다. 그래도 오늘은 말하고 싶었다. 언제나 어디론가 떠날 준비를 하는 것처럼 아슬아슬해 보이는 그이기에 오늘이 아니면 기회가 없을 것 같았다.

"진짜로 좋아해요. 나."

태완의 시선이 잠시 그녀에게 머물렀다. 그리고 그에게서 낮은 한숨이 새어 나왔다. 심장이 일렁거렸다.

"우유 마시고 가서 자라."

"……오."

그는 더 이상 들을 것도 없다는 표정으로 그렇게 말하고 돌아섰다. 그녀의 손에 어제 밤새 만든 초콜릿 상자가 그대로 들려 있었다. 긴장으로 떨렸던 손길이 이제는 그 목적을 잃고 허공에서 멈추었다. 시린 바람이 불어왔다. 하늘에선 새하얀 꽃잎 같은 눈이 흩날리기 시작했다.

태완이 탄 커다란 SUV가 요란스레 떠난 후에도 그녀는 그 자리에서 움직이지 못했다. 눈물이 쏟아질 것 같아 입을 꼭 다물고 고개를 숙였다. 아무리 참아도 깨끗하게 빨아 신고 나온 하얀 운동화가 흐릿해졌다. 그녀가 상자를 쥔 손에 힘을 주었다. 그가 머물렀던 자리가 내린 눈 아래로 사라져 버렸다.

쇼윈도 앞에 우두커니 멈춰 서 있던 정우가 정신을 차린 듯 움직이기 시작했다. 예쁘게 장식된 초콜릿들을 보자 예전 기억이 떠올랐나 보다. 오 년쯤 전이었나. 어린 날의 추억이라고 웃고 넘기기엔, 조금 아프고 쓰리던 그날이 떠오른 정우는 크게 한숨을 내쉬었다.

그녀는 담담하게 표정을 지우고, 밸런타인데이 이벤트를 한다며 화려하게 꾸며진 호텔 안으로 들어갔다. 처음 온 곳은 아니다. 항상 이곳에서 있던 가족 행사에 참석했고, 친구들과 대학 졸업 전, 공부와 취업 준비에 찌들었던 4학년의 마지막 크리스마스만은 미친 듯 화려하게 즐기자며 바에 와 어울리지도 않던 칵테일을 마시기도 했다. 그러나 이렇게 혼자 온 것은 처음이었다.

띠링.

-당당하게 잘 하고 와. 괜히 고개 숙이지 말고.

그녀의 마음을 읽은 것처럼 보내 온 엄마의 문자에 정우가 입술에 힘을 꼭 주었다. 아직도 어린애인 줄만 안다. 그러면서도 그녀의 얼굴엔 미소가 머물렀다.

종업원은 그사이 그녀를 룸으로 안내했다. 노크를 하려는 그를 저지하며 고개를 저었다.

"괜찮아요. 혼자 들어갈게요."

미소 짓는 그녀의 말에 잠시 멈칫한 그는 금세 예의 바른 표정으로 살짝 고개를 숙이고는 돌아섰다. 잠시 문 앞에 서서 자신의 옷차림을 살핀 정우가 손을 들었다.

똑똑.

"네."

안쪽에서 들려오는 낮은 목소리에 그녀가 다시 한 번 숨을 몰아쉬었다. 그리고 천천히 문을 열었다.

예상대로 그 안에는 누군가 있었다.

그였다.

태완 오빠.

작년 그의 할아버지 생신 때 봤으니 일 년 만인가.

서류를 보며 무언가에 열중해 있던 그가 문소리에 고개를 들었다. 그리고 날카로운 눈빛과 마주했다. 이미 그가 있을 것을 예상했지만, 아무것도 몰랐던 사람처럼 심장이 툭 떨어지는 기분이었다. 그러나 정우는 내색하지 않았다. 그런 사소한 감정까지 내보이는 어린애는 아니니까.

그러나 정우와 달리 그녀와 마주친 태완의 눈빛은 잠시 흔들렸다. 더 정확히 말해 귀찮은 기색에 가까웠다.

"안녕하세요, 오빠."

예의 바르게 인사를 한 정우에 비해 그는 일어나지 않고 세웠던 몸을 의자 등받이에 더 깊이 묻고는 그녀가 하는 양을 무심하게 바

11

라보았다. 여전히 그는 친절하지 않다. 정우는 그의 맞은편에 앉으며 쇼핑백을 옆에 놓인 의자에 내려놓았다.

밸런타인데이 즈음 그의 생일이었다. 2월 15일. 굳이 어딘가에 표시해 두지 않아도 그때가 되면 어김없이 그가 떠올랐다. 그래서 결국 준비했다. 그가 즐겨 입는다는 브랜드의 실크넥타이였다. 그녀의 한 달 용돈이 넘는 금액의 그것을 사면서도 비싸다는 생각조차 하지 못했던, 그에게 어울릴 것 같아 마음에 쏙 들던 푸른빛의 넥타이였다.

너무 평범한 선물이 아닐까 생각하기도 했지만, 그와 잘 어울릴 것이라는 생각에 단번에 고른 것이었다. 손재주가 없어 선물포장을 따로 부탁하면서도 얼굴에 웃음이 떠나질 않았었다. 그리고 그것이 지금 그녀의 옆에 가지런히 놓여 있었다.

그때, 노크 소리가 들렸다.

조금 전 그녀를 안내했던 종업원이다. 한 번 봐서인가, 낯설지 않은 느낌에 정우가 미소를 지었다.

"커피 주세요."

그녀의 주문에 종업원 역시 같은 느낌이었는지 미소를 지으며 돌아섰다. 태완의 한쪽 눈썹이 올라갔다. 마음에 들지 않는 상황에서 나오는 그의 표정이라는 걸 정우는 안다.

"난 이 상황 이해가 안 되는데."

태완의 말에 그녀가 이해한다는 듯 고개를 끄덕였다. 그는 시간을 확인하듯 자신의 손목시계를 만지작거렸다.

"할아버지께 말씀 못 들으셨나 봐요."

"그럼 너는?"

무심했지만 날카로운 눈빛이었다.

"알고 있었어요."

그녀의 목소리가 작아졌다. 태완은 의미를 알 수 없는 눈빛으로 정우를 바라보았다.

그의 입장에선 난감한 상황일 수도 있겠다. 할아버지의 고집으로 억지로 나온 오늘의 만남이 선이란 건 알았겠지만 그 상대가 자신일 줄은 몰랐을 것이다. 그래서 그녀는 조용히 그의 다음 말을 기다렸다.

"거절할 걸 그랬나 보다. 아니, 네가 거절했더라면 더 좋았을 텐데. 너에게도 귀찮은 일이잖아."

그의 말투에선 정우가 귀찮은 일을 만들었다는 뜻이 포함되어 있었다.

"……."

"차 마시고 일어나자."

그녀가 차분히 커피를 마시자, 침묵이 이어졌다. 그는 다시 조금 전의 표정으로 서류를 보고 있었고, 그녀는 그런 그를 바라보았다. 페이지가 넘어가지 않는 것을 보며 심각한 부분인가 싶었다. 시선을 느낀 것인지 그가 다시 고개를 들었다.

"공부는 잘 하고 있고?"

서른두 살의 그의 눈에 정우는 어린아이일 뿐인가 보다.

"저 스물셋이에요. 그리고 며칠 후에 학교 졸업해요."

"그래."

태완은 별로 궁금하지 않은 표정으로 고개를 끄덕였다.

"그래서, 이 선 보겠다고 했어요."

그녀가 결심한 듯 입술을 꼭 다물고 시선을 마주했다.

"어?"

차를 마시던 그가 고개를 들었다. 눈이 마주쳤다.

"저 오빠 좋아해요."

피식.

오 년 전 어느 날의 그 표정으로 태완은 물끄러미 그녀를 바라보았다. 긴장을 감추려 정우는 커피 한 모금을 마셨다.

'쓰다.'

쓴 커피에 미간을 모으자 자신의 표정을 읽은 것인지 태완의 눈썹이 흥미롭게 올라갔다.

"아직 커피보다 주스가 어울릴 것 같은데. 아니, 우유인가."

이제 그는 굳이 자신의 표정을 숨기려 하지 않았다.

그는 그녀에게 보여 주듯 다시 한 번 시간을 확인했다.

"아직 삼십 분이 남았구나. 모임까지는."

그녀가 고개를 끄덕였다. 오늘은 그의 가족과 정우 가족이 모여 식사를 하는 날이었다. 그의 할아버지와 그녀의 할아버지의 생신엔 언제나 함께 식사를 했고, 이건 꽤나 오래된 약속이라고 했다. 그래서 할아버지는 가족모임 전에 이런 자리를 마련한 것 같다.

"이거요."

그녀가 커다란 테이블 위에 준비한 선물을 내밀었다.

역시 정성스러운 포장이 마음에 들었다. 손재주가 좋아 직접 했다면 더 의미가 있었겠지만, 이제 와 그것을 탓할 순 없으니까.

"생일 축하해요, 오빠."

그녀가 그를 바라보았다. 조금은 기대에 찬 눈빛이었고, 아마도 그는 그것을 읽었을 것이다. 그녀의 눈빛이 고스란히 그에게 보였을 테니까.

그의 시선이 잠시 테이블에 머물렀다 다시 그녀를 향했다. 침묵이 길어지는 만큼 그녀의 기대도 커졌다. 그리고 그가 입을 열었다.

"너에게 다른 선택의 여지가 주어졌을지 궁금해."

혼잣말처럼 의미를 알 수 없게 말을 잇던 그가 작게 한숨을 내쉬었다. 그리고는 냉정하게 시선을 돌렸다.

"나보다 네가 거절했다고 하는 편이 낫겠지."

"……오빠."

"마시고 일어나라. 조금 있다 보자."

그의 말투는 차분했다.

"전 거절 안 할 거예요."

울면 안 되는데 목소리가 가늘게 떨린다. 거절도 각오한 것이라고, 당연히 태완은 거절할 것이라는 것도 어느 정도 예상했었다. 그래서 엄마와 할머니가 더 걱정을 하신 것도 알고 있었다. 그럼에도 막상 눈앞에 그에게 직접 듣는 거절은 감당하기 어려웠다. 그의 말대로 우유가 어울리는 나이라서 그런가.

일어서던 태완이 잠시 흔들리는 눈빛의 정우를 바라보았다. 그의 표정이 잠시 복잡해졌다.

"난 귀찮은 일도 싫고, 어린애도 싫다. 그리고 아직 넌 선택할 시간이 많아."

차분했지만 그 말을 내뱉는 그의 눈빛이 서늘하다.

그러나 정우는 예전처럼 시선을 피하지 않았다. 눈이 마주치고, 한참의 침묵이 흘렀다.

"먼저 간다."

발걸음 소리가 들렸다. 그리고 문이 열리는 소리와 신경질적으로 닫히는 소리도 들렸다.

또다시 조용해졌다.

정우의 시선이 그가 사라진 문에 머물렀다.

태완을 만난 것은 그녀가 중학교에 다닐 때였다. 아니, 더 어렸을 때였겠지만 그때부터의 태완을 기억한다. 그리고 기억하는 그 순간부터 마음에 담았던 것 같다.

그녀의 외조부, 오 박사와 태완의 조부, 최 회장은 이북에서 함께 내려와 고생 역시 함께한 친구 사이이자 한때는 동업자였다고 했다. 보통 친구끼리 잠시라도 동업을 하면 사이가 나빠지기 마련이라는데 두 분은 갈수록 더 돈독해져서, 나중에는 사돈을 맺자고 약속한 사이라고도 했다. 물론 지금은 오 박사는 사업에서 손을 떼고 하고 싶던 공부를 시작해 교단에 머물다 퇴직을 하셨고, 최 회장은 여전히 일선에서 활발하게 활동 중이셨다.

그러나 자식들 대에서 사돈을 맺지 못한 것이 못내 아쉬웠는지 이번엔 손자, 손녀를 꼭 결혼시키자고 또 약속을 하셨단다. 그리고 그 대상은 최 회장의 둘째 손자인 태완과 오 박사의 막내 손녀 정우였다.

누구에겐 그것이 가볍게 웃을 수 있는 농담이겠지만, 어릴 때부터 그 소리를 듣고 자라 온 정우에게는 좀 달랐다. 최 회장이 그녀를 볼 때마다 손자며느리감이라며 기특하다는 표정으로 웃으셨던 것 때문이었는지도 모르겠다. 어릴 적 태완의 부친, 최 사장이 그녀에게 아저씨 대신 아버님이라 부르라며 친근하게 농담을 해서인지도 모른다. 그에게 자꾸만 눈길이 갔다.

초등학생이었던, 중학생이었던 그녀에게 여덟 살 차이의 태완은 언제나 어른이었다. 한동안 한 동네에 살았기에 그에게 정우 역시 이웃집 꼬마일 뿐이었을 것이다. 유학을 다녀왔고, 이른 독립으로 인해 그를 볼 수 있는 건 일 년에 두어 번뿐이었다.

그래도 좋았다. 무슨 이름이 붙은 날마다 초콜릿과 사탕을 선물하기도 했다. 그때마다 태완의 반응은 거의 비슷했다. 좋아하지도, 그렇다고 싫어하지도 않는 그런 무덤덤한 표정, 아마도 조부의 죽마고우이자 동업자, 게다가 부친의 은사이기도 했던 오 박사와의 관계와 여러 가지 주위 상황으로 인해 싫은 내색을 할 수 없었을 것이다. 그래서였겠지.

고등학교 때 그녀에겐 고백이었고, 그에겐 농담일 뿐이었을 그 상황에서 피식 웃어 버리고 말았던 그 후에도, 그도 그녀도 아무렇지 않게 지냈었다.

가족들 사이에선 어떤 감정도 드러낼 수 없으니, 다른 방법이 없었다.

그 가로등 아래서 꾹 참았던 눈물을 친구 앞에서 터트렸다. 그때 친구들은 그랬다. 학교 수학선생님을 좋아하던 것처럼 한때의 감정일 것이라고, 시간이 흐르면 괜찮아질 거라고 그녀를 위로했다. 대학에 가고 더 멋진 대학동기를 보면 생각이 달라질 거라고도 했다. 그녀 역시 그럴 줄 알았다.

그러나 이상하게 변하지 않았다. 정우가 대학에 입학한 후에도 일 년에 두 번, 가족모임에서만 그를 보았지만 그래도 두근거리는 마음에, 그를 향하는 시선에 어찌할 바를 몰랐다.

그냥 좋았다. 무심한 것도, 그녀에게 관심이 없다는 것도 다 아는데 그래도 좋았다.

그리고 대학을 졸업하고 유학을 준비하는 정우에게 그녀의 외조부, 오 박사는 태완과의 선을 제안했다. 막내 손녀를 달랑 혼자 미국으로 유학 보내기도 마음이 놓이지 않았을 것이고, 손녀사위로서 태완도 꽤나 마음에 들었을 것이다. 오 박사는 유난히 태완을 좋아했다.

아직 어린 애한테 선이냐며 펄쩍 뛰는 엄마를 보며, 할아버지 때문에 마지못해 고개를 끄덕이는 것처럼 미소를 지었지만 속으로는 많이 설레었다. 친구들은 여덟 살 차이 나는 사람과의 선은 미친 거라며 나가지 말라고 말렸지만, 그녀는 고집스레 며칠 동안 그 선을 위해 피부 관리를 받고, 운동을 했다. 어른이 된 그녀를, 여자가 된 자신을 보여 주고 싶었다. 그의 텅 빈 시선이 자신을 향하기를 바랐다.

태완을 마음에 담고, 그를 보기 위해 할아버지의 심부름도 다니고, 모임에도 빠지지 않았으며, 얼마 후엔 태완이 간다는 미국으로 유학을 준비하던 손녀의 마음을 어쩌면 오 박사는 알고 있었을지도 모른다.

스치듯 기억이 꼬리를 물고 그녀를 어둠 속으로 가라앉게 만들었다. 눈을 감은 채 정우가 쓴웃음을 지었다. 눈을 뜨면 현실과 마주해야 하는 상황에 눈을 뜨고 싶지 않았다.

잠시 후 조용한 룸 안에 노크 소리가 울려 퍼졌다. 혹시나 싶어 그녀가 번쩍 고개를 들었다.

그러나 문이 열리고 들어온 것은 종업원이었다. 그가 든 쟁반에는 김이 나는 머그컵이 올려져 있었다. 우유였다.

"다 드시고 일어나시랍니다."

넌 어린애라는 이야길 하고 싶은 건가. 이걸로 두 번째 완벽한 거절을 한 거야?

물끄러미 그 머그컵을 바라보던 정우가 입술을 깨물었다.

이제 이런 식이 아니라도 충분히 알아들을 수 있는 나이라고.

"저……."

종업원 역시 조심스럽게 이야기는 하고 있지만 많이 난처한 표정이었다.

어젯밤 팩을 하고, 아침 일찍 엄마의 단골인 청담동 지니 샘이 꾸며 준 머리를 하고, 어른스럽게 보이기 위해 새언니가 권해 주는 선보는 의상의 정석이라는 아이보리색 원피스 대신 블랙 미니 원피스를 입고 힐까지 신은 그녀였다.

"네, 마시고 일어날게요."

정우가 담담히 웃으며 고개를 끄덕이자 종업원은 눈에 띄게 환해진 표정으로 룸을 나갔다.

그녀는 가방에서 노랑 고무줄을 꺼내 예쁘게 컬이 진 머리를 손가락으로 거칠게 모아 묶어 버렸다.

오기로라도 다 마시고 일어난다. 머그잔을 드는데 눈물이 툭 떨어진다. 슬프진 않은데, 그냥 자존심이 상하고, 변하지 않는 이 상황이 원망스러울 뿐인데, 그 단순한 감정들 때문에 눈물이 흐른다.

결국 우유를 마시지 못한 정우가 천천히 일어섰다.

오늘은 우유 대신 술이 필요하겠다. 그녀는 어른이니까.

결국 그 호텔에서 있는 가족모임에 가장 늦게 참석한 것은 정우였다.

오늘은 태완의 조부, 최공만 회장의 생신이었다. 그런데 진짜 생신은 아니라고. 회사의 창립기념일이 당신의 생일이고, 당신이 가장 축하하고 축하받을 날이라며 최 회장은 언제나 그즈음에 축하파티를 열었다.

여름 언저리에 있다는 진짜 생신엔 미역국조차 끓이지 못하게 하신다는 이야기를 엄마에게 언뜻 들었다. 가족 모두를 남기고 혼자 살겠다고 온 자신에게 생일이란 없다는 것이 최 회장의 뜻이라고 했다. 그리고 그에게 가장 중요한 것은 자신의 꿈을 이루도록 만들어 준 회사라고.

그것을 비꼬는 사람들도 있었지만, 그녀는 최 회장의 책임감이 존경스러웠다. 그 책임감 때문에 회사가 하루가 다르게 발전하고 있으니까.

어쨌든 그 모임에 참석하기 위해 최대한 담담하게 문을 연 그녀를 향해 가족들의 시선이 모였다. 정확히는 그의 가족과, 그녀의 가족.

태완은 이미 담담히 자리를 지키고 있었다.

"우리 정우 왔구나."

묘하게 이북사투리가 섞인 최 회장의 반김에 정우가 예의 바르게 고개를 숙였다.

"안녕하셨어요?"

"그래. 이제 처녀가 다 되었구나. 허허허."

매섭기만 하던 최 회장의 눈빛이 온화하게 변했다. 정우가 미소를 지었다.

"엄마를 꼭 닮아 더 예뻐졌네. 그렇지? 태완아."

태완의 모친 황 여사가 태완에게 동의를 구하는 듯 그를 바라보았지만, 그는 별다른 반응을 보이지 않았다. 난감한 듯 황 여사가 커다란 반지를 낀 손으로 입을 가리며 어색하게 웃으며 태완과 나이 차이가 많이 나는 막냇동생인 효준에게 시선을 돌렸다.

"이것도 좀 먹어 봐. 너 전복죽 좋아하잖아."

"네 엄마."

그녀는 다정스럽게 효준을 챙기기 시작했다.

"왔니?"

"응."

정우의 모친, 연실이 걱정스러운 표정으로 그녀의 손을 잡아끌어 자신의 옆자리에 앉혔다.

모두들 알고 있을 것이다. 그의 표정을 보고, 그리고 나중에 들어서는 그녀의 표정을 보고.

"어서 먹어."

엄마 옆에 앉자마자 그녀에게 접시를 내밀었다. 안타까워하는 할머니의 시선도 그녀를 향하고 있었다. 그래서 더 씩씩하려고 했다.

그런데 그녀가 좋아하는 초밥과 생선구이도 오늘따라 내키지 않았다. 어떻게 할까. 괜찮다는 것을 보여 주고 싶은 자존심도 있었고, 또 자신 때문에 즐거운 분위기를 망치고 싶지도 않았다. 자신의 감정이 몇 십 년간 이어 온 우정에 방해가 되면 안 되니까. 그래서 무거운 발걸음으로 참석하긴 했지만 금세 후회가 되었다.

차라리 감정을 드러내는 것이 나았는지도 모르겠다. 걱정스러운 시선과 애써 내색치 않으려는 분위기가 그녀에겐 더 숨이 막힌다.

"그래. 태완이, 너 이번에 미국으로 간다면서? 우리 정우도 미국으로 유학 준비 중이란다. 곧 떠날 거야."

오 박사의 부드러운 말투 뒤 다음 말은 네가 잘 좀 챙겨 주라는 의미가 담겨 있을 것이다. 그의 눈빛엔 태완에 대한 믿음도 담겨 있었다. 유난히 태완을 좋아하던 오 박사였다.

묵묵히 이야기를 듣고 있던 그가 고개를 들었다.

"아닙니다. 영국으로 갈 생각입니다."

가족들의 놀란 시선, 오 박사의 의아한 시선, 연실의 못마땅한 시선까지 합쳐져 그를 향하고 있었다. 그녀 역시 고개를 들었다. 그가 그의 형, 태주 대신에 미국의 지사로 가는 것은 이미 결정된 사항이라고 했다.

한동안 태주를 볼 수 없었다. 영국에 있다는 이야기도 들었고, 누군가는 결혼을 했다고도 했다. 그러나 소문일 뿐 그의 가족들은 태주에 대해 언급한 적이 없었다. 태완의 형, 태주의 사정이 무엇인지를 잘 몰랐지만 그의 가족들의 태도로 보아 그리 좋지 않은 것이라고만 예상하고 있었다. 그런데 영국이라니.

잠시 태완과 정우의 눈이 마주쳤다. 그러나 잠시일 뿐 금세 그들의 시선은 어긋났다.

세 번째…… 거절.

너 때문에 바뀌었다는 이야기를 굳이 하지 않아도 알 것 같았다.

정우가 입술을 깨물었다.

1. 만남의 주기

정우가 컴퓨터 모니터를 뚫어질 듯 노려보고 있었다.

아침부터 일진이 좋지 않았다. 보통 한 시간 정도 일찍 출근을 한다. 집에서 멀지 않기도 했고, 조용한 사무실, 아침의 여유가 그녀만의 몫인 것도 좋았다. 그런데 오늘따라 늦잠을 자 버렸고, 계획했던 일들이 다 틀어져 버렸다. 게다가 으슬으슬 감기 기운도 있었다. 그리고 가장 최악의 순간은 지금이었다.

여전히 시선은 모니터에 머물렀다. 분명 눈으로 확인하면서도 믿지 못하겠다는 표정이었다.

최태완?

"……설마."

공문에 쓰인 익숙한 이름을 확인하며 중얼거리던 그녀가 한쪽 관자놀이를 문지르며 마우스를 신경질적으로 움직여 다른 붙임문서가 있는지 찾기 시작했다. 혹시라도 누락이나 착오 같은 실수가 있었는지 확인하고 싶었다.

"왜 그래요? 나 대리님."

누군가 말을 걸지 않았다면 저도 모르게 불쑥 젠장이란 말이 튀어나올 뻔했다. 의자를 밀며 그녀에게 다가온 강민이 그녀의 시선을 따라 두 개의 모니터 중 하나를 향했다.

"역시 27인치가 좋긴 한데."

이번에 바꾼 모니터를 감상하듯 평가한 그가 눈을 가늘게 뜨고 내용을 살폈다.

"아, 어거."

강민은 뭘 이런 걸 가지고 놀라느냐는 표정을 지으며 조금 거만한 포즈로 다리를 꼬고 앉았다. 이건 무언가 사람들이 모르는 혼자만의 정보가 있을 때 보이는 그의 태도이다.

"우리 회사 인사발령이 원래 쇼킹하긴 하잖아. 능력 위주라며 윤 부장 대신 박 팀장이 온라인개발실로 간 거 보면 몰라? 능력은 물론 박 팀장이지만 순서상 우린 다 윤 부장이 갈 줄 알았잖아. 그리고 이번 발령 완전 낙하산은 아니더라. 보니까 우리보다 이쪽에서는 더 오래 근무했어. 영국 버크에도 오래 있었다지. 나 대리, 너도 좀 알지 않냐? 너 버크 좋아하잖아?"

그의 말에 정우는 기계적으로 고개를 끄덕였다. 버크를 좋아한 건 수제가구로서 그 방식을 바꾸지 않는 고집스러움과 자부심 때문이었다. 그렇지만 버크에 누가 근무하는지는 당연히 모른다.

"나 대리야, 정신 차려."

강민은 그녀와 동갑이긴 하다. 그러나 입사로는 후배였고, 그녀는 대리다. 그런데 오늘은 '너'라는 호칭에도 신경 쓸 여유가 없었다.

그가 그녀의 심각한 표정에 다시 한 번 모니터를 바라보았다.

"인사발령이 좀 빠르긴 하지."

알 수 없는 애매한 표정으로 고개를 끄덕인 그녀가 땅이 꺼질 듯 한숨을 내쉬었다. 꼭 이럴 때만 뭔가 있는 것처럼, 사내 메일을 사용한다. 물론 인사는 공문을 통해 이런 식으로 공지하는 게 맞다. 그러나 아무런 언질도 없이…….

정우가 다시 한 번 한숨을 내쉬었다.

"그래도 오래 있을 건 아닌가 보더라. 사장님 육아휴직 끝내는 몇 년이라고들 하는데……. 흠."

그건 확실하지 않은지 강민도 말끝을 흐렸다.

그녀가 버릇처럼 서랍에서 파우치를 들고 일어섰다.

"또?"

강민이 못 말리겠다는 듯 고개를 저으며 그녀를 바라보았다.

"너 그러다 시집도 가기 전에 틀니 한다. 원래 여자는 애 낳으면 이가 약해져. 너 조심하지 않으면……."

그의 계속되는 잔소리를 뒤로한 채 그녀가 사무실을 나왔다.

그녀가 회사에서 스트레스를 푸는 방법 중 하나가 양치질이었다. 강민이나 해진과의 군것질을 동반한 수다도 좋았지만 오늘은 영 이야기를 할 기분이 나지 않는다. 아니, 아무 이야기도 할 수 없었다. 정우가 어깨를 늘어뜨린 채 화장실로 향했다.

오랜 양치를 끝낸 정우가 해가 잘 드는 복도 끝에 서 창밖을 바라보았다. 그러나 보이는 것은 유리창에 비친 그녀의 모습이었다. 변했을까.

최태완…….

한마디로 표현할 수 없는 기분이었지만 그녀의 표정은 차분했다.

표현할 수 없다고 해서 정리할 수 없는 감정이라는 뜻은 아니니까.

그녀가 잠시 창틀에 기대 휴대폰을 꺼냈다. 아직 십 분 정도의 여유가 있을 것 같다.

주기: 같은 현상이나 특징이 한 번 나타나고부터 다음번 되풀이 되기까지의 기간.

다음에서 검색을 하니 이런 의미를 가지고 있었다. 정우가 조용히 중얼거렸다.

사람 사이에 주기란 게 있다면, 만남과 헤어짐만이 아니라 두 사람 사이의 관계 변화에 대한 주기라는 게 있다면, 아마 태완과 그녀 사이의 주기는 아무래도 5년, 5년이 그 주기인가 보다. 그런데 정말 그런 게 있긴 한 건가.

설레설레 고개를 젓던 정우가 휴대폰 일정표에 시선을 고정했다. 긴 거 같기도 하고, 짧은 것 같기도 한 애매한 시간이 흘렀다.

그러니까 정우는 처음이자 마지막 선을 본 이후, 유학을 포기하고 취업 준비를 하기 시작했다. 그날 이후, 유학의 의미가 스스로 생각하기에도 한심하기 짝이 없었다. 그를 따라가는 것 반, 공부를 위한 것 반이라고 생각했는데 아마도 90%는 그를 따라가기 위한 목적이었나 보다.

그리고 또 미국으로 간다던 그가 돌연 다른 곳으로 결정했다는 것도 자신을 염두에 둔 것이 아닌가 싶어 자존심이 상했다. 물론 자존심이 상한다는 건 한참이 지난 후의 감정이었고, 그때는 길을 잃은 듯 모든 것이 막막했다.

그렇지만 한 가지 다행스러운 것은, 그때 그녀가 유학만이 해결책은 아니라는 것을 깨달았다는 것이다.

지금 생각해 보면 그때의 그녀는 철없는 어린애였던 것 같다. 여자가 아니라. 그게 그의 눈에는 빤히 보였겠지.

최태완. 태완 오빠. 지금은 호칭도 서먹할 정도의 시간이 흐르긴 했다.

하지만 여전히 그에 대한 모호한 감정이 남아 있는 것도 사실이다. 완벽하게 깨끗하지 못한 감정이 스스로 거슬리는 것도.

사람을 좋아하는 데 이유가 있을까. 어릴 때부터 봐 왔지만, 자주 볼 수 있었던 그의 다른 가족들에 비해 일 년에 한 번쯤 겨우 볼 수 있어서 호기심이 생겼던 것일지도 모르겠다. 처음의 감정은 한낱 어린 여자애의 호기심이었을지도 모르지만, 열일곱이 되고, 열여덟, 스물이 된 후엔 진짜 가슴이 두근거리게 좋았다. 차가운 말투가 좋았고, 긴 손가락이 좋았고, 자신을 바라보는 무심한 눈빛에도 심장이 뛰었다. 사랑이란 단어를 쓰고 싶었다. 좋아한다는 어린애 같은 고백 말고, 사랑한다는 말을 했다면 달라졌을까.

하지만 지금 생각해 보면 참 한심한 일이었다. 그때 그 열정으로 공부를 좀 더 했다면 지금은 강민처럼 박사가 되지 않았을까 싶다.

아무튼 그 시기를 지나 그녀는 다시 공부를 시작했다. 우습게도 한심하기만 한 유학을 준비하느라 늘지도 않던 영어공부를 죽으라 한 것이 많은 도움이 되었다. 공부는 더 이상 하고 싶지 않았던 그녀는 다시 그 유명한 취업 준비생이 되었다. 그리고 정정당당하게 면접을 보고, 가구회사 '리안퍼니쳐'에 입사를 했다. 다행히도 리안은 특기와 면접을 중시하기 때문에 영어와 아나운서처럼 준비했던 면접이 큰 영향을 준 것 같다.

그리고 그런 시간이 흐르는 동안, 특별한 능력도, 뛰어난 호기심도 없었던 그녀는 자신이 조금이나마 잘하는 게 무엇인지도 알게 되었다. 무난하기만 한 국어 실력에 비해 숫자에 밝았다. 그래서인지 다른 사람은 다 손해 본다는 주식투자에서도 조금 재미를 보았고, 나름 그와 관련한 공부도 하고 있었다. 이런 건 고마워해야 할까.

정우의 입가에 쓸쓸한 미소가 번졌다.

잠깐의 휴식을 끝내고 자리에 앉은 정우는 일에 몰두하기 시작했다. 휴가 간 팀장이 오기 전 올려 놓아야 할 결재서류가 한두 건이 아니다.

"너 그러다 금방 할머니 된다."

"뭐?"

또 시작이다.

"그렇게 이빨이 삭도록 양치질하면 이빨 상하는 거 금방이야. 그럼 뭐 얼굴도 그만큼 늙었겠다 할머니 되는 거지."

정우가 심란한 심사를 표시하듯 강민을 노려보았다. 그러나 강민은 못 본 척 귀를 후비며 딴 이야기를 꺼냈다.

"참, 나 대리님 회의 참석해야겠더라."

"응?"

이 회사에 입사한 지도 횟수로 5년, 그녀는 대리가 되었다.

그래도 그녀가 회의에 참석할 필요는 없었다. 그녀가 근무하고 있는 기획개발실 회의도 아니고 전체 회의는 더더욱 그녀의 몫이 아니었다. 그런데 이번 회의엔 이틀 휴가를 낸 이 팀장 대신 참석하라는 지시가 내려왔다고 했다. 아무래도 이건 누군가의 계략이 분명하다. 그렇지 않고서야…….

그녀가 버릇처럼 미간을 모았다. 저 주름 봐. 강민이 손가락으로 그녀의 미간을 가리키며 놀라다 그녀의 표정에 손가락을 내렸다.

"ET가 일부러 월차 낸 건 아닐까? 회의 참석하기 싫어서."

"……."

전혀 믿음이 가는 이야긴 아니지만 강민의 말에 정우는 착잡한 표정을 지었다.

"이 박사! 결재 완료 떴다. 처리해라."

"예썰."

모니터를 보며 결재가 완료되기만 기다리고 있던 박 부장의 말에 강민이 싹싹하게 대답했다.

강민이 박사라 불리는 건 두 가지 이유에서이다. 리안퍼니쳐는 학력과 경력을 중시하지 않는다는 의미로 입사지원서에 가족란, 학력란, 경력란 등 편견을 가질 수 있는 정보란을 없앴다. 그것으로 인한 특혜나 대우를 바라지 말고, 무조건 능력에 따른 창의적 회사로 발돋움하고자 하던 지금은 출산휴가 중인 전 사장의 원칙이었다.

대신 자신이 잘하는 것과 잘할 수 있는 것, 지원한 부서와 업무에 대한 열정, 이를 위해 준비한 내용이나 개인적인 비전에 대해 쓰는 란을 만들었고, 그것만으로도 취준생 사이에서 더 유명해진 '리안'이었다. 그래서인지 고졸 취업생도 있었고, 대학중퇴생도 있었다. 물론 차별은 없었다.

아무튼 그런 사이에서 강민은 박사학위를 가지고 입사를 했다. 그리고 신입사원에 불과하면서 회사 소식도 제일 먼저 알고, 소문

뿐 아니라 직원들에 대한 뒷이야기도 가장 빨리, 그리고 많이, 그것도 정확하게 알고 있었다. 또한 특유의 능글맞은 친화력으로 그가 여러 면에서 박사라는 건 모두가 인정하는 부분이다.

이 박사가 자신의 일을 마친 듯 의자를 굴려 자신의 자리로 돌아가자 정우는 탁상 달력에 시선을 던졌다.

회의 참석이라. 정우가 한숨을 내쉬었다.

ET 또는 ETT로 불리는 일 중독자 이택 팀장은 어제 갑작스럽게 휴가를 냈다. 별 효과도 없이 자리 채우기에 불과한 전체 회의를 싫어하는 그인지라 사람들은 농담처럼 모두 그쪽으로 의견을 모으는 중일 것이다. 그러나 이번에는 이 박사가 틀렸다. 그런 것이 아니라는 걸 정우는 안다.

정우 역시 회의를 싫어하기는 마찬가지이지만, 팀에서 한 명은 참석해야 하고, 다른 사람들은 일정들이 있었다. 게다가 그녀에게는 딱히 핑계를 댈 만한 스케줄도, 급작스레 휴가를 낼 방법도 없었다.

만만한 게 이 년차 대리 나정우니까.

정우가 다시 모니터를 노려보았다.

단정한 블라우스와 스커트 차림인 자신의 모습을 꼼꼼히 살핀 정우가 한숨을 내쉬었다. 달라진 모습을 보였어야 하나. 쓸데없는 생각이지만, 그런 생각은 길지 않았다. 인사를 해야 할 사람들이 너무 많은 회의실 앞이었다. 들어가자마자 회의 준비를 마친 비서실 해진과 눈인사를 하고, 한숨으로 서로의 처지를 불평한 정우가 자리에 앉았다.

'점심 같이 먹자.'

입사동기 해진의 입 모양을 읽은 정우가 고개를 끄덕이며 미소를 지었다.

맨 끝자리, 당연한 자리였다.

새로운 인사발령으로 회의실은 조용한 가운데 술렁이고 있었다. 그러면서 모두 좋은, 혹은 강한 첫인상을 위해 신경 쓰고 있었다. 그러나 정우는 들어오지도 않는 서류를 응시하며 담담히 회의가 시작되기를 기다렸다.

시간을 확인하며 주위를 둘러보던 그녀가 복잡한 표정으로 시선을 내렸다. 여러 가지 생각이 교차했다.

5년 만에 만나는 그에게 캐리어우먼의 멋진 모습이나 혹은 회의를 주도하는 당당한 모습도 보여 줄 수 없다. 팀장 대신 회의에 온 일개 사원으로서 테이블 맨 끝에 앉아 그들이 하는 양을 지켜볼 뿐이었다. 그런 자신의 모습이 씁쓸하기도 하고, 한편으로는 이상하게 마음이 편하기도 했다. 그만큼의 시간이 흘렀나 보다.

톡톡.

그녀가 생각에 잠긴 사이, 옆에서 테이블을 두드리는 소리가 들렸다. 무슨 생각을 그렇게 하냐는 표정의 친절한 온라인개발실 박 팀장이다. 다른 회사보다 뒤늦게 뛰어든 온라인 사업이었기에 아직 일이 많지만 누구보다 열심히인 그녀였다. 정우가 아무것도 아니라는 듯 미소를 지었다. 여자이지만 남자보다 일을 잘하고, 남자보다 더 믿음직한, 그래서 지난번 인사에서 핫이슈가 되었던, 그래서 그녀에겐 너무나 멋져 보이는 박하연 팀장이었다.

"예뻐졌다, 나 대리."

"박 팀장님도요."

"너 나 놀리는 거지?"

짐짓 팔짱을 끼며 부른 배를 내민 박 팀장을 보며 정우가 장난스럽게 웃었다.

그때 문이 열렸다. 웅성이던 회의실이 조용해졌다. 그리고 누군가 당당한 모습으로 들어왔다. 정우의 눈빛이 깊게 가라앉았다.

새로운 사장, 최태완.

그다. 그가 서 있었다.

그녀의 입장에선 꽤나 오버스러운 소개가 끝나 가자, 태완도 그 시간이 불편했는지 잠시 난감한 표정이 스쳤다. 이런 것은 굉장히 싫어할 텐데. 잠시 생각에 머물던 그녀가 고개를 저었다. 지금 자신이 그것까지 신경 쓸 필요는 없었다.

정우는 어깨를 으쓱했다. 그리고 담담하게 정면을 응시했다.

물론 담담하다는 자신의 감정과 지금의 상황은 별개였다. 한 번도 이런 식으로 저 남자를 마주할 것이라 생각지 못했다. 또 마주하고 싶지도 않았다.

인사를 나누며 날카롭게 회의실을 둘러보는 그를 피해 정우는 자신도 모르게 최대한 박 팀장 뒤로 몸을 숨겼다. 둘째를 임신해 배가 부른 그녀였기에 아마 자연스럽고 천천히 움직여 보이지 않을 것이다. 이건 진짜 의도하지도 않았는데, 본능적인 움직임이었다.

젠장.

죄 지은 것도 아닌데 이건 아니다 싶어 멈칫하면서도 몸을 바로 세우는 건 꽤나 조심스러웠다. 그리고 마음을 다잡고 천천히 몸을 앞으로 세우며 그녀가 고개를 들자마자 멀리 서 있는 그와 눈이 딱 마주쳤다.

찌릿. 잠시 시간이 멈춘 것 같았다. 하지만 다행스럽게 그녀는 차분하게 고개를 숙였고, 그 역시 별로 당황하지 않는 듯했다.

잠시 멍했던 기분도 금방 괜찮아졌다. 원래 그런 사람이니까. 그러나 그 순간 심장이 툭 떨어지는 기분이 드는 것도 어쩔 수 없었다. 그에 대한 감정과 별개로 그를 마주친 심장은 덜컥거렸다.

그런데 이건 예전, 강민의 불만 섞인 이택 팀장에 대한 뒷담화를 들어 주다가 지나가던 이택 팀장과 눈이 딱 마주쳤을 때와 비슷한 느낌 같기도 하다. 이게 그런 감정인가. 정우가 픽 웃어 버렸다.

한 가지 확실한 것은 예전의 자신은 아니라는 것이다. 그녀가 허리를 꼿꼿하게 펴고 의자에 앉았다.

"안녕하십니까, 최태완입니다."

박수가 이어졌다.

"리안퍼니쳐가 지난 30년에 걸쳐 자리매김을 해 가면서 쌓아 왔던 신뢰와 발전을 통해……."

예의 바르게 고개를 숙여 인사한 그가 짧게 포부를 밝히고, 곧 회사 전반에 관한 회의가 진행되었다. 첫 회의이지만 서로를 파악하는 형식적인 회의에 불과하다고 생각했는데 간간이 태완의 날카로운 질문이 이어지자 젊은 사장에 대한 못 미더운 시선을 보냈던 몇몇 임원진의 표정엔 난감함이 스쳤다.

흠. 버크에 근무했다고 하더니 생각보다 많은 것을 알고 있었다.

물론 그것은 앞쪽의 임원진들에 해당된다. 정우는 그에 대한 곤두선 신경이 조금씩 누그러지며, 허리는 굽어지고, 딴생각이 빠지기 시작했다. 차라리 자신이 맡고 있는 업무 회의였다면 집중이라도 될 텐데 이건 좀 지루하다. 하품을 참고, 끝날 시간을 가늠하며 무심코 고개를 들다 그와 눈이 마주쳤다. 그녀는 모른 척 고개를 돌렸다. 덜컥 심장이 내려앉는다.

무음으로 해 놓은 휴대폰이 반짝였다.

테이블이 아닌, 뒤쪽 벽에 나란히 놓인 의자에 앉아 있던 강민은 사람들 몰래 그녀에게 메시지를 날렸다.

쟨 어떻게 들어온 거야. 정우가 신기한 듯 메시지를 확인했다.

-정은, 왜 그래? 그날이야? 맨 끝자리에 앉은 너의 직급을 파악하지 못하고 유난히 불량스럽다. 지금 네 자세로는 네 입에서 욕이 나와도 전혀 어색하지 않겠어.

쟨 이런 걸 물을 때만 정은이라 부른다. 정은은 집에서만 불리는 자신의 이름인데 그건 또 언제 안 건지.

정우가 앞을 보는 척하며 슬쩍 몸을 돌려 눈을 흘기며 그를 바라보았다.

어차피 회의 시간에 업무 내용을 태블릿PC나 휴대폰에 저장을 하기도 했기에 옆 사람만 조심한다면 메시지를 보내고, 그걸 확인하는 건 어렵지 않았다. 물론 전체 회의에 참석하는 것도, 메시지를 확인하는 것도 그녀에겐 처음이지만.

-정은, 왜 그래? 그날이야?

정우가 슬쩍 몸을 돌려 눈을 흘기며 그를 바라보았다. 그날을 확신하는 강민과 눈이 마주치자 입술을 깨물며 웃음을 참았다. 남자일 때의 강민은 매력적일지 몰라도 친구로서 그는 참 단순하다.

표정 관리를 하느라 잠시 고개를 숙였다 들던 순간, 맨 앞에 앉은 태완과 눈이 마주쳤다. 그녀는 웃음기가 남아 있는 얼굴로 무덤덤하게 시선을 돌렸다.

누군가의 이야기를 듣고 있다 간간이 눈이 마주쳤고, 무심히 고개를 돌리다 그렇게 끝날 것 같지 않던 회의는 끝이 났다.

정우가 참았던 한숨을 내쉬었다.

❖

"뭘 먹을까?"

회의가 끝나고 강민과 해진, 그리고 정우가 나란히 로비에 섰다. 사무실로 돌아가기도 애매한 조금 일찍 끝난 회의 덕에 점심시간이 좀 더 여유가 생겼다.

"생선초밥 어때?"

강민의 말에 정우와 해진이 웃었다.

"이 박사님, 그게 다이어트식 같아도 폭식하기 딱 좋아요."

해진의 말에 강민은 고개를 저었다.

"괜찮아요, 박 비서님."

회사와 한 블록 떨어진 일식집이었다. 점심 메뉴도 괜찮았고, 또 회사와 떨어져 있어서 부담이 없기도 했다. 정우를 사이에 두고 해진과 강민이 나란히 앉았다.

"새 사장은 괜찮나?"

강민의 질문에 해진이 고개를 저었다.

"아직 몰라. 내가 모시는 것도 아니고, 실장님 말로는 분위기는 좀 신경이 쓰이긴 하는데 생각보다는 무난한 사람이라고는 하더라."

정우는 말없이 젓가락을 든 채 세트로 나온 초밥과 생선탕을 보고만 있었다.

"별로 무난해 뵈진 않던데. 임원들 표정, 특히 고 전무 얼굴 봤지? 처음엔 번들번들 여유롭게 의자에 기대어 있다가 질문 시작하자마자 바짝 긴장하던 거."

고춘근 전무는 유명하다. 능력이 아닌 전적으로 인맥으로 들어와 버티고 있는 그를 비서들은 자주 자리를 비워 가장 좋아하지만, 회사에선 눈엣가시 같은 존재일 것이다. 능력 위주의 회사를 만들려던 전 사장도 어쩔 수 없었던 그였다.

강민이 대답에 해진이 고개를 끄덕였다.

"비서 입장에서 그 정도면 무난한 거야. 내연녀 선물 따로 준비하지 않아도 되니까."

잠시 고 전무의 비서로 근무했던 해진이 예전 일이 떠오르는 듯 고개를 저었다.

'무난한'. 그 단어가 그 사람을 표현할 수 있을까. 그러나 정우는 아무 말도 하지 않았다. 자신이 보는 그와 다른 사람이 보는 그는 다를 테니. 아마 그가 바라보는 자신과 강민이 보는 자신 역시 다를 것이다.

"나정우, 배고팠냐? 왜 이렇게 조용해?"

분명 질문이기는 하나 해진의 시선은 무엇을 먹을지 회전초밥에 가 있었다.

"배고파."

그렇게 말은 했지만 정우의 젓가락은 움직일 줄 몰랐다.

"박해진. 세트 시켰으면 그걸로 끝내. 그리고 너 똥색 접시 그만 먹어. 왜 내가 산다고만 하면 식탐을 부리냐? 넌."

"이씨. 더럽게. 황금색이거든."

강민의 말을 무시한 해진이 보란 듯이 황금색 접시 두 개를 집으며 정우를 바라보았다.

"넌 왜 배가 고파? 중간에 간식 먹을 시간도 없어? 지난번에 사

놓은 초코바랑 사탕도 있잖아. ET 없어서 좀 한가한 거 아니었어?"

"ET가 그럴 분이시냐? 할 수 있는 일 정확히 나눠 주고 가셨어."

강민의 대답에 해진이 그럴 줄 알았다는 듯 깔깔거렸다.

"역시 난 그래서 ET가 좋아. 어딜 가든 완벽한 남자잖아."

"완벽하긴. 꽉꽉 막힌 남자지."

입을 내민 그의 말에 해진이 눈을 흘겼다. 언제나 해진과 강민이 만나면 투닥거리는 것이 일상이었기에 정우는 무심하게 그들의 대화를 한 귀로 흘려들었다.

"됐어. 그만하자. 너랑 대화하면 밥 먹자마자 배고프니까. 정우야, 우리 가면서 커피라도 여유 있게 마시려면 일어날까."

해진의 말에 정우가 고개를 끄덕이며 마지막 남은 초밥을 먹기 위해 젓가락을 들었다.

"나 대리님, 그건 내가 먹어야죠."

접시에 남은 생선초밥을 든 정우를 바라보던 강민이 그녀의 손을 덥석 잡고는 그녀의 젓가락을 자신의 입 쪽으로 가져갔다.

'그래. 먹고 떨어져라.'

그런 눈빛으로 피식 웃어 버린 정우가 그가 하는 대로 놔둘 때였다.

"여기서 몰래 좋은 분위기 내고 있었어?"

초밥을 먹으려 입을 벌린 강민, 강민에게 손이 잡힌 정우, 그 모습을 낄낄거리며 휴대폰 카메라에 담던 해진의 시선이 모두 한곳을 향했다.

양 이사였다. 그리고 그 뒤는 고 전무를 비롯한 임원진들이 보였다. 해진을 바라보자 해진이 영문을 모르겠다는 듯 고개를 저었다. 점심 예약 역시 비서들의 몫이니, 모를 리가 없었다.

정우가 잡힌 손을 빼고 일어섰다. 강민만이 아무렇지 않은 듯 넉살좋게 어떻게 알았냐는 표정이었다.

"에이, 다 아시면서, 아는 척하지 말아 주시죠."

못내 안타까워하는 강민을 본 사람들의 웃음소리가 들렸다. 사람들 역시 강민의 농담은 그러려니 한다. 정우도 담담히 웃었다. 이런 때에 정색을 하며 아니라고 하는 것이 더 우스워진다는 걸 아는 어른이니까.

미소를 짓던 정우가 멈칫했다. 최태완, 그가 전혀 웃지 않는 얼굴로 그녈 바라보고 있었다. 그 모호한 시선에 잠시 당황스러웠다.

"천천히들 먹어."

양 이사가 사람 좋게 웃었다.

"네, 감사합니다."

넉살 좋은 강민의 대답을 끝으로 사람들은 안쪽에 있는 룸으로 들어갔다.

누군가의 시선이 계속 느껴졌지만, 정우는 개의치 않았다.

"예약 장소는 분명 이쪽이 아니었는데."

정희가 리수호텔로 예약했다고 했는데. 고 전무가 그 호텔을 좋아하잖아. 그녀가 조용히 중얼거렸다. 정희라면 사장비서실에 근무하는 해진의 후배이자 친구였다.

그를 무난하다고 평가하던 해진이 고개를 갸웃거렸다. 정우는 잠시 말이 없었다. 무심하던 그의 표정이 떠올랐다. 그런데 이상하게 그의 시선이 따가웠다.

"일어나자. 여기 있다가 괜히 일거리 생길지도 몰라."

"그래."

세 사람은 같은 생각이었는지 서둘러 자리에서 일어섰다.

–어떠냐?

전화 속에서 낄낄거리는 소리가 들려온다.

"뭐가?"

–요즘 너 어떠냐고?

그녀의 오빠, 대우가 심드렁하게 물었다.

"똑같아. 출근하고, 퇴근하고, 자고, 또 출근하고."

그러고 보니 정말 그렇다. 회사에서 워낙 신경을 곤두세우다 보니, 집에 오면 손 하나 까딱하기가 싫어졌다. 전화를 받으면서 정우는 집 안을 둘러보았다. 짐이 별로 없으니 치울 것은 없었지만, 아마 TV며 바닥엔 먼지가 쌓여 있을 것이다.

–정은이, 너 할머니께서 반찬 떨어졌을 거라고 가져가라고 하시더라. 할머니께서 가지고 가신다는 거 어머니가 말렸어.

정은은 그녀가 집에서 불리는 이름이다.

정우의 부친, 석현은 부모님을 일찍 여의고 혼자 힘으로 살아왔다. 그러다 엄마를 만나 사랑에 빠졌고, 결혼을 했다고 했다. 혈혈단신이었던 오 박사나 석현에게 손이 귀한 것은 당연한 일이었다. 그런 이유로 오 박사는 그녀의 이름을 남자로 지어야 남동생을 볼 거라며 이름을 정우로 지으셨다. 석현 역시 열 명쯤 아이를 갖고 싶어 했다고 했다. 대우, 정우, 막내 이름은 희우로. 그 뒤에도 차례로 지어 놓은 이름은 많았다.

그러나 안타깝게도 셋째는 없었고, 엄마는 귀한 딸에게 정우란 이름을 지어 주는 걸 좋아하지 않았다. 그래서 그녀는 호적상 나

정우, 집에서는 엄마의 고집으로 나정은으로 불리고 있었다. 처음엔 집에서의 정은과, 밖에서의 정우가 꼭 다른 사람인 것 같아서, 다른 사람으로 살아야 하는 것처럼 느껴져 싫었지만, 지금은 어느 것으로 불려도 괜찮을 만큼 익숙하다. 그녀는 그녀일 뿐이니까.

　ー나정은!

　"응."

생각에 잠겼던 정우의 시선이 달력에 머물렀다.

역시 할머니의 기억력은 여전하시다. 그렇지 않아도 주말쯤 갈 생각이었는데.

　"오늘은 좀 피곤하고 다음 주말에 갈 거야. 엄마한테 맛있는 거 많이 해 달라고 말해 줘."

대우의 어이없어하는 웃음소리가 들렸다.

　ー알았다.

그녀가 장식장 위에 놓인 가족사진에 시선을 두었다. 할아버지, 할머니, 아빠, 엄마, 대우 부부, 그리고 정우가 환하게 웃고 있는 사진이었다. 가평의 집에서 이사기념으로 찍었던 사진이다.

그리고 그 집에서 나와 독립을 한 지는 한 삼 년쯤 된 것 같다. 그사이 많은 일이 일어났다.

아버지의 건강이 나빠지신 것은 갑작스러운 일이었다. 함께 살던 할아버지, 할머니께서 건강하셨기에 부모님의 건강에 대해선 조금 안심하고 있었다고 해야 할까. 아버지의 입원은 가족들에겐 큰 충격이었다. 그즈음 아버지가 경영하던 회사에도 문제가 생기기 시작했다. 무엇이 먼저인지는 몰랐지만, 회사가 흔들리고, 아버지의 건강이 악화되고, 그래서 그녀의 가족에겐 많은 변화가 생겼다. 오 박사 소유의 건물이며 땅을 정리해야 했고, 여유로웠던 생활은 사라지고 모든 것이 달라졌다. 당연하게 여기던 것들이 어느 순간 사치가 되어 버렸다.

결국 가족들은 오랫동안 살아온 빌라를 떠나 평생 꿈이기도 했던 작은 전원주택으로 이사를 했다. 물론 지금은 고치고 다듬고, 또 꾸며 가며 만들어진 전원주택이라고 말할 수 있지만, 그때는 빈집을 조금 개조하는 수준이었다. 그러면서도 가족들이 떨어져야 한다는 생각은 하지 않았다. 좁더라고, 조금 불편하더라도 할아버지, 할머니, 부모님, 그리고 오빠와 그녀, 모두 함께 사는 것이 당연한 것이었다. 그리고 이사를 한 그날 기념이라며 사진을 찍었다. 모든 것에 긍정적인 할아버지와 할머니 덕분인지 걱정을 하기보다는 아버지의 건강이 나아진 것만으로도 환하게 웃을 수 있었다. 하지만 이사 후 정우는 너무 멀어진 직장 때문에 독립을 할 수밖에 없었다.

처음엔 가족 모두 그녀의 독립을 반대했지만, 운전도 서툴렀고, 밤길도 위험하다는 할머니의 결정이 큰 영향을 끼쳤다.

그때의 태완과의 선 이후로, 외조부 오해문 박사와 외조모이신 모주란 여사의 권력관계엔 큰 변화가 있었다. 절대 권력이었던 오 박사의 힘이 약해지고, 대신 모 여사의 힘이 강해지고 말았다.

특히 귀한 막내 정우에 관해서는 오 박사와 석현 대신 모 여사와 정우의 모친, 연실의 허락이 가장 중요해졌다.

"청소라도 좀 할까?"

-나한테 묻는 거냐?

"아니. 혼잣말이야."

대우가 피식 웃는다.

-혼잣말이 꼭 도와 달라는 이야기 같아서.

"오빠 한가하면 도와주고. 참, 언니는 괜찮아? 며칠 전 통화할 때 입덧이 심하다고 하던데."

정우의 새언니 혜나가 임신을 했다. 결혼 오 년 만의 임신이라 모두들 기쁨이 컸지만, 심한 입덧에 가족들의 걱정도 많았다.

-괜찮아. 이제 과일도 먹고, 죽도 먹으니까.

대우의 웃음 섞인 목소리에 정우도 웃났다. 아버지를 꼭 닮은 무뚝뚝한 오빠도 아이에 대해선 별수 없나 보다.

-아무튼 조심해라.

"오빠나 조심해. 언니한테 잘하고."

의미심장한 웃음을 짓는 대우에게 정우는 그저 코웃음을 웃었다.

-너도?

"뭘?"

-그냥 여러 가지.

의미를 알 수 없는 그의 웃음이 거슬리긴 했다. 대우의 전화를 끊은 정우가 어깨를 으쓱하고는 일어섰다. 생각난 김에 청소도 하고, 마트에서 장도 보고, 오랜만에 밥도 해 먹어야겠다. 혼자 있기 심심한데 해진이랑 강민도 부를까. 이제는 학교 친구보다도 절친이 되어 버린 사회 친구들이 편하기도 했기에 정우는 다시 휴대폰을 들었다.

정우: 함께 저녁 먹자. 우리 집에서.

해진: 좋아.

강민: 콜.

카카오톡을 보내자 곧바로 둘에게 오겠다는 대답이 왔다. 시간을 확인하며 정우가 서둘러 몸을 일으켰다.

세탁기를 돌리고, 욕실청소까지 끝낸 정우가 냉장고를 열었다. 생각했던 것보다 없는 게 많았다. 눈으로 대충 필요한 것을 확인한 정우는 찌뿌둥한 몸을 풀기 위해 목욕탕에 가기 위해 집을 나섰다. 목욕탕에 들렀다가 마트로 갈 생각이었다.

겨울바람이 차다. 가을인가 싶었는데, 출근 몇 번 하고 나니까 벌써 겨울이 되어 버렸다. 자신은 그대로인데 시간은 흐르고 나이가 들고 모든 것이 변했다. 그리고 그가 나타났다. 갑자기 떠오른 그를 지우며 정우가 걸음을 빨리했다.

네 시. 토요일 오후라 그런지 마트에 장 보는 사람들이 많았다. 강민과 해진이 여섯 시쯤 온다고 했으니, 장을 봐 준비를 해 놓으면 얼추 시간이 맞을 것 같다.

저녁 메뉴를 무엇으로 할지 고민하며 카트를 미는데 정육코너가 보였다. 세일 중이라는 삼겹살을 보던 정우가 발길을 돌려 해진이 좋아하는 찹스테이크와 샐러드 재료를 사기 위해 걷기 시작했다. 몇 시간에 걸쳐 열심히 청소까지 했는데 삼겹살을 굽는 건 집 안에 대한 예의가 아니다.

-나 닭볶음탕 먹고 싶다. 술은 내가 사 간다.

강민의 문자에 정우가 인상을 쓰면서도 결국 닭볶음탕 재료 쪽으로 향했다. 원래 요리는 잼병이었는데, 혼자 살게 되고, 밖에서 사 먹는 밥에 질린 그녀는 요리를 시작할 수밖에 없었다. 그리고 지금은 웬만한 음식은 다 할 수 있을 정도가 되었다.

정우는 자신을 위한 와인도 샀다. 원래 와인은 별로였는데, 유일하게 그녀의 입맛에 맞는 와인을 마트에서 발견했다. 물론 해진이 말해 줘서였지만.

"아, 우유."

정우가 생각난 듯 혼잣말로 중얼거렸다. 우유도 떨어졌다. 아침이면 밥 대신 우유를, 또 물 대신 우유를 마시기도 하는 그녀에게 우유 쇼핑은 필수다.

우유코너에서 자신이 좋아하는 우유를 찾았다. 역시 마트에 사람이 많으니 자신이 찾는 우유도 남은 건 하나였다. 얼른 손을 뻗는데, 누군가 같은 우유를 집었다.

"흠."

우유 하나로 싸울 건 아니었지만, 자신도 모르게 시선이 손의 주인을 향했다.

"어?"

정우가 잠시 미간을 모았다. 그녀가 아는 사람이었다.

"……안녕하세요."

태완이었다.

그가 한쪽 눈썹을 올리며 고개를 끄덕였다.

'저건 무슨 표정이래.'

정우는 얼른 우유에서 손을 떼고, 다른 브랜드의 우유를 세 병 골랐다. 일주일 동안 세 병이 필요하니까. 평일에 장을 보는 건 꽤나 귀찮고 피곤한 일이다.

피식.

카트에 나란히 우유를 넣는데 그의 웃음소리가 들린다. 안 봐도 안다. 우유를 사는 그녈 보며 그가 어떤 생각을 할지.

"먼저 가 보겠습니다."

정우는 담담하게 고개를 숙였다.

"이 동네 살아?"

태완이 하나 남은 우유 대신 그녀가 고른 우유를 집으며 물었다.

"네."

그의 시선이 느껴졌다. 별 감흥 없는 표정이기는 그녀도, 그도 마찬가지인 듯했다.

무덤덤한 시선을 마주했다. 얼굴이 빨개지고, 심장이 두근거리던 예전의 그녀가 아니었다. 그의 시선에도 담담하고, 그의 사소한 질문에도 가슴이 풍선처럼 부풀어 올라 의미를 부여하진 않는다.

물론 그리 간단한 감정은 아니었다. 좋아한다고 말할 수도, 이제는 전혀 아무렇지도 않다고 할 수도 없다. 다만 시간이 흐르고 그녀는 자랐다. 사람의 감정이란 게 마음대로 되는 건 아니지만, 자신의 감정을 컨트롤할 줄 알게 되었다.

더 할 말이 남아 있냐는 표정의 정우를 그는 물끄러미 바라보았다.

"……."

그러나 이곳은 그럴 장소가 아니라는 것은 그도 알 것이다. 그가 이 동네의 마트에 오는 것 자체가 의외이긴 했지만, 사람들로 북적이는 이곳에서 무슨 이야길 하겠는가.

"그럼 가 보겠습니다."

그녀는 꾸벅 인사를 하고 돌아섰다. 뒤통수가 따갑다.

무겁다. 차가 없다는 것을 떠올리고, 우유코너로 돌아가 우유를 두 개만 남기고 내려놓고, 두 병이던 소주도 한 명만 사고, 꼭 필요한 것 이외엔 다 내려놓았는데도 꽤 무겁다.

그녀가 한숨을 쉬며 짐들을 내려다보았다. 하지만 할 수 없다. 다시 마트에 오는 건 더 싫으니까. 잠시 내려놓았던 짐을 든 그녀가 다시 걷기 시작했다. 이미 주위는 어둠이 내려앉기 시작했다.

물건들이 든 큰 가방을 양손에 들고 걷고 있는데 도로를 지나던 검은색 차가 그녀 옆에 멈춰 섰다. 일찍 도착하는 강민이었으면 좋겠지만, 강민에게는 차가 없다. 정말 이해할 수 없지만 차보다 비싸고 애인보다 아낀다는 오토바이만 있었다. 그리고 해진의 차는 그녀가 좋아하는 하늘색이다.

당연히 자신과는 상관없는 차라고 생각한 정우가 계속 가던 길을 걷고 있었다.

그런데 짧은 클랙슨과 함께 까만 유리창이 내려졌다. 길을 묻는 것인가. 무심하게 시선을 돌리던 정우의 미간이 버릇처럼 구겨졌다.

"타. 태워다 줄게."

또 태완이다. 이제는 좀 귀찮다. 그리고 그것은 그녀의 표정에 그대로 드러났을 것이다. 그러나 아랑곳하지 않는 그의 시선이 그녀의 양손에 들린 가방으로 향했다.

"괜찮습니다."

그녀의 대답에 태완이 한쪽 눈썹을 올렸다.

아. 그러고 보니, 이 사람은 뭔가 마음에 들지 않을 때 그렇게 한다는 것도 잊고 있었다.

그녀가 한숨을 내쉬었다. 그를 마주할 때마다 조금씩 떠오르는 기억들이 너무 한심했다. 즐겨 쓰던 향수도 따라 써 보고, 그가 좋아한다는 브랜드의 옷도 혼자만의 커플티셔츠로 입기도 했었던 것 같다. 아니 그랬었다.

그가 읽었을 책을 사서 똑같이 읽기도 했다. 대학도 그와 같은 대학에 가기 위해 노력했었다. 그리고 그 기억들 때문에 밤에 베개에 화풀이를 하며 잠을 못 들던 때도 있었다.

그런데 못 들었나. 괜찮다는 그녀의 말에도 그는 가만히 기다릴

뿐이었다.

"……."

"괜찮습니다. 바로 옆이에요. 먼저 가 보겠습니다. 사장님."

말을 덧붙인 정우는 다시 한 번 고개를 숙이고 미소를 지으며 돌아섰다. 바로 옆이라고 하기엔 오르막길이 기다리고 있었지만 그렇다고 그의 차를 탈 생각은 전혀 없었다.

탁. 그가 차에서 내리는 것 같은 소리가 들렸다.

뚜벅뚜벅.

정우는 걸음을 빨리하기 시작했다.

"야! 나 대리!"

그때 멀리서 강민의 목소리가 들렸다.

이렇게 그의 목소리가 반가웠던 적은 지금까지 없었던 것 같다. 정우의 입가에 안도의 웃음이 스민다.

"나정은! 왜 그래? 지금 무섭다고 인상 쓰는 거야?"

눈썰미 좋은 이강민 박사도 정우만 바라볼 뿐 그녀의 옆에 선 태완을 몰라보는 눈치였다. 아니, 아예 주위엔 신경조차 쓰지 않고, 자신이 들어야 할 가방만 바라보고 있었다.

"가방이 두 개나 돼? 일주일 장을 다 봤냐? 이럴 줄 알았으면 좀 더 늦게 오는 건데. 오늘따라 발길이 가볍더니 이런 짐이 날 기다리고 있었구나. 내가 두 개 다 들어 주는 대신 너 오늘 맛있는 거……. 어?"

불평을 하면서도 강민이 얼른 그녀의 무거운 가방을 받아 들고는 그제야 옆을 바라보았다.

"사장님?"

그가 얕은 어둠에서 태완을 확인하듯 눈을 가늘게 떴다.

"사장님, 안녕하세요?"

외국 사람처럼 강민의 말꼬리가 묘하게 올라갔다. 강민은 자신의 것까지 세 개의 가방을 들고 태완에게 인사를 했다. 얼추 비슷한 키에 두 남자가 그녀의 앞에 멈춰 섰다.

"안녕하십니까?"

태완 역시 무뚝뚝하지만 예의 바르게 인사를 했다.

"저는 기획개발실 이강민입니다. 인사하셨죠? 여긴 나정우 대리님이고요."

그는 친절하게 새로운 사장에게 자신과 정우의 소개를 했다.

"네."

그가 무뚝뚝하게 고개를 끄덕였다.

"그런데 여긴 무슨 일로 오셨어요?"

아마 강민도 이 동네가 그의 차, 그리고 그와 어울리지 않는다고 생각했을 것이다. 그래서인지 정우와 만나기 위해 왔다는 생각보다는 우연히 만났다고 생각하는 듯했다.

넌 무슨 일 있어? 눈으로 묻는 강민에게 정우가 고개를 저었다.

"저는 친구 집에 밥 먹으러 왔습니다."

강민이 사람 좋게 웃었다.

"근처에 보고 싶은 사람이 있어서 왔습니다."

"아, 네."

태완의 예상치 못한 대답에 정우와 강민이 눈빛을 교환했다. 말꼬리를 늘이며 아무렇지도 않게 대답한 강민과 달리 정우는 슬쩍 태완을 보다 이내 시선을 거두었다. 그가 왜 이 근처에 왔는지는 신경 쓸 이유가 없다.

그런데 예전과는 많이 달라진 것 같다. 그녀가 알고 있던 오만한 눈빛과 표정은 변하지 않았지만 표현 방법이 달라졌다고 해야 할까.

보고 싶은 사람? 나이가 들어 뻔뻔해졌나. 저런 이야길 아무렇지도 않게 하고.

하긴 바뀐 것은 그것만이 아니겠지. 그는 서른 중반을 넘긴 남자였다.

그사이 강민은 정우에게 넘겨받은 짐 가방을 들어 내용물을 확인했다.

"오호. 내가 좋아하는 거 많이 샀네. 소주는 한 병만 샀냐? 집에 더 있어? 없으면 갈 때 사 가자. 집에 있다가 다시 나오기 귀찮으니까."

그는 신이 난 목소리로 말했다.

"아, 사장님은 소주 좋아하세요?"

정말 붙임성 좋은 애다. 난 태완이 아니라도, 사장님 류의 사람들을 만나면 긴장되던데.

"사장님께서도 함께하시면 좋은데. 그럼 짐이 무거워서 저희는 가 보겠습니다."

인사를 하라는 듯 강민이 툭 그녀를 쳤다.

"안녕히 계세요."

정우를 바라보는 태완의 시선이 느껴졌다. 조금 멍해 있던 정우가 강민을 따라 고개를 숙이고는 돌아섰다.

무덤덤한 표정의 정우가 강민을 따라 걷기 시작했다. 짐이 없어져 팔은 가벼웠지만 대신 머리가 복잡하게 엉켜 더 무거워졌다.

"표정 좀 무섭던데? 집에 도둑 들었나?"

"응?"

뜬금없이 도둑은.

"뭔가 뺏기고 심술 난 표정 같더라고. 내가 그 표정 잘 알거든. 우리 형이 좋아하던 여자애가 나 좋다고 했을 때 짓던 그 표정."

강민이 장난스럽게 웃으며 결국 자신이 형보다 인기가 많았다는 이야기를 꺼냈다. 허풍이 섞이긴 했지만 그가 여자들에게 인기가 있다는 것은 사실이었기에 그녀가 건성으로 고개를 끄덕였다.

"얼른 가자. 해진이 곧 도착하겠다."

"오케이."

정우가 잠시 뒤를 돌아보았지만, 어둠 속에서 아무것도 보이지 않았다.

다행이다.

❖

"맛있다."

해진과 강민이 부른 배를 안고 소파에 기대앉았다.

"설거지는 이 박사가 할 거니까 너도 이쪽에 앉아."

해진이 강민을 바라보며 말을 이었다.

"아니야. 식기세척기에 넣기만 하면 되는데. 오늘은 쉬어."

정우가 그릇정리를 하는 사이, 해진과 강민은 이차 준비를 시작했다. 닭볶음탕, 찹스테이크에 소주와 맥주를 마시더니, 과일과 해진이 사 온 케이크로는 와인이 딱이라며 거실 테이블에 안줏거리를 옮기고 있었다.

오 일간의 회사 스트레스를 주말폭식과 예능프로그램으로 해결하려는 듯 그들의 눈빛은 꽤나 전투적이었다.

"좀 천천히 하자. 난 더 이상 못 먹어."

그러나 누구도 정우의 말을 들은 체도 하지 않았다. 결국 정우는 못 말리겠다는 듯 고개를 저으며 욕실로 향했다.

"참, 좀 전에 사장님 만났다?"

강민의 말에 TV에 집중하던 해진이 무슨 헛소리냐는 표정으로 그를 바라보았다.

"아니, 아까 오는 길에 정우 만났는데, 사장이 지나가더라고."

강민은 일인용 소파에 다리를 펴고 앉아 있고, 해진은 바닥에, 그리고 주방을 정리하고 양치질을 하고 나온 정우는 소파에 양반다리로 앉았다.

"여기."

해진이 그녀 몫의 와인, 그리고 케이크와 과일 접시를 내밀었다.

"좀 쉬었다가 먹을게."

정우가 접시를 받아 바닥에 내려놓았다.

"그런데 왜 사장님은 안 어울리게 이 나이 든 동네에 왔을까? 여긴 맛집도 없고, 세련된 카페도 없는데. 한영 수퍼에 온 것도 아닐 테고."

한영 수퍼는 정우와 해진의 단골 맥주집이었다.

"그러게. 여긴 나정우처럼 심심한 애들이나 있을 동네인데."

"……."

TV를 보며 딴청을 피우는 정우에게 두 사람의 시선이 모였다 떨어졌다. 묘한 눈빛을 교환하던 해진과 강민이 '설마' 하는 표정으로 다시 그녀를 바라보았다. 정우는 괜히 포크로 케이크를 뒤적이며 딴청을 피웠다. 하지만 그들의 시선이 따갑게, 끈질기게 고스란히 느껴지자 결국 그녀의 입에서 얕은 한숨이 새어 나왔다.

"그래서?"

해진이 다시 물었다.

"그게 다야."

정우의 담담한 대답에 해진과 강민도 더 이상 묻지 않고 고개를 끄덕였다.

"첫사랑과의 기막힌 재회네."

해진이 중얼거렸다. 정우는 태완과의 인연에 대해 전부를 말한 것은 아니지만 대략의 상황에 대해 설명했다. 자세하게 설명하고 싶어도 말로는 다 설명할 수 없는 부분이었다.

물론 자신의 첫사랑의 거절을 위로받고자 하는 것도, 자신의 감정을 이해받기 위한 것도 아니었다. 다만 가끔씩 마주하게 될 불편한 상황들에서 강민과 해진이 이상하게 느끼게 하고 싶지 않았다.

예상대로 그들은 별로 놀라지 않았다. 좀 더 호기심 어린 눈빛을 반짝이기 시작했다. 이럴 땐 참 죽이 잘 맞는다.

"관리를 잘한 건가. 서른여섯 살 같지 않던데."

해진이 소파에 등을 기대며 말하자 강민이 고개를 저었다.

"원래 외모로는 모르는 거지. 남자는 속을 알아야 해, 속을."

강민이 불끈 주먹을 쥐자 해진이 피식 웃었다.

"그런데 서른이 넘은 남자에게 스물이 갓 넘은 여자, 남자는 무조건 좋아해야 하는 거 아냐? 그때의 정우라면 만 스물둘에 답답하고 순진했을 거잖아."

해진의 질문에 강민이 와인을 한 모금 마셨다. 무덤덤하게 케이크를 먹던 정우도 조금 궁금하긴 했다. 그때 그 남자의 마음이란 게.

내 감정에 집중하느라, 자신을 받아 주지 않는 그가 원망스러울 뿐이었다.

그때는 그 남자의 마음이라는 거, 그 남자의 의중이라는 거 헤아릴 여유가 없었다. 좋아하는 마음이 너무 커서 심장이 부풀어 오르던 때였다. 그를 떠올리면 심장만큼이나 몸이 붕 뜨는 기분이 들었던 때였다.

다른 사람을 좋아하는 것도 배려가 필요하다는 것을 몰랐었다. 그건 나를 좋아한다는 사람을 만나고, 눈길이 가는 사람을 만나고, 그런 시간이 흐른 후에야 조금씩 깨닫게 되었다. 아마도 서른이 넘으면 그의 마음을 이해할 수 있을지도 모르겠다.

"내가 서른하나가 아니라서 모르겠지만, 난 탱큐지."

해진이 그럴 줄 알았다는 듯 픽 웃었다.

"하지만."

이 박사가 단서를 붙였다.

"사람 좋아하는 덴 각자의 취향이라는 게 있는 거니까. 태어날 때부터 기저귀 찬 모습을 보고, 걔가 코 흘리면서 유치원 가고, 울면서 초등학교 가고, 뒤뚱뒤뚱 자라는 걸 다 봤다면, 여자로 안 느껴졌을 수도 있지. 성에 눈뜰 18살에 정운 겨우 10살 코흘리개였잖아. 그건 범죄야."

"초등학생을 좋아하란 이야기가 아니잖아. 그저 스무 살 여자일 뿐이야. 자기보다 여덟 살 어린."

해진의 말에 강민이 고개를 저었다.

"어린애인 건 똑같아. 네 동생이 자랐다고 해서 어리지 않은 건 아니잖아. 아무리 자랐다 해도 너한테 여전히 어린애처럼 보이잖아."

그럴까? 하긴.

정우가 그럴 수도 있겠다는 표정으로 고개를 끄덕였다. 이제는 정우도 다른 사람의 말이 귀에 들어온다. 귀를 막은 것처럼 아무것도 들리지 않았던 때도 있었나 싶을 정도로.

"아무리 여자로 안 느껴진다 해도 애한테 너무 차가웠던 거 아냐? 그렇게 연속으로 확인사살을 할 필요까진 없었다고 본다, 난."

해진의 불만스러운 말투에 정우에게도 씁쓸함이 머물렀다.

"그렇다고 친절하게 웃으며 너 싫다고 이야기하는 것도 기분 나쁘지 않았겠냐? 게다가 나정우가 아니라 나정은이었잖아."

"?"

"유도리, 아니 융통성 없었던, 귀한 막내딸 나정은."

픽. 정우가 웃었다.

흠.

정우가 그때를 떠올렸다. 아마 자신을 받아 주지 않으면서, 웃었어도 놀리는 것 같아 싫었을 것이다. 결국 뭘 해도 그에겐 안 되고, 그가 어떻게 해도 그녀는 상처받았을 것이다.

"어쨌든 지난 일이야."

정우가 단호하게 말하며 달콤한 케이크를 먹었다. 달콤함에 찜찜했던 마음도 사라지는 것 같았다.

"그런데 차이지만 않았으면, 안 그랬음 네가 사장 사모님이 되어 있었던 거야? 애도 한 둘쯤 딸린 아줌마가 되었을지도 몰라. 나정우는 아이 좋아하니까 셋은 되려나."

해진이 신기한 표정이었다.

"그러고 보면 나정우는 안 신기한데, 나정은은 참 알면 알수록 신기해. 부잣집에서 사랑을 한 몸에 받고 자란 귀한 막내딸이라는 것도 그렇고, 신부수업과 외국어공부만 하다가 사장 사모님이 될 뻔했다는 것도 그렇고."

강민의 말에 정우가 밉지 않게 눈을 흘겼다. 대우와 결혼한 새언니 혜나가 결혼 전 요리클래스에 다닐 때, 혼자 다니기 심심하다며 그녀를 데리고 다녔다.

아마 그즈음 그녀는 '나 남자한테 차이고 힘드니까 건드리지 말아요.' 하는 얼굴로 집 안에만 틀어박혀 있었던 것 같다. 아버지가 쓰러지시기 전이었고, 그녀는 여전히 귀한 막내딸이었다. 그랬기에 그런 그녀가 가족들은 답답했을 것이다. 아마 대우가 혜나에게 부탁했겠지.

그런데 그 클래스의 요리선생님이 요즘 케이블 TV에 나오는 것을 보고, 신기한 마음에 이야길 했는데, 강민은 그것을 신부수업이라 불렀다.

사실 요리보다 수업이 끝난 후 혜나와의 시간이 좋았다. 수업이 끝나면 꼭 그 옆에 있던 전통찻집에 가서 조근조근한 그녀의 이야기를 들었다. 연잎차를 좋아하게 된 것도 그때부터였다.

"있잖아. 나는 대우 씨랑 열 번쯤 헤어졌던 것 같아. 우린 같은 일을 하잖아. 더 많이 부딪히고, 더 많이 싸우고. 디자이너랍시고 자기 작품에 대해선 자존심도 강했어. 절대 타협은 없었어. 그땐 상대방 의견에 수긍하면 그럼 지는 거라고 생각했거든."

혜나가 웃었다.

"그런데 헤어지고 나서, 일을 하다가도 대우 씨가 이걸 보면 뭐라 할까, 이건 좋아하겠지, 이런 생각이 드는 거야. 전혀 집중할 수 없더라. 그 사람과 일은 별개라고 생각했는데, 그 사람이랑 일을 해야 내가 집중할 수 있더라고. 그리고 내가 연락해서 다시 만났어."

그때가 떠오른 것인지 그녀가 미소를 지었다.

"헤어졌던 시간이 나쁜 건 아니었어. 현실을 알게 해 주었거든. 좋은 쪽이든, 나쁜 쪽이든. 헤어진 건 아니지만 너한테도 이 시간이 꼭 나쁜 것만은 아닐 거야. 나중에 이 시간을 떠올리면 분명히."

정우가 고개를 끄덕였다. 헤어진 시간 동안 혜나는 사랑을 깨달았고, 그렇게 거절당한 정우는 현실을 깨달았다. 결국 어떤 식으로든 떨어져 있는 시간이 나쁜 건 아니라는 건 맞는 말이었던 것 같다.

아무튼 이런 시간들이 좋았었다. 언니가 없던 그녀에게 혜나는 언니처럼, 그리고 친구처럼 자신의 이야기를 들어 주었다. 그렇게 보듬어 준 혜나의 이야기를 들으며 조금씩 스스로를 찾을 수 있었다.

그때를 떠올린 그녀의 얼굴에 희미한 미소가 스쳤다.

"나정우는 오래된 아파트에 독거노인처럼 혼자 살면서 일은 잘하지만 그래 봐야 대리인 평범한 직장인일 뿐인데, 과거는 나름 화려하다니까."

해진이 옆에서 킬킬거렸다.

"그러게, 원래 부잣집 딸들은 이런 아파트에 안 사는 거 아니냐?"

"부잣집 아니니까 그렇지."

집 안을 둘러보는 강민을 따라 정우도 새삼스럽게 자신의 집을 둘러보았다. 부자라고 생각하지 않았지만, 지금 생각해 보면 당연하게 누리던 것들은 당연한 것이 아니었다. 대학 시절 몰던 외제차도 힘들 때 쓰라며 아빠가 몰래 줬던 신용카드도.

그러다 이 아파트에 살게 된 것엔 특별한 이유가 있었던 게 아니다. 회사와 가깝고, 자신이 주식투자로 번 돈과 적금, 은행 대출을 끼고 살 수 있는 집이었기 때문이다. 그리고 사정이 나아진 이후엔 이곳에 익숙해져 다른 곳에 가고 싶은 생각이 들지 않았다.

오래된 아파트에 독거노인, 흠.

틀린 말도 아니었기에, 정우는 가만히 웃었다.

"참, 우리가 가장 중요한 걸 잊고 있었잖아. 네 감정은 어떤데?"

차분한 질문에 정우 역시 생각에 잠겼다.

"그때의 나는 아니야."

그때의 나정우는 아니다. 팔걸이에 한쪽 팔을 기댄 정우가 무심하고도 담담히 대답했다. 자신이 감정이 정확히 뭔지, 그걸 도대체 뭐라고 불러야 할지는 잘 모르겠다. 그가 그녀의 회사에 온 이후 줄곧 생각했다. 마치 과거로 돌아간 것처럼 며칠은 밤잠을 설치고, 며칠은 다른 생각을 하지 않기 위해 일도 몰아서 했다. 그렇게 일을 하다 보니 생각지도 않은 ET의 칭찬을 듣기도 했다.

ET의 칭찬이면 각목 나정우도 춤출 수 있지만 그래도 명확해지지 않는 감정의 잔재들 때문에 마음 놓고 기뻐할 수도 없었다. 그걸 뭐라 꼬집을 순 없지만 다만 확실한 것은 그것이 예전과 같은 것은 아니라는 것이다.

"그렇다면 다행이네."

해진의 대답에 정우가 미소를 지었다.

환기를 위해 열어 놓은 창문 사이로 차가운 바람이 들어왔다.

"시원하다."

"그러게. 술 마셔서 그런지 시원하네."

세 사람의 시선은 자연스럽게 베란다 창가로 향했다. 무언가 굳이 일부러 말을 하지 않아도 나쁘지 않은 시간이었다.

"여긴 조용해서 좋아."

해진의 말에 정우가 고개를 끄덕였다. 열어 놓은 창을 통해 크리스마스 캐롤이 조용히 울려 퍼졌다.

"곧 크리스마스네."

"그러게."

그녀의 얼굴에 편안한 미소가 떠올랐다.

"이번엔 좀 색다르게 보내고 싶다."

"그래 봐야 영화 보고 술 마시거나, 술 마시고 영화 보는 거겠지."

강민이 부른 배를 두드리며 피식 웃었다.

"더 이상은 못 먹겠다."

"그럼 산책 나가자."

잡생각이 많아질 때는 걷는 게 최고지. 정우가 해진과 강민을 바라보았다.

"나도 이 동네로 이사 올까. 여기가 갈수록 좋아져."

해진이 산책은 귀찮다는 표정으로 대답 대신 바닥에 누우며 눈을 감았다.

정우 역시도 그랬다. 이 집에 살게 된 것은 3년이지만 꼭 이십년은 살았던 것처럼 익숙하고 편안했다. 산자락을 끼고 있어, 발전이 더디었던 동네라 여전히 오래된 것이 많았다. 이 아파트도 족히 삼십 년은 되었다는데 그녀에겐 별로 불편하지 않았다. 오르막길을 걷는 것도 좋았고, 저녁이 되면 고즈넉해지는 분위기도 좋았다. 게다가 요즘은 이런 분위기 때문인지 찻집도 많이 생기고, 길거리 공연도 하고 볼거리가 꽤 늘었다. 갈수록 세련된 분위기가 되어 가니 해진도 여기가 꽤나 괜찮게 느껴지나 보다.

"넌 게을러서 안 돼. 다 먹으니까 산책 나가자고 해도 눕기부터 하잖아."

강민의 말에 해진이 번쩍 눈을 떴다.

"아니거든."

둘의 말싸움이 시작되려고 한다. 정우가 벌떡 일어섰다.

"얼른, 나가서 커피 마시자. 좋은 커피숍 생겼어."

바람이 불어온다.

2. 평범하게 흐르는 시간

처음 복도에서 들려오는 발걸음 소리만으로도 긴장하던 시기가 지나고 정우에게도 나름 안정이 찾아왔다. 생각해 보면 직원과 사장이 만날 일은 거의 없었다. 게다가 층이 다르니 태완을 마주칠 일도 별로 없었고, 그날 이후 회의에 참석하는 일도 당연히 없었다.

또 회식이 있다 해도 밀린 업무를 핑계로, 혹은 한약을 먹고 있어서, 점심으로 먹은 짬뽕 때문에 두드러기가 나서, 물론 이러한 핑계는 강민의 아이디어였지만 그런대로 잘 넘어가고 있었다.

계속 빠지는 게 신경이 쓰이긴 했지만, 부서의 특성상 일이 많고 그걸 핑계로 회식 역시 많았기에, 참석 여부에는 좀 너그러운 편이었다. 특히 이 팀장은 일을 제외하면 성격만큼이나 자유로운 스타일이었고, 다른 직원들은 강민이 구워삶는 모양이었다.

게다가 부서 회식에 사장이 한 번씩 참석한다는 소문을 들었다. 새로운 젊은 사장으로서 직원들과의 소통이라는 명목하에 이런저런 일들을 해 나가는 모양인데, 정우로선 참 귀찮은 일이다. 그리고 어쩔 수 없이 회식에 민감해질 수밖에 없었다.

아무튼 시간이 갈수록 그를 만날 확률이 줄어들기도 했고, 스스로 조심하기도 했기에 정우는 이제 완전히 마음을 놓았다.

태완이 사장 업무를 하고 있지만, 그것은 전 사장이 육아휴직을 하는 동안 한시적이고, 그가 하는 일이 따로 있어 바쁜 스케줄을 소화하고 있다는 이야기도 강민에게 들은 것 같다. 그와의 관계를 안 이후로 강민은 어떻게 알아 온 것인지 그와 관련된 이야기가 넘쳐 났다. 절대 정우를 위해 말을 거르지 않는 강민으로 인해 이러다 과거 만났던 여자들까지 일일이 다 알 지경이었다.

"나정우! 이제 부서회식 참석하는 건 거의 끝나 가는 것 같더라."

강민이 그녀의 책상으로 다가왔다. 그렇지 않아도 회식 때문에 예민해져 스케줄러를 정리하던 정우가 신경질적으로 이마를 문지르며 고개를 끄덕였다.

요 며칠 그에 대한 소식을 듣는 것은 지난 오 년간 소식을 들은 것보다 더 많았던 것 같다.

그 선 이후 지금까지 그의 소식에 대해선 전혀 듣지 못했었다. 그녀도 묻지 못했고, 가족들 누구도 꺼내지 않았다. 아니 아빠의 병원을 오가며, 회사에 신경을 써야 했던 가족들이었기에 정신이 없었다는 것이 더 맞을 것이다.

게다가 오 박사가 아니었다면 따로 연락을 한다거나 할 정도로 친하지 않았고, 연관성이 전혀 없는 그였다. 영국에 갔는지, 아니면 유학을 포기했다는 그녀의 소식을 듣고 다시 미국으로 갔는지도 몰랐다.

어쩌면 비밀결혼을 했을지도 모른다는 생각이 퍼뜩 들었다. 별생각을 다 해야 하는 자신의 처지에 울컥 짜증이 인다.

"나정우, 정신 차려. 너 요즘 정신 나간 애 같아."

그가 조용히 중얼거렸다.

"이강민 씨! 일개 직원 이강민 씨! 나 대리거든."

"또 심사가 사나우시고만. 잘난 대리 가지고 트집 잡는 거 보니까. 나는 박사거든."

정우가 눈을 치켜뜨자 강민이 양손을 들어 항복한다는 표시를 하며 요상한 표정을 지었다. 분명 약 올릴 때 보이는 표정이다.

"그런데 그런 표정은 나이 든 남자들이 질색해. 와이프가 잔소리할 때의 표정이거든. 좀 상큼하게 안 돼?"

"이 씨."

그녀의 표정에 금세 그가 꼬리를 내리며 굽신거리는 미소를 지었다.

"나 대리님, 그럼 회의 전에 일개 평사원에게 커피 한 잔 사시죠."

"됐어!"

"지금 아니면 계속 회의라 시간 없을 텐데."

그 말에 정우는 벌떡 일어섰다. 그녀 역시 다디단 커피가 필요했기에.

차가운 바람 때문인지 옥상엔 아무도 보이지 않았다. 동전을 넣고 자판기 커피 버튼을 누른 정우가 강민에게 먼저 한 잔을 내밀고, 또 버튼을 눌렀다.

"여자가 찾아왔대."

"응?"

호호 불어 뜨거운 커피를 마시던 정우가 무슨 말인가 싶어 눈을 크게 떴다.

"사장실로 농염한 여자가 찾아왔다고. 박해진 대리님이 그러시더라고. 연예인처럼 예쁘다던데. 진하지 않은 화장에 반짝이는 피부. 그리고 날씬한 몸매. 자기 관리가 뛰어난 부잣집 딸내미겠지. 물론 해진이 말로는 온몸에 돈 쳐 바른 여자라고 하더라."

강민이 어깨를 으쓱했다. '아, 그래.' 하는 표정으로 정우가 무심하게 고개를 돌렸다.

부연 안개만 없다면 저 멀리까지 보일 텐데. 좀 답답하다는 생각이 들었다. 그래서 오랜만에 신경 쓰고 드라이까지 하고 온 머리를 팔목에 차고 있던 고무줄로 묶어 버렸다.

"뭐, 꽃바구니 들고 온 게 일적인 관계는 아닌 것 같다고 하던데. 그쪽 비서한테 해진이도 들은 거라더라. 비서가 한정희잖아."

진짜 사람이 변한 건가.

차갑게 내치던 그는 어디 가고, 이제는 여자 관리도 제대로 못하나. 취임한 지 얼마 되지도 않은 사무실로 여자가 찾아오다니. 그건 그의 이미지 관리 차원의 문제였다.

"예쁘더래. 내 스타일일까?"

정우가 못 말리겠다는 듯 고개를 저었다.

"여기 있을 줄 알았다."

해진의 목소리에 정우가 표정을 지우고 고개를 돌려 미소를 지었다. 정우의 손에서 동전을 가져간 강민이 자판기로 다가갔다.

"난 율무차. 참, 들었지? 여자."

해진이 정우의 표정을 살피며 강민이 내민 율무차를 받아 들었다.

"응."

"네가 까인 이율 알았어."

해진이 그녈 아래위로 훑어보았다.

"내가 급하게 가서 엘리베이터에서 타는 모습만 얼핏 봤거든. 그래도 알겠더라. 사장의 여자 취향은 너와 정반대야. 완벽하게 이해가 되었어."

"?"

해진이 웃으며 율무차 한 모금을 마셨다.

"역시 본인만 모르는군. 정반대라. 어떤 취향인지 딱 알겠네."

강민 역시 해진이 했던 것처럼 정우를 바라보며 이해하겠다는 표정으로 고개를 끄덕였다.

이 씨, 무슨 뜻이야!

❖

'정반대의 여잔 뭐야. 도대체.'

생각에 잠겼던 정우가 하품을 참는 강민의 모습이 보이자 피식 웃으며 회의에 집중했다.

오늘따라 회의도 길고 지루하다. 맨 앞에 앉아 있는 이택 팀장도 이번에 좀 지루한 눈치이다. 12시 점심시간은 이미 지나 버렸고, 점심시간을 더 주지도 않을 거면서 박 부장의 이야기는 끝날 줄 몰랐다.

박 부장이 주도하는 기획회의란 게 그렇다. 어느 정도 박 부장의 머릿속에 그림이 잡혀 있고, 그게 만족스럽게 진행될 때까지, 자신의 뜻을 이해시키기 전까지 박 부장은 회의를 끝내지 않는다. 다른 사람의 의견을 경청하는 것 같지만, 그것은 전혀 반영되지 않고 결론적으론 자신의 생각에 들어맞아야 회의는 끝이 난다.

꼭 박 부장이 나쁘다는 것은 아니다. 박 부장의 그간의 경험과 연륜, 그리고 지금까지의 판단을 존경하기는 한다. 다만 어차피 그럴 것이라면 이런 회의 대신 지시를 내리는 게 빠르지 않을까 싶기 때문이다. 의견 존중 차원의 회의라는 명목하에 빤히 보이는 것은 형식적인 이야기들뿐이었다.

"그러니까 내 말은⋯⋯."

"알겠습니다. 우선 그렇게 진행하도록 하겠습니다. 나 대리, 잘 들었지?"

말을 이으려던 박 부장이 이택 팀장의 대답에 만족스러운 표정을 드러냈다. 다른 직원들의 다행스러운 시선도 그를 향하고 있었다.

그리고 이택 팀장의 한마디에 드디어 회의가 끝났다.

박 부장이 기다린 것도 아마 이택의 명확한 대답이었을 것이다. 새로운 사장이 오고 자신의 존재감을 각인시키고 싶었던 박 부장은 지금 여러 계획을 추진하고 있었다. 그중 하나가 프리미엄 라인이었다. 그리고 그 중심엔 자신이 믿고 있는 이택이 있었다. 그래서인지 이택의 대답에 만족스럽게 고개를 끄덕인다. 그만큼 믿을 만한 사람이 없다는 것을 박 부장 역시도 알고 있으니까.

그렇게 회의가 끝나고 짧은 점심시간이 시작되었다. 정리를 끝내자 정우와 강민은 12시 50분에야 식당으로 내려올 수 있었다.

"내가 이 회사에 들어온 이유는 이 사내식당 음식이 맛있다는 소문이 나서야."

강민의 장난스러운 말에 정우가 피식 웃었다.

"웃기네. 넌 모든 음식이 다 맛있잖아."

"아니거든. 리안퍼니쳐의 가장 좋은 복지는 휴게실과 사내식당이라는 건 취준생에게 이미 소문날 대로 소문난 사실이야."

그녀가 고개를 끄덕였다. 그렇긴 했다. 전 사장이 가장 신경 썼던 부분 중에 하나가 직원 복지였으니까. 창의력 향상을 위해서는 그는 그에 맞는 환경의 변화가 중요하다고 여겼고, 복지도 그중 하나였다.

"그래서 그 탕수육을 남기겠다고?"

"아니, 안 남길 건데."

정우가 고개를 저었다.

"남기면 아깝잖아."

앤 사람 말을 듣는 거야.

정우가 눈을 흘겼다. 이건 자기 걸 다 먹고 무언가 먹고 싶을 때쓰는 이강민의 수법이다.

평소라면 식당 아주머니에게 웃으며 애교를 부렸겠지만, 지금은 점심시간이 거의 끝나 좋아하는 반찬은 별로 남지 않았고, 또 시간도 별로 없었기에 목표를 정우의 식판으로 삼은 모양이다.

"안 남긴다고. 다 먹을 거야."

또 이렇게 넘어가면 안 된다. 먹고 떨어져라 하기에는 아침도 먹지 않는 정우 역시 늦은 점심에 배가 고팠다. 정우는 그의 말을 무시하고, 탕수육을 집어 입으로 가져가는 중이었다. 그래도 아마 식판에 남아 있는 것들은 강민이 가져갈 것이다. 그런데 그녀가 반쯤물은 탕수육을 그가 가져가더니 자기 입에 쏙 넣어 버렸다.

그리고는 아무렇지도 않게 티슈를 들어 그녀의 입술에 묻은 소스를 친절하게 닦아 주고 그 티슈로 자신의 입도 닦았다.

늦은 시간이라 사람이 별로 없어서 다행이긴 했지만 진짜 이강민의 친한 척하는 행동을 예측할 수 없다. 하지만 갑자기 그가 저렇게 다정한 표정으로 자신을 주시하며 눈빛을 반짝이는 걸 보는 건 아무래도 불안하다.

정우가 어이없는 표정으로 고개를 돌리다 걸어오는 누군가와 시선이 딱 마주쳤다.

이거였어? 정우가 다시 강민을 바라보자 그는 아무것도 모른다는 듯 어깨를 으쓱할 뿐이었다.

흠. 저 인간이……

정우가 강민을 향해 눈을 흘기다 고개를 숙였다.

사장님과 눈이 마주치고 모른 척하는 직원의 앞날은 어떨까 싶었지만, 정우는 그냥 아무것도 모르는 것처럼 딴청을 피웠다.

"점심이 늦네."

양 이사다. 사람 좋은 양 이사가 자연스럽게 정우 옆에 앉자 태완 역시 강민의 옆에 앉았다. 고개를 숙였던 정우가 살짝 미간을 구기며 자연스럽게 눈을 굴려 주위를 둘러보았다. 빈자리도 많은데 굳이 이쪽에 앉는 이유가 뭘까.

"네, 회의가 늦어져서요."

담담한 표정으로 대답한 정우가 제발 조용히 있으라는 표정으로 강민을 바라보았다.

그러나 이미 강민의 눈빛은 그 어느 때보다도 반짝이고 있었다.

"역시 인재가 많은 기개실이 가장 바빠. 연애도 그렇고. 나 대리하고 이 박사 둘이 진짜 사귀는 거 아냐? 둘이 잘 어울리는데."

그리고 강민이 입을 열기도 전에 양 이사가 선수를 쳤다. 이사로 승진 전 그녀와 함께 근무하기도 했던 양 이사였기에 그의 입장에서 정우, 강민과 친하다고 생각할 것이다. 그리고 실제로 다른 상사들과 달리 양 이사와 친한 것도 사실이었다.

"좀 그렇죠?"

강민이 맞장구를 치며 웃었다. 그러면서 젓가락은 자연스럽게 정우의 식판으로 향했다. 묵묵히 밥을 먹던 정우가 무심코 고개를 들다 태완과 눈이 마주쳤다. 그렇게 시간이 조금 흐른 것 같기도 하다.

"그럼 나정우 대리는 아직 남자친구 없습니까?"

갑작스러운 태완의 질문에 고개를 돌리려던 정우가 눈을 들었다. 그의 의도를 읽어 보려 했지만 그는 여전히 무표정했다.

"네, 지금은 없습니다."

정우가 무덤덤하게, 그러면서도 예의를 잃지 않는 미소를 지으며 대답했다.

"나 대리님, 절 앞에 두고 그런 말씀 하시는 거 찔리지 않으세요? 주말 내내 저랑 노셨잖아요. 제가 심심풀이 땅콩도 아니고. 게다가 지난달에 선본 잘생겼다는 그분은 또……."

이씨!

정우가 테이블 아래로 그의 다리를 툭 쳤다. 무언가 못마땅한 듯 한쪽 눈썹이 치켜 올라간 태완과 눈이 마주쳤다.

"나 대리 선도 봐? 그러면서 나한테는 스스로 인연을 만나겠다고 한 거였어? 어차피 선봐서 결혼할 거면 나도 주위에 좋은 사람 좀 찾아봐야겠네. 이상하게 괜찮은 남자들이 드물어. 괜찮은 여자는 많은데."

양 이사가 진지하게 주위 사람들을 곱씹었다.

"그럼 경쟁자가 더 늘겠는데요. 그래도 좀 찔리죠? 나 대리님."

강민이 빙글거리며 말하자, 태완의 시선은 그녀의 대답을 기다리는 듯 정우에게 시선을 고정했다. 무슨 대답을 원하는 거야. 정우가 시큰둥한 표정으로 시선을 돌렸다.

"아직은 안 찔리는데⋯⋯."

묘한 분위기가 흘렀다.

"'아직은'이라면, 그럼 두 사람 여지가 있다는 거네. 이 박사랑 나 대리가 잘 어울리긴 하지. 그런데⋯⋯."

여전히 웃지 않는 태완의 눈치를 보던 양 이사가 농담처럼 말을 꺼내며 분위기를 바꾸려 껄껄거리며 웃었다.

"다른 사람에게도 여지가 있다는 뜻입니까?"

양 이사의 말을 자른 태완의 질문에 미소를 짓던 정우의 시선이 또다시 부딪혔다.

그의 흥미로운 시선, 그리고 강민의 호기심 어린 눈빛도 그녈 향하고 있었다.

아마 그들뿐 아니라 식당 사람들의 시선이 젊은 사장에게, 또 그가 나누는 대화에 집중되어 있을 것이라는 것은 안 봐도 빤하다. 힐끗거리는 사람들의 시선이 정우도 느껴지니까.

"사람에 따라서 다르겠죠."

정우가 담담히 웃었다. 그의 한쪽 눈썹이 미세하게 올라가는 것은 그녀만 보았을 것이다. 이상하게 체할 것 같던 가슴속이 조금 가벼워졌다.

그리고 그사이 강민은 그녀의 식판에 남은 음식을 먹기 시작했다.

"아이고, 내 거라도 줄까? 나 대리도 탕수육 좋아하잖아. 예전에 한동안 요 앞 중국집이 탕수육 잘한다고 박해진 대리랑 셋이 일주일에 두세 번씩 갔던 거 기억나는데."

강민을 귀여운 막내아들 보듯 바라보던 양 이사의 말에 정우가 웃었다. 약간 푼수 같긴 하지만 사람 좋은 양 이사는 그 중국집에서 만나면 대신 계산도 해 주고, 또 요리를 더 시켜 주기도 했었다. 능력과 인간성이 비례하는 얼마 안 되는 상사 중 하나였다.

"지금도 좋아해요."

정우의 대답에 태완이 피식 웃는 것이 느껴졌다. 양 이사도 정우를 보며 웃었다.

"취향은 쉽게 바뀌질 않겠죠."

무심한 태완의 말에 정우와 강민의 시선이 그를 향했다.

"……."

"나 대리님, 취향이 안 바뀌셔서 계속 연하만 좋아하시는 거예요? 그럼 어릴 때부터 연하를 좋아하신 거예요? 제가 며칠 늦게 태어난 것 아시죠? 알고 보면 저도 연하라고 할 수 있죠."

'연하킬러' 라고 장난스럽게 덧붙인 강민이 아무것도 모른다는 표정으로 말을 잇자 정우가 피식 웃어 버렸다. 시선이 마주쳤다.

네 취향이 정말 그거야? 그는 묻고 있었다. 그녀가 모른 척 고개를 돌렸다.

그런데 가슴이 또다시 답답해져 온다.

"점심시간 끝나 가는데요?"

강민이 일어서려고 하자 정우 역시 일어섰다.

"맛있게 드세요."

그런데 뭔가 찜찜하다. 결국 그 점심의 결론은 나정우는 연하킬러에 결혼을 위해 가리지 않고 선을 본다는 것이었으니까.

"왜 그래? 너."

짧은 점심시간을 끝내고 사무실로 돌아와 커피 대신 현미녹차를 강민에게 내밀며 정우가 물었다.

"뭐가?"

그가 배부른 표정으로 물었다.

"점심시간에 내가 툭 쳤는데도 너 말 끊지 않더라."

그가 뚱한 표정으로 그녀를 바라보았다.

"언제?"

"밥 먹으면서."

뭔 소리냐는 표정으로 강민이 그녀의 책상 위에 놓인 사탕을 씹어 먹으며 그녀의 어깨에 팔을 올렸다.

"네가 날 쳤어? 언제? 밥 먹는 중에? 난 네가 별 반응 없기에 계속하란 뜻인 줄 알았는데. 그래서 없던 연하 이야기까지 했잖아."

정우의 얼굴이 난감함이 스쳤다.

도대체 그 다리는 누구 것일까.

젠……장.

3. 사람에 따라 다르다

흠.

강민과 이택 팀장이 플래그숍으로 외근을 나간 사이 해진과 점심을 먹고 돌아왔다. 그런데 박 부장이 나와 있었다.

"오늘 회식은 오랜만에 전원 참석이야. 빠지는 사람 기억할 테니까, 알아서들 해. 꼭 빠지는 사람은 빠져야 하는 이유, 보고서 작성해서 올리고."

웃으며 엄포를 놓는 박 부장이 커피 한 잔을 들고 방으로 들어가자 그녀의 미간이 모였다.

책상에 앉은 그녀의 모니터엔 회식 장소를 알리는 김송희의 단체 메일 알림이 떠 있었었다. 그녀가 난감한 표정으로 강민을 바라보았다. 그러나 외근을 다녀온 그 역시 오늘은 어쩔 수 없다는 표정이었다.

"오늘 전원 참석하라는 거랑 보고서 작성은 진심일 거야. 원래 그런 말 잘 안 하잖아."

"왜?"

"박 부장이 사장한테 어필하고 싶어 하잖아. 지금도 충분히 능력 있는 분으로 인정받고 있는데, 한 단계 더 위를 보시는 거지. 그러니까 직원들의 단합도 자신의 능력 중 하나라고 생각하시는 모양이야. 필히 참석."

그녀가 한숨을 내쉬었다.

"머리 아파."

정우가 책상에 엎드렸다. 이대로 그냥 잠이나 잤으면 좋겠다.

"왜?"

"몰라."

그녀의 기운 없는 목소리에 언제나 장난스럽던 강민도 이번에는 걱정스러운 표정이었다.

"감긴가?"

"몰라."

흠. 그가 잠시 생각에 잠겼다.

"그럼 중간에 잠깐 참석했다가 요 며칠 야근한 거 핑계대고 일찍 빠져나가."

그럴까.

정우가 엎드린 채 고개만 돌려 그를 바라보았다.

"어차피 참석은 해야 하잖아. 얼굴도장 꾹 찍으면 내가 기회 봐서 바로 보내 줄게. 끝자리에만 앉아 있어."

역시 친구뿐이다. 정우가 고개를 끄덕였다.

강민의 말대로 정우는 느지막하게 회식 자리에 도착했다. 고깃집에서 일차를 끝내고 여기가 이차라고 했다.

룸으로 들어서자 이미 시끌벅적한 분위기 때문인지 그녀에게 관심을 갖는 사람은 없었다. 다행이다 싶은 생각에 미소를 짓던 그녀의 시선이 한 곳에 고정되었다. 이미 갔어야 할 태완이 안쪽에 편안히 자리 잡고 있었다.

강민의 정보력도 이제 갔구나 싶은 생각과 함께 갑작스럽게 밀려드는 피곤함에 그녀는 안쪽에 앉은 태완과 제일 먼 곳, 가장 끝, 문과 가장 가까운 곳에 조용히 자리를 잡았다. 물론 아무 일 없을 것이라는 것을, 이제는 모든 것이 예전으로 돌아왔다는 것을 안다. 하지만 한자리에서 그를 마주하는 것은 아직 신경을 곤두서게 한다. 그래서 피하고 싶었다.

피곤한 표정을 지우며 그녀는 자연스럽게 사람들과 눈인사를 하며 화려한 주위를 둘러보았다. 이미 입구에서 박 부장과 마주쳐 인사를 했고, 또 얼굴도장을 찍어야 할 사람을 찾았다.

강민에게 들은 말로는 사장은 직원들의 편안한 분위기를 위해서인지 1차를 시원하게 결제하고 간다고 했다. 그래서 혹시나 싶은 마음에 1차 삼겹살집에서 나와 2차 중반쯤에 회식에 참석했다. 물론 공식적인 이유는 이택 팀장이 지시한 결재만 올리고 간다는 것이었다. 그리고 실제 이택 팀장이 지시한 일도 있었다. 급한 일은 아니었지만, 핑계거리는 그것뿐이었다.

'네가 언제부터 내가 시킨 일에 그렇게 부지런했는데.'

라는 표정의 이택도 정우의 말에 별다른 말없이 고개를 끄덕였다.

그리고 슬슬 파장하는 분위기라는 강민의 문자를 받고 사무실을 나왔다. 그런데 없다던 태완이 있고, 파장 분위기라는 회식은 끝날 기미를 보이지 않고, 계속해서 추가 주문만 이어졌다.

그리고 사람들은 화려하고 흥겨운 분위기에 취해서 춤을 추기 위해 내려갈 분위기였다. 게다가 부서회식인 줄 알았는데 다른 부서 사람들도 보이고, 직원들, 특히 여직원들은 모두 태완의 주위에 모여 있는 것처럼 보였다.

흠. 잠시 눈을 마주친 것도 같다. 어차피 잘 보이지도 않았을 것이다.

어깨를 으쓱하며 피식 웃어 버린 정우는 눈을 돌려 어디선가 독자 행동을 하고 있을 강민을 찾았다.

"난 분명 가신 줄 알았다. 너한테 괜찮다는 문자 보내고 옆방에 좀 다녀왔더니 저기 앉아 계시더라."

언제 왔는지 강민이 그녀 옆에 앉아 조용히 말했다. 아마 태완을 가리키는 말인 모양이다.

"너 이제 이 박사라고 하지 마. 이런 게 파장 분위기인 줄 처음 알았어?"

복화술로 말하는 정우를 보며 강민 역시 많이 난감해하고 있었다.

"자존심 상한다. 내 정보력에 금이 간 것 같아서."

"괜찮아. 그래도 어두워서 잘 보이지도 않아."

정우가 괜찮다는 표정으로 픽 웃어 버렸다. 분위기도 소란스럽고, 게다가 룸 안이 어둑해서 누가 누군지 잘 모를 것이다. 게다가 저렇게 주위에 여자들이 많은데, 이쪽까지는 보이지도 않을 것이다.

또, 만나면 어때, 하는 생각도 조금 있었다. 무난하게 흘러가고, 마주치지 않는 상황과 화려한 분위기가 그녀를 무심하게 만들고 있었다.

"그런데 옆방엔 왜?"

"예전에 알던 친구들이 있어서."

"예전? 여자?"

당연한 걸 묻는다는 듯 강민이 고개를 끄덕이자 정우가 눈을 흘겼다.

"또 이상한 여자는 아니지?"

"아니야. 전혀."

과거 그의 이력을 아는 정우였기에 괜한 걱정이 앞섰다.

"사장님은 연애 안 하십니까?"

저쪽 끝 술에 취한 박 부장의 웃음 섞인 질문에 정우가 무심코 고개를 돌렸다. 어둠과 화려한 불빛 사이로 그와 눈이 마주쳤다. 다행스러운 것은 그녀 말고도 룸에 있는 모든 사람들의 시선이 그를 향했다는 것이다.

언제나 연애란 모든 사람의 관심사인가 보다. 시끌벅적하던 룸이 조용해진 것을 보면.

"해야죠."

"아. 그럼 아직 상대가 없다는 말씀이십니까?"

다른 쪽에서 질문이 나왔다. 디자인센터 골드미스 왕재향이다. 그녀의 눈빛이 반짝이고 있었다. 리안퍼니쳐는 부엌 및 욕실 인테리어로 그 영역을 넓히면서 디자인을 위해 디자인센터를 따로 두고 있었다. 그곳에서 디자이너를 양성하고, 새로운 제품의 디자인을 개발하고 있었다.

같은 건물에 있지만 두 층을 따로 쓰고 있기 때에 리안퍼니쳐의 직원으로서 동질감도 있지만, 분위기나 소속감 때문에 별개라는 생각을 갖기도 했다. 특히 디자인센터의 여직원들과 본사에 근무하는 여직원들과는 그 거리감이 조금 더 컸다. 디자인을 한다는 자부심 때문인지, 아니면 평범한 직장인의 옷차림이 아니라 디자이너들만의 세련된 옷차림 때문인지도 모르겠다.

물론 정우는 신경 쓰지 않았지만 아무튼 그녀들 사이엔 묘한 분위기가 있었다.

그녀가 생각에 잠긴 사이 그의 목소리가 들려왔다.

"아직은 없습니다."

그가 부드럽게 웃었다.

여자들의 웅성이는 소리와 왕재향의 굉장히 유혹적인 웃음소리가 들렸다. 분명 정우에게는 그렇게 들렸다.

그는 그걸 아는지 모르는지 미소를 지은 채 여유롭게 사람들을 상대하고 있었다.

"어떤 스타일 좋아하세요?"

"어린 여자가 좋으시죠?"

질문들이 이어졌다. 이런 질문이 정말 재미가 있나. 정우가 피곤한 듯 미간을 모았다.

"그럼 모두에게 가능성이 있나요?"

웃음을 머금은 왕재향의 질문이 들려왔다. 어깨를 으쓱한 정우는 강민과 눈빛을 교환했다. 덩치는 크지만 눈치는 웬만한 여자보다 빠르다.

지금 나가?

아니. 사람들 춤추러 가면 나가라. 이 오빠만 믿어.

조금 전 실수를 만회하려는 듯 강민이 의지를 불태우듯 눈빛을 반짝였다.

"사람에 따라서 다르겠죠."

태완의 목소리에 정우가 퍼뜩 고개를 들었다. 그리고 그의 한쪽 입매가 얄밉게 올라가는 것이 보였다.

지금 자신의 대답을 따라 한 건가.

정우가 뚱한 표정으로 태완과 신나게 이야길 하는 무리를 바라보다 그의 시선이 자신을 향하는 순간 고개를 돌렸다. 어차피 크게 신경 쓰지 않는다.

그때 문을 열고 들어오는 사람이 보였다. ET, 이택 팀장이다. 정우가 반가운 마음에 고개를 들어 이택 팀장에게 눈도장을 찍기 위해 살짝 손을 들었다. 이택 역시 피식 웃으며 고개를 끄덕였다.

빈자리를 찾아 앉으려는 이택의 얼굴에 조금 난감한 기색이 스쳤다. 그가 강민만큼 술자리를 좋아하기는 하나, 강민과 다르게 이런 화려한 분위기는 좋아하지 않는다. 아니, 싫어한다고 봐야겠지.

그래서인지 그 역시도 자신처럼 빠져나갈 기회만 노리는지도 모르겠다. 아니면 좀 불편하지 않은 자리라도.

서로의 생각을 읽은 것인지 이택과 눈이 마주치자 정우의 눈매가 부드럽게 풀렸다.

그러나 얼마 지나지 않아 사장님 무리에 있던 소희정이 사람들을 지나 이택의 옆에 자리를 잡았다. 디자인센터 소희정이 이택에게 관심을 가지고 있다는 것을 정우는 알 수 있었다. 정우의 안됐다는 표정으로 장난스럽게 고개를 젓자, 이택도 이 상황이 어이없었는지 픽 웃어 버렸다.

정우가 강민을 찾기 위해 주위를 두리번거리다 멀리 있던 태완과 눈이 마주쳤다.

아, 잊고 있었다. 그가 이 룸 안에 함께 있었지.

이택과 장난스럽게 눈빛을 교환하다 그가 있다는 것을 잊어버렸다.

 가장 떨어진 자리이긴 했지만 그래도 룸 안이었기에 그리 멀지는 않았다. 그런데 태완 무리와 정우는 전혀 다른 공간에 있는 것 같았다. 태완 주위에선 그에게 관심을 받고자 하는 사람들의 웃음소리가 끊이질 않았다. 생각해 보면 그의 주윈 항상 그랬던 것 같기도 하다. 그리고 다시 보니 저 남잔 그걸 즐기는 것 같기도 하고.

 흠.

 잠시 생각에 빠졌던 정우가 정신을 차리고 눈치를 살폈다. 박 부장까지 내려가면, 슬슬 춤추러 내려가는 사람들 사이에서 조용히 빠져나가는 게 좋겠다 싶었다. 강민의 정신은 이미 밖의 여자들 사이에 있었다. 정우가 강민의 어깨를 툭 치자 그가 지금이 기회라는 듯 고개를 끄덕였다.

 회식 때면 매의 눈을 하고 누구도 갈 수 없게 다른 사람들의 가방을 모두 걸치거나 옷들을 허리에 묶는 박 부장에게 보란 듯이 가방이 아닌 파우치만 들고 조용히 룸을 나왔다. 이미 사람들, 그러니까 여자들의 관심은 젊은 사장, 최태완에게 향해 있었다.

 그리고 강민을 비롯한 남자들의 관심은 룸 밖의 춤을 추고 있는 예쁜 여자들에게 가 있을 것이다. 결국 지금 이 순간 정우는 누구에게도 관심 밖의 사람이었다.

 파우치에서 칫솔을 꺼내 양치를 하고, 화장도 다시 고치고, 화장실에 놓인 가글로 입도 헹구고, 소파에 앉아 주식도 확인하며, 그렇게 시간을 보냈다.

 이제 모두 내려갔겠지 싶어 밖으로 나오니 누군가 복도에서 휴대폰을 들고 있었다. 이택 팀장이었다.

술을 마셨는지, 조금은 상기된 얼굴로 통화를 하고 있었다. 담배를 피우려는 것인지 손에는 피우지 않은 담배가 들려 있었다.

눈이 마주치자 이택은 피식 웃으며 전화를 끊었다.

"안 올 줄 알았다."

"팀장님이 꼭 참석하라고 하셨다면서요."

"네가 언제부터 내 말을 들었다고."

"저 이강민 들어온 이후로 엄청 말 잘 들은 거 모르세요?"

말을 하면서도 정우가 피식 웃었다.

"잘 빠져나오셨네요."

"다행히 전화가 왔어."

소희정에게서 잘 빠져나왔다는 듯 이택의 얼굴엔 안도감이 가득 담겨 있었다. 물론 소희정이 나쁘다는 것은 아니다. 다만 그녀의 적극적인 관심이 이택에게는 꽤나 부담스러울 것이다.

이택 팀장은 서른다섯으로 능력도 있고, 여러모로 괜찮은 사람이었다. 게다가 미혼에 준수한 외모까지, 많은 여직원들의 관심을 한 몸에 받고 있었다. 특히 디자인센터 신입인 소희정까지.

아무튼 이택은 그래서인지 이렇게 타 부서와 함께하는 회식 때는 피곤한 룸보다 자꾸 밖으로 도는지도 모르겠다. 물론 무식한 부서별 술 배틀이 벌어질 때는 끝까지 남아 있지만. 악랄한 영업개발부, 일명 영개의 고 전무를 이긴 유일한 사람이 기개의 이택이었다.

정우가 그의 옆에 나란히 섰다.

"담배 끊으라고 말씀드렸잖아요."

그러면서 정우는 이택의 손에 들린 담배를 가져와서 구기듯 휴지통에 넣어 버렸다.

"아직 피우지도 않은 거야."

아쉬운 듯 말을 그렇게 하고 있지만 별로 신경 쓰지 않는 눈치였다.

정우는 자신의 손바닥을 그의 얼굴 앞에 내밀었다.

"전 잠깐 만졌는데 벌써 손에 냄새 밴 거 보세요?"

그녀는 지금도 냄새가 난다는 듯 얼굴을 찡그렸다.

"너 많이 컸다."

그녀가 하는 양을 지켜보던 이택이 장난스럽게 검지로 그녀의 이마를 밀어냈다. 정우가 웃으며 손을 내렸다.

이택은 그녀의 사수였다. 그리고 5년이란 시간이 지난 지금 그녀가 가장 믿고 의지하는 상사이고, 선배이자 친오빠 같은 존재였다.

"많이 드셨어요?"

"강민이가 무슨 생각인지 무섭게 권하더라. 그런데 아직 부족한 것 같기도 하고."

정우가 긴장을 풀고 편안하게 웃었다.

"그럼 우리끼리 3차 가요. 팀장님?"

그녀 역시 표정 관리를 해야 하는 자리보다 편안한 술이 필요했다.

해진이도 부를까?

"팀장님."

생각에 잠겼던 이택이 그녀가 부르는 소리에 몸을 돌려 그녀를 바라보았다.

"괜찮으신 거죠?"

무슨 질문인지 이해한 이택이 피식 웃었다.

"괜찮으니까 나왔지."

그러나 괜찮다고 말하는 이택의 표정은 씁쓸했다. 휴가를 다녀온 이택에게 정우는 차마 묻지 못했다. 좋은 소식이 있었다면 그의 표정이 이렇게 씁쓸하진 않을 테니까. 허공을 바라보는 그의 텅 빈 눈빛이 안타까웠다.

정우가 뭔가 말을 하려고 할 때, 강민의 목소리가 들렸다.

"여기서 뭐하세요? 지금 다들 춤추느라 정신없는데?"

강민이 장난스럽게 몸을 흔들었다.

"우리끼리 나가자는 이야기하는 중이었어. 난 지금 와서 아직 1차 시작도 안 했잖아."

강민이 고개를 저었다.

"너나 가. 팀장님하고 나는 오늘 여기서 역사를 만들고 갈 테니까. 전혀 영양가 없는 멤버들하고는 진짜 싫다."

그가 말하는 영양가 없는 멤버는 이택, 정우, 해진, 강민 넷이었다. 항상 마음 편하게 넷이 어울리지만, 전혀 공적으로든 사적으로든 영양가는 없다고 했다. 친하다고 일을 덜 시키는 것도 아니고, 서로 소개팅을 시켜 주는 것도 아니고, 화장 지운 못 볼 꼴만 더 본다는 것이 강민의 의견이었다.

오늘따라 결연한 의지를 비치는 강민의 표정을 보며 정우가 살짝 눈을 흘겼다.

"그럼 넌 빠져. 우리끼리 할 테니까."

이택이 피식 웃었다.

"잠깐 불빛 좋을 때 사진 하나 찍자. 얼굴 모여."

그러더니 정우의 옆에 서 긴팔로 휴대폰으로 셀카 준비를 하던 강민이 찰칵 하며 버튼을 눌렀다.

갑자기 웬 사진인가 싶었지만, 종종 밴드에 사진을 올리는 그였기에 다들 그러려니 하곤 했다.

"오호. 잘나왔어."

강민이 만족스럽게 웃으며 휴대폰을 확인하다 정우를 바라보았다.

"참, 너는 얼른 가. 룸에 아무도 없는 거 같더라. 분위기 봐서 연락할 테니 그때 3차를 하든가, 각자 불금을 불태우든가 하자."

"응."

정우가 고개를 끄덕이며 서둘러 걷기 시작했다.

그의 말대로 룸 안에는 아무도 없는 듯했다.

눈치 빠른 강민이 떠올라 미소를 짓던 정우가 멈칫했다. 그런데 어둠 속에서 조금씩 눈이 익자 누군가의 인영이 보였다. 그녀의 눈이 가늘어졌다. 제일 안쪽 그 자리, 그대로 태완이 앉아 있었다.

당황스러운 기색을 숨기고 살짝 고개를 숙이며 인사를 한 정우가 자신의 자리로 돌아갔다. 그가 있다고 도망치듯 바로 룸을 나가는 것도 웃기는 일이다. 이젠 그녀는 어린애가 아니니까.

정우는 눈으로 자신의 가방을 찾았다. 다행히도 그와는 아주 멀찍이 떨어진 자리였다.

"한 잔 하지."

그의 낮은 목소리에 정우가 고개를 들었다.

"괜찮습니다."

어둠 속에서 눈이 마주쳤다. 그러나 그의 표정을 정확히 볼 순 없었다.

그때 가방 속에서 진동이 느껴졌다.

시선을 내린 그녀가 휴대폰을 확인했다.

-갔냐?

강민의 전화였다.

"곧."

—데려다 줘?

불금을 즐기겠다더니. 정우가 피식 웃었다.

"아닙니다."

사적인 전화같이 보이고 싶지 않아 모르는 듯 존댓말을 썼다.

—3차 갈래?

"상황 봐서요."

—누구 옆에 있어?

눈치는 빠르다.

"네, 어디신데요?"

—팀장님하고 담배 피우러 나와서 숙취음료 마시고 있어. 너 택시
타면 그거 봐 주라고 하신다. 솔직히 넌 얼굴이 무긴데, 귀찮아.

"담배 좀 그만 피우세요!"

전화기 속으로 담배 좀 그만 피우시래요, 낄낄거리는 강민의 목
소리와 이택의 웃음소리도 들려왔다.

—나와라. 얼른.

"네."

전화를 끊고 무심코 고개를 돌린 정우가 멈칫했다. 언제 온 것인
지 태완이 그녀의 옆에 있었다.

태완은 아무렇지 않게, 원래 그 자리에 있었던 것처럼 그녀에게
술잔을 내밀었다. 너무 가까이 있는 그에게 놀라긴 했지만 정우는
내색하지 않았다.

"괜찮습니다."

그는 대수롭지 않게 그녀가 거절한 술잔을 내려놓았다.

기묘한 긴장과 함께 입술이 마르는 침묵이 이어졌다.

왜 이러고 있지. 그냥 일어나면 그만인데.

정우가 테이블 위에 놓인 휴대폰을 들려고 할 때였다.

"먼저 일······."

또다시 그녀의 휴대폰 진동이 울렸다. 그의 시선도 그녀의 휴대폰 액정을 향했다.

이택 팀장님이란 글자와 예전 워크숍에서 찍었던 그의 사진이 함께 반짝거렸다.

"비슷하지."

전화를 받으려던 정우가 멈칫하며 고개를 돌렸다. 그의 시선 역시 그녀의 휴대폰을 향하고 있었다. 받지 못한 휴대폰이 여전히 반짝이고 있었다.

"?"

깊게 가라앉은 시선이 마주쳤다.

"오랫동안 가까이 지낸 사람, 그리고 서른다섯쯤."

이택을 이야기하는 건가.

"대상만 변할 뿐 취향은 변하지 않는 건가."

평상시처럼 무심하고, 조금은 서늘한 말투였다. 도대체 무슨 말을 하는 거야.

그러나 그녀의 표정을 아는지 모르는지 그의 시선이 정우의 이마를 향했다.

정우가 작게 한숨을 내쉬었다.

태완은 그녀에게 권했던 술을 가져가 단숨에 술잔을 비웠다. 그러면서 다시 한 번 그녀에게 권하는 듯했다.

"괜찮습니다, 사장님."

'사장님'이란 호칭이 거슬린 것인지 '사장님이라' 중얼거린 태완이 그녀를 힐끗 쳐다보다 술잔으로 시선을 돌렸다.

"아, 우유가 필요한가."

그가 낮은 목소리로 말했다.

우유? 정우가 예전 일을 떠올렸다. 그리고 픽 웃어 버렸다. 그 말이 하고 싶었던 모양이다.

"?"

그 웃음이 마음에 들지 않는 듯 그의 한쪽 눈썹이 치켜 올라갔다.

그때는 어쩌면 우유가 필요했을지 모르니까. 강민의 말대로 독거노인 나정우가 아니라 철없던 나정은이었다는 것을 안다.

잠시 침묵이 흘렀다. 이상하게 요란한 음악소리도 들리지 않는 묘한 침묵이었다. 화려하고 흥겨운 분위기 사이에 둘의 침묵은 무거웠다.

"나정우."

그가 중얼거렸다.

"저는 돌려 말하는 거 별로 안 좋아합니다. 하시고 싶은 말씀 있으시면 하세요."

이렇게 시간을 끌면서, 그녀에게 장난치듯 못마땅한 눈빛을 보내는 태완은 알지 못했다.

항상 그는 다른 곳을 보고 있었고, 그녀를 향하는 시선은 서늘했다.

"하고 싶은 말? 내가 볼 땐 넌 계속 나정우인데, 나정우가 아니라는 표정을 짓고 있어."

정우가 멈칫했다. 그녀의 눈빛이 흔들렸다.

그가 그녀의 감정을 알아채서가 아니다. 다만 잊어버려도 좋을 과거를 굳이 꺼내려 하는 그의 알 수 없는 의도 때문이다.

"그럴 수도 있겠네요."

정우가 담담히 고개를 끄덕였다.

그녀의 무덤덤한 반응에 태완이 또다시 못마땅한 표정을 지은 것도 같다.

그게 궁금해서 지금까지 이해할 수 없는 행동과 말들을 했을지도 모르겠다.

"사장님께서 보시기엔 그럴 수도 있을 것 같아요. 어쩌면 예전에 내가 아니라는 거 보여 주고 싶어 애썼던 것 같기도 해요. 그렇지만…… 결국 그것도 나니까."

끝말을 흐린 정우가 잠시 복잡한 표정을 지었다. 자기가 무슨 말을 하는 건지 잘 모르겠다. 그에게 자신의 뜻이 어떻게 전달될지도 모르겠다.

"사장님."

눈이 마주쳤다.

"확실한 건 시간이 흘렀다는 거예요."

무덤덤하게 정우가 고개를 돌려 가방을 들려고 할 때였다.

"그래. 시간이 흐르고 나정우는 자랐고, 변했겠지."

"혹시 그것 때문이라면 걱정하지 않으셔도 돼요. 예전의 그런 일은 없을 거니까."

어쩌면 그의 걱정은 그것이었는지도 모르겠다. 예전 일들이 다시 시작될까 봐 미리 하는 경고 같은 것. 그리고 성격처럼 명확하게 확인하고 싶은 것. 하지만 이제는 그럴 리도, 그럴 수도 없다. 담담한 그녀의 표정이 그것을 말해 주고 있었다.

정우의 표정이 심란했던 일을 끝낸 것처럼 가벼워졌다. 오늘이, 지금 이 시간이 지나면 이 숨바꼭질 같던 피곤한 상황들이 사라질 것 같았다.

그런데 그녀가 일어서는 그때, 그가 그녀의 손목을 잡았다. 꽉 잡힌 손목이 아파 왔다. 그의 뜨거운 체온이 느껴질 정도로. 그녀가 굳어진 표정으로 시선을 내렸다.

"지금은 아니라면? 내가 아니라면?"

태완의 말에 일어선 정우와 그녀의 손목을 잡은 채 앉아 있던 그의 시선이 허공에서 부딪혔다. 무슨 말이 하고 싶은 것일까.

"그건 나와는 상관없는 일이에요. 그때 사장님이 그랬던 것처럼."

그때 그가 그랬던 것처럼 그의 감정 역시 그의 몫으로 남겨둬야 한다. 그녀가 해 줄 수 있는 건 없었다. 한참을 바라보던 정우가 귀찮다는 듯 인상을 찡그리자 그가 천천히 일어섰다. 그러나 잡힌 손목의 힘은 더 강해진 것 같다. 이제는 그가 시선을 내렸다.

'놔요.', '이러지 말아요.', 아니면 '싫어요.' 라는 말들이 필요한 때인가. 그녀의 얼굴에 쓴웃음이 떠올랐다.

"더 이상 나는……."

그녀가 말을 꺼내려는데 갑자기 문 밖으로 시끄러운 소리가 들리더니 사람들이 들어오기 시작했다.

황급하게 손목을 뿌리친 정우가 사람들을 향해 웃으며 고개를 돌렸다.

"끝났어요?"

정우가 물었다.

"응. 그런데 왜 다들 서 있어요?"

왕재향이 이상하다는 표정으로 태완과 그녀를 번갈아 바라보았다.

태완과 그녀 사이의 긴장을 촉이 좋다는 왕재향은 눈치챘을지도 모른다.

"제가 가야 해서 사장님께 인사드리는 중이었어요."

"아."

그녀는 그제야 표정을 풀고 얼른 태완 옆으로 다가가더니 그를 향해 아주 매력적인 웃음을 웃으며 팔짱을 꼈다.

"태완, 아니 사장님. 그럼 저랑 춤추러 가요."

외국에서 유학을 했다고 했던가. 분명 태완이라 부른 것은 실수가 아니었다. 교묘하게 실수를 가장해 그녀는 자신과 태완의 관계를 드러내고자 했다. 정우를 향한 의심스러운 눈빛을 완전히 지우지 못한 그녀의 표정이 그걸 말해 주고 있었다.

'왕 실장이 사장님께 확실히 반한 모양이야.' 라는 농담 섞인 말들과 함께 웃음소리가 들려왔다.

"그럼 전 이제 가 보겠습니다. 사장님."

"나정우."

태완의 낮은 목소리와 따가운 시선을 무시한 채 정우는 서둘러 룸을 나왔다.

계단을 올라가는데 누군가 그녀를 불렀다.

"정우야, 나 대리."

이택이었다. 그녀가 놀란 눈으로 뒤를 돌아보았다.

"왜 그래?"

"팀장님."

"왜 그래? 왜 전화는 안 받고?"

"이강민은요?"

정우가 흔들리는 눈빛으로 주위를 둘러보았다.

"못 만났어? 사람들이 와서 내려갔어."

그가 피우던 담배를 끄고 담배꽁초를 휴지통에 던지고는 그녀 곁으로 다가왔다.

"팀장님, 그럼 저…… 택시 타는 데까지만 데려다 주실래요?"

"그래."

평소라면 데려다 준다 해도 얼굴이 무기라며 괜찮다고 도망치던 그녀였지만 이택은 더 이상 묻지 않고 고개를 끄덕였다. 그는 언제나 그랬으니까.

택시를 잡으려는 사람들이 늘어선 번화가를 지나면 택시 잡기가 수월할 것이라며 이택은 앞서 걷다 다시 그녀에게 보조를 맞춰 주었다. 두 사람은 한동안 말없이 걸었던 것 같다.

퍼뜩 옆에 걷고 있던 이택이 떠오른 정우가 고개를 들어 주위를 둘러보았다. 그리고 택시를 타기 좋은 곳을 한참 지나쳐 왔다는 것을 알았다.

"아, 택시."

그제야 생각났다는 듯 정우가 도로 쪽으로 걷기 시작했다. 그러자 이택이 그녀의 팔을 잡았다.

"괜찮아. 좀 더 걷자. 술도 깨고 좋은데."

이택이 괜찮다는 듯 웃으며 다시 걷기 시작하자 정우가 미안한 표정을 지었다.

"죄송해요."

"너 강민이가 3차 안 간다고 하니까, 나 인질로 잡고 일부러 데려온 거 아니냐?"

그녀의 마음을 풀어 주려는 듯 이택이 웃었다.

"무슨 일이냐고 안 물으세요?"

"괜히 심각한 표정 짓지 마라. 3차 갈 테니까. 무슨 일이 있긴 해?"

평소와 다르게 능청스럽게 묻는 이택을 빤히 바라보았다. 그와 있으니 마음이 편해진다.

"아니요. 없어요. 그리고 자꾸 3차라고 하시는데 전 아직 1차 시작도 안 했어요."

"그렇게 벼르고 있던 것처럼 말하니까 무섭다. 얼마나 달리고 싶어서 그래?"

전혀 무섭지 않은 표정으로 그가 웃었다.

"미친 듯이요."

그녀 역시 장난스럽게 미소를 지었다.

"팀장님은 괜찮으세요?"

"흠. 나도 괜찮다. 특별히 기대를 했던 건 아니었어. 그냥 겸사겸사였지."

그가 무심하게 밤하늘을 바라보았다. 차가운 바람이 불었다. 그리고 먼지처럼 하얀 것이 내리기 시작했다. 눈이었다. 차 막히겠네. 눈발이 날리자 정우는 옷깃을 여미며 그를 따라 하늘을 바라보았다.

"넌 눈이 오는데 감흥도 없냐? 첫눈이잖아."

"차는 막히겠지만 내일 출근 안 하니까 다행이다 정도는 생각해요."

그가 픽 웃었다.

"혹시 어떤 분이랑 비교하시려는 거면 포기하세요. 그분과 전혀 달라요. 공통점은 이름, 그거 하나뿐이에요."

"비교 안 한다. 그 여잔 첫눈 좋아하거든. 너처럼 감정이 메마르지 않았어."

그가 쓸쓸한 미소를 지으며 내리는 눈으로 시선을 돌렸다.

이택은 그를 떠난 누군가를 찾고 있었다. 그리고 정우와 그녀의 이름이 같다는 공통점이 있었다.

이번 휴가도 그녀를 찾기 위한 것이었지만 별 소득이 없었던 모양이다.

두 사람은 어두운 밤거리를 각자의 생각에 빠져 천천히 걸었다.

첫눈, 첫 키스, 첫사랑……. 그게 무슨 의미가 있을까.

그저 처음이라 이름 붙은 것일 뿐.

망할 첫사랑.

"아니. 너는 나를 빼놓고 3차 자리를 결정하냐? 네가 그러니까 독거노인 소리를 듣는 거야? 그 핫한 곳을 다 놔두고."

강민이 불만스러운 표정으로 닭다리를 그녀와 해진의 접시 위에 놓아주었다.

"여기가 맛은 있어."

정우의 말에도 강민이 고개를 절레절레 흔들며 주위를 둘러보았다. 지금 이 시간 작은 홀 안에 손님이라곤 이택과 강민, 정우와 집에 있다가 나온 해진뿐이었다. 평소라면 옆에서 대화도 같이 할 주인아주머니는 늦은 시간 때문인지 가게에 딸린 작은 방에서 잠이 드셨나 보다. 정우의 동네 한구석 아는 사람만 찾을 수 있는 작은 슈퍼 옆에 딸린 술집은 대표 안주 없이 스무 가지 정도의 술안주 메뉴가 있었고, 신기하게도 그게 다 비슷한 맛이면서도 중독성이 있었다. 그래서 정우와 해진에겐 꽤나 오래된 단골집이었다.

말은 그렇게 해도 강민 역시 편안한 표정으로 얼음 통에 놓인 시원한 소주를 마셨다.

"그런데 디자인센터 사람들 무섭더라."

"응?"

해진이 오늘 회식이 궁금했는지 눈을 반짝였다.

"아니, 사장이 미혼이란 이야기를 들어서인지, 사장이 만나는 사람이 없다는 이야길 들어서인지 왕 여사부터 막내 소희정까지 눈을, 지금 너처럼 완전 반짝이면서 늙은 사장만 바라보더라고. 소희정은 원래 팀장님한테 관심 있었잖아."

"늙은 사장?"

해진이 킥킥거렸다.

정우의 이야기를 들은 강민은 노골적으로 태완을 늙은 사장, 또는 늙은 총각 사장이라고 불렀다.

부서회식이 아니고, 이렇게 디자인센터까지 함께하는 회식일 때면 항상 여자들의 시선을 받던 인기 많은 강민이었기에 오늘은 꽤나 서운한 모양이다.

해진과 정우가 의미 있는 눈빛을 교환하며 작게 웃었다.

"야, 니들 그렇게 웃지 마. 지금 내가 질투한다고 생각하면서 웃는 거 다 티 난다."

"알면 말을 하지 말든가."

해진의 말에 강민이 뭐라뭐라 중얼거리며 술잔을 비웠다.

이택도 피식 웃으며 자신과 정우의 빈 술잔을 채웠다. 편안한 사람들과 있으니 잠깐 동안은 좀 전의 복잡한 일을 잊을 수 있었다. 그러다 또 생각나고, 그러면 다시 소주를 마시고…… 그리고 웃고. 내내 정우의 표정은 시시각각 변했다. 그리고 그 표정을 해진은 놓치지 않았다.

"그런데 사장님은 왜 그렇게 오래 남아 계신 거래?"

해진은 아무것도 모르는 척 말을 하면서도 정우에게 시선을 고정했다.

강민 역시 정우에게 호기심 어린 시선을 돌렸다.

"아냐."

정우의 단호한 말에 해진이 고개를 끄덕였다. 이택은 그들의 말에 별로 신경 쓰지 않는 눈치였다.

"넌 왜 안 마셔?"

화제를 돌리기 위해 정우가 콜라와 사이다를 섞어 마시는 해진에게 물었다.

"내가 오늘 운전기사 한다. 다들 지금 맛이 간 거 같아서. 나라도 정신 차려야지."

해진의 말에 정우가 고개를 끄덕였다. 뭔가 묻고 싶은 것이 많은 눈치였지만, 이택이나 강민이 있어 그녀는 묻지 못하고 있었다.

오늘따라 술도 취하지 않는다.

"팀장님은 휴가 때 뭐하셨어요?"

강민의 질문에 이택이 어깨를 으쓱했다.

"보면 팀장님도 비밀이 많아요. 이러다 어느 날 아이 데리고 와서 내 아이야 할지도 몰라."

그가 장난스럽게 말을 했지만 이택의 표정이 설핏 굳어졌다. 그 모습에 정우가 말을 꺼냈다.

"그럼 좋은 거지. 어차피 팀장님, 나이도 많으신데. 지금 첫 아이 낳는 건 늦은 거거든."

"하긴. 지금은 초등학교 학부모 되어야 할 연세이시긴 하지."

강민과 해진이 깔깔거리며 웃었다. 이택의 입가에 쓸쓸함이 걸렸다.

"그 휴대폰 여자분 찾으시는 거죠?"

웃음을 거둔 강민이 진지하게 물었다.

이택이 긍정도 부정도 하지 않고 소주 한 잔을 쓰게 비웠다.

"저한테도 알려 주세요. 제가 정보력 짱인 거 모르세요? 제 정보력이 전국구인 거 아는 사람은 다 아는데."

"알았다."

절대 빈말을 하지 않는 이택의 대답에 강민이 만족한 듯 미소를 지었다.

정우와 해진, 이택과 강민 네 사람은 동료이자 친구이자, 가족 같은 사이였다. 그러려고 한 것도 아닌데 자연스럽게 그렇게 되어 버렸다. 처음엔 무뚝뚝하던 이택도 조금씩 마음을 연다는 것을 모두 알고 있었다.

"저만 믿으세요, 팀장님."

강민이 그의 빈 술잔을 채웠다.

이야기는 또 디자인센터 왕재향 실장으로 이어졌다. 그녀가 영국 유학을 다녀왔다는 이야기도 강민에게 들었고, 그녀의 부모님이 모 기업 영국지사에 근무하고 있다는 것도. 문득 태완과 그렇게 연결되는 것은 아닐까 싶은 생각이 들었다. 그녀가 쓰게 웃었다.

"그래서 나는 디자인센터가 나한테 이러면 안 된다고 본다."

남자가 말이 없다고 누가 말했던가. 강민의 쉴 새 없는, 그렇지만 전혀 듣고 싶지 않은 직원들에 대한 가십에 모두들 집에 갈 채비들을 하고 있었다.

"슬슬 일어나죠. 우리? 귀가 따가워요."

강민이 앉아 있던 쪽의 귀를 후비며 해진이 말하자 정우와 이택이 고개를 끄덕였다.

집에 지난번 먹다 만 와인이 있던가. 집에 가면서 편의점에 들러야 하나 싶었다. 맥주집의 허름한 화장실에서 양치질을 하던 정우가 중얼거렸다.

네 사람은 해진의 하늘색 차에 탔다.

"나정은, 술 더 마시지 말고."

정우의 부족함을 읽은 것인지 운전을 하는 해진의 말에 정우가 알았다는 듯 고개를 끄덕였다. 오늘따라 정은이라 부르는 그녀가 더 친근하게 느껴져 얼굴에 웃음이 스민다.

맨 처음 해진은 정우를 데려다 주고, 그 후에 이택을, 그리고 해진의 집과 십 분 거리인 강민은 아마도 그녀의 집에서 내려 그의 집까지 걸어가라고 할 것이다.

"이따 전화할게. 술은 마시지 말고 내 전화 기다려."

"응."

꼭 기다리라는 해진의 표정에 정우가 고개를 끄덕였다. 아마 궁금한 것이 많을 것이다.

손을 흔들며 운전석에 앉아 있는 해진만 빼고 모두 차에서 내렸다.

"괜히 서운하다고 편의점에서 헤매면서 더 마시지 말고 그냥 들어가서 자라. 그리고 너 보고서 핑계대고 오늘 늦게 왔으니까 내일 확인하면 결재 다 올라와 있는 거지?"

"내일도 출근하시게요?"

"봐서."

이택이 픽 웃으며 그녀가 들어가기를 기다렸다. 그의 손에는 버릇처럼 담배가 들려 있었다. 정우 역시 당연하다는 듯 그의 담배를 가져왔다.

"끊으세요."

이택이 고개를 끄덕였다. 분명 그녀가 가면 담배를 피울 것임을 알지만, 정우도 더 이상 말하지 않았다.

"안녕히 가세요, 팀장님."

정우가 꾸벅 고개를 숙였다.

"인사만 하지 말고 말이나 좀 잘 들어라. 이강민 들어오고 나정우랑 둘이 팀으로 더 말 안 듣는 거 알지?"

"제가요?"

"저요?"

믿지 않는다는 투의 정우와 강민이 똑같이 다시 물었다.

"팀장님, 쟤 말 잘 듣게 만드느라고 제가 얼마나 힘든데요. 아직 기개실의 반항아 나정우에 대해 모르시는 거예요. 쟨 조용조용 뒤에서 얼마나 문제를 많이 일으키는데요. 무서운 여자예요."

강민은 비밀이라도 말하듯 이택의 귀에 속삭이고는 고개를 저었다.

그러나 그의 말은 신경 쓰지 않는다는 표정으로 정우가 그에게 눈을 흘겼다.

"팀장님, 전 대리고 쟨 사원이라는 걸 잊지 마세요. 제가 얼마나……."

"잠깐!"

정우의 말에 무심하게 귀를 후비며 어둔 주위를 둘러보던 강민이 갑자기 소리를 쳤다.

이유를 묻는 표정으로 모두 그에게 시선을 모았다.

"요즘 아파트 문 앞에서 범죄가 많이 일어난다는데, 지금 새벽이라 나정우 대리님 혼자 올라가도 될지 모르겠어요. 이런 때는 문 앞까지 데려다 주는 게 좋을 것 같은데."

이택과 정우가 갑자기 무슨 소리냐는 표정이었다.

"저희 집 옆 아파트에서도 며칠 전 밤에 어떤 여자가……."

"나 괜찮아."

아. 며칠 전에 강민이 이야기를 하기는 했었다. 밤에 아파트 주차장에서 강도 사건이 있었다고. 지나던 경비원이 있어 화를 면했지만 위험한 상황이었다며 가스총이나 전기충격기를 사 주겠다며 여러 번 주의를 주던 그였다.

정우가 괜찮다는 듯 웃었다. 평소엔 어두워도 엘리베이터 말고 계단으로 걸어가서 살 좀 빼라던 강민이었다.

"무슨 소리야? 이렇게 무서운 세상에. 그런데 전 갑자기 속이 안 좋아서 엘리베이터를 탈 수 있을지 모르겠습니다."

강민의 묘한 시선이 이택을 향했다. 그의 시선에 이택은 대수롭지 않게 고개를 끄덕였다. 무슨 일인지 영문을 모르는 정우가 강민을 바라보자 강민이 픽 웃으며 얼른 들어가라는 표정을 지었다. 결국 이택과 함께 엘리베이터 앞에 섰다.

"술이 취했나. 왜 저래?"

혼잣말처럼 중얼거리는 정우의 말에 이택이 피식 웃었다.

"박 대리하고 할 말이 있나 보지."

"아."

이택의 말에 정우가 고개를 끄덕이긴 했지만 여전히 미심쩍은 표정이었다. 술 취한 강민의 말을 해진이 절대 듣고 싶어 하지 않을 텐데.

흠. 정우가 어깨를 으쓱하며 엘리베이터에 올랐다. 사실 가끔 엘리베이터가 무섭긴 했다. 밤이면 누군가 함께 타도, 중간에 타도, 혼자 타도 무서울 때가 있었다.

띠릭.

이택의 휴대폰이 울렸다.

"강민이다. 지금 지하주차장으로 간다고. 난 지하주차장으로 내려오라는데."

"지하주차장 가려면 가로수 공사 때문에 한 바퀴 돌아서 102동 지하로 내려가야 할 텐데."

"박 대리가 피곤한가."

이택도 이번에는 좀 의아한 표정이었다.

"피곤한 게 아니라, 술 너무 많이 마셔서 정신이 좀 이상해진 것 같아요."

엘리베이터에서 내린 이택이 피식 웃으며 그녀가 문 여는 것을 지켜보았다.

"귀찮게 해서 죄송해요."

"늦은 시간에 혼자 올려 보내는 거 좀 위험하다고 생각은 했어."

"차 한 잔 드시고 가라고 하는 거 너무 가식적이죠?"

그녀가 미소를 지었다.

"알긴 아냐? 들어가라."

"네."

정우가 고개를 끄덕였다. 그리고 물었다.

"괜찮으시죠?"

들어가려던 그녀가 고개를 돌려 확인하듯 그를 살폈다.

"그렇지."

그가 무심하게 대답했다.

"전 대단하다고 생각해요, 그분."

"어?"

"결단력 있게 행동하신 거잖아요."

이택이 피식 웃었다.

"너한테 이야기한 건 실수 같다."

"네?"

"보통은 말이야. 날 위로할 텐데. 제일 연애 경험 없는 너한테 말하니까 날 위로할 생각은 안 하고 그 여자 편이나 들고."

"강민이에 비해서 그렇지 저도 많거든요."

"자랑이다."

무덤덤한 이택의 표정에 조금 안심이 된다.

"전 그분 응원할 거예요."

"나는?"

"뭐, 알아서 사시겠죠. 내일도 출근, 모레도 출근, 그렇게 일만 하면서 늙어 죽는 것도 나쁘지 않을 것 같아요. 돈은 많이 벌 수 있으니까. 가족도 없으실 테니 사회 환원하고 곱게 눈 감으세요."

진지한 정우의 말에 피식 웃은 이택이 닫힌 문의 도어락 번호를 다시 입력했다.

"비밀번호 좀 바꾸고, 얼른 들어가."

"잘 될 거예요."

"들어가라. 피곤하겠다."

"저 진짜 들어가요. 그런데 내일 진짜 출근하실 거예요?"

"아마도. 너 지금 보고서 안 올려서 자꾸 묻는 거지?"

"올렸습니다. 반송만 말아 주세요. 그리고 주말은 쉬세요. 계속 피곤하셨잖아요."

"그래."

물론 그가 쉬지 않을 것이라는 것을 알지만 피곤해 보이는 그가 걱정이 되었다.

"자라."

"네."

문을 닫고 들어온 정우의 귀에 '띵' 하는 엘리베이터 도착 소리가 들렸다.

그녀가 들어간 것을 확인한 이택이 아마 엘리베이터를 탄 모양이다.

괜찮으실까? 지금 남을 걱정할 때는 아닌데. 피식 웃은 정우가 참았던 한숨을 내쉬었다.

복잡했던 머릿속은 지금까지의 수다로 충분히 위로받았다.

그러니 남은 것은 스스로를 위한 정리였다.

"지금은 아니라면, 내가 아니라면."

무슨 의미일까.

지금까지의 엇나가는 행동들은 그런 의미였나.

불을 켜지도 않은 채 바로 정우가 욕실로 들어갔다. 화장을 지우고, 신경질적으로 양치질을 하며 거울 속의 자신을 바라보았다. 어떤 기분인지도 모르겠다.

샤워를 끝낸 정우가 냉장고에서 생수 한 병을 꺼내 소파에 앉자마자 휴대폰이 울렸다. 저장되어 있지 않은 번호였지만 누군지 알수 있었다.

5463.

너무도 익숙한 뒷자리 번호였다. 최태완.

잠시 시선이 머물렀지만, 결국 전화를 무시한 정우는 물을 한 모금 마셨다. 그리고 요란하던 휴대폰이 잠잠해질 때쯤 그 번호에 수신거부 설정을 했다. 아직은 그의 전화를 받고 싶지 않다.

설정이 끝나자마자 또다시 카톡이 울렸다.

−자냐?

이번에는 해진이다.

"아니."

−전화해?

"아니."

−졸려?

"아니."

−이런 미친……

해진의 익숙한 욕과 이모티콘이 화면 한가득 채울 때까지 정우는 웃으며 바쁘게 반짝이는 화면을 바라보았다. 휴대폰 벨소리를 진동으로 바꾸자마자 진동이 요란하게 울렸다.

당연히 해진이다.

−너 무슨 일 있었지? 그 사장이랑?

"뭐, 그냥."

그녀가 얼버무리자 해진이 코웃음을 쳤다.

−왜? 너 거슬린다고 회사 그만두래? 너 보는 거 지겹대? 자기 스타일과 정반대라 싫대? 이제는 정반대의 스타일과 만나고 싶대?

"그거 네 말이지?"

해진의 깔깔깔 웃는 웃음소리가 들렸다.

—아니면 너 좋대? 오 년 만에 만나니까 새롭대? 예전엔 몰랐는데 어린 애가 좋다는 걸 깨달았대?

"비슷해."

—어?

농담처럼 말을 잇던 해진의 목소리가 높아졌다.

"예전에 내가 아닌 것 같대."

—그래서 뭐라고 했어?

"그냥 그런 거 이제 싫다고."

여러 이야기를 하기는 했지만 요지는 그거였다.

—흠.

해진이 잠시 말을 멈추었다.

—진짜 그래?

"뭐가?"

—진짜 싫으냐고?

"응."

정우가 휴대폰을 든 채 소파에 누웠다. 눈이 감긴다.

"피곤하다."

해진이 잠시 무언가 생각하듯 말을 멈추었다.

—있잖아, 정우야. 나는 사람 마음이란 거 정답도 없고, 마음대로 할 수도 없는 거 알아. 네가 그 사람 싫다는 것도 자유지만, 좋다고 해도 너 뭐라 할 사람 없어. 그러니까 스스로 강요하지는 마라. 감정을 스스로 조절할 수 있는 거랑 강요로 감정을 참아내는 거랑은 좀 미묘하게 다르잖아.

정우가 피식 웃었다. 철없는 동생처럼 굴면서도 힘들 때마다 그녈 보듬어 주는 것은 해진이었다.

─그러니까 네가 잘하는 거 하지 말고.

"내가 잘하는 거?"

─생각.

정우가 웃었다.

─이번만큼은 마음 내키는 대로 행동해. 무조건. 그래야 이십 대를 후회 없이 넘기지.

이번만큼은. 해진과 이야기를 하고 있으니 올 것 같지 않던 잠이 온다. 그녀의 눈이 스르르 감겼다.

지잉.

전화를 끊자마자 또다시 진동이 울려왔다. 이번엔 대우였다. 술을 마시면 새벽마다 전화를 하는 그였기에 정우는 다시 눈을 감았다.

4. 마주치다

세상에 월요일이 없으면 좋겠다는 생각이 든다.

회식 자리에서의 태완의 말도 안 되는 행동 때문에 며칠 동안 잠을 설친 정우가 목 스트레칭을 하면서 컴퓨터 모니터에서 눈을 뗐다. 아침부터 내려온 지시도 많았고 하다 만 일도 있었다. 내일까지 내야 할 보고서와 결재서류까지 따지면 머리 아플 시간도 없다.

인테리어 쪽까지 영역을 넓히면서 기획개발실의 일이 늘었다. 계속 있어 온 가구 분야는 일이 많아도 익숙하지만, 새로운 사업계획안을 만들고, 실행하는 건 어렵고 힘이 든다.

그래도 일이란 게 참 신기하다. 절대 못 해요, 더 이상은 못 해요, 해도 결국 또 맡으면 하게 된다. 세탁기에 빨랫감을 꾹꾹 집어넣으면서도 이 정도를 넣어도 돌아갈까 싶은데 요란한 소리를 내면서도 결국 제 일을 해내는 그 기계처럼.

물론 빨래처럼 머릿속이 엉키진 하지만.

"나 대리는 할 수 있어."

강민의 말처럼 백 킬로그램 짐을 들고 다니는 일꾼이 백일 킬로그램 짐은 못 들겠냐는, 이상하게 기분 나쁜 예를 드는 것처럼 백 개에서 하나 늘어난다고 못 할 건 또 없는 것 같다.

또 해야지 월급이 나올 테니까. 아무튼 정우는 아침부터 바쁘게 움직이고 있었다. 역시 바쁘면 잡생각이 줄어든다는 것은 진리다. 정말 다른 생각은 하지 않고 멀미가 날 정도로 하루를 일만 하면서 보낸 것 같다.

"야근해야겠지?"

강민의 말에 정우가 눈을 힘주어 감았다 떴다.

"그래야 할 것 같아."

"요즘 너무 놀았나. ET 휴가 다녀온 후로 일이 더 늘어난 기분이야."

강민이 한숨을 내쉬었다.

"그건 아니고, 네가 그 시간 동안 너무 놀았던 거야. 너 계속 일 만들어서 디자인센터랑 휴게실 놀러 가고, 해진이한테 가고 했잖아."

"그건 원래도 그랬고. 그럼 야근은 결정된 거네. 그런 의미로 편하게 커피 한 잔 하실래요, 나 대리님?"

"싫어."

"왜?"

그녀의 단호함에 그가 그녀의 손에 들린 마우스를 빼앗아 갔다. 그러자 놀란 눈으로 잠시 그를 바라보던 정우 역시 그의 손에 있던 마우스를 가져오며 절대 싫다는 표정으로 고개를 저었다.

"나 대리, 너 요즘 이상하게 머리 굴리는 것 같다."

강민이 팔짱을 끼며 눈을 가늘게 떴다.

"뭐가?"

"너 해진이하고만 무슨 비밀 있지? 정확히는 나한테 숨기는 거."

"무슨 말이야?"

조금 뜨끔하기는 했지만 아무것도 모르는 척 그녀가 물었다.

"니들 여자들은 그래. 비밀이 있으면 나와 팀장님을 피하곤 했지. 특히 나정우 너는 나와 단둘이 있는 것을 꺼려해. 왜냐하면 나정우는 다른 사람의 비밀은 잘 지켜도 자기 비밀은 잘 못 지키거든. 자기 건 대수롭지 않다고 여기니까. 대수롭지 않다고 스스로 생각하기 위해서 그냥 무심하게 내뱉지. 너의 연애스타일을 알아. 나는."

연애 스타일? 확신에 찬 강민의 말에 정우가 픽 웃어 버렸다.

연애는 아니지만 비밀을 가졌다는 것은 사실이었다. 그 회식자리에서의 태완에 대해 강민에게까지 말을 할 순 없었다. 그렇게 되면 일이 커지니까. 그런데 역시 눈치 하난 빠르다.

결국 정우가 자리에서 일어섰다. 어차피 야근을 마음먹었기에 조금 여유를 부릴 수도 있을 것 같다. 결국 그들의 휴식장소인 옥상으로 올라왔다.

그녀는 크게 숨을 내쉬며 옥상 화단 옆에 걸터앉아 사무실에서만 신는 굽 낮은 플랫슈즈를 던지듯 벗어 버렸다. 어깨가 움찔거릴 정도로 차가운 바람이 그녈 감싸긴 했지만 뜨거운 햇빛이 있어 참을 만했다. 그리고 곧 뜨거운 커피가 올 것이니까.

직원들의 복지차원에서 출입금지구역이었던 밋밋한 옥상을 정원화하기 시작했다. 가구회사의 특징을 살려 이곳저곳에 아기자기한 가구를 배치해 놓으며 정성을 들였다. 하지만 결국 정원은 직원들의 흡연 장소가 되어 버렸다. 거기다 겨울엔 강한 바람 때문에 담배 피우러 오는 사람도 드물어 거의 정우와 강민의 차지가 되곤 했다.

해진도 불렀으면 좋겠지만, 아마 지금은 자리를 비울 수 없을 것이다.

"오늘은 자판기 말고, 고급 커피 한 잔 마시고 싶다. 눈도 호강할 수 있는 그런 거. 기다려. 얼른 사 올 테니까."

그렇게 강민이 사라지고 질끈 묶었던 머리를 풀고, 다리를 흔들며 하늘을 향한 채 눈을 감았다. 가끔 이런 시간이 좋다. 그럼 야근도 잊고, 머릿속 복잡한 것도 잊고, 그냥 지금 이 순간만을 느낄 수 있다. 이렇게 하늘을 향하는 것도 나쁘지 않은 일이다.

인기척이 들렸다. 눈 뜨는 것도 귀찮아 커피를 달라는 의미로 정우는 손만 내밀었다.

"커피."

그녀의 말에 따뜻한 커피가 손에 잡혔다.

빙긋이 웃으며 입을 가져다 대자 진한 커피맛이 느껴졌다.

"나는 단 게 필요……."

가늘게 눈을 뜬 정우의 앞에 누군가 있었다. 갑자기 뜬 눈에 쏟아지는 하얀 햇볕 때문에 처음엔 누군지 몰랐다.

"?"

그의 낮은 웃음소리가 느껴진다. 태완이었다.

그녀의 눈살이 자동적으로 찌푸려졌다.

"쉬는 시간?"

태완이 그녀의 모습을 바라보았다.

"네."

'근무시간에 땡땡이에 꽤나 당당하다.'는 그의 말투에 정우는

'아, 그렇지.' 하는 바보 같은 표정은 지어 버렸다. 요즘 최태완의 등장으로 공과 사도 구분이 되질 않는다. 정우가 바람에 날리는 머리를 귀 뒤로 넘겼다.

"잘 쉬었어?"

그 역시 공과 사를 구분하지는 않는 것 같다.

"네."

"머리가 복잡해서 생각도 많이 했겠지."

"……."

그날 룸에서와 다르게 그는 여전히 웃음을 머금고 있었다.

"?"

그가 손가락의 자신의 머리를 가리켰다.

머리? 아, 그제야 풀어진 머리와 벗어 버린 구두가 떠올랐다. 당황한 그녀가 얼른 시선을 돌렸다. 고무줄이 어디 갔지?

"집엔 잘 들어갔나?"

"네."

그녀의 관심은 이제 고무줄과 한쪽에 떨어져 있는 구두였다. 정확히는 한 발로 콩콩 뛰어 구두를 신어야 한다는 사실에 미간을 모았다. 그래서 그의 질문에 대충 대답할 수밖에 없었다.

"친하면 집 안에도 들이고 하나 보지."

집 안? 무슨 소리야.

"들켰네요. 잠시 쉬는 시간인데."

다행히도 넉살 좋게 강민이 둘 사이에 끼어들었다.

정우 앞에서 그녈 가리듯 강민이 서서 사람 좋게 웃었다. 그렇게 서 있어 준 강민 덕분에 정우는 벗었던 구두를 주섬주섬 찾아 신는 모습을 보이지 않을 수 있었다. 그리고 풀었던 머리도 고무줄로 질끈 묶어 버렸다.

"저희 야근할 예정이라 잠깐 쉬는 중입니다."

땡땡이가 아니라는 것을 강조하려는 듯 그가 웃으며 말을 이었다.

커피는 어느샌가 태완의 손에 가 있었다. 강민이 그녀에게 그녀 몫의 커피를 내밀었다.

태완이 그녀가 한 모금 마신 커피를 다시 마시기 시작했다. 정우가 인상을 찌푸렸지만, 태완은 그녀의 시선에 피식 웃을 뿐이었다.

"혹시 담배 피우러 나오셨어요?"

강민의 물음에 태완은 고개를 저었다.

"담배는 끊었습니다. 잠깐 바람 쐬러 나왔습니다."

"아. 네."

그는 갈 생각이 없었고, 정우와 강민 역시 커피는 마시고 내려가야 할 것 같아 조용히 커피를 마셨다. 기대했던 달콤함 대신 텁텁함만 느껴졌다.

"내 거 마실래? 나 시럽 안 넣었어."

그녀의 표정을 읽은 것인지 강민이 자신의 커피를 내밀었다.

정우가 고개를 끄덕였다. 강민의 평소보다 과한 친절이 또다시 발휘되고 있었지만 나쁘지 않았다. 결국 그녀는 시럽을 넣지 않은 카페라떼를 마시고, 강민은 그녀가 원했던 카페모카를 마셨다. 그의 표정이 잠시 굳어졌다.

맨 안쪽의 정우, 가운데 강민, 그리고 태완이 나란히 서서 그냥 건물만 가득한 막막한 풍경을 바라보고 있었다. 밤에는 반짝이는 불빛이라도 볼만하지만 낮엔 그저 뿌연 하늘에 회색빛 건물들뿐이었다. 내려가자는 의미로 그녀가 강민의 팔을 툭 쳤다.

왜?

그녀가 눈짓을 하자 강민의 눈빛이 반짝이기 시작했다.

"시간 나실 때 저희 점심 좀 사 주시죠?"

뜬금없는 강민의 말에 태완이 그가 아닌 정우를 바라보았다.

"그러죠."

정우가 난감한 표정을 지으며 강민을 흘겨보았다. 그리고 그때 다행스럽게도 그녀의 휴대폰이 울렸다. 사무실이었다.

"네, 나정우입니다."

전화를 받으며 짧게 고개를 숙인 그녀가 사무실로 향했다.

"나 먼저 내려간다."

전화를 살짝 떼고 하는 그녀의 말에 그가 고개를 끄덕였다.

무슨 생각인지 묘하게 웃는 강민을 놔두고 그녀가 옥상을 내려왔다.

약속이 있다며 혼자 점심을 먹고 온 강민이 그녀에게 카페모카를 내밀었다.

"너 사내식당 가면 꼭 카페모카 마시고 싶고, 나가서 먹고 오면 사무실 믹스커피 땡겨 하잖아."

정우가 픽 웃으며 커피 한 모금을 마셨다. 진한 달콤함에 그녀의 얼굴에도 미소가 스몄다.

"해진이도 마시고 싶어 했는데."

"이미 셔틀하고 왔어."

그가 칭찬을 바라는 착한 아이처럼 말했다.

"그런데 누구랑 먹었기에 기분이 좋아?"

"누구랑 먹었냐보다 비싼 걸 먹어서라고 해야겠지."

장난스럽게 웃는 강민을 보며 정우가 의자를 돌려 모니터로 시선을 돌렸다.

"바쁘냐?"

"아니, 별로."

"일찍 퇴근하게?"

"응. 별일 없으면 그렇게 하려고. 몸도 찌뿌둥해서 목욕탕 가려고."

정우가 어깨를 두드리며 말을 이었다.

"해진이도 간대?"

"응. 해진이도 특별한 일 없으면."

그가 고개를 끄덕이며 자신의 자리로 돌아갔다.

그날 오후였다. 강민의 흥미로운 시선이 그녀를 향했다.

"너를 왜 부를까? 사장이 일개 직원을, 팀장님도 아니고, 부장님도 아니고, 왜 너를?"

정우가 한숨을 내쉬었다. 강민의 말이 맞다. 사장이 그녈 호출할 이유는 없었다.

정우가 시간을 확인했다. 퇴근 시간이 얼마 남지 않았다. 이틀을 야근을 했으니 오늘은 좀 일찍 들어갈 생각이었는데 계획이 틀어져 버렸다.

정우의 피곤한 눈빛이 흔들리고 있었다.

해진과 후배였기에 그녀 역시 친하게 지내는 비서 한정희의 안내를 받아 들어온 사장실은 예전과 많이 달라져 있었다. 예전의 사무실은 좀 화려했다. 사장의 취향이 백 퍼센트 반영된 인테리어는 원색을 사용해 강렬하고 톡톡 튀었지만 오래 머물면 어지러운 기분이 들었다. 그런데 지금의 이곳 역시 사장의 취향이 반영된 것인지 차분하고 편안해졌으며, 넓은 공간을 파티션으로 나누어 효율적인 활용하고 있었다.

정우가 슬쩍 달라진 사장실을 둘러보았다. 그리고 그에 어울리는 셔츠에 니트 스웨터를 입고 편안한 모습의 태완이 보였다. 개인 스타일리스트를 두고 있다는 강민의 말처럼 편안한 모습임에도 세련됨을 유지하고 있었다.

"어서 와."

"네, 사장님."

예의 바른 정우의 모습에 태완이 피식 웃었다.

"앉아."

"네."

여전히 책상에 앉아 있는 그는 조금 바쁜 눈치였다.

"이 팀장님 말씀으론 이번 회의 PT자료 작성은 나 대리가 했다는데?"

그녀가 서류와 휴대폰을 내려놓았다.

"아, 휴대폰은 멀쩡하네."

그의 시선이 테이블에 올려진 그녀의 휴대폰으로 향했다.

"네? 네."

"설명해 봐."

"네? 작성은 제가 했다 뿐이지 원래 이택 팀장님께서 초안을 잡아 주셔서……."

"알아. 그렇지만 나 대리의 그 이택 팀장님에게 다시 설명해 달라고 하긴 무리가 있잖아. 그 이택 팀장님이 바쁜 건 나 대리도 알거고. 그래서 이택 팀장 대신 나 대리님께 부탁하는 거지."

나 대리라는 직급을 부르면서 묘하게 비꼬는 듯한 그의 말투에 정우가 잠시 미간을 모았다.

그녀가 서류를 바라보며 말을 이었다.

"……어느 정도 예측은 가능합니다. 그리고 원스톱 쇼핑 인테리어전용 쇼룸을 만드는 것도 하나의 방법입니다. 논현동에 있는 플래그숍을 변화시켜……."

테블릿 PC 화면 안에 각 지점별 작년 매출을 비교한 그래프가 나타나자 태완이 '흐흠' 하는 소리가 들렸다. 뭔가 잘못된 게 있나.

"예측이 가능하지."

말을 자른 태완에게 정우가 고개를 들었다.

"네?"

"그럼 사람 마음도 예측이 가능한 건가."

뭐야.

정우가 무시하듯 고개를 돌렸다. 이미 시간은 퇴근 시간을 지나 8시를 향하고 있었다.

사실 태완은 그녀에게 분명 부탁이라고 했지만, 사장으로서 직원에게 하는 지시와 무슨 차이가 있나 싶었다.

해진의 말대로 더럽고, 치사한 갑을 관계가 아닌가.

"커피?"

정우의 표정을 읽은 것인지 태완은 파티션으로 가려진 쪽으로 들어갔다. 정우의 시선이 그의 뒤를 좇았다.

"잠시 쉴 공간을 만들었어. 잠깐 머물더라도 내가 편해야 할 테니까."

"네."

정우는 차분하게 고개를 끄덕였다.

"내일도 가능한가?"

"네?"

"오늘은 여기까지 하는 걸로 하고 내일도 부탁 좀 하지. 나. 대. 리."

❖

정우가 피곤한 눈을 들어 그를 바라보았다. 의자에 앉아 집중한 그의 모습은 예전과 다르지 않았다. 반듯한 이마도 그렇고 깔끔한 턱 선도 그랬다.

정우가 결심한 듯 헛기침을 하자, 태완이 고개를 들었다.

"저는 회사 관두고 싶지 않아요."

뜬금없는 정우의 말에 무슨 의미냐는 듯 태완이 고개를 들었다. 테이블을 사이에 두고 그는 중앙에 그리고 그의 오른쪽에 그녀가 앉아 있었다. 그는 전혀 신경 쓰지 않았지만, 정우는 나름 거리를 유지하기 위해 몸을 뒤로 뺀 채 자료를 보고 있던 중이었다.

"?"

딱 삼 일째였다. 회의 자료를 핑계로 그녀를 같은 시간에 부르는 것이. 이미 회의 때 발표한 자료를 가지고 그녀는 앵무새처럼 그것을 반복하고 있었다.

생각하고 생각했다. 그저 업무에 일환이라고, 그렇게 생각하지고.

그래도 이건 아니다. 같은 장소, 같은 시간, 항상 고스란히 느껴질 정도의 거리. 그녀에게 큰 부담이고, 긴장이었다. 이제는 업무의 차원이 아니었다. 그래서 그녀는 조급해졌다. 얼른 이 자리를 벗어나고 싶을 정도로.

"저 여기 어렵게 들어왔어요. 그리고 지금까지 큰 문제도 없었고요."

"그런데?"

그의 손엔 강민과 취합한 자료들이 들려 있었다. 그러나 첫날 회의 질문 수준으로 봐서 이미 어느 정도 파악한 내용일 것이다.

"아무리 업무라 해도 매일 같은 시간에 이렇게 사장실로 여직원 불러들이는 거 이상하게 생각할 거예요."

"아는 사람이 많은가?"

태완이 눈을 반짝이며 물었다.

"곧 많아지겠죠."

아무리 비서실의 입이 무겁다 해도, 지금 이것을 알고 있는 사람이 비서실 사람들과 박 부장과 이택, 강민, 그리고 해진뿐이라 해도 결국 소문은 날 것이다.

그리고 소설처럼 그것은 낭만적이지 않을 것이다. 어떤 식으로든 피해를 보는 것은 그녀였다.

그제야 태완은 흥미로운 표정으로 서류를 내려놓고 의자에 등을 기댔다.

"소문이 싫어?"

정우가 어이없는 표정으로 그를 바라보았다.

"사장님과의 소문이 싫어요."

말이 끝나기도 전, 단호한 대답에 태완이 피식 웃었다.

"다른 사람은 괜찮고?"

눈이 마주쳤다.

태완이 원래 이랬던가.

그녀가 아는 태완이라면 좀 더 딱딱하고, 차갑고, 또…… 내내 찬바람이 불었었다.

대부분 그의 집이나 가족모임에서 가족들과 함께이긴 했지만, 그는 언제나 그랬었다.

그런데 지금의 그는 예전과 다르다.

매일 새로운 것을 알아 가듯 그는 어제와 다르고, 그제와 다른 모습을 보여 주고 있었다.

편안한 관계였다면, 그저 직장상사이기만 했다면 재미있기도 하고, 흥미를 가질 수도 있었겠지만, 그녀는 그 하루만큼 더 긴장하고, 그 하루만큼 더 불안하다.

그래서 이 시간이 지나면 어깨는 딱딱하게 굳어 있고, 온몸에 기운이 빠진다.

"네."

다른 사람이라고 해 봐야 강민뿐이고 대부분의 사람들에게 들어왔던 이야기였기에 크게 신경 쓰지 않는다. 다만 그이기에 싫었다.

그녀의 표정을 읽은 듯 그의 한쪽 눈썹이 올라갔다.

몸을 앞으로 굽혀 그녀에게 가까이 다가왔다.

"나와의 소문이 그렇게 싫다면."

"?"

"시간을 줘."

눈이 마주치고 그가 조금 더 가까워졌다. 가슴이 쿵 내려앉았다.

"네?"

그녀가 이해를 못 한 것처럼 다시 물었다.

"나정우의 시간을 달라고. 하루에 이만큼씩만. 물론 원한다면 소문나지 않을 공간에서."

마지막 말을 인심 쓰듯 던지며 그가 그녀를 똑바로 바라보았다. 잠시 침묵이 흘렀다. 그러나 그에게선 아무것도 읽을 수 없었다. 그리고 그 순간 그녀에게도 많은 생각들이 스쳐 지나갔다.

"싫습니다."

정우는 단호했다.

"왜?"

그 역시 그녀의 대답을 예상했던 것처럼 차분히 물었다.

"의미 없을 테니까요. 지금 상황은 사장님께서 제게 장난하는 것 같아요. 사람 마음이 쉽게 변하지 않는 거라는 거 아는데, 갑자기 이러시는 거 제 입장에선 놀리시는 것 같아 불편해요."

장난이라.

"차라리……."

"차라리?"

"예전처럼 오빠, 동생으로 편하게 지내자고 한다면 그건 이해가 돼요. 그런데 이건……."

물론 오빠, 동생으로 지낼 때도 한 번도 편하게 지냈던 적은 없었다. 그러나 지금처럼 불편하고 피하기 바쁜 어색한 관계는 아니었다. 그는 무심했고, 그녀는 조급했을 뿐.

"정확히 누구에게 의미가 없다는 거야? 나는 아닌데."

태완의 표정은 그 어느 때보다 진지했다.

"……."

버릇처럼 그녀의 미간이 모였다. 갑자기 태완의 검지손가락이 자연스럽게 그녀의 미간에 닿았다. 그녀가 멈칫했다.

"예전하고 똑같네. 인상 쓰는 건."

슬쩍 흘러내린 손가락이 어깨 즈음에 닿자 정우가 벌떡 일어났다.

"제 이야기는 끝난 것이라고 생각하겠습니다. 내일부터 저도 바쁠 것 같습니다."

주섬주섬 서류를 챙긴 정우가 방을 나갔다.

비서실을 나온 정우가 그의 손가락이 닿았던 이마를 세게 문질렀다.

화끈거린다.

5. 함께 공유하다

"씨이."

정우가 미간을 문질렀다.

"왜?"

어묵 국물을 마시던 해진이 정우는 보지도 않은 채 물었다. 늦은 퇴근으로 배가 고파 떡볶이와 튀김, 김밥까지 사 가지고 정우의 집으로 왔다.

"휴대폰을 두고 왔어."

"어디? 회사에?"

"응."

해진이 뭐 그런 걸 걱정하느냐는 표정으로 웃었다.

"내일 출근할 텐데. 걱정되면 강민이한테 전화해 보든가. 아직 야근하고 있잖아. 휴대폰 없는 게 무슨 문제야? 특별히 연락 올 남자가 있는 것도 아니면서."

장난스럽게 무시하는 해진의 말에도 정우는 표정을 풀지 않았다.

"사장실에 두고 왔어."

정우가 한숨을 내쉬었다. 그 손가락 하나가 뭐 그리 당황스럽다고 그걸 두고 왔을까.

태완이 당황하는 그녈 보고 얼마나 무슨 생각을 했을까.

"어디에? 사장실이 확실해?"

해진의 눈이 동그래졌다.

"응. 의자에 두고 그냥 나온 것 같아."

"그럼 테이블에 가려져 사장님도 못 보셨을 수도 있네. 그냥 내일 아침 일찍 가서 가져와."

"그대로 있을까?"

"당연하지. 설마 돈도 많은데 그 후진 휴대폰을 훔치기라도 할까봐. 잠겨 있지?"

"아니. 내가 매번 푸는 게 귀찮아서."

잠시 두 사람의 얼굴에 난감함이 스쳤다.

"뭐 야한 사진이 있는 것도 아니고. 그런 사진이나 확인할 정도로 매너 없는 사람도 아닐 거고."

사실 야한 사진 같은 건 없었지만, 이택, 강민, 해진과 함께 공유하는 밴드가 있었다. 사진을 찍고 올리는 데 빠진 강민 덕분에 네 사람이 함께하는 사진들이 많이 올라가 있었다. 지난여름, 함께 수영장에 간 것도 있었고, 워크샵에서 술이 취한 사진도, 그리고 함께 찾아다닌 맛집에서 찍은 사진도 있었다. 그리고 요즘은 정우나 해진도, 가끔은 이택도 함께 사진과 글을 올렸기에 조금 더 비밀스러워진 것도 사실이었다.

"설마……. 나 댓글 중에 고 전무한테 쌍욕 한 거 있는데. 그래도 설마…….”

“그렇지? 남의 휴대폰인데…….”

정우 역시 말끝을 흐렸다. 해진이 괜찮다는 표정으로 애써 정우를 위로했다. 그의 성격을 알기에 특별히 걱정할 것은 없었지만, 그래도 신경이 쓰이긴 했다.

“그렇겠지.”

해진이 당연한 거 아니냐는 표정으로 고개를 끄덕이며 튀김을 집어 그녀에게 내밀었다. 정우가 입을 벌리며 웃었다.

5시. 여전히 어둠이 내려앉은 새벽, 늦게 잠이 들었는데 알람으로 지정해 놓은 시간보다 20분이나 일찍 눈이 떠졌다. 어젯밤 대수롭지 않게 웃긴 했지만 계속 자신의 휴대폰이 신경이 쓰였다.

해진의 말로는 청소를 하는 시간이 7시에서 7시 반 사이라고 했으니, 그 사이 가지고 나오면 된다고 했다. 정우가 서둘러 집을 나섰다.

어젯밤, 해진이 사장 비서실의 한정희에게 미리 연락을 했다고 했으니 다행이었다. 미안하긴 했지만 비서실 친구가 이럴 때는 좋긴 하다. 몰래 가지고 나오는 것이 아니라 자신의 것을 찾아오는 것이라 되뇌며 정우는 사장실로 향했다. 이것을 핑계로 다시 그곳에서 태완을 마주치고 싶지는 않았다.

비서실에 들어서자 청소하시는 아주머니가 계셨다.

“안녕하세요. 어제 말씀드린…….”

“아, 나 대리구나. 들었어요. 우린 사장실 청소는 특별한 지시가 없으면 안 해요. 비서실까지만 하지. 얼른 가지고 가. 다들 곧 출근하겠네.”

정우가 건넨 샌드위치 봉투를 든 아주머니의 설명에 정우가 고개를 끄덕였다.

"감사합니다."

평소 정우도 안면이 있는 분이었기에 정우는 인사를 하고는 조용히 사장실 문을 열었다. 창을 통해 비치는 아침햇살에 눈이 부셨다. 그러나 그것을 감상할 만큼의 여유는 없었다.

얼른 그녀가 앉았던 의자로 다가갔다. 그러나 휴대폰은 눈에 보이지 않았다.

혹시 떨어졌나 싶어 바닥을 찾고, 엎드린 채 의자 밑까지 확인했지만 없다. 한참을 그렇게 소파 밑, 책상 밑 등 마룻바닥을 헤매고 다녔다. 착각했나. 강민과 카카오톡으로 연락을 하며 옆에 놓아둔 것까진 기억이 나는데……. 다른 곳에 둔 건가. 그녀가 고개를 갸웃거렸다.

"안녕!"

밖에서 나는 한 톤 높은 목소리에 바닥을 헤매던 정우가 벌떡 일어섰다. 비서실 사람들이 벌써 출근을 하나. 7시 3분. 아직 정희가 말한 시간이 안 되었는데.

"사장님 출근 안 하셨지?"

통통 튀는 목소리를 들으니 디자인센터 왕재향 실장이 분명하다.

"네."

경쾌한 구두 소리도 들렸다.

"한 비서, 요즘 사장님이 기개실 여직원을 부른다는데 사실이야?"

정희도 온 모양이다. 휴대폰 찾은 데 너무 정신이 팔려 밖에서 들리는 소리까지 신경을 쓰지 못했다. 그녀의 얼굴이 복잡해졌다.

"저는 잘 모르겠어요. 부르신다면 아마 업무 때문이시겠죠. 특별히 사적인 이유로 누구를 따로 부르시진 않는 것 같은데. 잘 아신다면서요?"

"응. 사장님과는 잘 알아. 그래도 소문이 들려서."

왕 실장의 웃음소리가 들렸다. 해진과 친한 정희는 아무것도 모른다는 듯 웃고 마는 눈치였다.

정우가 안도의 한숨을 내쉬었다. 사장 비서실에 근무하는 사람들은 사람 대하는 것이 다르긴 한가 보다. 여유롭게 말을 피하는 정희를 보는 정우의 얼굴엔 존경의 빛까지 띠고 있었다.

왕 실장만 나가면 얼른 나가야겠다는 생각에 문손잡이를 잡았다. 그녀가 가면 정희에게 자신의 번호로 전화를 해 보라고 할 참이었다. 그러면 이 방 어디선가 진동이 울리겠지.

"기개실 여직원이 누구누구더라. 김송희 씨, 그리고……."

문 밖에서 들리는 왕 실장의 말에 정우가 긴장된 듯 숨을 멈추었다.

"참, 나 며칠 밀라노 가구박람회 출장 다녀왔잖아. 올해 테마가 주방가구라 드릴 말씀도 있지만 그건 다음에 해야겠지? 지금은 사장님 드릴 게 있는데 잠깐 들어가도 되지?"

"사장님 곧 오실 텐데 조금만 기다리세요."

사장실에 들어가는 건 안 된다 생각했는지 정희의 목소리가 딱딱하게 굳어졌다.

"사장님, 누가 방에 들어가는 거 안 좋아하세요. 청소도 따로 지시 없으면 안 할 정도로. 지난번에도 저 싫은 소리 들었어요."

그 말에 긴장한 것은 정우였다. 그건 누구보다 잘 알고 있다.

"아니야. 나 피곤해서 얼굴이 좀 부었어. 지난번처럼 금방 놓고

만 나올게. 그리고 정희 씨 싫은 소리 안 듣게 사장님은 오후쯤 뵐
게."

왕 실장은 종종 사장실에 들르는 모양이다. 조금 전 그녀의 말도
있어서 정우의 상황이 더욱 난감해졌다.

그녀가 말하는 기획실의 그 여직원이라면 자신일 텐데 아무도 없
는 사장실에 자신이 혼자 있는 걸 본다면 어떤 이야기가 나올지 모
른다.

소문은 태완이 만들어 내는 게 아니라 자신에 의해 부풀려지게
생겼다.

두리번거리던 정우의 눈에 파티션이 보였다. 커피를 내리고, 쉬
기 위해 만들었다는 그 파티션 안으로 빠르게 걸어가는데 태완의
책상 위에 놓인 그녀의 휴대폰이 눈에 띄었다.

저기 있었구나. 얼른 휴대폰을 손에 쥔 정우가 파티션 안으로 몸
을 숨겼다.

파티션 안쪽은 처음이다. 한쪽엔 그의 말대로 쉬기 위함인지 커
다란 일인용 소파가 있었고, 다른 한쪽엔 여러 종류의 커피와 그것
을 내릴 수 있는 기구들이 놓인 원목의 테이블과 그것과 연결된 장
식장이 있었다. 얼핏 가구들이 많이 익숙하다는 생각이 들었다. 우
리 회사 제품이니 당연한 것인가.

그녀가 최대한 밖에서 안 보이는 자리에 섰다. 눈에 익은 머그컵
이 보였다. 예전에 알던 그의 취향은 변하지 않았나 보다. 저렇게
작은 잔에 진한 커피를 마시곤 했는데.

달칵. 생각에 잠겼던 정우가 휴대폰을 꼭 쥔 채 장식장 앞으로
몸을 붙였다. 그래야 그녀의 눈에 띄지 않을 것이다.

또각또각.

문이 열리는 소리와 함께 여자 구두 소리가 들렸다.

창문에 비친 모습을 보니, 무언가 가방에서 작은 상자를 꺼내는 것이 보였다.

제발.

그것만 놓고 빨리 나가기를.

나가고 나서 정희에게 설명하는 것은 어렵지 않았다. 휴대폰도 찾았으니 쉽게 이해해 줄 것이다.

여자의 멀어지는 구두 소리에 정우가 안도의 한숨을 내쉬었다.

달칵.

"사장님."

한 톤 올라간 왕 실장의 목소리에 정우의 얼굴이 말할 수 없이 구겨졌다.

"안녕하십니까?"

"일찍 나오셨네요. 전 지난번처럼 선물만 두고 가려고. 밀라노 출장 다녀온 거 아시죠? 보고서는 올리겠지만 이건 먼저 드리고 싶어서 일부러 왔어요."

왕 여사, 재향의 웃음소리가 들렸다.

"한 비서에게 말씀 못 들으셨습니까?"

그의 목소리가 딱딱하다.

"지난번에는 두고 가셨고, 또 아버님의 성의도 있어서 제가 감사히 받았지만 이번에는……."

단호한 태완의 말투를 들으니 거절하려는 모양이다. 저 말투 많이 들어 봐서 안다.

정우가 고개를 숙인 채 이 상황에 대해 정희와 해진에게 단체문자를 보내는 중이었다.

말도 안 되는 이 상황에선 머릿속이 하얘져 아무런 생각도 나지 않는다. 차라리 눈앞에서 왕 실장을 마주치는 게 나았다. 그랬다면 정희가 무언가 핑곗거리를 만들어 주었을 텐데. 그녀가 불안함에 입술을 잘근거렸다.

그런데 갑자기 말을 멈춘 태완의 싸한 정적에 정우가 슬며시 고개를 들었다.

젠장.

고개를 든 정우의 눈에 책상 앞에서 코트를 들고 뻬딱하게 서 있는, 묘한 표정의 태완이 보였다. 그는 정우를 바라보고 있었다. 아주 정확히 눈이 마주쳤다.

벽에 딱 붙은 정우가 어색한 미소를 지으며 휴대폰을 들었다.

나는 이것 때문에 왔다는 이야기를 하고 싶었다. 다른 뜻은 없이.

휴대폰에 잠시 시선을 두던 태완이 알겠다는 듯 피식 웃었다.

다행이다.

"이번에도 잘 받겠습니다. 그럼."

말을 끊은 태완이 정우에게 다시 시선을 주었다.

"차라도 한 잔 하시겠습니까?"

태완의 여유로운 말투에 왕재향 실장의 웃음소리가 들렸다.

"네? 감사합니다."

"무엇으로 드시겠습니까? 커피 괜찮으십니까?"

여전히 시선은 정우를 향하고 있었다.

"네."

빨리 그녀를 내보내면 자초지종을 설명하고 나갈 생각이었다. 지금에 와서 두 사람 앞에 나타나는 건 도둑, 산업스파이, 아니면 사장을 유혹하기 위한 여직원, 왕재향의 입을 통해 별별 소문이 다 날 것이다.

어제만큼 당황한 표정이 그의 눈에는 고스란히 보였을 것이다.

태완이 천천히 다가왔다.

그리고 커피를 타기 위해서인지 그녀 앞에 섰다. 손을 뻗어 그녀 목 옆에 걸려 있는 컵을 내리고 그녀의 허리쯤에 있던 커피머신 스위치를 올릴 때마다 스치듯 그의 팔이 닿았다.

"시간."

그의 조용한 속삭임에 정우의 눈이 커졌다.

처음엔 의미를 몰라 잠시 생각하던 정우는 단호하게 고개를 저었다.

태완이 그럴 줄 알았다는 듯 짧은 미소를 지었다.

"출근 시간 전인데 천천히 드시죠. 저에게 괜찮은 쿠키가 있을지도 모르겠습니다. 잠시만 기다리세요."

정우가 놀란 눈으로 그를 바라보았다.

"어머. 감사합니다."

그녀의 웃음소리가 들린다.

"제가 커피 타는 동안 이쪽에서 쿠키를 찾아 주시겠습니까?"

정우의 눈이 더 이상 커질 수 없을 만큼 커졌다.

"시간."

그가 낮게 속삭였다. 그와 동시에 낮은 태완의 입매가 심술궂게 올라가는 것이 보였다.

그녀의 발랄한 구두 소리가 들렸다.

잠깐의 시간, 식은땀이 날 정도로 긴장된 시간이었다.

허공에서 시선이 부딪혔다.

"……."

"……."

응? 그가 한쪽 눈썹을 올리고 눈으로 물었다. 조금씩 왕 여사의 향수 냄새가 가까워지고 있었다. 이마에 식은땀이 맺힐 정도로 그녀는 긴장하고 있었다.

"생각해 볼게요."

"진짜?"

결국 정우가 속삭이듯 말하며 재빨리 고개를 끄덕였다.

"아. 여기 있네요."

그녀의 말이 끝나기가 무섭게 태완이 정우의 어깨 높이에 있던 작은 상자를 스치듯 가져왔다.

"이건 사무실 직원들과 나눠 드시면 좋을 것 같네요."

기운이 빠진 정우가 한숨을 내쉬었다.

낮은 태완의 웃음소리가 들렸다.

"아. 커피머신이 이상하게 갑자기 작동을 안 하네요. 미인이 옆에 있어서 놀란 건가. 커피는 다음에 대접하죠."

그의 시선이 정확히 정우를 향했다.

"미인이요? 호호호."

왕 여사의 매력적인 웃음소리가 들렸다.

그가 피식 웃으며 그녀의 허리를 스쳐 멀쩡한 커피머신의 스위치를 껐다.

정우가 식은땀을 식히기 위해 옥상으로 올라갔다. 아침 댓바람부터 말도 안 되는 시트콤을 찍고 말았다.

휴대폰을 확인하자 보내다 만 문자 커서가 반짝였다. 아직 출근 시간까지 한 시간이나 남아 있었다.

조금 전 사장실에서의 이십 분 때문에 하루 종일 일을 한 것처럼 기운이 죽 빠진다.

정우가 삭막한 풍경을 바라보았다. 그래도 회사에서 이만큼 숨을 쉴 수 있는 곳도 없다는 생각을 하며 화단 옆에 털썩 주저앉은 정우가 긴 한숨을 내쉬었다. 왜 이렇게 심장이 발딱거리는지 모르겠다. 지금까지 잘 해 왔다고 생각했는데, 갑자기 모든 것이 어그러진 기분까지 든다.

한쪽 벽에 기댄 정우가 콩콩콩 머리를 부딪쳤다.

"너 머리 단단한 거 아니까 그만해라. 벽 금 간다."

강민이 그녀의 옆에 앉았다.

"여기 있는 거 어떻게 알았어?"

"몰랐어. 야근하고 사우나 갔다가 다시 출근했어. 머리가 띵해서 정신 차리려고 나왔지."

그의 손엔 테이크아웃 커피가 들려 있었다. 정우가 그의 손에서 커피를 가져와 벌컥벌컥 마시기 시작했다. 지금 정신을 차려야 하는 것은 그녀였다.

"있잖아."

정우의 말에 강민이 그를 바라보았다.

"사랑고백 같은 건 하지 말고. 지금 네 눈빛만으로도 부담스러워. 며칠 집에도 못 들어간 사람처럼 머리는 산발하고."

주머니에서 고무줄을 찾은 정우가 손가락으로 머리를 정리하고는 바보처럼 웃었다.

"웃으니까 더 부담스러워."

"내가 왜?"

"네가 더 잘 알잖아."

강민이 커피 한 모금을 마시며 그녀의 몸을 아래위로 바라보았다. 굉장히 기분 나쁜 표정으로. 그러나 그 기분 나쁜 표정에 대꾸할 기운도 없어 정우가 낮게 한숨을 내쉬며 강민의 어깨에 머리를 기댔다. 태완의 웃음소리가 여전히 귓가에 들리는 듯했다. 또다시 심장이 두근거리기 시작한다.

"이런 말 하고 싶지는 않지만."

스트레칭을 멈추고 그녀가 쉴 수 있게 어깨를 내주던 강민이 말을 꺼냈다.

"그럼 하지 마."

정우가 딱 잘라 말하자 강민이 장난스럽게 웃었다. 저렇게 시작하는 강민의 말은 언제나 정곡을 찌른다.

"너 요즘 스스로 겁나 담담하다고 생각하지? 모든 일에, 특히 사적으로는?"

"……."

정우가 시큰둥한 표정으로 한쪽에 놓인 강민의 커피를 가져왔다.

"내가 보기에 너는 요즘 눈은 반짝이고, 볼은 좀 상기되어 있고, 항상 주위를 둘러봐."

'그래서'라는 표정을 지었다.

"그렇다고. 못 알아들으면 말고."

볼을 문지른 정우가 절대 아니라는 표정으로 그를 바라보았다.

알아들었다. 절대 인정하고 싶지 않지만 이미 자신이 흔들리고 있다는 것을. 그리고 오늘 그것이 유난히 심하다는 것도.

"물론 얼굴 그렇게 상기되는 건 갱년기야. 너 시집도 가기 전에 틀니하고 갱년기부터 올지도 몰라. 병원 가 봐."

강민이 낄낄거리며 일어섰다.

"내려가자."

"그래."

커피를 다 마셔 버린 정우가 복잡한 표정으로 일어섰다.

6. 함께 바라보다

"드디어 크리스마스다."

정우가 새로운 것이라도 발견한 것처럼 달력에 시선을 고정했다. 해진과 강민 역시 쉬는 날이라는 이유 하나만으로도 즐거운 듯 고개를 끄덕였다.

"난 너희랑 못 놀아."

강민의 말에 두 사람은 대꾸도 하지 않은 채 크리스마스 개봉 영화를 검색하고 있었다. 그럴 줄 알았다는 듯 그가 말을 이었다.

"소개팅할 거야."

"그래."

해진이 알았다는 듯 고개를 끄덕이고는 재미있고 야한 영화를 찾았다며 정우에게 휴대폰을 내밀었다. 강민이 그런 그녀가 얄미운 듯 얼굴을 구겼다.

"내가 소개팅한다는데 궁금하지도 않냐?"

"너 소개팅 지난주에도 했고, 시간 날 때, 사람 있을 때, 없으면 지나가는 여자 헌팅이라도 해서 소개팅하잖아. 그런데 궁금하겠냐?"

해진의 말에 정우가 고개를 끄덕였다.

"참, 그리고 너 지난주에 소개팅한 방송국 리포터 이야기도 하다 말았잖아."

아, 그렇지.

강민도 생각났다는 듯 고개를 끄덕였다.

"하다 만 게 아니라 그 연락이 끝이야. 그냥 오빠 동생으로 지내는 거지. 그리고 나는 다 궁금해. 박해진 연하 남친과 헤어지고 나선 누구를 만나는지, 왜 연하 남친한테 까였는지, 나정우는 늙은 사장이랑 왜 이렇게 뜸을 들이는지, 나는 다 궁금하다고."

"그게 뭐가 궁금해? 나는 연하남이 나한테 너무 의지하는 게 싫어서 헤어진 거야. 난 남자친구를 만나려는 거지, 아들을 키우려고 만나는 게 아니니까. 그리고 나정우는 늙은 사장이랑 시작하는 게 겁나니까 그렇게 고민만 하는 거고. 너 나랑 나정우 스타일 몰라?"

해진의 말에 웃고 있던 정우가 인상을 찌푸렸다. 겁내는 거 아니라고 해야 하는데 이미 타이밍을 놓쳤다.

"그래도 나는 친구로서 다 궁금해. 그게 예의야. 너희들처럼 그렇게 매몰차지 않다고."

강민이 차가운 물을 벌컥벌컥 마셨다.

"알았어. 우린 영화 보고 술 마시고, 밤새워 놀 거야. 호텔 잡든지, 아니면 클럽 가든지. 그날은 우리뿐 아니라 법적으로 다들 노는 날이라 어디를 가도 재미있을 거야."

해진의 말에 강민이 결심한 듯 물 컵을 내려놓았다.

"좋아. 그럼 내가 이 한 몸 희생해서 너희랑 놀아 줄게."

"됐어."

"아니야. 넌 소개팅해."

정우와 해진이 동시에 고개를 저었다.

그리고 크리스마스이브가 되었다. 휴일을 앞둔 저녁이긴 불금과 다를 바 없었지만 분위기는 전혀 달랐다. 화려하게 반짝이는 크리스마스트리와 울려 퍼지는 캐럴 송을 들으니 설레는 기분까지 들었다. 사람들의 들뜬 표정 역시 무언가 선물을 받을 수 있을 것만 같았다.

"결국 넷이다."

"그냥 말해. 다 들리니까."

복화술로 해진이 정우에게 속삭이자 강민이 옆에서 소곤거렸다.

그렇게 계획했던 크리스마스는 소개팅을 취소하겠다는 강민의 고집으로 밴드 맴버 넷이 함께 보내게 되었다. 그리고 그들은 함께 리수호텔로 향했다.

리수그룹에서 인수했다는 호텔은 이름뿐 아니라 그 모습도 많이 달라져 있었다. 요즘 잘나간다는 사람들 사이에서 가장 핫한 호텔이라는 해진의 말처럼 세련되고 고급스러워진 로비를 보며 강민은 가구들의 단가를 매기기 시작했다.

픽 웃은 이택이 해진이 말한 바로 향했다. 예약이 필수라는 이 바의 창가 자리에 네 사람이 둘러앉았다. 야경과 함께 호텔에서 야외에 설치한 커다란 크리스마스트리가 잘 보이는 자리였기에 모두의 시선이 창가로 향했다.

"멋있다."

"그러게."

"주문하자. 칵테일?"

"난 그냥 맥주가 좋은데."

정우의 말에 역시 저렴한 입맛이야, 라고 하면서도 강민은 칵테일과 맥주, 그리고 그녀들이 좋아하는 안주를 주문했다.

"그런데 팀장님은 오늘은 안 바쁘세요?"

해진의 물음에 이택의 시선이 강민을 향했다.

"오늘 참석 안 하면 큰 복수가 기다리고 있을 거라고 해서."

"솔직히 팀장님 요즘 저한테 너무 소홀하셨잖아요?"

강민의 말에 이택이 픽 웃었다.

"그럼 이제부터 보고서 하나라도 쭉쭉 한 번에 올라가게 제대로 올려 봐. 반송 누르지 않게. 그럼 시간 낼 수 있으니까."

그의 말에 정우와 강민이 시선을 피하며 입을 다물자, 해진이 깔깔거리며 웃었다.

"너희들 갈수록 세트처럼 구는 거 알지. 이강민 때문에 나정우까지 하향평준화되어 가."

해진의 말에 정우가 모른 척 맥주 한 모금을 마셨다.

"그런데 좀 진척이 있으신 거예요? 좀 적극적으로 하시려면 흥신소도 있잖아요. 제가 알아봐 드려요?"

이택이 진한 갈색빛이 도는 칵테일 한 모금을 마셨다.

"TV드라마를 보면 사랑하는 여자가 숨으면 남자주인공은 바로 찾아내기도 하잖아요. 그리고 사랑을 깨닫는 여주인공과 해피앤딩."

해진이 말을 잇자 강민이 한심하다는 듯 고개를 저었다.

"그건 드라마고."

"드라마도 결국 현실에서 나오는 거야. 막장 같은 일이 현실에서 일어나는 거 몰라? 못된 시어머니가 없을 것 같지? 다 있어."

"그만. 이제 맛있는 술 마시자. 크리스마스잖아. 팀장님도요."

정우의 말에 해진과 강민이 서로를 흘겨보았다.

"내가 너무 내 생각만 하는 건 아닌가 해서."

담담한 이택의 말에 모두의 시선이 그를 향했다.

"내 입장에서만 생각하는 거 아닌가 싶더라. 그 사람이 그래야만 했던, 그럴 수밖에 없었던 그 전부를 알 수 없는데. 결국 아무것도 모른 채 찾게 되더라도 이기적인 거겠지."

그의 눈빛이 깊어졌다.

"그래서 그만두시는 거예요?"

강민의 물음에 그가 쓴웃음을 지었다.

"멈추는 게 아니라 기다리는 거지."

너무 이기적이라는, 내 생각만 하고 있다는 이택의 말에 정우의 말문이 막혔다. 씁쓸한 그의 표정이 꼭 누군가를 떠올리게 했다. 어느 날 누군가도 그런 눈으로 자신을 바라본 적이 있었다.

"아무튼 오늘은 마셔요. 크리스마스이브잖아요. 선물처럼 누군가 올지 모르니까."

해진이 잔을 들었다.

"어?"

그런데 채 잔을 다 부딪히기도 전에 강민의 시선이 다른 곳을 향했다.

"선물이냐? 저게?"

그렇게 묻는 그를 보다 정우 역시 시선을 돌렸다.

그리고 그곳엔 거짓말처럼 태완이 서 있었다.

선물? 그러나 그는 혼자가 아니었다. 그의 옆에 다소곳이 서 있는 한 여자.

잠시 흔들렸던 정우의 눈매가 굳어졌다. 태완은 그런 그녀의 표정을 아는지 모르는지 여잘 세워 둔 채 천천히 이쪽으로 다가오고 있었다. 그의 눈썹이 못마땅한 듯 올라갔다.

네 사람이 자리에서 일어나 리안퍼니처 사장인 태완에게 인사를 했다.

"사장님, 크리스마스이브라 데이트하시나 봐요?"

술기운이었을까. 이 상황에서도 빤하게 묻는 해진의 도전적인 시선이 우스워 정우의 얼굴에 잠시 미소가 머물렀다. 비서가 저래도 되나 싶은 표정으로 이택과 강민 역시 해진을 바라보았다.

웃음이 머문 채 고개를 돌리던 그녀와 태완의 시선이 마주쳤다.

"데이트 아닙니다."

그녀를 똑바로 바라본 태완이 단호하게 말했다. 정우의 눈길이 잠시 여자에게 머물렀다.

"그런데 여기서 이렇게 재밌는 시간 보내실 줄 알았으면 저도 여기 낄 걸 그랬나 봅니다."

"저희는 데이트인데……."

강민의 장난스러운 대답에 정우에게 고정되었던 태완의 시선이 다른 곳을 향했다.

"그렇군요. 데. 이. 트."

또다시 그녀에게 시선이 향했다. 대답을 바란 것이었나.

"네."

그녀의 담담한 대답에 그가 잠시 이택을 바라보았다.

"데.이.트가 아니시라도 즐거운 시간 보내세요."

해진의 말에 고개를 끄덕인 그가 천천히 돌아섰다. 그리고 여자에게 다가가 몇 마디 나누고는 그녀와 함께 왔던 길을 되돌아 나갔다. 그를 따라나서던 여자와 얼핏 시선이 마주쳤다. 그리고 그녀의 시선은 계속 그들의 뒷모습을 좇고 있었다.

"앉자."

"네."

그때 종업원이 다가왔다.

"이건 최태완 사장님께서 보내신 선물입니다."

두 잔의 칵테일과 양주였다.

"칵테일 이름이 신데렐라라……."

자신들 앞에 놓인 칵테일을 보며 해진이 말했다. 정우 역시 아름답게 장식된 칵테일에 시선을 두었다. 강민과 이택은 양주를 마시며 사라진 그녀에 대한 진지한 이야기를 이어 가고 있었다.

"무알콜이라더니 그냥 주스 같은데."

맛을 본 해진의 말에 정우 역시 고개를 끄덕였다.

"그런데 이 의미가 뭘까? 넌 신데렐라니까 왕자를 만날 수 있다? 아니면 아무리 해도 왕자는 나니까 주스 한 잔 마시고 일어나라?"

"그냥 의미 없는 거야. 이게 여자들이 좋아한다고 하니까."

의미를 두지 않으려 정우가 대수롭지 않게 대답했다. 그러면서 마시던 맥주 대신 칵테일을 마셨다.

그리고 정우와 해진이 이야기를 나누며 칵테일을 비우자 알아서 두 잔이 더 나왔다. 물론 그 신데렐라로.

정우의 시선이 잠시 그가 서 있던 자리에 머물렀다.

이 기분이 뭔지 모르겠다. 분명 그에 대한 무언가는 남아 있다. 복잡해서 설명하기 힘든. 그래서 강민이나 해진이 그를 찾아왔다는 자신과 정반대의 여자 이야기를 듣고도 코웃음 치며 무시하려고 했다. 별일 아닌 것처럼.

그런데 막상 그의 옆에 있는 여자를 보니, 자신도 모르게 얼굴이 굳어졌다. 데이트가 아니라는 그의 말을 듣고 조금은 안심하던 자신의 속마음을 그 누구도 아닌 스스로에게 들켜 버렸다. 담담한 척하며 자연스럽지 못했던 자신의 미소를 느끼면서도 계속 부정했던 그 마음을.

커다란 크리스마스트리가 반짝이고 있었다. 누군가도 이 트리를 바라보고 있겠지.

이기적인 것 아닌가 싶다던 이택의 말도, 자신의 복잡한 감정도 마음에 들지 않는다.

데이트라. 그녀가 신데렐라를 한 모금 마셨다.

"요즘 정신이 없긴 한가 보다. 매년 연초에는 항상 행사했었잖아."

그렇지.

그녀의 회사는 팀원들의 단결을 위해서 부서별로 연말과 연초면 산행 또는 가구를 바꿔 주거나 인테리어 공사를 해 주는 봉사활동을 했다. 회사 홈페이지에 사진을 올리는 것은 결과 보고와 같은 것이었기에 어떻게 보면 의무적인 것이라고 할 수 있었다. 그리고 크리스마스 즈음엔 그의 부서에서 독거노인을 위한 도배와 보일러 고쳐 주기 봉사활동을 진행했기에 이번에는 산행으로 결정된 모양이다.

"어쨌든 금, 토로 가는 거니까 빠질 생각하지 마. 임산부하고 사정 있는 사람 빼면 기획개발실 1팀, 2팀 모두 해서 사람은 스무 명이 조금 넘거든. 여기서 더 빠지면 또 박 부장 난리난다. 연초부터 의리 어쩌고 하면서. 그러니까 빠지지 말고 미리미리 운동이나 해 둬."

"어디로 가는데?"

이 산행을 위해 스케줄을 짜고, 예약하는 것은 강민의 몫이었다.

"몰라. 매번 새로운 곳으로 가야 하니까 그것도 고민된다."

강민이 피곤하다는 표정으로 머리를 긁적였다.

제주도.

강민이 정하고 박 부장이 ok한 곳이었다.

12월 31일. 보통이라면 종무식 후 일찍 끝내거나 임시휴일이었을 시간이었지만, 이번엔 산행으로 사무실 직원들과 새해를 맞이할 예정인가 보다. 계획을 잡아 놓았던 직원들의 불평도 있었지만, 박 부장이 ok한 이상 어쩔 수 없었다.

그리고 정우는 당일 날 알게 되었지만 스무 명의 부서 직원 이외에 몇 명이 더 추가되어 있었다. 바로 최태완 사장과 양 이사.

계속 시선을 피하다 스트레스 해소용이라며 비싼 초콜릿을 내민 강민의 행동을 보면, 그는 이미 알고 있었던 게 분명하다.

점심 먹고 출발해서 제주도에 도착하자 이른 저녁 시간이었다. 예약한 펜션에 도착하고 방이 정해졌다. 스무 명이 넘는 인원에 맞게 펜션 한 동 전체를 빌렸고, 여직원들은 이층방 중 두 개를 쓰고 남자 직원들은 아래층을 쓴다고 했다. 어차피 밤엔 산행이 있어 방을 쓰는 것은 큰 의미가 없었지만, 아래층에 내려가는 것은 조금 신경이 쓰였다.

짐을 풀고 다른 직원들이 먼저 내려가고도 그녀는 한참을 방에 남아 있었다.

-내려와. 박 부장이 빠진 사람 누군지 찾고 있어.

-알았어.

강민의 문자에 정우는 결국 몸을 일으켰다.

안내에 따라 펜션에 딸린 식당으로 들어가자, 고기 굽는 냄새가 가득했다. 이미 직원들이 모여 술파티를 벌이고 있었다. 왁자지껄한 저녁 시간이었다. 어차피 밤 산행이 이루어져야 했기에 아마도 이른 저녁을 먹고 쉬거나, 늦게까지 버틸 모양이었다.

"나 대리, 어서 와."

양 이사의 반가운 말에 정우가 어색하게 웃었다. 굳이 확인하지 않아도 그 옆자리엔 태완이 있을 것이다.

"네."

정우가 웃으며 눈으로 강민과 이택을 찾았다. 이택은 보이지 않았지만 강민은 저쪽 끝에서 고기를 굽고 있었다. 그녀가 조용히 강민에게 다가갔다.

"너 왜 고기 굽고 있어?"

"그럼 여기까지 와서 여직원들을 시키겠냐? 내가 해야지."

오랜만에 옳은 소리 하는 강민을 정우가 기특한 듯 바라보았다.

"팀장님은?"

"잠깐 나가셨어."

"어딜?"

제주도에서 잠깐 나갈 일이 뭐가 있을까.

"몰라. 급하게 가시던데."

이번에는 강민도 의아한 표정을 지었다. 이택이 시간을 갖고 기다리겠다고 했는데, 그사이 무슨 일이 생긴 건 아닌지 걱정이 되기도 했다.

"무슨 일 있는 건 아니겠지?"

"응. 별일 아니라고 하시긴 하더라."

"박 부장은?"

"팀장님이 이야기하셨나 봐."

조용히 속삭이던 그녀가 고개를 끄덕이며 강민의 옆에서 고기 굽는 것을 도왔다. 매서운 눈의 박 부장도 언제나 이택 팀장에 대해선 예외였기에 그리 걱정할 필요는 없을 것 같았다.

"이리 오라니까 나 대리는 또 이 박사한테 갔네. 왜 이 박사 힘든 것 같아서 도와주고 싶어?"

소주 몇 잔에 얼굴이 붉어진 양 이사의 말에 모든 사람의 시선이 강민과 정우를 향했다.

"양 이사님, 아닙니다. 저 둘이 함께 있는 거 하루만 지켜보면 그거 아닌 거 아실 텐데요. 얼마나 사무실에서 앙숙인지. 톰과 제리 같아요. 누가 톰인지 아시겠죠? 만날 우리 나정우가 당해요. 저 덩치 커다란 제리 때문에."

박 부장의 말에 양 이사가 껄껄껄 웃으며 고개를 저었다. 간간이 사람들의 웃음소리도 들려왔다. 이제 이런 놀림은 익숙하다.

"원래 그러다 정드는 거지. 나도 젊었을 땐……."

양 이사가 분위기에 취한 것인지 자신의 연애 시절 이야기를 시작했다. 그리고 연애는 언제나 재미있는 화젯거리였다. 사람들이 양 이사의 이야기에 집중했다.

"술을 너무 많이 마시는 거 아닐까?"

강민이 넘겨준 접시의 고기를 먹던 정우가 걱정스럽게 주위를 둘러보다 태완과 눈이 마주쳤다. 그 역시 술을 마신 것인지 눈이 충혈되어 있었다. 그녀가 얼른 고개를 돌렸다.

"어차피 사진이 중요하니, 저녁 먹는 거 하나 찍고, 내일 펜션 앞에서 떠나기 전에 하나 찍으면 돼. 밤 산행은 자유고. 다른 때랑 다르게 밤이라 위험하고, 눈길이라 미끄럽기도 하고 산행 시간도 길어서 억지로 하라고 할 순 없거든. 술 많이 마시는 사람은 포기한 거겠지. 산행."

"넌?"

"나는 가야지. 이런 의미 있는 산행을. 이렇게 산에서 새해를 맞이하고 서울에 가면 좋은 일이 있지 않을까 싶다. 로또 당첨 같은."

진지한 강민의 말에 정우가 고개를 끄덕였다. 새해를 한라산에서 맞이하는 건 의미가 있을 것 같긴 하다. 그의 말로는 한라산 야간 산행은 허용하는 날이 거의 없다고 했다. 그리고 허용하는 날이 1월 1일. 그리고 새해의 아름다운 일출을 보기 위해서는 밤에 출발해야 한다고 했다.

그래서인지 규모가 꽤 큰 펜션엔 산행을 준비하는 사람이 많이 있었다. 그녀 역시 내일은 꼭 산에 오를 것이다. 일출을 본다면 더없이 좋겠지만, 새해를 눈 덮인 산에서 맞이하는 것만으로도 좋을 것 같다. 강민의 말처럼 산에서 새해를 맞이한다면 무언가 좋은 일이 생기지 않을까. 그녀의 얼굴에 잠시 기대가 머물렀다.

1시 반.

등반을 위해 모인 사람은 딱 열한 명이었다. 이른 저녁에 시작한 식사를 12시에 끝낸 사람들로서는 아무래도 불가능한 일이었을 것이다. 결국, 태완, 정우, 강민을 비롯한 열한 명의 사람이 있었다.

웬일인지 이택도 보이지 않았다. 어제 저녁부터 없었던 것 같은데. 이제는 걱정이 되기도 했다.

"서울 가신 것 같아."

"무슨 말은 없으셨어?"

"응. 별일 아니라고만 하시더라."

그래도 걱정된 정우는 이택에게 문자를 남기고는 걷기 시작했다.

조용한 산행이 시작되었다. 새해의 시작을 한라산에서 보내고 싶은 사람들이 많아서인지 산행 행렬이 죽 이어져 어두운 밤이지만 길을 잃을 염려 같은 건 없었다. 하지만 죽 이어진 사람들로 인해 속도를 맞춰야 했기에 밤길 산행을 즐길 여유도 없었다.

처음엔 헉헉거릴 정도로 힘이 들었지만 조금씩 올라갈수록 괜찮아졌다. 직원들과는 진달래밭 대피소에서 1차로 만나기로 하고 다들 자신의 컨디션에 맞추어 산을 오르기 시작했다. 이렇게 눈 쌓인 산을 걷는 것은 조심스러웠지만 나쁘지 않았다.

잠시 쉬었다 다시 길을 오르고, 쉬었다 오르기를 반복하는 동안 그녀는 일행들 사이에서 조금씩 뒤처지기 시작했다. 그래도 그 시간 동안 복잡한 생각을 하지 않을 수 있어서 좋았던 것 같다. 열여덟의 그녀가 떠오르고, 스물셋의 그녀가 스쳐 갔다. 그리고 이제 스물아홉의 그녀가 있었다. 그사이 그녀는 자랐고, 변했다. 그런데 뭘 그리 복잡하게 생각했을까, 뭘 그리 겁내고 있었을까 싶은 생각도 들었다. 그저 지나가는 바람일지도 모르는데. 나중엔 기억조차 나지 않는 시간일지도 모르는데.

어둠이 조금씩 가시며 새벽빛이 스미자 눈 쌓인 풍경들이 보이기 시작했다. 잠시 멈춰 주위를 보다 와! 저도 모르게 탄성이 나왔다. 조금 전과는 또 다른 느낌이었다. 하얗기만 하던 것들이 조금씩 제

모습을 드러내고, 나뭇가지마다 아름다운 눈꽃을 피웠고, 눈 쌓인 바위들은 공들여 만든 조각상 같았다. 꼭 다른 세상에 와 있는 기분이었다.

그렇게 잠시 멈춰 섰다 한 걸음 옮기려는 순간이었다.

"어어."

발이 눈 속에 푹 빠지면서 그대로 앞으로 고꾸라지는 줄 알았다. 그러자 가방의 무게 때문에 중심은 금방 흐트러졌다. 짧은 순간에도 넘어지면 아프겠다 싶은 생각이 들었는데 누군가 그녀의 팔을 꽉 잡았다. 순간 안도의 한숨이 새어 나왔다.

"감사합니다."

잡힌 팔을 보며 인사를 한 정우가 옆 사람을 바라보았다. 태완이었다. 마스크로 가리고는 있었지만 그를 알아보지 못할 정도로 어둡진 않았다.

박 부장과 제일 앞에 있었던 것 같은데 어떻게 거의 맨 끝인 여기에 와 있는 것일까.

"조심해."

"……감사합니다."

그녀가 잡혀 있던 팔을 빼내고 어색한 미소를 지었다. 물론 그녀의 미소 역시 마스크 때문에 잘 보이진 않을 것이다.

잠시 시선이 마주쳤지만 그녀는 다시 걷기 시작했다. 모두의 목적이 일출이었던 것처럼 정우와 태완은 말없이 걷는 것에 집중했다. 미끄러지려 할 때마다 그가 그녀를 잡아 주었다.

정상에 거의 도착했다는 말을 듣기는 했지만, 워낙에 많은 사람들이 일출을 보기 위해 왔기에 정상에 오르는 건 쉽지 않았다. 결국 정우는 티 나지 않게 조금씩 뒤처지며 사람들을 올려 보내고 한쪽 눈 쌓인 바위에 걸터앉아 숨을 고르기 시작했다. 정상에 오르는 것보다 이쯤이 그녀에겐 적당할 것 같았다.

툭툭툭. 다리에 묻은 눈을 털며 그녀가 크게 숨을 내쉬었다. 평소 걷는 것 외엔 운동을 하지 않아서인지 네 시간이 넘는 산행은 그녀에겐 힘이 부쳤다.

하지만 그녀의 목적은 일출을 보는 것보다 그저 눈 쌓인 겨울 산에 오르는 것이었으니까 그것에 만족하기로 했다. 조금씩 하늘이 더 밝아 오고, 아마도 곧 일출이 시작될 모양이었다. 가방에서 생수를 꺼내 한 모금 마셨다. 시원한 물맛이 만족스러워 그녀의 얼굴에 미소가 스몄다.

"운동은 영 아닌가 봐."

털썩.

앞서 간 줄 알았는데. 그녀의 옆에 앉은 것은 태완이었다. 날이 밝아 오자 그가 조금 더 선명하게 보였다. 날카로운 눈매도, 그리고 자신을 향한 시선도. 자신의 물을 건네받은 태완은 아무렇지 않게 생수를 마셨다. 괜히 붉어지는 얼굴을 감추며 그녀가 얼른 대답했다.

"네, 별로."

사람들은 줄이어 정상을 향하고, 그들에게 집중하는 사람은 없었다.

"안 올라가세요?"

그녀가 무심하게 물었다.

"나 대리는?"

꼭 대답을 하지 않고 질문을 던진다. 그만하겠다면 그녀는 올라갈 것이었고, 그가 올라간다면 여기서 쉴 거라는 자신의 생각을 읽은 것처럼.

"······전 여기까지만 갈 거예요. 저한테는 여기까지가 적당해요."

정우가 주위를 둘러보았다.

"적당하다는 기준이 뭐야?"

잠시 생각에 잠겼다.

"음. 무리하지 않고, 내일 일어날 수 있는 수준이요."

"딱 그만큼만?"

"······네."

뭔가 묘한 말투였지만 달리 할 말이 없었기에 그녀는 고개를 끄덕였다.

"힘들더라도 더 가 보고 싶지는 않아?"

그의 시선이 그녀에게 머물렀다.

"그런 생각도 있긴 한데."

"?"

"결국 내일 온몸이 아픈 것도 제가 감당해야 하잖아요. 그건 별로라서. 목표는 산에 오르는 것이었으니까 그걸로 만족해요. 지금 바라보는 것만으로도 시원하고 좋거든요."

괜히 변명을 하듯 이야기가 길어진다.

"예전의 나정우는 아닌 것 같네. 예전엔 앞뒤 가리지 않았잖아."

놀리는 것도, 비꼬는 것도 아닌 그의 목소리는 담담했다.

예전? 그를 좋아하던 그때를 말하는 것인가. 모르겠다. 그럴 수도 있겠지. 하지만 그때만큼 겁 없이 누군가를 좋아하고, 표현하고, 아파하지 못하는 건 사실이었다. 이제는 어른이니까.

"올라가세요. 곧 해 뜨겠어요."

정말 곧 해가 뜰 것 같다.

"내 목표도 여기까지야."

"네?"

그녀가 앞을 바라보던 시선을 돌렸다.

"내 목표도 여기까지였다고."

그의 눈빛이 반짝이고 있었다.

잠시 시선이 멈추었던 것도 같다.

"오늘은 일출을 못 볼 수도 있어."

"왜?"

"구름이 많이 꼈잖아. 내가 여기서 일출 보려고 다섯 번을 올라 왔는데, 한 번도 못 봤다니까."

지나는 연인들의 대화 소리가 들렸지만 시선을 돌릴 수가 없었다.

어둠이 완벽하게 가시지 않은 분위기와 그의 눈빛이 이상하게 그녀를 붙잡고 있었다.

갑자기 웅성이는 소리가 들렸다. 정신을 차린 듯 그녀가 시선을 돌렸다.

순간 하늘에 꽉 차 있던 구름이 거짓말처럼 사라지고, 서서히 하늘이 밝아지기 시작했다.

와아.

사람들의 함성 소리가 들리고 잘 보여 주지 않는다던 하늘에서 일출이 시작되었다. 그리고 그것은 그녀의 눈에도 보였다. 정상이 아니었지만, 그 모습이 고스란히 그녀의 눈앞에 드러났다. 사진을 찍거나 새해 소원을 빌어야 한다는 생각도 잊고 그 모습을 바라만 보고 있었다. 가슴이 또다시 두근거렸다.

그렇게 태완과 정우는 말없이 한 곳을 바라보고 있었다.

"여기서도 충분히 멋져. 확실한 목표 달성이네."

그의 말에 그녀가 고개를 끄덕였다.

그녀의 얼굴에 미소가 번졌다.

❖

"발목을 삔다거나, 길을 잃지는 않았고?"

산행을 끝내고 근처 식당에서 직원들과 아침을 먹으며 강민이 물었다. 기대하는 눈빛에 그는 단호하게 정우는 고개를 저었다.

"아무 일도 없었어?"

"뭘 기대한 건데?"

"그 모든 것."

그가 묘한 눈빛을 보냈다.

"응?"

"모든 것에 기대하지."

그의 장난스러운 말에 정우가 픽 웃었다. 그리고 그 웃음의 의미를 딱 한 시간 후에 알 수 있었다.

"뭐?"

"비행기 예약이 그렇게 되었다고."

"아니, 우리 회사 사람이 이백 명도 아니고, 달랑 스무 명 조금 넘는데, 어떻게 예약에 둘만 빠져."

"그건 나도 모르지. 하지만 지금은 황금연휴야. 원래 부지런하지 않으면 자리는 없어."

어쩔 수 없다는 강민의 말에 정우가 인상을 구겼다.

"내가 부지런하지 않았던 것은 뭔데? 그리고 그걸 왜 지금 말하고, 그게 왜 나냐고?"

"그건 항공사 문제지."

그가 항공사를 욕하며 능청스럽게 말을 이었다.

"진짜 너 싫다."

그녀가 한숨을 내쉬었다.

"미안해."

전혀 미안하지 않은 얼굴로 강민은 말을 하며 출발할 준비를 했다.

"네가 이렇게 하지 않아도 인연이라면……."

그녀가 잠시 말을 멈추자 강민이 그녀를 바라보았다.

"인연이 아니면 안 된다는 거 알잖아."

정우가 체념한 듯 강민에게 시선을 돌려 창가로 향했다.

"그래. 그런데 생각만 많이 하는 나정우한테는 혼자 생각하고 고민하고 겁내는 시간보다 차라리 결정적 계기들이 필요하다고 생각하지는 않냐?"

"……."

"모두에게 인연은 있어. 그걸 아깝게 놓치거나, 운 좋게 잡거나 하는 건 다 자신의 능력이야. 그런데 넌 지금 능력보다 겁이 더 많아."

"아니야."

도대체 무슨 뇌물이라도 먹은 건가 싶어 그녀의 눈이 가늘어졌다.

강민이 결국 정리하던 짐을 내려놓고 그녀의 옆에 앉았다.

"너는 여전히 과거 때문에 겁내고 있어. 너 예전에도 그랬어. 그 과거 때문에 상대방의 느낌이 이상하다 싶으면, 먼저 선수 치듯 헤어지겠다고 했어. 해진이랑 내가 매번 답답해했던 거 기억 안 나?"

그랬나.

그런데 이강민이 언제부터 이렇게 말을 조리 있게 했었나.

"왜?"

"너 말 잘한다."

정우의 말에 강민이 어이없는 웃음을 웃었다.

"원래 잘했어. 내가 못하는 게 뭐가 있냐?"

"네가 아무리 멍석을 깔아 줘도 안 되는 건 안 되는 거야."

정우의 말에 강민이 고개를 끄덕였다.

"알았습니다, 나 대리님. 하지만 지금은 어쩔 수가 없네요. 그리고 공항에서 기다리지 않고 바로 해산할 거야. 너도 알아서 집에 가."

강민은 그 말만 남기고 자신의 짐을 들고 자리를 떠났다. 이건 진심으로 말이 안 된다. 두 사람의 좌석이 모자란다고 해도 다른 비행기로 가야 하는 사람이 자신이라는 것, 그리고 나머지 한 사람이 태완이라는 것은 이해할 수 없었다.

사람들이 먼저 떠난 공항에서 그녀는 자신의 옆에 서 있는 태완을 힐끗 쳐다보았다.

"커피 마실래?"

태완이 그녀의 시선을 느낀 듯 고개를 내려 그녀를 바라보았다.

"네."

그가 사 온 테이크아웃 커피를 마시며 지나가는 사람들을 물끄러미 바라보고 있었다.

"이건 이강민의 장난이 확실하지."

"네."

"가만두지 말까?"

진지한 그의 질문에 따뜻한 카페모카를 마시던 그녀가 고개를 돌렸다.

"네."

그녀 역시 진지하게 대답했다.

"어떻게?"

"걔 비서실로 보내 주세요. 걘 조 실장님께서 꽉 조여 줘야 해요."

융통성 없는 조 실장을 떠올린 것인지 태완이 미간을 모았다.

"그럼 나는?"

"네?"

"비서실이 왜 있는지 몰라?"

"아."

큭.

두 사람이 마주 보며 웃음을 터트렸다.

비행기 시간 때문에 곤두섰던 분위기가 그 웃음으로 많이 편안해졌다.

"면세점 간다며?"

아.

조금 전 해진과 통화하는 것을 들었나 보다. 아무래도 화장품은 면세점이 싸기 때문에 해진의 선물과 자신의 립스틱을 살 생각이었다.

"살 게 있긴 한데, 조금 있다가 잠시 다녀오면 돼요."

"가자."

그가 먼저 일어섰다.

"네?"

"어차피 앉아 있어야 하는 거 지겹잖아. 가자고."

결국 그녀는 앞서 걷는 태완을 따라 면세점 안으로 들어갔다. 익숙한 브랜드의 매장에서 해진과 자신을 위한 립글로스와 립스틱을 고르는 중이었다. 친절한 점원이 다가와 색깔을 확인시켜 주며 그녀에게 설명을 시작했다.

"너한테는 별론데."

밝은 빨강색 립글로스를 들고 있던 정우가 태완을 바라보았다.

"그게 괜찮은데."

진한 색의 립스틱엔 고개를 젓고 연한 핑크색이 괜찮다는 태완을 보며 점원 역시 미소를 지었다.

"그럼 이거랑 이거 주세요."

그의 시선에 결국 연한 색 립글로스 두 개를 골랐다.

"네. 그럼 남자친구분도 필요하신 게 있으신가요?"

그녀의 말에 정우가 옆에 서 있던 태완을 바라보았다. 진지하게 자신의 의견을 내놓던 그가 내내 신경이 쓰였었다.

"스킨이 필요한데."

뜬금없는 태완의 말에 그녀가 눈을 동그랗게 떴다.

"이쪽으로 오세요."

여자는 반가운 말투로 그들을 다른 코너로 안내했다.

"아. 어떤 피부세요? 향은 어떤?"

태완과 여자의 시선이 정우를 향했다. 꼭 향을 정우가 결정해야 하는 것처럼.

"네? 그, 그냥 강하지 않은."

잠시 머뭇거리던 그녀가 대답하자 여잔 얼른 스킨 하나의 뚜껑을 열었다.

"아. 이게 새로 나온 스킨이거든요. 향도 강하지 않고, 피부에 자극도 적어요. 남자친구분이 피부가 좋으셔서 이것만 바르셔도 끈적이지 않고 괜찮으실 거예요."

"이건 향이 좀 강한 것 같은데."

결국 말을 해 버렸다. 태완의 입매가 부드럽게 올라갔다.

"그럼 이건 어떠세요?"

"괜찮네요."

결국 자신의 취향이기도 한 향의 스킨을 골라 버렸다.

"그걸로 주십시오."

옆에서 보고만 있던 태완이 괜찮다는 정우의 말에 곧바로 말을 이었다.

"네."

그리고 그는 괜찮다는 정우의 말에도 그녀의 화장품까지 결제를 해 버렸다. 그는 꽤나 만족한 표정이었다.

그리고 비행기에 올랐다.

"감사합니다."

그녀의 말에 그가 고개를 돌렸다.

"감사하면 밥이나 사든지."

"네?"

"지금 도착하면 1시가 넘잖아. 이것저것 오래 골랐더니 배가 고파."

이것저것.

고른 것은 그녀의 화장품뿐이었는데. 보기보다 뒤끝이 좀 있다. 결국 그녀가 고개를 끄덕였다.

공항을 나와 그의 차에 올랐다.

"뭐 드시고 싶으세요?"

"넌?"

"음. 따뜻한 거면 다 괜찮아요."

그가 히터를 틀어 차 안을 따뜻하게 만들었다.

"생선탕 어때?"

"괜찮아요."

그녀의 말에 그가 차를 출발시켰다. 이미 두 시가 넘은 시간이었기에 그녀 역시 배가 고팠다. 그가 그녀를 데리고 간 곳은 작은 일식집이었다.

"여기 생선탕이 맛있더라."

"네."

그녀가 자리를 잡자 그가 주문을 했다. 주인 역시 그에게 반가운 알은체를 했다.

"제주도 분들이야."

"아."

"그러고 보니 제주도에서 올라와서 제주도산 생선탕을 먹네."

그가 웃으며 말을 이었다.

"그런데 제주도 자주 가시나 봐요."

"응. 자주 가는 편이지."

여자랑 간 건가. 그녀의 표정을 읽은 것인지 그가 픽 웃었다.

"여자랑은 한 번도 안 가 봤는데."

갑자기 무안한 생각이 들어 그녀가 괜히 헛기침을 했다.

"크리스마스 데이트는 잘 즐겼고?"

"네. 참 그때 칵테일이랑 술 감사했습니다."

그가 고개를 끄덕였다.

"그 칵테일 이름이 뭔지 알아?"

"네, 신데렐라라고."

아네. 태완이 피식 웃었다.

"이택 팀장과는 친한 모양이야."

질문인지 단정인지 모를 말투에 그녀가 고개를 들었다.

"팀장님이 사수셨고, 계속 같이 근무하기도 했고."

"또?"

"좋은 분이시니까요."

그녀의 눈매가 부드러워지는 만큼 그의 한쪽 눈썹이 꿈틀거렸다.

"이택 팀장이 데려다 주고?"

"네."

"새벽 두 시쯤?"

"네."

어떻게 알았지.

그가 어색하게 고개를 끄덕였다. 그 호텔에서 칵테일과 양주, 맥주까지 마셨는데 결제는 이미 태완의 앞으로 되어 있다고 했다. 뭔가 개운치 않은 기분을 느끼며 호텔을 나와 크리스마스 분위기를 느끼며 좀 걷다가 포장마차에서 소주 한 병을 사이좋게 나눠 마시고 헤어졌었다. 물론 그녀의 머릿속은 많이 복잡했었다. 지금처럼.

다행히 바로 뜨거운 뚝배기에 생선탕이 나왔다.

배가 고파서인지 무안해하던 것은 잊고 그녀의 눈빛이 반짝였다.

그 모습에 그가 픽 웃었다.

"맛있어요."

"다행이네."

그가 웃었다. 조금 더 편안해진 느낌.

함께 일출을 봐서인지, 아니면 둘만의 시간이 많아서였는지 어색하고 딱딱하던 것들이 조금 가신 것 같기도 했다. 그녀의 표정도 조금 부드러워졌다.

"생각은 아직 하는 중?"

밥을 한 그릇 비우고 달콤한 매실차를 마시는 중이었다.

그의 질문에 그녀가 눈을 들어 그를 마주했다.

"……네."

그게 사실이었으니까. 그와 시선을 마주치는 순간, 그와 같은 곳을 바라보던 그 순간에도 그녀는 계속 생각하고 있다. 하루에도 열두 번 생각하고 열세 번 마음이 바뀐다. 괜찮을 것 같다고 생각하다가도 과거가 그녀를 붙잡는다. 안 된다고 생각해도 또 그 과거가 자신을 흔들리게 한다.

마음 가는 대로 하려고 해도 그 마음이 정확히 무엇인지 모르겠다. 묵직한 무언가 마음을 누르지만 어떻게 해도 가벼워질 것 같지 않다.

그래서 그녀가 잘하는 것, 그 생각을 계속하고 있었다.

"기다리지. 기다리면 변하기도 하니까. 그리고 시간은 충분하니까."

"……."

"출장이 있어. 열흘 정도 걸릴 거야."

"아."

"그때 많이 생각해 둬."

그가 가볍게 웃는 만큼 그녀의 눈빛이 복잡해졌다.

7. 착각

강민이 주문했던 차 쟁반을 들고 왔을 때, 해진이 카페 문을 열고 들어왔다.

"먹는 시간은 참 잘 맞춰."

강민은 고개를 절레절레 흔들면서도 해진이 미리 말해두었던 카라멜라떼를 그녀 앞에 놓아주었다. 그리고 정우의 앞엔 아메리카노를, 자신을 위한 아이스 카페모카를 놓았다.

"참, 이택 팀장님 온개로 발령소문 있던데?"

"온라인개발실?"

해진이 고개를 끄덕였다. 강민만큼 해진의 정보도 신빙성이 있었다.

"박 부장님이 쉽게 안 놔주실 텐데."

"그래도 회사가 시키는 거니까. 능력자 확실하게 능력 발휘시키겠다는 거잖아. 박 팀장 출산휴가로 일 년 쓰실 것 같던데, 그러면 아무래도 조정이 필요하긴 하지. 승진 발령일 것 같은데."

"그래도……."

정우가 아쉬운 한숨을 내쉬었다.

"어차피 아래위 층이고 ET는 거기가 더 나을 수도 있어. 박 부장 밑보다."

강민의 말에 해진과 정우 역시 고개를 끄덕였다. 그래도 아쉽긴 하다.

"그러고 보니 오랜만이다. 셋이 여기 모이는 건."

해진의 말에 정우가 미소를 지었다.

"그렇지, 박해진 지겨운 연애사를 논할 때 왔으니, 한 이 개월 되었나."

"아니지. 이강민의 추접스러운 연상녀 짝사랑 때문에도 왔으니까 일 개월 삼 주 만이었을걸."

지지 않겠다는 눈빛으로 강민과 해진이 서로를 못마땅하게 바라보았다.

정우가 픽 웃었다. 그러자 동시에 시선이 정우로 향하며 잘 걸렸다는 표정을 지었다.

"드디어 나정우의 연애사 상담을 위해서냐?"

"그렇지? 오늘은?"

그들이 모인 곳은 회사 건너편에 커피숍이다.

여자친구, 남자친구 혹은 전 남친, 여친을 만나야 할 시간을 7시로 잡으면 셋은 삼십 분쯤 머리를 모아 자신의 연애 경험을 최대한 발휘하여 수다를 떨고, 서로 말도 안 되는 조언을 해 주곤 했다.

"네가 선물로 줬던 그 컴퓨터는 다시 돌려 달라고 해."

"빌려 준 돈이나 갚으라고 해라."

"떡볶이는 그만 먹겠다고 해. 오늘은 좀 분위기 있는 곳으로 가자고 해."

"여행 가자고 해 봐. 이박 이일로."

"일박 이일이면 일박 이일이지 이박 이일은 뭐냐?"

"뭐긴, 이틀 동안 숙박만 하라는 이야기지."

뭐 이런 쓸데없는 이야길 하고, 또 순진하게 그게 중요한 충고라도 되는 양 고개를 끄덕이며 헤어지곤 했었다. 언제나 제삼자의 입장이 될 때는 이성적이고 약아지지만, 당사자일 땐 바보가 되고 마는 세 사람이었으니까.

그리고 오늘은 정우의 차례인가 보다.

"그래서 생각해 보기로 한 거야?"

고개를 끄덕이는 정우를 보며 해진이 시간을 확인했다.

"그사이 그렇게 많은 우연한 만남이 있었는데 겨우 생각해 보기로 했다고?"

"응."

강민이 실망한 표정으로 한숨을 내쉬었다.

"그래도 왕 실장, 아니 왕 여사한테 그 사장실에서 안 걸린 거다행으로 알아야 해. 왕 여사였음 지금 회사에 네가 사장 호텔로 불러들여서 유혹하려고 했다고 소문났을 거야. 그럼 너는 여지은처럼 그냥 갔어."

여지은이라면 해진의 후배였다. 연예인 뺨치는 외모로 모두의 시선을 받던 그녀가 고 전무의 비서로 들어갔고, 이상한 소문이 돌기 시작했다. 그리고 그 소문에 휩쓸려 결국 퇴사한 직원이었다. 그리고 그 소문의 진원지가 왕 여사 무리라는 것을 알 만한 사람들은 다 알고 있었다. 강민의 말에 해진이 아마 그렇겠지, 하는 표정으로 고개를 끄덕였다.

정우가 커피 한 모금을 마셨다. 오늘 정신을 차리기 위해 커피를 몇 잔이나 마셨는지 모르겠다.

"요즘 여러 가지로 심사가 사나운 애치고는 생각보다 담담하다? 기분이 좀 좋아 보인다고 해야 하나."

해진이 정우를 찬찬히 살폈다.

"카페인 중독 증상일 거야. 내가 본 것만도 여섯 잔은 되니까. 아, 이제 일곱 잔째인가."

강민의 시선이 정우의 손에 들린 커피로 향했다.

사실, 시간이 지날수록 가벼워진 것도 사실이다. 너무 긴장되던 사장실에서의 해프닝 후엔 약간의 포기 같은 것도 있었고, 수많은 우연을 가장한 만남 속에서 그와의 사이가 조금 편안해졌다는 것도 인정하지 않을 수 없었다.

이제 조금 더 도도하고, 당당하고, 어른이 되었다는 그런 모습을 보이는 것도 의미 없다는 생각까지.

"좋게 생각하기로 했어."

결심한 듯 정우가 말했다.

"어?"

"내가 좋아했던 사람이 시간이 지나 나를 만나고 싶다는데 그게 왜 나쁜 일인가 싶기도 하고. 그때는 이유를 몰랐잖아. 그 이유에 대해 정확히 알 수 있는 시간일지도 모르겠다는 생각이 들어. 그 사람이 말한 그 시간 동안 둘 중 누구든 깨끗이 포기하겠지 싶기도 하고."

"오호."

많이 발전했다는 표정의 강민이 건배하듯 잔을 들었다.

언제나 그렇듯 많이 생각했다. 일을 하다, 커피를 마시다, 강민과 점심을 먹으면서 머릿속으로는 다른 생각을 하고 있었다. 강민의 말대로 카페인 때문인지 아침의 그 기분만큼 가라앉지도 않았다. 한동안 시표를 써야 할까도 고민했었지만, 그건 또 아닌 것 같다.

"그럼 지금의 네 감정은 뭔데?"

"모르겠어. 정확히는."

정우의 담담한 대답에 강민, 해진이 고개를 끄덕였다.

"그렇지만 그게 좋다는 단순한 감정은 아닌 것 같아."

"단순하지 않겠지. 어떻게 단순할 수 있어. 예를 들어 애증이나 과거에 대한 복수하겠다는 의지? 아니면 십 년이 넘는 미친 사랑? 이런 걸 수도 있잖아."

"야! 이 상황에 농담 좀 하지 마."

강민의 말에 해진이 빽 소리를 질렀다.

그 모습을 바라보던 정우가 웃었다. 역시 친구들과 있으면 긴장이 풀린다.

"술 마실래?"

해진의 말에 정우가 고개를 저었다.

"피곤해. 제주도 다녀온 피곤도 아직 안 풀린 것 같아. 찜질방 다녀와서 쉴 거야."

"그래라. 참, 너 곧 생일이지?"

강민이 생각났다는 듯 일정표를 확인했다.

"그러네. 나정우 생일은 오지게 추운 1월이잖아."

해진이 장난스럽게 웃었다.

"추운 때 태어나서 둔한 건가. 원래 둔한데 추운 때 태어난 건가. 아무튼 생일선물 기대해."

"나도."

두 사람이 경쟁하듯 정우를 바라보았다.

"넌 선물이 뭔데?"

"그러는 너는?"

서로를 흘겨보는 두 사람을 보며 그녀가 미소를 지었다.

"참, 너 늙은 사장님하고는 언제 만나기로 했어? 출장 간 건 알지?"

"응. 출장 다녀온 후에 만나기로 했어."

그녀의 대답에 강민이 휴대폰의 일정표를 확인했다.

"그럼 충분하네."

의미를 알 수 없는 저 표정이 가장 불안하다. 정우가 미간을 구겼다.

❖

"이게 생일선물이야?"

해진이 선물한 예쁜 팔찌를 한 정우가 미간을 구기며 물었다.

"그렇지."

강민의 대답에 정우가 이해할 수 없다는 표정으로 이마를 문질렀다.

"왜 이게 내 생일선물이야? 네 빚 갚는 거지?"

이강민의 생일선물은 소개팅이었다. 그러나 엄밀히 말해 그녀를 위한 것이 아니라 그가 한 소개팅의 대가로 주선자였던 학교 선배에게 소개팅을 시켜 주는 것이었다.

그런데 마땅한 어린 애가 없으니 정우를 소개시켜 준다고.

"싫어."

"한 번만 살려 줘. 학번이 빨라서 그렇지 우리랑 동갑이야. 그래서 그냥 친구해도 괜찮아."

그가 정우의 손을 잡았다.

"그럼 그냥 친구로 볼 테니까, 그렇게 소개해 줘. 친구라고."

"이 친구 성격이 나랑 정반대야. 집요한 구석이 있어. 나 살 빠진 거 보면 모르겠냐? 일주일 내내 시달렸어. 그리고 나쁜 애도 아니야. 착해. 얼굴도 괜찮고."

"너랑 진짜 성격 반대야?"

"응. 정반대."

"그래도 싫어."

그가 힘차게 고개를 끄덕였지만 그녀가 단호하게 고개를 저었다.

"네 정보 날릴 거야."

"뭐?"

"최 사장한테 네가 이미 흔들리고 있다고, 마음은 이미 당신에게가 있다고 정보 날릴 거라고."

그녀가 강민의 손을 뿌리치며 그를 노려보았다.

"살려 줘."

"너 아니면 해진이밖에 없는데 걔는 대놓고 그 자리에서 이강민이 한 번만 나가 달라고 해서 나왔다고 하면서 뻥 차고 나올 거란 말이야. 커피 엎고 나올지도 몰라."

그녀가 진심으로 못 말리겠다는 듯 고개를 절레절레 흔들었다.

"왜 커피를 엎어? 너 숨기는 거 있지?"

그가 놀란 듯 고개를 저었다.

"없어. 절대 없어."

"왜 네 소개팅 인맥엔 나와 해진이뿐인데?"

그녀가 한숨을 내쉬며 물었다.

"인맥이 좁은 게 아니라 나한테 만만한 애가 너랑 해진이인 거지."

진짜 입만 살아서 잘도 나불댄다.

"한 달 동안 점심 살게."

"……."

"점심 사고, 커피도 산다."

그녀가 강민을 다시 한 번 힘주어 노려보았다.

"널 평생 은인으로 모실게. 나 때문에 너무 큰 상처를 받았어. 어차피 걘 단순해서 오늘 소개팅으로 모든 것을 잊을 거거든. 친구야, 나 좀 살려 줘."

그의 표정이 그 어느 때보다 진지했다. 정우가 한숨을 내쉬었다.

"진짜 너 마지막이다."

그녀의 대답에 강민이 환하게 웃으며 고개를 끄덕였다. 그러나 정우는 여전히 미간을 구기고 있었다. 주위 사람이 중요하긴 한 건지, 예전에 부모님의 막내딸로 살 때는 이러지 않았는데, 이 회사에 들어오고 이강민과 박해진을 만난 이후로는 삶이 시트콤처럼 변해 버린 것 같다. 그녀가 휴대폰을 붙잡고 있는 강민을 흘겨보았다.

❖

"안녕하세요? 이동민입니다."

"안녕하세요. 나정우예요."

강민이 말해 준 커피숍엔 이미 남자 하나가 나와 있었다. 평범한 얼굴이었지만 세련된 옷차림 때문인지 더 잘생겨 보이는 것도 같다. 키가 크지 않고, 뽀얀 얼굴의 남자를 보며 키가 크고 까무잡잡한 피부의 강민과 전혀 반대일 수도 있겠다는 생각이 들었다.

"지난번에 강민이랑 있을 때 잠시 뵈었는데 기억 안 나시죠? 크리스마스이브에 포장마차에서."

"아."

사실 잘 기억나지 않는다. 그리고 그날 이강민과 포장마차에 있었다면 아마도 꽤나 취해 있었을 것이다.

"그때 보고 제가 이강민한테 소개시켜 달라고 졸랐습니다."

"네."

정우가 미소를 지었다.

간단한 소개가 이어지고 차를 주문했다. 강민의 말처럼 나쁘지 않은 사람 같았다. 미소를 지으며 시선을 돌리던 그녀의 눈에 그의 손가락이 들어왔다. 그리고 그의 손가락엔 반지가 있던 자리가 선명하게 남아 있는 자국이 보였다. 동민의 시선도 자신의 손가락을 향했다. 정우의 눈매가 굳어지자 그가 머쓱하게 손을 비비며 웃었다.

시선이 마주쳤다.

"사실은 헤어진 지 얼마 안 되었습니다. 일주일 전에 헤어졌어요."

"아."

그녀가 어색하게 웃었다. 해진이 커피를 엎고 나올 이유가 바로 이것이었나 보다. 그런데 크리스마스이브가 언제인데, 일주일 전에 헤어졌다는 거야? 그럼 여자가 있는 상태에서 소개시켜 달라고 한 건가. 그녀의 눈매가 가늘어졌다.

"그런데 왜 헤어지셨어요?"

그의 얼굴이 씁쓸해졌다.

"사실은 제가 회사 거래처 직원하고 영화를, 아, 남자 직원은 아니고, 여자 직원이랑 심야영화 한 편을. 그러니까 우연찮게 표가 있었고, 그때 회식을 한 후였기에. 물론 그 여직원이 이강민과 친구였기에 알게 되기는 했지만요."

아. 무언가 익숙하다 느꼈는데, 이건 이강민의 느낌이다. 아니 정확히 이강민2가 확실하다. 하긴 이강민보다 주도면밀한 부분은 좀 더 떨어지긴 하다. 이강민은 눈치가 빨라 여자의 바람은 귀신같이 알아도, 자신이 피운 바람은 절대 들키지 않았으니까.

"재수가 없으셨네요."

그녀의 호응에 그는 눈에 띄게 밝아진 얼굴로 하소연을 하기 시작했다.

"그래도 전 여자친구가 제 이야기를 제일 잘 들어 주었거든요. 그런데 이번엔 화가 났는지 이야기를 듣지 않더라고요. 저도 나중엔 너무 화가 나서 헤어지자는 친구 말에 알았다고 말하고 나왔어요."

남자의 눈에는 헤어진 여자에 대한 미련이 남아 있었다.

"잘못하신 거잖아요. 이 소개팅도 그렇고."

솔직한 그녀의 말에 그가 푹 한숨을 내쉬었다.

"네, 알아요. 그래서 미안하고, 더 생각나고. 그렇지만 오기도 있었어요. 저희가 스무 번쯤 헤어졌거든요. 그런데 매번 제가 먼저 연락하고. 이번 소개팅은 sns에 올릴 거……."

그가 말실수라도 한 것처럼 멈칫했다. 그녀가 피식 웃었다.

"그래도 이번에도 연락하시면 받아 줄 것 같은데요. 그분도 진짜로 헤어질 줄은 몰랐을 거예요. 제가 볼 때는."

"그럴까요?"

남자의 눈빛이 반짝였다. 단순한 그의 반응에 그녀가 고개를 끄덕였다.

"물론 소개팅하고 sns에 올리신다는 이야기만 빼신다면."

"아."

무언가를 깨달은 것처럼 남자가 큰소리로 웃었다. 그 모습에 그녀 역시 환하게 웃었다.

"역시 이강민이랑 친한 이유가 있으시네요. 걔가 사람 볼 줄 알거든요. 저하고도 대학 내내 붙어 다녔고, 이강민, 이동민, 사람들은 저희가 형제인 줄 알았어요."

결국 자신 역시 괜찮은 사람이라 말하는 그의 모습에 그녀가 다시 웃음을 터트렸다. 이강민2가 확실하다.

그런데 누군가의 시선이 느껴졌다. 얼굴 언저리에 닿는 시선에 고개를 돌리자 누군가 그녀를 향해 걸어오고 있었다. 진짜 심장이 툭 떨어졌다.

다행히 그는 그녀의 맞은편 테이블에 앉았다. 표정 관리를 하지 못하는 그녀를 느끼지 못한 동민이 자신의 말을 이었다.

"강민이랑 저랑 대학 때 진짜 잘나갔거든요."

"네. 저 잠시 화장실 좀 다녀올게요."

빤하게 쳐다보는 시선에 결국 정우가 일어섰다.

"네."

그가 씩씩하게 대답했다.

남자화장실과 여자화장실은 복도 끝과 반대쪽 끝이었다. 그리고 그 중간에서 우연처럼 태완과 마주쳤다.

"오랜만이네."

"……."

그가 빙긋이 웃었다.

"휴대폰은 수신 거부가 된 건지 전혀 연락이 되지 않아서 궁금했는데."

그녀가 멈칫했다. 아, 수신거부. 알고 있었나 보다.

"출장은?"

"돌아왔잖아."

그가 어깨를 으쓱했다.

"그런데 무슨 짓이에요?"

"뭐가?"

"몰라서 물어요? 이 상황이요?"

그녀가 누가 들을까 낮게 속삭였다.

"넌 소개팅한다며. 소개팅해. 나는 내 볼일 볼 테니까."

그는 아무것도 모르는 것처럼 말했다.

"볼, 볼일이 뭔데요?"

"너 보는 거."

그는 아주 가볍게 말했다. 시간이 갈수록 이 사람이 예전 그 사람이 맞나 싶었다.

그녀의 인상이 구겨졌다.

"나는 아직 생각 중이라고 했잖아요."

뻔뻔하다고 느꼈지만 어쩔 수 없었다. 기분 좋게 잘 끝날 수 있던 상황이 그로 인해 난감해지고 싶지 않았다.

"알아. 나도 기다릴 수 있다고 했잖아."

"그런데?"

"그렇지만 가만히 앉아서 기다린다고는 안 했으니까."

"사장님!"

그녀의 표정을 보며 그가 손가락을 올렸다.

그리고 그녀의 구겨진 미간에 검지손가락을 댔다.

움찔.

"이 버릇은 고쳐. 그리고 나는 능동적으로 기다릴 테니, 너도 열심히 생각해. 데이트도 하고 지금처럼 소개팅을 하면서."

심술궂지만 웃고 있는 그의 태도에 뭐라 대답할 말을 찾지 못했다.

"그런데 그렇게 다른 남자 앞에서 많이 웃는 거 처음이라, 자꾸 의지가 불타오른다. 나이 들어 오랜만에 느끼는 감정이라 나를 잘 제어할 수 있을지도 모르겠고. 난 늙은 사장이라 그런 거 잘 제어를 못하거든."

그녀가 능청스러운 그를 지그시 노려보았다.

"더 할 말 있어?"

더 이상 할 말도 떠오르지 않고, 또 시간이 너무 오래된 것 같아 그녀는 그 자리를 먼저 떠났다.

정우가 테이블로 돌아왔을 때, 동민은 휴대폰에 집중하고 있었다.

그리고 태완 역시 그녀의 옆 테이블 맞은편 자리에 앉았다.

"강민이에요."

"네."

"소개팅시켜 주고 궁금했나 봐요."

힐끗 태완에게 시선이 머물렀던 정우가 다시 동민을 바라보며 웃었다.

"참, 운동 좋아하세요?"

"사실 운동은 잘 안 해요."

그녀의 말에 동민이 이해한다는 듯 고개를 끄덕였다.

"여자들은 아무래도 그렇겠죠? 그런데 운동하면 스트레스도 풀리고, 몸도 더 가뿐해져요. 저랑 운동하실래요? 제가 등산모임이 하나 있는데. 아, 강민이도 알아요? 대학동기들이랑 뭐, 사회 친구들하고 함께하는 건데. 이 주에 한 번 등산하고 뒤풀이도 하고 해요."

"아."

"그렇지 않아도 다음 주에 한라산 가려고 하는데, 같이 가요? 가신다면 한 명 더 추가해서 비행기만 예약하면 되니까요."

이미 제주도는 다녀왔는데.

"네."

"한라산 설경이 장난 아니에요. 그리고 저희 뒤풀이도 장난 아니고요. 뒤풀이에서 만나 사귀는 사람들도 꽤 있어요."

그가 장난스럽게 웃었다.

"네."

그러더니 그가 테이블 위에 있던 그녀의 휴대폰을 가져가 자신의 번호를 찍었다.

"일정에 대해선 카카오톡으로 자세히 연락할게요."

그녀가 웃었다. 간다는 약속도 하지 않았는데 이미 결정된 것처럼 행동하는 그가, 다시 봐도 이강민과 많이 비슷하다.

"네."

나중에 거절해도 괜찮겠지 싶어 그녀가 고개를 끄덕였다.

"다음엔 강민이랑 함께 봐요."

"네, 꼭이요."

그녀의 말에 동민이 환하게 웃으며 고개를 끄덕였다. 그도 그녀도 서로를 소개팅 상대보다는 그냥 편한 친구로 느끼고 있었다. 아마도 여자친구에게 빨리 연락하고 싶은지 그는 계속해서 휴대폰을 만지작거렸다.

"그럼 일어나요. 우리."

"그럴까요?"

그가 환하게 웃었다.

"안녕히 가세요."

"네, 조심해서 가요."

커피숍을 나와 태워다 주겠다는 걸 거절하고 동민과 헤어졌다. 그 역시 헤어진 여자 때문에 마음이 급할 것이다. 이래서 이강민은 자신과 소개팅을 시켜 주려고 했나 보다. 서로에게 아무 의미 없는 만남이라는 것을 알았기에. 그렇다 해도 이런 소개팅을 하게 한 강민을 그냥 둘 순 없다는 생각에 그녀가 휴대폰을 꺼냈다. 그런데 누군가 옆으로 다가오는 것이 느껴졌다. 이제는 굳이 쳐다보지 않아도 누구인지 알 수 있다.

"한라산엔 갈 거야?"

뜬금없는 질문을 보니 대충 그들의 이야기를 들은 모양이다.

"봐서요."

그녀의 대답과 동시에 덥석 태완이 그녀의 팔목을 잡았다.

"능동적 기다림은 여기에서 끝이야."

힘준 손만큼 그의 목소리가 단호했다.

"?"

"한라산 가기 전까지 대답해. 장난 아닌 뒤풀이까지 용납 못 하

174

니까."

그의 말에 그녀가 인상을 찌푸렸다.

"아니, 네 대답에 따라 한라산행이 결정되겠지."

조금씩 흐리던 하늘에서 눈발이 날리기 시작했다.

"좀."

"?"

"좀 감정기복이 심해요? 나이 들어서 그런가?"

그녀의 말에 단호하던 그의 얼굴이 구겨졌다.

"그런데 출장은요?"

"오는 길이야."

"네?"

"공항에서 바로 오는 길이었다고."

"?"

"이강민이 카톡을 했더라고. 소개팅 잘 되어 가냐고? 무슨 말이냐고 했더니, 정우한테 보내야 하는 거 실수했다고 죄송하다고 하더라."

그가 표정을 풀지 않고 되물었다.

아아. 그랬구나. 또 이강민이었구나. 그녀가 이해한다는 듯 고개를 끄덕였다.

"그런데 산에 갈 거야?"

정우가 웃음을 참으며 그의 손을 떼어 내고 하늘을 바라보았다. 첫눈도 아닌데, 눈을 맞는 기분이 유난히 설렌다. 그 역시 구겨진 얼굴로 그녀를 따라 하늘을 바라보았다.

"가요."

흩날리는 눈을 맞으며 정우가 천천히 걷기 시작했다.

그 뒤를 태완이 따라왔다.

❖

―못 기다려. 에이드 7시.

사내메일로 온 태완의 메일은 참 간단했다.

그녀가 생각하는 에이드가 맞다면 에이드는 그녀의 집 근처에 있는 커피숍이다. 집으로 가는 언덕 중간에 있는 그 커피숍은 너무 덥거나 추울 때 그녀가 잠시 쉬었다 가던 곳이다. 낮엔 커피를 팔고, 밤엔 가볍게 맥주 정도의 술을 팔기도 했다.

기다리지 못하겠다던 그가 먼저 만나자는 이야기를 하는 것을 보니 이것이 그의 능동적인 태도인 모양이다.

퇴근 시간이 다가왔다. 그리고 정우, 해진, 강민은 또다시 머리를 맞대고 있었다.

얼마나 걸려?

모르겠어. 만나 봐야지 알 것 같아.

"어차피 한 시간 정도일 거잖아. 우리도 오랜만에 일찍 퇴근했겠다. 기다렸다가 8시부터 삼겹살에 소주라도 좀 하지, 뭐."

정우의 대답에 강민이 대수롭지 않게 하품을 하며 말했다.

"그래, 정우야. 그럼 기다릴게. 솔직히 한 시간 기다리는 게 대수냐? 예전에 강민이 바람난 전 여친 미행 작전 벌인다고 우리가 그 클럽 앞에서 두 시간을 기다렸잖아. 그것도 그 겨울에 짧은 치마 입고. 그리고 저 바람피운 거 들통 나면 안 된다고, 괜히 나랑 놀이공원 간 것처럼 사진 찍어서, 그때 나만 이상한 여자 되었었잖아."

"그 앞 편의점이었다. 내가 분명히 들어가 있으라고 했잖아. 그리고 놀이공원 건은 화내면서 네가 내 바지에 커피 엎었잖아. 그거 비싼 바지였거든. 그러니까 그걸로 퉁 좀 치자."

강민의 말에 해진이 눈을 가늘게 떴다.

"여자 때문에 친구를 떨게 만든 놈이 말이 많아."

"그러니까 일 년 전 일 때문에 내가 오늘 쏘겠다고. 팀장님도 연락하고, 거하게 마셔 볼까? 정우네 동네 돌판 삼겹살집 가자."

그가 유들거리며 해진과 정우에게 친근하게 어깨동무를 했다. 그러나 이유는 따로 있었다.

"그나저나 이강민2하고는 연락 계속 하는 거야?"

눈치 빠른 해진의 질문에 강민이 시선을 피했다. 정말 강민에 대한 눈치는 해진이 최고였다. 예전 누구도 눈치채지 못한 강민의 바람 역시 그녀가 알아챘으니까.

"한라산 등반 계획 보냈더라."

소개팅을 했다는 정우의 말을 듣고 해진은 깔깔거리며 웃었었다.

"큭."

해진이 다시 웃음을 터트렸다.

"그래서 미안해서 네가 쏜다는 거지? 이강민."

"응."

그가 굉장히 미안한 표정으로 고개를 끄덕였다.

"헤어진 여자친구랑은 다시 만난대?"

"응."

정우의 질문에 강민의 목소리가 더 작아졌다.

"미친. 넌 진짜 친구도 아니다."

해진이 강민을 노려보았다.

"그러니까 삼겹살 쏘겠다고. 그래도 동민이가 너 굉장히 칭찬하면서 좋다더라. 물론 그냥 친구로서."

"다행이네."

정우가 웃었다.

"아무튼 얼른 가 봐."

"퇴근하고도 이렇게 회사 로비에서 수다 떨고 있는 건 우리뿐이다."

정우가 고개를 끄덕이며 머플러를 꽁꽁 감았다. 날이 춥다.

7시 5분 전.

늦지 않게 도착했다고 생각했는데, 태완은 이미 와 있었다.

"시간 약속은 잘 지키네."

"네."

정우가 담담히 미소를 지으며 코트를 벗고는 의자에 앉았다.

"주문하시겠어요?"

그녀가 오자마자 친절한 종업원이 다가왔다.

"주문?"

태완이 그녀에게 물었다.

"전 밀크티 주세요."

"같은 걸로."

"밀크티 두 잔 주세요."

정우가 종업원을 향해 웃으며 주문했다.

"네."

"휴대폰은 잘 가지고 다니고?"

며칠 전의 일이 떠오른 것인지 태완이 장난스럽게 웃었다. 정우가 그 모습을 물끄러미 바라보았다.

확실히 예전의 그가 아닌 것 같다. 아니, 자신이 알던 최태완은 이제 없었다.

"좀 달라진 것 같아요."

"누구? 나?"

"네."

"네가 아는 나는 어땠는데?"

그의 눈빛이 깊어졌다.

"네?"

"나정우가 보는 나는 어땠을까 궁금하더라. 가족들 속에서 나는 그다지 괜찮지 않았을 것 같은데."

잠시 그의 웃음에 씁쓸함이 묻어났다.

그랬나. 모르겠다. 그때 그는 어쨌든 지금과는 달랐다.

"오빠."

정우 스스로도 어색한 호칭에 태완이 그녈 바라보았다. 태완의 표정이 묘하게 변했다.

"호칭이 무슨 소용이 있을까 싶어요. 원래 그렇게 불렸으니까."

뭔가 기대하는 듯한 태완의 표정이 그녀의 대답에 바람 빠진 풍선처럼 사라져 버렸다.

"그래. 나도 예전에 널 나 대리로 부르진 않았으니까."

"음. 솔직하게 말해서 나는 오랜만에 오빠를 보니까 떨렸어요. 안 그러려고 노력해도 그랬던 것 같아요."

그녀가 잠시 말을 멈추었다.

"그렇지만 그게 예전의 그 떨림이라고는 생각하지 않아요. 오빠를 보면 머릿속이 복잡해지고, 답답해지기도 하거든요."

담담한 정우의 말에 태완의 눈빛이 깊어졌다.

"네 감정 모르겠다고 했지?"

그의 시선이 그녈 향했다.

"?"

"그럼 너에게도 분명 필요한 시간이 될 거야."

그 역시 그가 처음 회사에 왔던 그 이후, 그 어느 때보다 진지했다.

"왜요?"

"너도, 나도 확인이 필요할 테니까."

"확인할 필요조차 없는 감정일 수도 있어요."

그녀의 목소리가 차분하다.

"그럼 너는 확인하지 말고 시간만 내든지."

금세 장난스러워진 그의 말에 정우도 피식 웃고 말았다.

"그 시간이 정확히 뭘 말하는 거예요?"

정우가 담담히 물었다.

"남자, 여자로서의 시간."

픽.

정우가 웃어 버리자 태완의 표정이 묘하게 일그러졌다.

"왜?"

"데이트 뭐 그런 건가요?"

당연하다는 듯한 태완의 표정이 보였다.

주문한 밀크티가 나오자 정우가 하려던 말을 멈추었다.

"흠. 싫다면요?"

"계속 사무실로 와서 업무에 대한 설명을 하는 것도 나쁘지 않지. 아니면 스토커처럼 계속 따라다닐지도 모르고. 같이 한라산 등반하고 같이 뒤풀이 참석하고. 이동민 씨 휴대폰 번호는 이미 알았거든."

망할 이강민. 정우의 표정이 복잡해졌다.

"좋아요. 오빠가 원하시면 그렇게 해요. 그렇지만 한 사람이라도 그 확인이 끝나면 깨끗하게 끝내요."

깨끗하게 끝날 것을 확신하는 듯한 정우의 말에 태완의 한쪽 눈썹이 올라갔지만 이내 수긍하듯 고개를 끄덕였다.

갑자기 정우의 전화벨이 울렸다. 당연히 해진이나 강민인 줄 알았지만 집이었다.

"잠깐만요."

정우가 휴대폰을 눌렀다.

"할머니."

-정은이 내 새끼. 퇴근했어?

할머니의 다정스러운 목소리에 정우의 얼굴에 미소가 스민다.

"네."

-밥은?

"약속 있어요."

-그래. 김택인가 하는 그 팀장?

할머니는 이택을 마음에 들어 하셨다. 진중하고 조용해서, 그것이 할아버지와 정반대라 좋다며 이택을 항상 궁금해하셨다.

"큭. 이택 팀장님이요? 아니. 다른 사람."

무심코 말을 하던 정우와 태완의 눈이 마주쳤다. 태완의 한쪽 눈썹이 올라갔다. 그러나 할머니와 통화 중인 정우는 그것까진 신경 쓰지 못했다.

-아무튼 밥은 잘 챙겨 먹어라. 그리고 그 팀장이 별 볼 일 없으면 너 선 하나 봐. 오늘 우리 평생회 모임을 갔더니 성북동 할머니

가 참한 총각을 하나 내밀더라. 내가 다른 노인네들이 채 갈까 봐 냉큼 받아 왔어.

"선이요?"

—응. 참 잘생겼다. 네 할아버지랑 반대야.

할머니의 기준은 항상 할아버지였다.

"할머니, 저 지금 전화하기 좀 그렇거든요. 이따가 다시 할게요. 응. 응."

할머니의 당부를 들으며 전화를 끊은 정우가 태완을 바라보았다.

그의 시선은 여전히 그녈 향하고 있었다. 그리고 못마땅함을 고스란히 드러낸 표정이었다.

잠시 침묵이 흘렀다.

"선도 봐야 할지도 몰라요. 지금은 아무것도 부모님께 말씀드릴 수 없으니까."

아직은 아무것도 안 된다. 가볍게 지나가는 일상에 불과할 수도 있는데, 가족들에게 알려서 또다시 걱정과 상처를 줄 수는 없었다. 그녀의 선을 떠올리면 또 꼬리를 물고, 그때의 기억들까지 떠오를 것이다.

"소개팅도?"

"부모님이 원하시는 거면, 그래도 괜찮다면, 해요. 그거."

사실 선이나 소개팅까지 할 생각은 없었지만 결국 태완의 요구대로 흐르는 것에 대한 조금의 심술도 있었다. 그의 관자놀이가 움찔하는 것이 보였다. 설마 잘못 본 것이겠지.

"그렇게 피하고 숨어 다니던 나정우는 어디 갔나?"

기분이 상한 것인지 비꼬는 듯한 태완의 말에 정우가 무심하게 밀크티 한 모금을 마셨다.

"어차피 피해도 안 되면 부딪혀서 끝내는 게 낫겠죠."

정우가 끝을 강조하며 태완의 시선을 피하지 않았다. 그가 자신에게 기다리겠다고 한 시간 동안 이미 그녀의 마음은 결정되어 있었는지도 모른다. 결국 그에게 흔들리고 있는 스스로에게 실망하기도 했다. 실망보다 겁이 났던 것도 사실이다.

하지만 끝이 어떻게 될지 모른다면 시작해 보고 싶었다. 끝이 나더라도 예전과 다르게 아프지 않게, 제대로 끝내고 싶은 마음도 있었다. 그래서 그녀는 고개를 끄덕였다.

"그렇군."

태완이 고개를 끄덕였다.

"이제 일어나요."

정우가 먼저 일어섰다. 물끄러미 그녈 바라보던 태완 역시 그녈 따라 일어섰다.

"집까지 데려다 줄게."

"이번엔 진짜 약속 있어요."

코트를 입고, 머플러까지 꽁꽁 싸맨 정우가 다시 유리문을 열었다.

태완과 다르게 정우의 얼굴은 가벼웠다.

그런 그녀를 태완이 물끄러미 바라보았다.

"안녕히 가세요."

"그래."

태완은 더 이상 붙잡지 않았다.

"내일 연락하지."

"네."

약속한 동네의 삼겹살집으로 가기 위해 몸을 돌려 언덕을 오르기 시작했다.

빵.

클랙슨 소리에 무심코 돌아보니 익숙한 이택의 SUV였다.

"너 태우고 오라고 해서 전화하려던 참이었는데 잘 만났다."

"아."

반가운 마음에 정우가 서둘러 그의 차에 탔다.

"내가 나정우 운전기사도 아니고, 너 진짜 많이 컸다."

"어차피 이 길 지나야 하잖아요. 삼겹살집 가시려면."

당당한 그녀의 말에 이택이 픽 웃었다.

"약속 있었냐?"

이택은 태완을 보지 못한 모양이다. 안전벨트를 하기 위해 몸을 돌리던 정우의 눈에 멀리 사이드미러로 비치는 태완의 모습이 보였다. 그는 가지 않고 그곳에 그대로 서 있었다. 그 예전 어느 날과 반대인 느낌이 든다.

그도 이런 기분이었을까.

이상하게 마음 한구석이 저릿하다. 분명 그때는 그는 그러지 않았겠지만, 지금 그녀는 그에게서 눈을 뗄 수가 없었다.

"무슨 일 있어?"

"아니에요."

정우가 생각을 지우고 이택을 향해 미소를 지으며 시선을 돌렸다.

휴대폰 진동에 정우가 주위를 둘러보았다. 휴대폰이 이택의 가방과 함께 뒷자리에 있었다. 손을 뻗어도 닿지 않는 거리였다. 어떻게 해야 할까 싶어 운전 중인 이택을 보니 그가 고개를 저었다.

"놔둬. 강민일 거야."

"네."

그렇게 고개를 돌리려던 정우의 눈에 한쪽에 놓인 토끼인형이 들어왔다. 베이지색 토끼의 목엔 핑크 리본이 달려 있었다.

"장난감이 아직 있네요."

정우의 말에 이택이 피식 웃었다.

이택이 정우의 사수가 된 후 그녀는 꽤나 힘든 나날을 보냈다. 밥 먹듯이 하는 야근도 그랬지만, 무뚝뚝한 이택 역시 스트레스였다.

그러던 어느 날이었다. 야근을 끝내고 몇몇 직원들과 함께 술을 마시게 되었다. 그리고 그날따라 금방 취해 버린 정우 때문에 그래도 그중 정신이 멀쩡했던 이택은 정우의 집까지 그녀를 데려다 줄 수밖에 없었다.

새벽 두 시쯤이었다.

가평으로 이사를 간 지 얼마 되지 않았었고, 그녀의 집에 도착했을 땐 이미 차는 끊기고 콜택시를 불러야 했다. 그런데 이택은 정우의 할머니, 할아버지께 붙들렸다. 이 늦은 밤에 그냥 보낼 수 없다던 조부모님은 이택에게 정우의 오빠, 대우의 옷을 내주고는 손님방에서 그를 자게 했다. 그렇게 당황하는 이택의 모습은 처음이었다. 그 모습에 술에 취했다는 핑계로 할머니를 말리지도 않았다.

그리고 새벽.

아침 일찍 눈을 뜬 정우가 물 한 잔을 마시고 정신을 차리기 위해 정원으로 나왔다. 그런데 누군가 서 있었다.

"팀장님?"

잠이 덜 깬 이택이 집에 있다는 것을 잊었던 정우가 놀란 표정으로 대우의 옷을 입은 채 정원에 서 있던 그를 바라보았다.

"깼냐?"

"잘 주무셨어요?"

"어. 그런데 여긴 새벽이 좋다."

"네."

어슴푸레 밝아오던 새벽의 모습을 그녀 역시 좋아했다.

"이곳에서 살면 좋겠다. 아이들이 뛰어놀기 좋겠어."

"치. 아이도 없으시면서. 결혼 먼저 하세요."

자신의 집이라는 것 때문이었을까. 평소라면 이렇게 하지 않았을 텐데 그녀는 장난스럽게 말했다.

"네 이름이 정은이냐?"

"집에선 정은이라 불러요. 정우라는 이름이 남자 이름이라고 엄마는 싫어하거든요. 예쁜 딸 이름이 엄마들의 로망이래요. 엄만 오래 살라는 의미의 자기 이름이 싫었다고 하셨거든요."

정우의 말에 이택의 눈빛이 깊게 가라앉았다. 그리고 그때 이택의 사랑이라는 강정은에 대해 듣게 되었다. 이택과 어린 시절부터 알고 지내던 그녀를 오랜 시간이 흘러 다시 만났다. 그런데 그녀에겐 이미 아이가 있었고, 그런 이유로 그의 부모님은 반대를 하셨고, 헤어질 수밖에 없었다고 했다. 절대 헤어지지 않으려던 그를 남기고 그녀는 어느 순간 아이와 함께 바람처럼 사라졌다고.

회사 앞 커피숍에서 일했던 그녀를 정우 역시 기억하고 있었다. 그리고 그 앞에서 묵묵히 기다리던 이택도. 사랑하는 사람이지만 그를 위해 아이와 사라질 수밖에 없었던 그녀의 마음이 어땠을까. 그래서 정우는 그녀를 응원할 수밖에 없다. 그리고 빈다. 어딘가에서라도 잘 살고 있기를.

그때를 떠올리는 그녀의 표정도 씁쓸해졌다.

"괜찮으세요?"

"너는 항상 괜찮냐고만 묻더라. 너는 괜찮냐?"

이택의 물음에 정우가 픽 웃었다.

"괜찮기도 하고, 안 괜찮기도 하고 그래요."

"나도 그래."

이택도 웃었다.

"예전에 좋아했어요. 최태완 사장님."

이택이 고개를 끄덕였다.

"안 놀라세요?"

"아무 연관 없을 거라고는 생각 안 했어. 좀 이상했어, 사장님께 서."

태완이 이상했다고? 정우가 이해할 수 없다는 표정을 짓자 이택이 픽 웃었다.

"넌 모르겠지. 내리자."

그가 차를 주차시켰다.

"네."

지금 중요한 건 이택이 만들라는 자료였다. 고 전무가 원한다는 그 얼토당토않는 자료를 만드는 것이 그녀의 일이 되어 버렸다. 그러려면 온라인개발실과 영업개발실에서 자료를 받아야 하는데, 그것도 자꾸 늦어지고 있었다.

정우가 모니터를 노려보았다.

"왜?"

"뭐가?"

"개기실의 얼굴인 나정우가 왜 얼굴을 휴지처럼 구기고 있냐고?"

"일하잖아."

아. 모든 것이 이해된다는 듯 강민이 그녀의 모니터를 보고만 있었다.

"온개는 몰라도 영개는 좀 기다려. 1팀, 2팀, 3팀까지 거기서 언제 자료 바로 준 적 있었냐? 그만 머리 쓰고 일어나. 점심은 먹어야지."

그의 말에 포기한 듯 그녀가 고개를 들었다.

"응. 그럼 우리 나가서 먹자. 햄버거나 컵라면, 삼각김밥 같은 거 먹고 싶어."

오늘은 인스턴트가 유난히 당기는 날이다. 지금 먹지 않으면 안 될 것처럼 정우는 서둘러 책상을 정리하기 시작했다.

"왜? 맨 정신으론 일이 안 되겠어? 방부제로 머리를 적시고 싶어?"

강민의 말에 정우가 대답할 가치도 없다는 듯 마우스를 클릭해서 전원을 껐다. 그래도 처음보다 얼굴이 많이 부드러워졌다. 이상하게 이강민과의 대화는 짜증이 일면서도 또 시간이 지나면 화가 풀린다.

그녀가 지갑을 든 채 일어섰다.

컵라면과 삼각김밥, 그리고 햄버거와 콜라가 테이블에 놓이고, 정우와 강민, 그리고 해진이 나란히 서서 조용히 그것들을 비우기 시작했다. 편의점엔 그들뿐이었고, 그들 역시 먹기에 바빴다.

"참치마요네즈는 내가 먹을 거니까 건드리지 마."

강민의 말에 해진이 보란 듯이 전주비빔밥을 들었던 것을 내려놓고 참치마요네즈 삼각김밥의 껍질을 까서 입에 넣었다. 그 모습에 강민이 흐뭇한 미소를 지었다.

"내가 먹고 싶었던 건 전주비빔밥이었어."

"우린 서로를 너무 잘 알아."

그가 여유롭게 삼각김밥을 입에 넣자 해진이 억울하다는 표정으로 라면 국물을 마셨다.

"나 예전에 야근하고 너무 배고파서 집에 가기 전에 편의점에서 라면 먹고 있는데, 여기 아르바이트생이 너무 급하다고 밖에서 문을 잠그고 화장실에 가 버리더라. 편의점에 물건 사려는 사람들은 잠긴 문을 흔들고, 나는 안에서 라면 먹고 있고. 기분 참 묘했는데 그때 생각난다."

"그 알바도 너를 못 믿은 거겠지."

강민 역시 인정하는지 고개를 끄덕였다.

"나라도 못 믿지."

정우가 웃었다. 역시 배가 부르니 모든 것이 즐겁게 보인다. 터져 버릴 것 같은 머릿속도 정리가 되는 기분이 들었다.

"나정우, 온개에서는 웃으면서 자료 받아라. ET가 거기로 갈 것 같은데, 그럼 잘 지내는 게 좋잖아. 게다가 요즘 거기가 제일 핫하잖아."

"알아."

온라인 사업은 태완이 가장 신경 쓰는 부분이기도 했다. 그는 글로벌 가구업체가 본격적으로 국내시장에 진출하는 것을 대비하고자 온라인 유통망을 강화하고 있었다.

'리안의 하우스'라는 쇼핑몰을 통해 온라인 유통채널을 강화하자, 1/4분기도 되지 않았는데 지난해에 비해 매출이 두 배가 넘는 성장세를 보이고 있었다. 봄에 결혼하는 예비부부를 타깃으로 잡은 것이 큰 성공을 거둔 것이다. 그로 인해 그 영역을 조금 더 확대하고자 했다. 그리고 기존에 있던 서울지점의 확장을 비롯해서 부산과 대전에 '리안 스타일'이라는 온라인과 연계한 대형 플래그숍을 곧 오픈할 예정이었다.

그래서 이번 발령엔 ET가 그곳으로 간다는 것이 대부분의 의견이었다.

"참, 나정우. 너 오늘도 만나?"

"응."

그녀가 고개를 끄덕였다. 배시시 웃음이 나온다. 거의 매일을 만났다.

함께 영화를 봤고, 함께 차를 마셨고, 멀지 않은 곳으로 드라이브도 한 번 했다. 그리고 그가 커피를 굉장히 좋아하고, 와인을 즐겨 마신다는 것을 알았다. 피아노 연주곡을 즐겨 듣는 것을 보고, 문득 피아니스트 마르타 아르헤리치를 좋아하는 엄마와 통하는 면이 많겠다는 생각도 살짝 했다.

"좋냐?"

"나쁘지 않아."

큭. 강민이 웃었다.

"왜?"

"나쁘지 않은 표정은 이미 지나갔어. 감기와 연애는 숨길 수 없다더니 너 요즘 회춘했어. 최 사장도 그렇고. 늘그막에 하는 연애라 그런가."

눈을 흘기긴 했지만 괜히 얼굴이 붉어져 그녀는 라면을 한 입 넣었다.

"예전 그 예민하게 숨어 다니던 나정우는 어디 갔을까? 자존심 지키겠다더니."

해진이 놀리듯 그녀를 바라보았다.

그러게. 그녀 역시 그 시간들을 점차 잊어 가고 있었다. 튕기고, 싫다고 했지만 결국 그에게 조금씩 시선을 두고 있었다. 그러나 그것이 억울하거나, 기분이 나쁘다거나 하지 않는 것을 보니 진짜 자존심이 좀 없어지긴 했다 보다.

그녀의 얼굴엔 미소가 번졌다.

8. 조용한 데이트

오늘도 그녀는 에이드에 앉아 있었다. 그리고 회춘했다는 강민의 말이 사실인지 확인하듯 정우는 유심히 태완을 살폈다.

"왜?"

"그냥."

픽 웃은 태완은 그녀를 위해 밀크티를 시켰다. 언제나처럼 조용한 만남이었고, 조용한 대화였다.

"바빠요?"

"별로. 넌 바쁘지?"

"당연하죠. 원래 말만 하면 다음 날 서류가 올라와야 하는 사장과는 다르죠."

삐죽 입을 내민 그가 피식 웃었다.

"그러니까 같이 해."

"어떻게요?"

"내 사무실에서 야근해. 그럼 내가 원하는 게 무엇인지 정확히 코치해 줄 수 있잖아. 자꾸 이택 팀장하고만 이야기하지 말고."

그녀가 피식 웃었다.

그렇게 끈질기게 시간을 바라던 태완은 그가 아니었던 것처럼 조용하다 못해 한 십 년쯤 사귄 연인처럼 굴었다. 내내 눈을 맞추고 이야기를 하는 것도 아니었고, 그저 휴대폰을 보거나, 각자의 일을 하면서 간간이 이야기를 나누고, 웃고, 또 맛있는 것을 먹으며 시간을 보내고 있었다. 그가 의미하는 시간은 그저 모든 것을 함께하는 그 일상을 이야기한 것인지도 모르겠다.

물론 일을 하다 눈을 들면 그가 보였고, 눈이 마주치면 그는 그녈 향해 웃고 있기는 했다. 나쁘지 않았다. 아마도 그녀 역시 이 일상을 바랐는지도 모르겠다. 나이가 들었기 때문일까.

"뭐 먹을래?"

그녀가 고개를 들자 그가 웃고 있었다.

"?"

"저녁 말이야."

"아."

보겠다던 책은 그 페이지 그대로였고, 생각에 잠겨 시간이 이렇게 된 줄도 몰랐다.

"음. 밥 먹어요. 우리."

그가 그녀의 대답을 예상했다는 듯 부드럽게 미소를 지었다.

"왜요?"

"점심에 라면 먹었다고 해서, 고기나 밥으로 먹을 생각이었거든."

그녀도 따라 웃었다.

"삼겹살 먹을래? 밥도 시켜 줄게."

장난스러운 그의 말에 정우가 고개를 끄덕였다.

에이드를 나온 태완과 정우가 걷기 시작했다. 멀지않은 곳에 있었기에 운전해 가는 것보다 걷는 것이 더 빨랐다.

"힘들지 않아?"

"뭐가요?"

"이 언덕."

그의 시선이 우리가 가야 할 길을 향해 있었다.

"아."

처음엔 좀 힘들었다. 여름엔 더워서, 겨울엔 빙판에 미끄러질까봐, 그리고 혼자 살게 된 이 동네 자체만으로도 무서웠다. 그런데 지금은 힘들다거나 무섭다는 생각은 하지 않는다.

"처음엔 여러 가지로 좀 힘들었는데, 지금은 괜찮아요. 매일 오르내리니까 별로 힘든지도 모르겠어요."

그녀가 아무렇지도 않다는 듯 어깨를 으쓱했다. 그러나 태완의 눈매는 그만큼 굳어졌다.

"우리 동네로 이사 오라면 싫겠지?"

"우리 집 형편 이제 좋아졌다는 거 알잖아요. 그래도 이사 가지 않는 건 여기가 좋아서예요. 이 동네 생각보다 좋아요. 많이 복잡하지도 않고, 유명한 맛 집은 없지만, 몇 개 있는 음식점들이 다 맛있고, 운동하기도 좋고."

정우가 부러 장난스럽게 웃었다.

"내가 불안해서 그래. 나정우 이 길 오르다가 쓰러질까 봐."

"여기가 좋아요. 내가 너무 높은 곳에 살았던 걸 알았거든요."

그의 걱정을 안다. 하지만 이 동네가 좋았다. 예전 깍듯한 인사

를 받으며 드나들던 그 집, 그 동네가 그녀에겐 맞지 않는다는 걸
알았다. 그건 가족 모두 마찬가지일 것이다.

그녀의 미소에 그의 표정이 복잡해졌다.

그는 알아서 주문을 하고, 고기를 굽는 사이 그녀는 시원한 소주
한 병을 시켰다.

"삼겹살엔 소주잖아요."

그녀가 웃자 태완도 픽 웃었다.

"술 좋아하는 거 같던데?"

"네. 좋아하는 편이에요. 혼자 살게 되니까 아무래도 친구들하고
어울리는 기회도 많고, 술도 많이 먹게 되고."

"오 박사님이 아시면 큰일 나겠다."

그녀도 그럴 것 같다는 듯 고개를 끄덕였다.

"참, 오빠 할아버지는 잘 지내세요?"

순간, 그가 표정을 굳히는 듯했다.

"그렇겠지."

"?"

"아무래도 잘 찾아뵙지 않으니까."

그녀가 고개를 끄덕였다. 예전 항상 가족과 모여 살고, 함께 지
내는 것이 당연했던 그녀로선 잘 이해할 순 없었다. 하지만 지금은
조금 이해가 되기도 한다. 독립은 해 보니 불편한 점도 있었지만 편
한 점도 많이 있었다. 아마 그런 이유겠지. 정우는 그렇게 짐작했
다. 예전에도 자주 찾아뵙는 것 같진 않았으니까.

분위기를 바꾸려 그녀가 다시 물었다.

"대우 오빠 결혼한 건 알아요?"

태완과 대우는 중고등학교 동창이었다. 대학은 전공에 맞게 다른 곳으로 가긴 했지만 그전까지 꽤나 친하게 지냈던 것으로 알고 있다.

"응."

"새언니 임신했어요. 너무 기대돼요. 우리 조카. 아들이래요."

그녀가 웃자 굳어졌던 그의 표정도 부드럽게 풀렸다.

"아빤 남자아이 뛰어다닐 수 있게 정원 넓힌다고 하시고, 엄마는 언니랑 아이 방 꾸미시고, 할아버진 아이가 볼 수 있는 쉬운 한자 책 만드신대요. 할머닌 아이 입힐 배냇저고리 만드시고."

그가 미소를 지었다.

"그런데……."

"그런데 오빠는 어떻게 여기로 온 거예요?"

내내 궁금했다. 그가 버크에 있었던 것 말고 무엇을 했는지. 그리고 영국에서 훨씬 좋은 조건이었을 텐데 굳이 리안퍼니쳐로 온 것도.

"영국에 있었어."

"네."

영국으로 가겠다던 그가 떠올랐다.

"'버크'에서 근무했었고, 그러다 여기로 오게 되었지."

그녀가 고개를 끄덕였다. 그러나 그는 정작 그녀가 궁금해하는 것은 말해 주지 않았다.

왜 리안퍼니쳐로 온 것인지.

"넌 입사 성적이 꽤 좋던데."

그가 다른 이야기를 하려는 듯 그녀에게 물었다. 그런데 그것도 확인했나 보다.

"네. 여긴 입사할 때 영어와 면접만 중요시하잖아요. 면접만 세 번 본 것 같아요. 영어 면접까지 네 번인가. 영어 쓸 일이라고는 눈 곱만치도 없으면서."

은근히 자신의 회사를 비꼬는 듯한 그녀의 말에 그가 다시 웃었다.

"유학 가려고 공부한 게 도움이 되었어요."

그의 표정이 묘해졌다.

"아무튼 입사 성적으로 계속 이름도 유명한 기개실에 있으니 좋은 것만도 아니에요. 기개실은 야근이 너무 많아요."

그녀가 삼겹살을 집어 먹으며 소주를 한 잔 채웠다.

"마실 거예요? 차 가져왔잖아요."

"아니."

그녀가 알겠다는 듯 고개를 끄덕였다. 그리고 시원하게 소주 한 잔을 마셨다. 그가 피식 웃었다.

"왜요?"

"너 처음 나 봤을 때 생각하면 긴장해서 아무 말도 못 할 줄 알았거든. 말 잘한다."

"아. 적응력이 좋아요. 이강민이 그랬어요. 성격은 나빠도 적응력이 좋아서 어디 가서 밥은 먹고 살겠다고. 처음만 조금 헤매니까, 아마 오빠 만났을 때도 처음만 좀 헤맸을 것 같아요."

"그래도 너무 자연스럽다."

"싫어요. 안 돼요. 놔줘요. 이런다고 해서 오빠가 알았다 포기하지도 않을 거잖아요. 차라리 받아들이는 게 정신건강에 좋을 것 같아서요."

그녀의 담담한 말에 그 역시 웃었다.

그가 잘 익은 고기를 그녀 앞에 놓아주었다.

"다만 이 감정이 그대로 흘러가기를 바라요. 차분하고 조용한 이 감정이."

그녀가 담담히 웃었다.

"그렇지 않다면."

"다시 그때처럼 오빠를 좋아한다면 이제는 못 견딜 것 같아요. 몸도 마음도. 딱 견딜 수 있는 만큼의 감정이 좋아요. 내일을 맞이할 수 있을 만큼의 감정. 적응력은 좋아도 인내력은 그 누구보다 많이 딸리거든요. 딱 그만큼. 지금처럼 기분 좋게 알딸딸한 만큼이 좋아요."

그녀가 웃었다. 같은 영화를 보면서, 맛있는 밥을 먹고, 설경을 함께 보고, 눈을 맞으면서 차분하고 조용하던 이 감정은 이미 변하고 있는지도 모르겠다.

10년 전엔 원망스러웠고, 5년 전엔 억울하기도 했던 이 감정은 지금 어떻게 변하고 있는 것일까. 그가 확인하고 싶던 감정이 바로 이런 것이었을까.

하지만 그가 확인하고 싶다던 그 감정은 이미 그를 향하고 있었다. 그의 곁에서 자꾸만 노곤해지는 그녀의 마음을, 술을 마신 것처럼 실실 웃음이 나는 이 기분을 아마도 느끼고 있을지도 모르겠다. 그래도 어쩔 수 없다. 시간이 흐르는 만큼 그녀의 마음도 흐리고 있으니까.

그녀가 그가 채워 준 시원한 소주를 마셨다.

❖

저녁이었다. 연애인지 그저 단순한 만남인지 묘하긴 했지만 매일 만나는 것이 당연한 것처럼 여겨졌다. 어쨌든 오늘 그에게는 할 일이 있었고, 그녀는 퇴근길이었다.

사무실에서 보자는 그에게 알았다고 고개를 끄덕였다. 결국 그가 원한 한 사무실에서 하는 야근을 하게 되었다. 어차피 퇴근 후에 그가 있는 층은 거의 빈 것이나 마찬가지였기에 부담이 덜하기도 했다. 그녀는 회사 앞에서 샌드위치를 산 후, 그의 사무실로 향했다.

"내일이 회의야. 누구 말대로 우습게 보일 순 없지."

아. 그녀의 말을 기억하고 있었나 보다.

그녀가 샌드위치가 든 봉투를 내려놓았다.

"여기서 시간 보내는 거 괜찮지?"

"네."

정우가 자연스럽게 테이블 위에 자신의 가방을 내려놓고, 샌드위치를 세팅했다. 그가 먹을 수 있도록 샌드위치를 그의 책상에 두고, 그녀 몫의 샌드위치 역시 앞에 놓았다.

"먹고 해요."

"응. 그렇지 않아도 배고팠는데."

그녀가 사 온 샌드위치를 먹고, 그가 타 준 그 커피 한 잔을 마셨다. 문득 왕 여사에게 타 주었다는 그 커피와 그녀에게 줬던 쿠키가 떠올랐다.

"구멍 나겠다."

퍼뜩 정신을 차렸다. 아무래도 그 생각을 하며 그를 쳐다보고 있었나 보다. 괜히 얼굴이 붉어졌다.

"조금씩 내 매력에 취해 가는 모습이 나쁘지 않은데."

그가 장난스럽게 말을 하며 모니터로 시선을 돌렸다. 그녀 역시

199

자신의 테블릿 PC를 확인했다.

한참의 시간이 흐른 것 같다. 정우는 자신의 투자한 주식을 확인하고, PT의 신이라는 블로그도 확인하며 신선한 PT스타일을 생각하면서 모니터에 집중했다. 그리고 그 역시 자신의 일에 열중하고 있었다. 조용했지만 나쁘지 않은 시간이었다.

한 시간쯤 지났을까. 그녀가 목 스트레칭을 하며 고개를 들었을 때였다.

벌컥.

갑자기 문이 열렸다. 그리고 노크도 없이 누군가 사무실로 들어왔다. 여자였다. 과하게 화려하지도, 짙은 화장도 없었지만 세련된 아름다움을 가진 여자였다. 잠시의 관찰만으로도 정우는 괜히 자신의 옷차림이 신경 쓰였다. 그러나 내색하지 않던 정우의 시선은 여자의 손에 들린 꽃바구니와 케이크상자, 그리고 쇼핑백으로 향했다.

"태완 씨."

그런 정우는 안중에도 없는 듯 여자의 하이톤 목소리가 귓가에 울리자 태완이 고개를 들었다. 그리고 그의 시선은 여자 대신 정우를 향하고 있었다. 바람피우다 걸린 남자처럼 그에겐 난감함이 스쳤다.

"야근한다고 해서 왔어. 아, 손님이 계셨네."

이제야 정우를 발견했다는 듯 자신을 손님이라 칭하는 여자의 목소리가 묘하게 거슬렸다. 태완은 그 자리에 앉아 있었지만 소파에 앉아 있던 정우는 자리에서 일어섰다. 그도 일을 하고 있었고, 그녀의 손에도 나름 개인적인 일거리가 들려 있었기에 야근이라는 그녀의 말이 틀린 것은 아니었다. 그래서 그녀가 이대로 나간다면 정우역시 그냥 넘어갈 생각이었다. 어설픈 질투 같은 건 하고 싶지 않으니까.

"아, 앉아요. 나 방해할 생각 없으니까. 금방 갈 거야."

여잔 여유 있게 웃으며 맞은편 소파에 앉았다.

여전히 서 있는 정우와 태완의 시선이 마주쳤다. 그리고 그녀의 표정을 읽은 태완이 고개를 돌려 여자를 바라보았다.

"야근하는 거 아니야."

"어?"

여잔 이해하지 못하겠다는 표정으로 미소를 지었다.

"야근하는 거 아니니까 돌아가라고."

그의 차가운 말투에 여자의 시선이 정우에게 향했다.

"내가 여자랑 단둘이 야근할 정도로 무능력하진 않지. 아무튼 이야기 끝났으니 돌아가 봐. 방해하지 말고."

그의 표정이 서늘하다.

"그럼 지금 데이트 중?"

여자의 질문에 정우가 잠시 한숨을 내쉬었다.

이 순간 자신이 어떻게 해야 좋을지 모르겠다.

"그래요?"

여자의 시선이 정우에게 향했다. 정우 역시 그녀의 시선을 피하지 않았다.

그런데 어딘가 낯설지 않다. 그녀의 쌍꺼풀 진 큰 눈을 어디서 본 것만 같다.

"네."

정우는 가물거리는 생각을 지우고 담담히 대답했다.

"그렇담 내가 방해한 거네. 미안해요. 그래도 이건 가져온 거니까 놔둘게요."

"……."

그녀의 대답을 바란 것은 아니었는지 그녀는 손에 들린 케이크상자와 꽃바구니, 그리고 쇼핑백 안에 있는 작은 상자를 테이블 위에 올려 두었다.

"가져가."

태완의 말에 여잔 어깨를 으쓱하더니 천천히 일어섰다.

"성의니까 받아. 전화 기다릴게. 나 할 이야기 있으니까. 그리고 생일 축하해. 생일날 사무실 데이트도 새롭긴 한데, 좀 지루하다."

여잔 가볍게 이야기를 하며 싱긋 웃었다.

그리고 잠시 정우에게 시선이 머물렀다.

"갈게요. 걱정 말고, 일 해요."

또각또각.

그녀가 사라진 방 안엔 흔적처럼 여자의 향수 냄새와 묘한 침묵이 흘렀다.

"오해하지 마. 후배이자 친구 동생이야."

그러나 정우는 앉지 않고 그대로 서 있었다.

"생일이었어요?"

그가 피식 웃었다.

"어."

그와 새해 일출을 함께 봤던 거 같은데 벌써 2월이 된 건가. 아차 싶은 생각보다 예전 어느 날이 떠올랐다. 남겨진 선물과 꽃바구니를 보니 예전 어느 날이 기억나 버렸다. 그녀가 내민 어느 것도 받지 않던 그는 그녀를 남겨두고 떠나 버렸다. 예전과 다른 태완의 모습에 잠시 그가 자신에게 그랬었다는 것을 잊고 있었다.

꼭 그날의 고등학생이던, 그리고 선보던 날의 그녀가 된 것처럼 정우의 얼굴이 굳어졌다. 예전 그는 언제라도 떠날 것처럼 아슬아슬했다. 그의 가족이, 그를 기다리는 집이 있었지만 그녀가 느끼기엔 언제나 그랬다. 그리고 여전히 그는 언제라도 그렇게 떠날 수 있는 사람이었다.

"무슨 생각 해?"

"그냥 예전 생각."

그녀가 어색하게 웃자 그가 의자에서 일어나 책상을 돌아 그녀에게 다가왔다.

"별로 좋은 생각은 아니겠구나."

그녀의 입가에 씁쓸함이 머물렀다.

"미안하다."

태완이 그녀 앞에 섰다.

"생일인 거 왜 이야기 안 했어요?"

생일이라고는 생각도 못 했다.

"그냥 나정우한테 미안한 일 기억나게 하고 싶지 않아서."

이것도 그의 배려였던가. 그리고 그 역시 그날을 기억하고 있었나.

"나한테 미안해요?"

처음으로 물었다. 차마 묻지 못했었던 그 말을.

"응."

"뭐가?"

"그날, 그 시간들, 그리고 제대로 설명하지 않은 것."

울컥하는 기분에 그녀가 고개를 숙이자 태완이 그녀의 양어깨를 잡았다. 그리고 똑바로 시선을 마주했다.

"어린 너는 이렇게 포기시키는 것이 가장 좋은 방법이라고 생각한 것. 나정우에게 상처 주었던 그 시간들."

차분한 그의 대답에 그녀의 눈빛이 흔들렸다.

그런 그녀를 바라보던 그가 정우를 당겨 안았다. 익숙한 향기, 제주도에서 오는 길, 그녀가 골랐던 그 스킨 냄새가 희미하게 느껴졌다. 그녀의 정수리에 그의 턱이 닿았다.

"기억에서 사라지면 좋겠지만 그럴 순 없으니까, 너랑 함께하는 이 시간 동안 그 기억이 희미해지길 바랐어. 생일 같은 건 중요하지 않으니까."

그가 바란 시간은 그런 의미였던가.

"미안하다."

"또 뭐가요?"

"전부 다."

그녀가 쓰게 웃었다.

"괜찮아요."

"왜?"

"지난 일이니까. 과거에 집착하지 않기로 했어요. 과거에 집착했다면, 오빠 다시 만나지 않았을 거야."

"그럼?"

"해진이가 그러는데 나는 연애할 때 집착이 심한 편이래요. 쿨한 척하고 있지만, 속마음에선 불이 인다고."

그의 웃음소리가 들렸다.

"그래서 나는 지금의 오빠한테 집착할지도 몰라요."

그럼 결국 과거랑 똑같은 건가. 중얼거리는 그녀를 보며 그가 몸을 떼고 시선을 마주했다.

"그래 줘. 제발. 그 과거가 더 희미해지도록 내가 더 많이 노력할 테니까."

그녀의 얼굴에 희미한 미소가 머물렀다.

태완이 다시 그녀를 당겨 안았다.

"그럴게요."

"그리고 지금 이순간도 다 잊게 해 줄게."

"?"

그의 입술이 그녀의 이마에 닿았다. 그리고 천천히 그녀의 입술에 닿았다. 따뜻한 입술은 포개어졌다. 그의 말대로 지금 이 순간을 잊은 듯 어느새 뜨거워진 입술이 그녀를 덮고 있었다.

한참 지나 아쉬운 듯 입술이 떨어졌다. 그래도 그의 손은 여전히 그녀의 등을 부드럽게 쓰다듬었다.

너무 조용한 데이트라 평했던 것은 취소해야겠다. 이렇게 야한데, 게다가 다른 여자가 등장하는 조용한 데이트는 없을 테니까.

"그런데 생일은 생일이고, 여자가 사무실에 들락거릴 정도로 쉬워요?"

그녀의 기분을 읽은 듯 그가 그녀를 안은 손에 힘을 주었다. 그래서 그의 가슴에 안겨 이야기를 들을 수밖에 없었다. 이 사람은 선수이긴 한 모양이다. 이렇게 이야기를 들으니 스르르 스몄던 화가 풀린다.

"사무실에 온 건 처음이야."

그건 아닌데. 결국 정우가 그를 밀어내고 고개를 들어 그를 바라보는 그녀의 눈이 가늘어졌다. 눈이 마주쳤다.

"아, 지난번."

그가 생각났다는 듯 미안한 표정을 지었다. 그녀는 분명 지난번 해진에게 들었었다. 아마도 여자의 직감으로 볼 때 그 여자가 확실

하다. 눈이 마주치자 무언가 들킨 것처럼 태완의 얼굴에 난감함이
스몄다.

"그런데 생각보다 나한테 관심이 많은가 보지? 그것도 알고."

그가 만족스럽게 눈빛을 반짝였다.

"흠."

그녀가 먼저 시선을 돌렸다. 이번에는 그녀의 얼굴은 빨개지고,
그만큼 태완의 얼굴엔 웃음이 스몄다. 결국 정우가 그에게, 그의 여
자에 신경 쓰고 있었다는 것이 드러난 것이나 마찬가지였다.

이번에는 그의 농밀한 입술이 다시 닿았다.

"미역국은 먹었어요?"

소파에 앉아 그에게 기대어 있던 정우가 그의 손을 떼어 내고 화
제를 바꾸려는 듯 물었다.

"아니."

그가 고개를 저었다. 그녀가 힐끗 시간을 확인했다.

9시 반.

이제 조금 미안한 생각이 들었다. 그녀의 시선이 테이블 위에 케
이크상자와 꽃바구니에 머물렀다.

"미역국 먹으러 갈래?"

그가 가볍게 물었다.

"네?"

"미역국 먹으러 가자."

그가 자신의 책상으로 돌아가 서류를 정리하더니 재킷을 입기 시
작했다. 그를 보며 그녀 역시 한쪽에 벗어 두었던 코트를 걸쳤다.

"이건?"

사무실을 나가려는 태완을 보며 정우가 테이블 위를 가리켰다.

"아."

그가 생각났다는 듯 미련 없이 꽃바구니를 쓰레기통에 버리고 케이크상자와 선물상자를 들고 문을 나섰다. 내색하진 않았지만 그가 그것을 들자 씁쓸한 기분이 들었다. 그런데 그는 주차장이 아닌 1층 로비에 내렸다. 그리고 그녀를 잠시 기다리게 하고는 경비원에게 그것을 건네고는 다시 지하주차장으로 향했다.

굳었던 그녀의 표정이 부드럽게 풀리고 괜히 웃음이 나왔다.

"어디로 가요? 지금 여는 식당이 있을까?"

"있어."

자신만만하게 대답하는 그를 보며 미역국을 먹기 위해서 당연히 늦게까지 문을 여는 음식점으로 가는 줄 알았다. 안 된다면 자신의 집으로 가서 미역국을 끓여 줘야겠다는 생각도 했다. 그런데 그의 차는 한적한 길을 따라 아파트 단지로 들어갔다. 그의 집도 아니고, 그렇다고 그의 본가도 아니었다.

그는 여러 번 와 본 적이 있는 듯 헤매지 않고 자연스럽게 지하 주차장에 차를 주차하고 차에서 내렸다.

"여긴 어디예요?"

"미역국 먹을 수 있는 곳."

비밀번호가 있어야 들어가는 입구도 망설이지 않고 번호를 눌러 문을 열고, 그녀를 먼저 들어가게 하고 엘리베이터 버튼을 눌렀다.

15층.

영문을 모르는 표정으로 그녀가 그를 바라보았다.

"혹시 이사했어요?"

"아니."

"그럼 할아버지 댁 이사하셨어요?"

"아니."

"그럼 요즘 유명한 셰프들은 특별한 손님을 위해 이런 식으로 식당을 열어요? 가정집에?"

"그건 잘 모르겠는데?"

"그럼 혹시 집이 두 개?"

그가 아니라는 듯 고개를 젓고는 가볍게 웃었다.

그리고 벨도 누르지 않고 집 안으로 들어섰다. 그녀 역시 그를 따라 들어가긴 했지만 영문을 알 수 없어 어리둥절할 뿐이었다.

"어머니."

그의 목소리에 누군가 주방에서 나왔다.

"태완아, 오늘 못 올 것 같다더니."

중년의 여자는 태완을 반가이 맞으며 환하게 웃었다. 작은 체구에 인상 좋은 여인이었다. 그녀와 눈이 마주치자 얼떨떨한 표정으로 정우가 고개를 숙여 인사를 했다.

"누구야? 여자친구?"

그녀의 반짝이는 시선이 정우에게 닿았다.

"정우예요."

태완이 그녀를 바라보며 말했다.

"아, 정우구나. 이제 아가씨네. 어서 들어와."

잠시 놀란 눈이던 그녀가 환하게 웃으며 반가운 말투로 정우를 맞이했다. 정우는 전혀 기억할 수 없었지만, 그녀는 정우를 기억하고 있었다. 그녀는 환하게 웃으며 그녀를 반겼다. 포근한 인상의 여인은 태완을 제쳐 두고 정우의 손을 잡아 거실로 이끌었다.

깔끔하게 꾸며진 거실로 들어서자 벽 한가운데엔 태완과 태완의 형 태주의 사진도 보였다. 무슨 일인지 전혀 이해할 수 없었다. 그가 어머니라 부를 수 있는 사람이 누구일까 싶어 더욱 혼란스러웠다. 게다가 오랫동안 만나지 못했지만 그의 모친을 그녀는 분명 기억하고 있었다. 쌍꺼풀 없이 긴 그의 눈매 역시 그의 모친과 닮아 있었다. 그런데 그가 어머니라 부르는 이분은 누구실까.

그러나 정우는 내색하지 않고 그저 그녀가 이끄는 대로 거실로 와 소파에 앉았다.

"나 기억 못 하지?"

그녀가 따뜻한 눈빛으로 물었다.

"네. 제가 기억력이 좀 없어서요."

그녀가 솔직하게 말했다.

"아니야. 너무 어릴 때였으니까. 기억하려고 애쓰지 마."

조심스러운 정우의 말에 여자의 얼굴에 잠시 씁쓸함이 묻어났지만 금세 미소를 지으며 그녀를 토닥였다.

"어머니, 저 배고파요. 이야기는 차차 하시고 밥 주세요. 나정우는 오늘이 생일인지도 모르고, 혼자 서러웠습니다."

그의 장난기 섞인 푸념에 정우가 난감한 표정을 지었다.

"괜찮아. 그 정도는 열 번쯤 모른 척해 줘도."

괜찮다는 듯 그녀의 손등을 토닥인 여인이 환하게 웃으며 주방으로 향했다.

"잠깐만 기다려라."

"네, 어머니."

어머니라 부르는 그의 눈매가 부드럽게 풀려 있었고, 그는 내내 편안하게 웃었다.

샌드위치를 먹기는 했지만 정우 역시 맛있는 음식 냄새가 나자 배가 고팠다.

"어서 와라, 정우야."

"네."

그녀가 주방으로 다가가 국과 밥을 나르는 것을 도왔다.

"손님인데 이런 거 안 해도 돼."

"괜찮습니다."

"나중에 많이 해. 나중에."

그녀가 기특하다는 듯 정우를 바라보았다.

"예전엔 이모라고 불렀었는데. 어릴 때라 기억 못 할 거야. 어머니라 불러도 좋지만, 편하게 이모라고 불러도 좋고."

"네."

그녀가 미소를 지었다. 잘 모르지만, 막연하게 태완과 가까운 사이라는 것은 알 것 같았다. 친척이나 친구 어머니일까 싶은 생각도 들었다. 그래서 편안해 보이는 그처럼 그녀도 조금 더 편해졌다.

"이제 당연히 어머니라고 불러야죠."

태완의 말에 그녀가 당황한 표정을 지었다.

"아니다. 정우 편한 대로 해. 그리고 태완이도 장난은 그만하고 어서 와서 밥 먹자. 배고프겠다."

"네, 어머니."

식탁에는 미역국에 갈비찜, 그리고 손이 많이 가는 전과 나물들이 보기 좋게 차려져 있었고, 그리고 케이크도 있었다. 아마도 태완을 기다렸던 모양이다.

케이크에 초를 꽂고, 생일 축하 노래는 없었지만 그는 기분 좋게 촛불을 껐다.

그가 어머니라 부르는 하 여사가 차린 정성스러운 음식을 깨끗이 비웠고, 그녀 역시 밥 한 그릇을 다 먹었다. 그 모습을 하 여사는 흐뭇하게 바라보았다. 하 여사는 태완에게 선물을 내밀었다.

"이건 태주가 보낸 것, 스웨터랑 너 좋아하는 커피라고 하더라. 그리고 이건 내 선물."

"감사합니다."

태완이 환하게 웃으며 선물은 건네받았다. 그 모습에 정우가 난 감한 표정으로 그를 바라보았다.

"정우 너는 괜찮아. 계속 받기만 해도."

그러면서 하 여사가 태완에게 밉지 않게 눈을 흘겼다.

"정우가 정말 많이 컸구나."

"네."

"예전엔 여름이면 하얀 원피스 입고 단발머리에 핑크색 리본핀 하나 하고 집에 놀러 오곤 했어. 그때 정우 같은 딸 하나 있으면 좋 겠다고 생각했었다."

그때를 떠올리는지 하 여사의 눈빛이 아련해졌다. 엄마는 딸이 태어나면 꼭 공주처럼 키우고 싶다고 했다. 그래서인지 그녀의 어 릴 적 사진은 거의 원피스에 머리에 핀을 꽂고 다소곳이 앉아 있는 것이었다. 물론 그녀의 성격이 활발하지 않아서인지 원피스가 불편 하다거나 핀이 귀찮다거나 한 것은 아니었지만, 가끔 좀 창피한 기 분이 들기도 했었다.

여름이면 엄마의 가방엔 언제나 그녀의 옷이 들어 있었고, 조금 만 더러워져도 옷을 갈아입어야 했다. 가끔 과하게 느껴질 때도 있 었고, 그래서인지 조금 더 조심스럽게 행동하긴 했던 것 같다.

아무튼 그때를 기억하는 하 여사를 그녀는 기억할 수 없다는 것 이 이제는 안타까울 정도였다.

"고대로 자랐어. 예쁘게."

"감사합니다."

"저 녀석은 고대로 못되게 자랐고."

장난스러운 하 여사의 말에 태완이 피식 웃었다.

공통점이 없는 것 같았지만, 분위기는 꽤나 화기애애했다.

11시.

밥을 먹고 케이크와 차를 마시고 대화를 나누다 보니 시간은 이미 11시를 지나고 있었다. 그는 내내 장난스러웠고, 그런 태완을 하여사는 따뜻한 눈빛으로 바라봐 주었다.

정우가 볼 때에도 누구보다 친밀한 관계라는 것은 알 수 있었다. 그저 평범한 모자지간으로 보이기도 했다. 계속 알쏭달쏭했지만 누구도 자세하게 이야기를 해 주지 않았다. 그래도 편안한 분위기였다.

"안녕히 계세요."

정우가 예의 바르게 인사를 했다.

"다음에 또 놀러 와라. 태완이랑 같이 안와도 좋고. 저 녀석 흉 좀 보자. 우리 둘이."

하 여사가 환하게 웃었다.

"네, 감사합니다."

"들어가세요, 어머니."

"그래, 운전 조심하고."

"들어가세요. 들어가셔야 우리도 엘리베이터 탈 수 있어요."

"그래, 그래."

하 여사가 아쉬운 표정으로 집으로 들어갔다.

엘리베이터에 탄 그들 사이에 침묵이 흘렀다. 그녀는 기억해 보려고 애쓰고 있었고, 그는 그런 그녀를 유심히 바라보고 있었다. 그는 조부모, 부모님, 두 살 많은 형, 그리고 나이 차 많이 나는 아직 학생인 동생이 있었다. 그리고 그들은 도곡동에 살고 있었다.

그렇다면 이분은 누구실까.

"어머니야. 내 어머니."

그가 건넨 테이크아웃커피를 마시려던 그녀가 놀란 눈으로 그를 바라보았다. 그렇다면 그의 어린 동생 효준과 이복형제였단 말인가. 머릿속이 복잡해지고 그 표정이 고스란히 드러났다.

"내가 11살일 때, 부모님이 이혼하셨어. 형은 그때 14살이었고."

"아."

그가 11살이라면 그녀는 고작 세 살이었다. 그럼 그의 모친 황여사와 닮았다고 생각한 눈매는 그저 그녀의 착각이었나. 머릿속이 복잡해졌다.

그가 맥주 한 모금을 마셨다. 처음 이곳에서 만날 때는 이렇게 그와 차와 맥주를 마실 줄 몰랐는데, 지금 에이드에서 자연스럽게 그는 맥주를 마시고 그녀는 차를 마시고 있었다.

"처음엔 몰랐어. 그저 새어머닌 줄 알았지. 우리 어머니 자리를 빼앗은 나쁜 새어머니."

그랬구나. 동화 속에 나오는 그런 새어머니였나.

"그런데 새어머니라 알고 있었던 분이 나와 형을 낳아 주신 친어머니였어."

그의 목소리는 여전히 차분했다.

"?"

무슨 말일까. 그녀는 아무것도 알아듣지 못한 것처럼 미간을 모았다. 그의 손가락이 그녀의 이마에 닿았다.

"아버지와 어머니는 말 그대로 정략결혼을 하셨지. 그런데 아버지에겐 이미 도곡동 어머니가 계셨고, 형을 임신한 상태였지. 그래도 할아버진 결혼을 강행하셨어, 그 욕심 많은 분은 어머니의 무언가가 탐이 나셨겠지. 결국 어머니는 형을 키우고, 또 그 후에 태어난 나도 키우셨어."

그의 표정이 씁쓸하다.

"어떻게……?"

어떻게 그럴 수가 있는지 이해할 수 없었다.

"그럼?"

"그렇지. 한마디로 두 집 살림, 아버진 계속 도곡동 어머니를 만나셨던 거야. 결국 내가 열 살 되던 해에 어머니는 모든 것을 포기하셨고 집을 나가셨어. 그리고 11살이 되던 겨울, 이혼하셨어. 그런데 이혼서류에 도장이 마르기도 전에 아버진 바로 도곡동 어머니를 집에 들이셨지."

그가 비릿한 미소를 지었다. 어떻게 그런 일이 있을 수 있을까. 자신은 까맣게 모르고 있었다. 그녀의 눈엔 조금 무뚝뚝하지만 행복한 가족으로밖에 보이지 않았다.

하지만 냉정하게 생각해 보면 완벽한 친가족은 지금의 상황 아닌가. 그렇다면 예전보다 행복해져야 하잖아.

"그런데 나는 어머니를 잊지 못했어. 그래서 도곡동 어머니를 받아들일 수 없었지. 아니, 사실을 알고는 더 이해할 수 없었어."

새엄마라 미워했던 사람이 친엄마라면 혼란스럽기도 했겠다. 조금은 이해할 수 있을 것 같아 그녀가 고개를 끄덕였다.

"그런데 어머닌 대단하신 분이야. 한 번도 내색하지 않으셨어. 나와 형을 친자식처럼 키워 내던 그 심정을 생각하면 여전히 여기가 답답해져."

그가 씁쓸하게 웃었다. 그녀 역시 뭐라 대답할 말을 찾지 못했다. 그가 맥주를 한 모금 마셨다.

그렇구나. 그녀가 기억을 못 하고, 하 여사만 기억할 수밖에 없었던 이유. 그리고 잠깐씩 보이던 씁쓸한 표정.

"그래서 나에겐 도곡동 황소영 여사와 지금의 어머니가 계시지."

도곡동 황 여사의 얼굴이 떠올랐다. 잠시 침묵이 이어졌다.

"막장이네요."

그녀가 담담히 말했다.

"뭐?"

"TV에서나 볼 법한 요즘 유행하는 막장 드라마."

해진이 막장은 모두 현실에서 나온다더니 그 말이 맞나 보다. 그녀의 말에 그가 크게 웃었다.

"그렇지. 그래도 아무도 그런 말을 못 해. 그저 도곡동 어머니랑 살게 돼서 너에게는 다행이라고 할 뿐. 친어머니랑 살 수 있는 게 최고라고 생각하지. 그저 어머니는 스쳐 가는 사람처럼 취급하셨지. 어머니가 나와 형을 키우면서 들인 정성이나 사랑은 다 거짓처럼 되어 버렸지. 도곡동 어머니가 대단하다 여겨질 정도로 진실은 왜곡되어 버렸어. 어머닌 그저 욕심 많은 여자일 뿐이라는 이야기만 돌아."

그의 표정이 서늘해졌다. 예전에도 가족모임에서 그는 항상 이런 표정을 지었었다.

"그렇지만 어머니가 둘이면 좋은 거잖아요."

"뭐?"

"나를 사랑하는 사람이 한 명 더 있는 거니까."

그에게는 어머니가 둘 있었다. 평범치는 않았지만 구박하는 어머니가 있었던 것도 아니고 그저 어머니가 둘인 것이다.

그가 비릿하게 웃었다.

"그럴 수도 있지. 하지만 그 적나라한 과정을 지켜본 사람이라면 그렇게 말할 수 없을 거야."

아버지와 함께 사는 도곡동 어머니와 그냥 어머니.

그래서였나. 그가 가족모임에서 그렇게 딱딱하게 굳어 있었던 것은. 그 적나라한 과정이 무엇인지는 모르겠지만, 그것이 그의 표정을 저렇게 만들었다는 것을 짐작만 할 수 있었다.

그녀가 그의 머리를 쓰다듬었다.

그가 놀란 눈으로 그녀를 바라보았다.

"그래도 잘 자랐네요."

"뭐?"

"그 적나라한 과정을 보면서도 잘 자랐어요."

그녀가 그를 바라보며 미소를 짓자 그가 픽 어이없는 웃음을 웃었다.

"서른일곱의 나한테 하는 칭찬으로는 좀 안 어울리는 것 같은데."

"그런가."

정우가 웃었다.

"집안끼리의 결혼이라는 거, 그런 거야."

그의 눈매가 굳어졌다.

집안끼리의 결혼.

그와 자신을 말하는 것이었나.

"정확히 그때 나와 형은 그것을 받아들이지 못했어. 형은 사춘기였고, 나는 어머니가 필요할 나이였으니까."

그의 목소리는 담담했다.

"지금 생각해 보면 얼마나 우리가 짐이 되었을까 싶어."

"?"

"시간 날 때마다 어머니를 찾아갔거든."

그의 표정이 아련해졌다.

"결국 할아버지의 압력으로 어머니가 영국으로 가셨어. 그래서 우리도 영국으로 갔지. 형은 여전히 영국에 남았고."

"그럼?"

"응. 그때도 어머니가 계신 영국으로 갔었어."

잠시 침묵이 이어졌다.

"왜 아무 말도 안 해? 이런 말을 하게 되면 보통은 친어머니를 생각하라고 충고를 하지. 널 태어나게 해 주신 분이니까 그것을 잊지 말라고. 널 위해서 수모를 겪으면서도 참아 내셨다고. 할아버지가 계속 하시는 말씀이기도 하고."

그가 맥주를 마셨다.

"막장이라고 했고, 또……."

"또?"

"음. 어찌할 수 없는 부분이잖아요. 어린애라도, 그리고 어른이 되어도 마음 가는 건 내 맘대로 되는 게 아니니까."

사랑의 의미는 다르지만 결국 사람의 마음이란 게 다 똑같을 것이다. 누구도 어찌할 수 없는 부분, 그것이 지금은 조금씩 이해가 된다. 그녀가 위로하듯 미소를 짓자 그 역시 담담히 미소를 지었다.

"그래서 싫었다."

"?"

"너랑 그런 식으로 엮이는 거."

"아."

그의 눈빛은 차분했다.

"나는 절대 집안에서, 할아버지가 정해 준 여자와는 결혼하지 않겠다고, 아니 결혼 자체를 하지 않겠다고 생각했으니까."

"그런데 왜 지금은?"

"결국 나정우한테 눈이 가던 걸 너무 우습게 봤던 거지. 어머니가 너처럼 그러시더라고. 그건 어쩔 수 없다고. 우리 아버지와 결혼한 것도 마음이 흐르는 거라 어쩔 수 없었다고. 나 역시도 어쩔 수 없을 거라고."

그녀가 살짝 인상을 찌푸렸다.

"왜?"

"혹시 마마보이예요? 나 그거 진짜 싫은데."

그녀의 장난스러운 말투에 그가 다시 웃었다.

"이런 이야기를 웃으며 할 수도 있구나."

그가 무언가를 깨달은 것처럼 그녀를 바라보며 픽 웃었다.

"울면서 들어 줄 걸 그랬어요?"

"아니. 지금이 좋아."

"그럼 태주 오빠는?"

"형은 아마도 계속 영국에서 살게 될 거야. 결혼했거든. 형."

"네?"

그의 집안과 연락이 뜸하긴 했지만, 할아버지가 그의 형, 태주의 결혼에 대해 모를 리 없었다.

"응. 할아버지와 부모님이 정해 주신 상대가 아니라 영국에서 만난 여자랑 가까운 사람만 모여서 했어. 물론 나와 어머니도 함께했고."

그이 표정이 부드럽게 풀렸다. 형과 어머니를 이야기하는 그의 눈매는 부드럽다.

"멋있네요."

"뭐가?"

"그런 결혼."

"진짜 그렇게 생각해?"

"네."

그녀가 아는 태완의 집안은 평범했다. 도곡동 어머니라 부르는 모친과 부친, 그리고 할아버지 최 회장, 태주와 태완, 그리고 열세 살 정도 차이가 나는 막냇동생 효준이 있었다.

그리고 최 회장은 리수그룹의 사주였다. 그래서 모든 면에서 완벽한 집안인 줄 알았다. 물론 도곡동 어머니는 좀 특별하긴 했다. 연예인 같은 외모에 언제나 화려한 모습이었다.

그녀의 엄마와는 정반대였다. 어린 시절 엄마가 황 여사와 어울리기를 꺼려하던 것은 그저 언제나 먼저 시선을 받는 그분을 질투하는 것은 아닐까 어렴풋이 생각하기도 했었다. 그렇다고 쌀쌀맞거나 냉정하진 않았던 것 같다. 그녀를 대할 때도, 그리고 그의 가족, 특히 나이 어린 동생인 효준에게는 누구보다도 좋은 엄마였던 것 같다. 물론 그것은 겉으로 비쳐지는 모습이겠지만 그녀가 볼 땐 그랬었다.

예전 가족모임에 참석하던 태주와 태완의 굳어 있는 표정은 그저 성격이 무뚝뚝해서라고 생각했었다. 물론 음악을 한다던 태주는 예민한 성격이었기에 그런 줄 알았다. 솔직히 별로 신경 쓰지 않아서 잘 모르겠다. 태완밖에 보이지 않던 그녀는 아무것도 느낄 수 없었다. 어렸기 때문이었는지 모른다.

"하얀 원피스를 입고 곱게만 자란 그 어린 여자애에게, 좋은 것만 보던 그 스무 살 어린아이에게 이런 말은 할 수 없었지."

정우가 그를 바라보았다. 그가 이야기하고 싶었던 것은 이것이었나 보다.

"나를 어리게만 본 거네요."

"그랬을지도 모르지. 하지만 스물이 넘은 나도 어렸었지. 다른 사람들의 말이 들리지 않았으니까. 그리고 고집불통이기도 했고."

그가 그녀의 손을 잡았다.

"하지만 지금은 아니야."

그의 눈빛은 단호했다.

"네가 싫다고 해도, 기다릴 수 있을 만큼. 물론 굉장히 능동적으로."

"힘들었냐고 묻는 건 바보 같겠죠?"

"아니. 누구도 내게 하지 않았던 질문이야. 내가 힘들다고 하면 그건 그저 배부른 반항 같은 거였으니까. 그런데 힘들더라. 열 살때도 힘들었고, 스무 살 때도 힘들었고, 서른이 되어도 힘들었어."

그가 잠시 말을 멈추었다.

"지금도?"

"그때완 달라. 지금은 이상하게 그런 것들이 눈에 들어오지 않아. 한 여자한테 잘 보여야겠다는 생각 말고는."

그녀가 미소를 지었다.

그때와는 분명 다를 것이다.

이런 이야기에도 웃을 수 있고, 여유를 가질 수 있는 그가 되었으니까.

그리고 그는 서늘한 눈빛이 아니라 따뜻한 눈빛으로 그녀를 바라봐 주고 있었다.

그녀가 자신들이 앉아 있는 구석자리 주변에 아무도 없다는 것을 확인하고는 몸을 일으켰다. 따뜻한 그녀의 입술이 그에게 닿았다. 그녀의 마음이 전해지는 것처럼.

9. 그들의 현실

"타."

"그냥 가요."

그가 출근길에 들렀다며 의도치 않게 카풀을 하게 되었다. 멀진 않았지만, 그래도 그와 함께 출근을 하는 것은 신경이 쓰이는데.

그녀의 표정을 읽은 듯 그가 멀찌감치 내려 주겠다며 보조석 문을 열었다. 결국 그녀는 못 이기는 척 그의 차에 올랐다.

"잘 잔 것 같다. 눈이 부은 것 보니까."

살짝 눈을 흘긴 그녀가 휴대폰으로 슬쩍 자신의 모습을 확인했다. 어제 그와 심야영화를 보고 간식으로 케이크까지 먹고 들어갔더니 얼굴이 부어 버렸다.

"어제 너무 늦게 간식을 먹어서 그래요."

"예뻐."

변명하듯 말하는 그녀를 보며 그가 미소를 지었다. 그녀의 얼굴에도 배시시 웃음이 스민다. 차가 신호에서 멈춰 섰다.

"오늘은 퇴근하고 좀 멀리 드라이브 갈래?"

"안 돼요."

"왜?"

신호를 확인하던 그가 그녀를 향해 고개를 돌렸다.

"집에 가야 해요. 요즘 집에 못 가서."

아. 그가 고개를 끄덕였다.

"선보는 건 아니고?"

그녀가 흠칫 놀라자 그의 눈이 가늘어졌다.

"그것도 있지만, 집에 안 간 지 오래돼서요."

"언제 오는데?"

"일요일쯤. 보통 금요일 퇴근 후에 가면 일요일에 오거든요."

그가 고개를 끄덕였다.

"그 동네는 좋은가?"

"네. 공기도 좋고, 사실 공기 좋은 건 잘 모르겠지만, 확실히 아침 공기는 좀 다른 것 같아요. 이택 팀장님도……."

정우가 실수라도 한 것처럼 슬쩍 태완의 눈치를 살폈다. 태완이 이택을 신경 쓰고 있다는 것을 아니까 말하는 것이 조심스러웠다.

"이택 팀장?"

그의 말꼬리가 미묘하게 올라갔다.

"가평에서 잠도 잤어?"

"그냥 나 데려다 주고 할머니한테 붙잡혀서."

흠.

그가 아무 말 없이 차를 출발시켰다. 괜히 눈치가 보인다.

"그래서?"

"응?"

"그래서 이 팀장이 뭐?"

"새벽 산책을 했는데, 이곳에서 살고 싶다고, 좋다고, 뭐 중요하지 않은 이야기였어요. 아무튼 가평으로 가서 아빠 건강도 많이 좋아지시고, 여러 가지로 더 좋아진 것 같긴 해요. 할머니 말씀으론 예전 집이 너무 좋아서, 복이 들어올 공간이 없었던 것 같대요. 지금은 복이 들어올 공간이 있어서 좋은 일만 많이 생긴다고."

얼른 화제를 돌리려 다른 이야기를 쏟아 냈다.

"나도 너무 많은 걸 누리고 자랐었다는 것도 깨달았고, 가평으로 가서 조금 속상했던 일들도 다 좋은 일이 된 것 같아요."

사실이었다. 너무 풍족해 알지 못했던 것들을 지금은 알 수 있었다.

"그렇군."

가평 이야기를 하면 그의 표정은 조금씩 굳어져 간다. 그래서 그녀 역시 다른 화젯거리를 찾게 된다.

"강민이 만났다면서요?"

"응. 잠깐."

강민과 어울리는 태완이 좀처럼 상상이 되지 않아 그녀가 픽 웃어 버렸다.

이런저런 이야기를 하다 보니 금방 회사 앞에 도착했다. 그리고 태완은 기어이 차를 회사 앞에 세웠다. 놀란 그녀를 보던 태완이 그녀의 몸을 당겨 입술 도장을 찍듯 키스를 했다. 그리고 짧게 하려던 키스가 자꾸만 깊어지자, 정우가 그를 밀어냈다.

그가 마지막으로 짧게 입술을 누르고 그녀를 바라보았다.

"이건 이 팀장과 새벽 산책을 이야기한 벌이야. 난 능동적이니까."

"뭐예요? 진짜."

미간을 구긴 그녀가 서둘러 차에서 내렸다.

이른 시간이었고, 선팅된 차라는 것도 알고 있지만 정우는 고개를 숙인 채 서둘러 걸어갔다.

그리고 1층 로비에서 이택과 딱 마주쳤다.

"팀장님."

"나 대리."

그의 표정을 보아 자신이 태완의 차에서 내리는 것을 본 모양이다.

"상상하시는 거, 그거 아니에요."

"상상 안 한다."

"그럼 잊으세요."

"그래."

"감사합니다."

그녀의 인사에 이택이 픽 웃었다.

지하에서 올라오는 엘리베이터가 열리고 그와 이택이 엘리베이터에 타려는데 그 안엔 이미 누군가가 서 있었다. 태완이었다.

"안녕하십니까?"

인사를 마치고 세 사람이 나란히 엘리베이터에 서 있었다.

"나 대리 동네 새벽 공기가 참 좋던데. 그렇지? 나 대리?"

"네?"

자신에게 질문하는 태완을 보며 그녀가 어색한 미소를 지었다. 그리고 대답할 사이도 없이 엘리베이터 문이 열렸다.

정우와 이택이 내리는 순간 태완의 한쪽 입매가 심술궂게 올라가는 것이 보였다.

난감한 정우를 보며 이택이 이해한다는 듯 어깨를 두드렸다.

"태워다 줄게."

퇴근 시간에 맞춰 그는 회사 근처에 차를 세우고 그녀를 기다리고 있었다. 그리고 가평에 있는 그녀의 집까지 태워다 준다고 했다.

"괜찮은데."

아직 아침의 여파가 가시지 않은 정우의 눈이 가늘어졌다.

"타."

결국 태완이 내려 보조석 문을 열자 그녀가 그의 차에 올랐다.

"아침엔 진짜 왜 그랬어요?"

정우의 물음에 태완이 픽 웃었다.

"내가 이야기했잖아. 난 능동적이라고. 그리고 오늘 너 데리러 가서 그 동네 새벽공기 좋다고 생각했던 것도 사실이고. 우리 동네와는 다르던데."

그녀가 어이없는 표정으로 그를 바라보았다.

"그리고 나정우가 다시 선을 본다면 더 능동적이 될 것 같다. 지난번 소개팅보다 더. 이번에는 애를 데리고 나갈지도 몰라. 강민이 조카가 있다더라. 그것도 둘이나."

그가 진지하게 말하자 결국 그녀가 웃어 버렸다.

강민에게 조카가 여럿 있다는 것은 알고 있었다. 조카바보인 그였기에 그게 가능할지는 모르겠지만 또 이강민이라면 충분히 조카를 데리고 나올 수도 있을 것이다.

"선은 안 봐요."

"그래?"

"네."

그녀의 대답에 그의 입가에 미소가 번졌다.

그녀의 집은 차로 가면 한 시간이 조금 넘는 거리였다. 버스를 타면 좀 더 오래 걸리긴 하지만, 시간에 맞춰 아빠가 정류장에 나오신다. 그랬기에 태완과 자신의 가족이 마주치지 않으려면 언제쯤 도착한다고 말을 해야 할지 잠시 고민했다.

갈수록 그와의 시간이 좋아진다는 걸 느끼면서도 그녀는 아직 부모님께 말씀을 드리는 것에는 망설여졌다. 회사에선 그의 고집에 그렇게 못했지만, 집에선 좀 멀찍이 떨어진 곳에서 내린다면 괜찮을 것이라는 생각이 들었다.

"부모님은 건강하시지?"

"네."

그가 고개를 끄덕였다.

"오 박사님이랑 할머님도 여전히 사이좋으시고?"

"네."

사소한 것 하나로도 여전히 기 싸움을 하시지만 누구보다 다정한 할머니와 할아버지를 떠올리며 그녀가 미소를 지었다.

"그때 이후로 아마 가족모임, 그거 안 하게 된 것 같아요. 그리고 여러 가지 일도 있었고, 이 집으로 이사 온 후엔 할아버지나 아빠도 이곳에 머무르는 시간이 많으셔서인지 더 만나시지 않은 것 같고."

그가 알고 있다는 듯 고개를 끄덕였다.

서울로 가는 차편이 많이 불편하지 않다는 이유로 이곳으로 이사를 왔지만, 막상 이곳에 오니 서울에 갈 일이 많이 생기지 않는 것인지 할아버지는 거의 가평에만 머무셨다. 그리고 할아버지를 만나고 싶은 제자들이나 손님들이 가평으로 찾아오곤 했다. 그런 이유로 자연스럽게 가족모임은 사라진 것 같다. 그녀는 그렇게만 알고 있었다. 그녀의 말을 듣고 있던 그의 표정이 복잡해졌다.

처음엔 아빠의 건강이 좋아지면 다시 서울로 가서 그녀의 출퇴근을 편하게 해 주겠다는 것이 가족들의 뜻이었다. 시간이 흘러 가족들이 적응하고, 아빠의 건강도 좋아졌지만 여전히 이곳에 머물고 있었다. 팍팍한 서울보다 자신들의 손때가 묻은 이 집에 정이 간다는 가족들의 말처럼 그녀 역시 이곳이 좋았다.

"어머니가 너 보고 싶어 하시더라."

환하게 웃으시던 하 여사가 떠올랐다.

"아."

"그렇다고 부담 주는 건 아니고. 너 편할 때 말해."

"네."

그의 미소에 그녀 역시 따라 웃었다.

"자주 가나 봐요."

"아니. 나도 자주는 못 가. 어머니도 일이 있으시고. 일주일에 한 번 정도 같이 점심식사하고, 특별한 날 만나는 정도지."

그녀가 고개를 끄덕였다.

"일하세요?"

"몰랐어? 번역일 하셔. 그쪽 공부를 하셔서 예술 관련 번역."

"아, 바이올린 하셨다고 했죠?"

"응."

"그럼 도곡동엔?"

부드럽게 풀렸던 그의 눈매가 다시 굳어지는 것처럼 보였다.

"도곡동은 자주 안 가. 예전엔 그 가족모임 때만. 지금은 창립기념일 행사 때 정도. 할아버진 원래 가족들이 많아 번성했다는 걸 사람들에게 보여 주기를 원하시니까."

예전에도 태완의 할아버지, 최 회장은 그랬던 것 같다. 어리다는 이유로 효준을 제외하고 어딜 가든 최 사장과 태주, 태완을 대동하고 다니길 좋아하셨다.

그때, 그녀의 휴대폰 진동이 느껴졌다.

"엄마."

-어디야? 아직 내려오는 중이야? 아빠가 나가신다고 하는데.

그녀가 슬쩍 운전 중인 태완을 바라보았다.

"지금 출발했어. 좀 늦을 거야. 기다리지 마. 내가 도착하면 전화할게. 짐도 없어서 혼자 갈 수 있어."

거의 도착했지만, 지금 아빠가 나온다면 그와 함께 있는 모습을 보이게 될 것이다. 하지만 그건 아직 그녀에게도 준비가 되지 않았다.

-그래. 그럼 조심해서 와.

"응, 엄마."

전화를 끊고 잠시 침묵이 흘렀다. 미묘하게 차 안의 공기가 변했다는 것을 느낄 수 있었다.

"아직 부모님께 알리긴 좀 그래요."

이해한다는 듯 그가 미소를 짓기는 했지만 여전히 어색한 분위기가 이어졌다.

마음이 변했지만, 그에 대한 혼란스러움이 가시고, 그를 향하는 마음을 느끼고는 있었지만 아직 부모님께 알릴 수 있을지는 판단이 서지 않는다. 부모님의 걱정을 알고 있기 때문이다.

"괜찮아. 신경 쓰지 마."

그가 이해한다는 듯 고개를 끄덕이며 그녀의 손을 잡았다. 그녀의 얼굴이 조금씩 부드러워졌다.

"아. 여기 내려 주세요."

이 마트를 지나면 곧 버스정류장이 나오고 그러면 집과 가까워진다.

"왜?"

"이 길만 지나면 버스정류장이 보여요. 그럼 집도 가깝고 엄마가 나와 계실지도 모르고."

"그래."

그 역시 별말 하지 않고 차를 세웠다. 잡았던 손을 놓고 문을 열고 내리기 전 그녀가 그를 바라보았다.

"조심해서 가요. 태워다 줘서 고마……."

"정은아!"

말이 끝나기가 무섭게 누군가 자신을 부르는 소리가 들렸다. 놀라 고개를 돌리던 정우와 태완의 시선이 잠시 마주쳤다 떨어졌다.

엄마였다. 엄마의 손엔 비닐봉투가 들려 있었다. 아마도 마트에 들렀던 모양이다.

정우가 당황한 사이 태완이 차에서 내렸다.

"정은아, 너 좀 전에……."

엄마가 손에 들린 휴대폰과 그녀를 번갈아 바라보았다.

말을 끝내지 못한 그녀의 시선이 차에서 내리는 그에게 향했다. 처음엔 어둠 사이에서 누구인지 확인하지 못했는지 잠시 정우와 그를 번갈아 보던 엄마의 눈매가 굳어졌다.

"안녕하십니까, 어머니."

그가 예의 바르게 인사를 했다. 그 모습이 이상하게 마음이 아프다. 내가 겪었던 과거는 없었던 것처럼 그가 안쓰럽다.

"혹시 태완이니?"

"네."

연실이 표정을 풀지 못하고 함께 서 있는 그와 정은을 바라보았다.

"무슨 일이야?"

"……응. 회사에서 만났어. 우, 우리 회사 사장님."

당황한 표정으로 정우가 어색하게 웃었다. 그러나 언제나 가족 누구보다 웃음 많던 연실은 웃지 않았다.

"그래? 그래서 여기까지 데려다 준 거야?"

"응."

그녀가 힘차게 고개를 끄덕였다.

"우리 정은이 데려다 준 건 고마워. 그런데……."

잠시 말을 멈춘 연실은 정우에게 시선을 두었다 돌렸다.

"그럼 조심해서 가 봐. 회사에서부터 온 거면 꽤나 먼 거리였을 텐데. 정우한테는 좋은 사장인가 보네."

정우와 태완 사이를 사장과 직원으로 단정 짓고 싶어 하는 연실의 의도가 고스란히 드러났다.

"네, 안녕히 계십시오."

태완이 예의 바르게 인사를 하고는 차에 올랐다. 정은의 손을 잡은 연실은 그의 출발을 기다리지 않고 집을 향해 걷기 시작했다.

어둠 속에서 굳어진 엄마의 모습을 확인할 수 있었다.

"엄마."

그녀가 조심스레 엄마를 부르자 그녀가 걸음을 멈추었다.

"집에 가. 엄마 지금은 아무 말도 못 해. 그리고 여기 계속 있으면 감기 걸려."

"……응."

그녀의 옷깃을 여민 연실이 아무 말 없이 다시 걷기 시작했다.

"할머니."

"아이고, 우리 새끼."

그녀의 할머니 모주란 여사가 환하게 웃으며 그녀를 맞이했다.

"네 엄마가 너 늦는다고 너 좋아하는 딸기 사 온다고 나갔는데, 오다가 마주쳤구나. 다행이다."

모 여사가 그녀를 안으며 볼을 쓰다듬었다. 걸어오면서 내내 긴장으로 굳어졌던 그녀의 얼굴에 미소가 번졌다.

"찬바람에 볼이 얼었다. 얼른 방으로 들어가자."

"왔어?"

"응, 언니."

올케인 혜나가 이제는 제법 부른 배로 그녀를 맞이했다. 이제 곧 사대가 함께 살게 된다며 신나하던 그녀였다. 인간극장 같은 다큐 프로그램에 나올지도 모른다며 아이를 낳자마자 다이어트를 해야 한다는 말도 했다. 외동딸이자, 일찍 부모님을 여읜 그녀였기에 정우도 그 마음을 조금은 알 수 있었다.

"얼른 밥 먹자. 나 또 배고파."

자신의 짐을 받으며 말을 하는 혜나를 보며 정우가 환하게 웃었다.

"그래. 혜나도 배고프다고 하니까 밥부터 먹자."

엄마의 말에 그녀가 괜히 눈치를 보며 고개를 끄덕였다. 식탁 위엔 그녀가 좋아하는 음식들이 가득 차려져 있었다. 된장국도 있었고, 두부조림도 있었다. 가족이 모두 모이니 모 여사는 보는 것만으로도 배가 부르시다며 그녀의 숟가락에 그녀가 좋아하는 반찬들을 올려주셨다.

오랜만에 그 유명한 집 밥을 배불리 먹고, 가족들과 이야기도 나누며 시간을 보냈다.

"정우야, 이 자리에 네 남편만 있으면 더 이상 바랄 게 없겠다. 그래서 말인데, 너 선보는 거 기억하지?"

모 여사의 말에 모두의 시선이 정우를 향했다.

"아직. 할머니 생각해 볼게요."

정우는 슬쩍 연실을 바라보았다.

"생각은 무슨, 좋은 혼처야."

모 여사는 당연히 선을 볼 것처럼 남자의 스펙에 대해 읊기 시작했다. 좋은 대학을 나와 유학을 다녀왔고, 지금은 어느 연구소에서 근무하고 있다는 남자는 강남에 32평 아파트를 소유하고 있고, 자동차가 있으며, 형제는 둘이고 유산으로 받을 땅이 있다고 했다. 그리고 와이프가 일하는 걸 반대하지 않는 괜찮은 남자라고.

그리고 그것이 할머니가 보기엔 더없이 좋은 혼처였다.

"그럼 날짜 잡는다. 우리 정우 얼른 결혼해야 내가 애기도 봐 주지."

모 여사는 그 시절 피아노를 전공했던 엄마가 아빠를 만나 일찍 결혼을 하고, 또 가정주부가 된 것을 내내 안타까워했었다. 그 당시 여대에 입학했던 그녀는 결혼 때문에 더 이상 학교에 다닐 수 없었다고 했다.

그래서인지 모 여사는 정우는 능력을 썩히지 말고 꼭 사회생활을 해야 한다며, 그것을 도와줄 남자면 더없이 좋다고 하셨다.

"엄마, 정우가 생각해 본다고 하니까 우선 미뤄 둬요."

연실의 말에 모 여사의 눈이 커졌다. 지난번까지 꼭 선을 보라고 했던 연실이었기에 더 놀란 눈치였다.

"아니, 갑자기 왜 그래? 더 좋은 남자라도 나온 거야?"

모 여사의 물음에 연실이 고개를 저으며 아무렇지 않게 미소를 지었지만, 정우는 내내 그것이 신경이 쓰였다.

오랜만에 잘 청소된 자신의 방으로 돌아온 정우는 털썩 침대에 누웠다. 누워서 휴대폰을 확인하니 휴대폰은 잠잠했다. 잘 도착했는지 궁금하기도 했지만, 아직은 전화할 때는 아닌 것 같아 그대로 휴대폰을 내려놓았다.

집에만 오면, 그리고 이 침대에만 누우면 잠이 쏟아졌는데 오늘은 잠이 오질 않는다. 곧 닥칠 무언가를 기다리듯 괜한 초조함에 그녀는 크게 숨을 들이마셨다.

똑똑.

드디어 올 것이 왔다. 그녀가 침대에서 일어났다.

"네."

"피곤하지?"

연실의 손엔 그녀가 좋아하는 딸기와 쿠키가 있었다.

"할아버지가 너 좋아한다고 지난번에 일부러 백화점 들러서 이 쿠키 사 오셨더라."

"와. 맛있겠다. 그런데 할아버지 혼자 나가시기도 해?"

"응. 대우가 태워다 드리고, 모셔 오거나, 아니면 콜택시 타고 오셔."

그렇구나. 그녀가 고개를 끄덕이며 커다란 쿠키를 한 입에 다 넣었다. 그리고 일부러 더 밝게 웃었다.

"너 말이야?"

"응."

그녀가 헛기침을 하며 연실을 바라보았다.

"나한테 할 말 있지?"

"응."

"말해."

연실이 이야기를 듣겠다는 표정으로 그녀를 바라보았다.

"우리 회사 사장이야."

"그리고?"

"다시 만났어."

"그래서?"

"그래서……."

그녀가 잠시 말을 멈추었다.

"다시 만나고 있어."

"만난다는 의미가 정확히 뭐야?"

연실은 여전히 담담했지만 웃지는 않았다.

"그냥 남자, 여자로."

그녀가 어색하게 웃었다. 잠시 침묵이 흘렀다.

"너 이제 스물아홉이야. 그냥 만나는 거? 그러니까 결혼까지 생각하는 거야? 그래서 선 안 보겠다는 하는 거냐고?"

엄마의 계속된 질문에 그녀가 잠시 할 말을 잃었다.

스물아홉. 부모님의 기준에선 결혼을 생각해야 하는 나이이긴 하다. 그리고 태완과 만나면서 그것을 생각 안 한 것도 아니다. 그에게 조금씩 마음을 열면서, 그와 조금씩 가까워지면서 미래를 생각해 보기도 했다.

"응. 그것도 생각했어."

그녀는 솔직해지기로 했다. 엄마니까.

"너 태완이가 너한테 어떻게 했는지 기억해?"

그녀가 무겁게 가라앉은 눈빛으로 고개를 끄덕였다. 그걸 잊을 순 없으니까.

"그래도 좋다고?"

"응."

그런데도? 그녀의 대답에 연실이 크게 한숨을 내쉬었다.

"나는 네가 좋다는 사람이라면 반대 안 할 거라고 아빠랑 약속했었어. 태완이한테 채이고 아픈 너 보면서 태완이만 아니면 누구든, 그게 혹시 이혼남이거나 아이가 있다고 해도, 법적으로 문제없고 너만 좋다는 사람이면 무조건 찬성할 생각이었어."

"……엄마."

그때 그 기억을 잊을 순 없다. 그녀가 아팠고, 그녀를 바라보는 엄마가, 그녀를 지켜보던 가족들도 아파했다.

"그래서 나는 반대할 거야."

연실은 단호했다.

"엄마."

연실의 반대에 조금 놀랐다. 좋아하진 않을 것이라 예상했지만 이렇게 단호하게 반대할 줄은 몰랐다. 다른 사람이 다 반대해도 엄마는 이해할 줄 알았다.

"태완이 부모님은 알아?"

"어머님만."

"도곡동?"

"아니."

그녀가 조심스럽게 엄마의 눈치를 살피며 고개를 저었다.

"그럼 너 애란 언니도 만났어?"

그녀의 목소리가 올라갔다. 연실은 당연히 태완 부모님의 사정을 알고 있을 것이라 예상했었다. 그녀의 표정이 말할 수 없이 냉랭해졌다.

"그럼 애란 언니가 어떻게 쫓겨난 줄도 알아?"

쫓겨나? 태완도 이혼이라고만 했다. 그녀가 고개를 저었다.

"이혼하셨다고만 들었어."

그녀의 표정을 본 연실이 물 한 컵을 벌컥벌컥 마셨다.

"이혼? 그냥 이혼한 거 아니야. 결국 그 언니 쫓겨난 거야. 애란 언니네 집안이 어려워지니까 최 사장이 버리더라. 그렇게 애란 언니를 딸처럼 예뻐하시던 최 회장님도 모른 척하고. 그리고 지금 부인하고 다시 결혼했어. 황 여사가 태완이 친엄마야."

그녀가 고개를 숙인 채 바닥만 응시했다.

"물론 나도 당사자가 아니라서 자세히는 몰라. 하지만 애란 언니가 고등학교 선배이고, 옆에서 보니까 대충 상황도 짐작이 되고. 할아버지와 죽마고우만 아니었다면, 할아버지의 사업파트너만 아니었다면 별로 보고 싶지 않은 가족이었어. 게다가 너는 몇 년씩 그 집 아들 때문에 아파했고."

그녀가 한숨을 내쉬며 정우의 표정을 살폈다.

크게 동요하지 않는 딸의 모습에 연실은 결심한 듯 다시 입을 열었다.

"그리고 더 안 되는 이유."

"?"

그녀가 고개를 들었다. 이유가 더 있었나.

"이제 너도 성인이니까 이해할 수 있다고 생각하고 이야기할
게."

연실은 숨을 가다듬으며 정우를 바라보았다.

"네 아버지 쓰러지고 회사 어려워지니까, 그 집 바로 연락이 뜸
해지더라. 최 회장님 댁에 도움을 바란 건 아니지만 그래도 그때는
서운하더라. 네 할아버지는 바빠서 그런 거라고, 몇 십 년 이어 온
인연이 어떻게 그렇게 끊길 수 있겠냐고 하시지만, 실제로 그랬어.
우리가 볼 땐."

정우의 눈매가 굳어졌다.

"가지고 있는 땅이랑 이것저것 정리해서 회사에 쏟아부으면서 겨
우겨우 위기는 모면했지만, 그래도 그 집은 예전 같지 않았어. 어떻
게든 태완이 설득해서 내년이라도 결혼시키자고 했던 사람들이 아
예 그 이야긴 꺼내면 안 되는 것처럼 굴었어. 그래도 생신은 챙겨야
할 것 같아서 네 할아버지 생신 때문에 연락했더니, 연락도 받지 않
더라. 그때만 생각하면…….."

아버지가 쓰러졌다는 소문이 돌자 흔들리던 회사가 급격하게 어
려워졌다고 했다. 아직 어린 그녀는 아무것도 할 수 없었지만, 그때
오빠 대우 혼자 많이 고생했다는 것은 알고 있었다.

"처음으로 내가 집 안에만 있었던 가정주부인 것이 싫어지더라.
아이만 잘 키우고 살림만 잘하면 된다고 생각했는데, 내가 네 아버
지를 조금만 도울 수 있었다면 얼마나 좋았을까 싶은 게. 네 아버지
누워 있는 것 보고 많이 후회했어."

그녀가 그때가 떠올랐는지 잠시 말을 멈추고 울음을 참았다. 정우가 연실의 손을 꼭 잡았다. 연실의 눈시울이 붉어졌다.

"그래서 너 일하고, 너 공부하는 건 무조건 도와주자고 생각했어. 할머니 말씀 안 듣고 아버지랑 결혼해서 집에만 있었던 것 후회했거든. 그러니까 너도 내 말 들어. 나이 들어 보니까 어른 말씀이 다 옳았으니까."

연실의 표정은 그 어느 때보다 진지했다.

"이북에서 내려오셔서 욕심이 많다고 이해하기엔 네 할아버지랑 너무 달라. 그리고 아빠 회사가 지금은 다시 잘되고 있다고는 하지만, 그래도 그 집이랑은 예전처럼 지내진 못할 거야. 예전 마음이 아니니까. 그 집도 그렇고, 우리 집도 그래. 그래서 옛날 말이 맞나 봐. 사람은 어려울 때 겪어 봐야 한다는 말 실감했거든."

그녀의 얼굴에서 씁쓸함이 묻어났다.

"엄마."

"너한테 이런 이야기까지는 하고 싶지 않았어. 지금은 회사도 괜찮아지고, 아빠도 건강해지셨으니까. 다 괜찮으니까 굳이 너까지 알 필요 없다고 생각했어."

"……."

그 정도인 줄은 몰랐다. 그저 상황이 힘들어서 그런 줄 알았다.

"그렇지만 태완이랑 너랑 그런 관계라면 상황은 달라져. 안 돼. 어차피 자식은 부모 보고 배우는 거야. 난 솔직히 걔가 친부모 모른 척하고 애란 언니만 부모처럼 모시는 것도 마음에 안 들어. 그래도 저 낳아 준 부모잖아."

이해할 수 없다는 듯 고개를 젓는 연실은 단호했다.

"엄마, 나는 그 사람이 좋아. 그런데 예전하고는 달라. 예전처럼 앞뒤 재지 않고 좋아하지 않아. 잴 것 다 재 보고도 그 사람이 좋아졌어. 사실은 그 사람도 내 마음 잡으려고 노력했고."

"너처럼 몇 년 노력했어?"

"……."

"아니잖아. 회사 사장으로 왔다면 겨우 몇 달 그랬겠지. 그리고 몇 번 너를 찔러 본 거겠지. 그렇다고 홀랑 넘어간 거 보면 넌 아직도 예전하고 똑같은 거야. 내 딸이지만 너는 재고 따지는 거 못해."

엄마는 '이런 헛똑똑이'란 표정으로 정우를 바라보았다. 정우의 눈빛이 깊게 가라앉았다. 이 상황에서 무조건 싫다고 할 수도 없었다. 딸의 모습에 연실은 다시 깊게 한숨을 내쉬었다.

"엄마."

그녀가 연실의 팔에 얼굴을 묻었다.

"왜 싫다고도 안 해? 엄마 말 듣기 싫다고 왜 안 해?"

"엄마 속상할 거니까. 십 년 전, 오 년 전처럼 엄마 또 아플 거니까."

연실이 손을 들어 딸의 머리를 쓰다듬었다.

"그런 넌 안 아프고?"

"나야 여러 번……."

짝.

연실이 정우의 등을 소리 나게 찰싹 때렸다.

"여러 번 아파서 괜찮다는 말을 엄마 앞에서 하면 엄마가 더 아픈 거 몰라?"

연실의 깊은 한숨에 정우가 고개를 숙였다.

"그럼 몇 년을 살펴봐."

"응?"

그녀가 고개를 들었다.

"태완이랑 한 오 년쯤 만나. 그렇게 만나고도 괜찮다 싶으면 그 때는 허락해 줄게. 너 힘들게 한 거 생각하면 5년도 짧지만."

"……엄마."

"나도 네 아빠 만나서 앞뒤 재지 않고, 스물하나에 결혼했어. 그 래 놓고 내 딸은 무조건 반대하는 거 좀 말이 안 된다는 거 알아. 그러니까 너도 잘 생각해 보란 이야기야. 그리고 결심이 섰을 때, 뭐든 추진해. 알았어? 물론 5년 후의 일이겠지만."

"나 그럼 서른넷인데?"

"괜찮아. 늦게 가는 게 대세니까."

결국 정우의 얼굴에 희미한 미소가 번지는 것을 보며 연실이 밉 지 않게 눈을 흘겼다.

"응, 엄마."

"얼른 자. 침대만 누우면 잠들던 네가 잠도 못 자고 초조한 표정 짓는 거 보니까 보통 일 아닌 건 알겠다."

엄마가 침대에서 일어섰다.

"고마워, 엄마."

"오 년 후야."

그녀가 다시 한 번 강조했다.

"응. 오 년 후엔 더 고마워할게."

결국 엄마와 정우가 마주 보며 웃었다.

"귀한 내 딸이야. 그렇지만 귀하기는 태완이도 마찬가지겠지. 남 의 귀한 자식 조건 때문에 무조건 반대하긴 싫어서 그래. 솔직히 지 금 태완이 최 회장님한테 아무것도 못 받아. 최 회장님이 얼마나 무서운데. 아무튼 그럼 그 집 사람들하고 똑같은 사람 되는 거잖아. 나는 그러기 싫어."

"응."

연실이 그녀의 흘리내린 머리를 귀 뒤로 넘겨주었다.

"내일은 일찍 일어나서 함께 식사하고. 할아버지 7시에 식사하시는 거 알지?"

"응."

그녀가 착하게 고개를 끄덕였다.

그렇게 엄마가 방을 나가고 조금은 마음이 편해졌다.

그녀가 다시 휴대폰을 들었다. 그에게 전화를 해야겠다고 생각했을 때, 휴대폰 진동이 울렸다.

태완이었다.

"네."

생각보다 목소리가 밝게 나가 다행이라는 생각이 들었다.

-혼났구나.

그의 목소리가 들려왔다.

"네?"

-일부러 목소리 밝게 내는 거 보니까 별로 좋은 이야기는 아닌 것 같아서.

"아."

뭐라고 해야 할까.

"그냥 지켜보겠다고 하셨어요. 시간을 가지라고."

잠시 그의 대답이 없었다.

-왜 난 다행이라는 생각이 들지. 내 딸 아프게 했으니 그만큼 당해야 한다고 하셨을 줄 알았어.

큭. 그녀가 웃었다.

"비슷한 말씀도 하셨어요. 그런데 남의 집 귀한 자식 무조건 반대하고 싶지는 않다고."

─사실은 별로 안 다행이다.

그가 진심이라는 듯 낮은 한숨을 내쉬었다.

"왜요?"

─너 내쫓기면 너 데리고 바로 결혼해야지 계획도 세웠거든.

"……."

절대 결혼 같은 거 하지 않으려 작정했었다는 그였다. 그래서 조금 아프기도 했지만, 내색하지 않았었다.

─결혼하자, 우리.

꼭 가까이 있는 것처럼 그의 목소리가 귓가에 울려 퍼졌다.

"오빠."

─결혼하자, 나정우. 네가 아팠던 만큼. 내가 더 잘할게.

"우리 만난 지 겨우……."

─겨우 이십구 년밖에 되지 않았지.

정우는 그와 만난 시기를 몇 달에 불과하다고 여겼지만, 그는 정우를 처음 본 시간부터 가 그들이 만난 시간이라고 생각하나 보다.

그러나 장난스러운 그의 말에도 그녀는 대답하지 못했다.

─이 대답도 기다리지. 아주 능동적으로.

말을 이은 그가 낮게 웃었다.

─이상하게 보고 더 보고 싶다.

보고 싶다는 그 말이 결혼하자는 그의 말보다 더 설레었다. 그래서 그녀의 얼굴이 조금 붉어졌다.

-얼른 자. 여러 가지로 피곤할 테니까.

"잘 자요."

-그래.

전화를 끊은 그녀가 휴대폰을 가슴에 안은 채 침대에 누웠다. 여전히 설렘이 그녀를 잠 못 들게 하고 있었다.

보고 싶었다.

그녀도 조금.

새벽녘이었다. 신기하게도 집에 오면 이 시간쯤 눈이 떠졌다. 눈을 깜빡거리던 정우는 가만히 누워 창밖을 바라보았다. 커튼 사이로 새벽빛이 반짝이고 있었다. 입가에 미소가 스민 정우가 침대에서 일어서 카디건을 걸치고, 머플러를 둘렀다.

"할머니, 산책 다녀올게."

빨리 다녀와. 배고프니까. 연실과 주방에서 아침을 준비하던 모여사가 그녀의 머플러를 여며 주었다.

고개를 끄덕인 정우가 조용히 밖으로 나왔다. 이 시간을 좋아하는 걸 알기에 가족들은 크게 걱정하진 않는다.

"흐음."

그녀가 크게 숨을 들이마시며 대문을 열고 밖으로 나왔다. 찬바람에 몸이 움츠러들었지만 기지개를 켜며 그녀는 천천히 걷기 시작했다.

이 길 끝에 작은 연못 같은 저수지가 있었고, 그곳까지가 그녀의 아침산책 코스였다.

"어?"

그런데 누군가 앞에서 걷고 있었다. 익숙한 뒷모습에 정우의 걸음이 빨라졌다.

"오빠!"

태완이 미소를 지으며 그녈 향해 몸을 돌렸다.

"어떻게 왔어요?"

그가 빙긋이 웃었다.

"여기 아침이 좋다는 이야기를 듣고."

그가 그녀의 곁으로 다가왔다.

"진짜 어떻게 왔어요?"

"보고 싶어서."

어젯밤 그녀 역시 조금 보고 싶다는 생각을 하긴 했었다. 그런데 그가 눈앞에 있었다.

"몇 시에 출발했어요? 전화도 안 하고."

"3시 좀 넘어서. 그리고 못 만나면 내일 또 오면 되지 생각했어. 주말 중 하루는 산책하겠지 싶어서."

그의 전화를 끊은 것이 1시 즈음이었던 것 같은데 그럼 잠도 자지 않고 여기에 온 모양이다. 태완이 그녀의 손을 꼭 잡았다.

"손이 얼었다."

정우가 얼른 뒤를 돌아보았다. 집과는 꽤나 멀어졌지만, 누가 볼까 가슴이 두근거렸다.

"이쪽엔 아무도 없더라."

"?"

"차가 안 밀려서 여기서 좀 오래 기다렸지."

그가 피식 웃으며 그녀의 손을 잡고 걷기 시작했다. 한적한 길이었다.

"내 산책코스는 여기까지예요."

그녀가 걸음을 멈추며 주위를 둘러보았다.

"좋다."

"경치 좋죠?"

"아니, 너랑 있으니까 좋다고."

그의 말에 그녀의 얼굴의 입가에도 웃음이 번졌다. 태완이 그녀의 볼을 쓰다듬었다.

"걱정했어. 밝게 웃으니까 더 걱정되더라."

어젯밤을 말하나 보다.

"별일 없었어요. 그냥 엄마로선 어쩔 수 없는 걱정이니까."

그가 이해한다는 듯 고개를 끄덕였다.

"진짜 괜찮아."

정우의 말에 태완이 그녀를 당겨 안았다.

"괜찮지 않아도 상관없어. 내 앞에선."

정우가 그의 품에서 큰 한숨을 내쉬었다.

"나도 오빠 보고 싶었어요."

"그럼 내일 새벽에도 나와. 이 시간에."

그녀가 큭큭거리며 웃었다.

"그러다 누가 볼지도 몰라요."

"그럼 지나가던 사람처럼 계속 갈게."

"다행이다. 변함없어서."

그가 그녀의 얼굴을 꼼꼼히 확인했다.

"나는 네가 불안하거든."

그녀가 피식 웃으며 그를 밀어냈다.

"얼른 가요."

"알았어."

그렇게 말은 하면서도 태완은 그녀를 안은 손에 힘을 풀지 않았다.

10. 능동적 기다림

오랜만에 해진과 둘만의 점심이었다. 서로 바쁘기도 했고, 또 강민이 있어 둘만의 점심을 하기가 어려웠다. 강민이 있는 것도 좋았지만 가끔 여자들만의 수다도 필요했기에, 디자인센터 사람들과 외근이 있다는 강민의 스케줄을 알자마자 정우는 바로 해진에게 연락을 했다.

이런저런 이야기 중이었다. 태완과의 이야기도 있었고, 해진의 선 이야기도 있었다. 한 회사에 근무하다 보니 남자친구가 생겨 서로를 소홀히 할 일은 없었다. 서로 고민을 이야기하는 것은 많아졌지만.

그리고 지금은 그녀의 파티 초대에 대한 이야기 중이었다.

"초대?"

"응."

해진이 고개를 끄덕였다.

"왜?"

"말 그대로 초대지. 나 그런 곳 한 번도 안 가 봤는데, 궁금하긴 해. 걔가 스타일 봐 주는 아이돌도 많이 오고, 꽤 괜찮은 사람도 많이 온다나 봐. 나한테 인맥 좀 넓혀 보라고."

디자인을 전공하고, 파리로 유학을 다녀와 지금은 자신의 브랜드를 만들어 퍼스널코디네이터로도 활약하고 있는 해진의 사촌오빠가 그녀를 자신의 파티에 초대했다고 했다.

"우리가 인맥을 넓혀서 뭐하게?"

그저 직장인일 뿐인 그녀들이 연예인이나 패션 쪽에 종사하는 사람들과 인맥을 넓혀 무엇을 할까 싶은 생각이 들었다. 그건 해진의 생각도 마찬가지인지 그녀의 말에 수긍하듯 고개를 끄덕였다.

"그렇긴 한데. 그냥 기분전환 겸 눈요기 하는 거지. 게다가 오빠가 옷도 보내 줬어. 그거 아이돌 그룹 태흔이랑 하연도 입었던 거래. 물론 사이즈는 다르지만."

정우가 고개를 끄덕였다.

"너도 가자."

"응?"

"너도 가자고."

그녀가 파스타를 한 입 먹었다. 파스타를 싫어하는 강민 때문에 둘만 있어야 파스타를 먹을 수 있어 특별히 국물이 먹고 싶지 않으면 둘만의 점심은 보통 이곳이곤 했다.

"난 별로."

"왜?"

"늙은 사장님 때문에?"

그녀가 고개를 저었다.

"아니. 너는 초대받았지만, 나는 초대를 받은 것도 아니고 다 모르는 사람뿐이잖아. 나 그런 거 싫어하는 거 알잖아."

"친구 한 명 데리고 간다고 했어. 그리고 나도 사촌오빠 말고는 아무도 모른단 말이야. 너라도 있어야지."

"그래도……."

"가자, 정우야. 나 진짜 아이돌 보고 싶다고."

그녀의 되지 않는 애교에 결국 정우는 마지못해 고개를 끄덕였다.

"이번 주 금요일이야. 퇴근하고 우리 집 들렀다가 가면 돼. 그리고 두 벌 중 하난 너한테 선물할게."

해진은 이미 파티에 간 것처럼 눈빛을 반짝였다.

감시자들.

치킨과 맥주와 함께하는 영화로는 꽤 괜찮았다.

"피부 좋다."

영화가 끝날 때쯤 해진이 정우에게 시선을 돌렸다.

"먹고 바로 누워서 그런가."

"내일도 치킨 먹고 좀 누웠다가 갈까?"

오늘은 목요일이다. 해진은 아무리 생각해도 부모님과 함께 사는 자신의 집에서 그 옷들을 갈아입을 순 없다며 목요일 밤, 그 옷들을 가지고 그녀의 집으로 왔다. 내일 함께 정우의 집으로 퇴근해서 바로 옷을 갈아입고 그 파티에 가겠다는 의지를 보이고 있었다.

"그래도 내일이 금요일이라 다행이다."

"그렇지?"

정우가 웃었다.

"우리 내일 출근하는 사람 맞지?"

출근 준비까지 다 해 온 해진은 휴대폰으로 시간을 확인했다. 1시. 정우가 킥킥거리며 거실에 깔아 놓은 이불에 누웠다.

"오랜만에 함께 잔다."

"그러게."

"내일, 아니 오늘 밤이 정말 기대되지 않아? 거기다 불금이잖아."

해진의 목소리는 들떠 있었다.

"참, 강민이는 가면 안 되나? 걔도 여자 아이돌 좋아하잖아."

"이강민은 그냥 둬. 여자끼리 가야 해. 사실 남자가 하나 끼면 놀기도 애매해. 그리고 이강민이랑 가면 시끄러워서 수준 떨어져."

해진의 말에 정우가 픽 웃음을 터트렸다.

"그런데 그 옷 왜 안 보여 줘?"

정우의 물음에 해진이 장난스럽게 웃었다.

"내일 입기 전에 봐. 오늘 자기 전에 보면 설레어서 잠 못 자니까. 오늘은 이 팩으로 피부 관리나 하자."

한 시가 넘어 피부 좋기는 이미 물 건너간 거 같은데.

하얀 시트를 얼굴에 붙인 정우가 웃으며 눈을 감았다. 사실 강민보다 더 걸리는 것은 태완이었지만, 영국에서 오래 생활했다는 그가 이런 파티를 이해하지 못할 것이라는 생각은 하지 않았다. 그녀도 그 파티가 조금은 궁금했으니까.

❖

"야! 니들 얼굴이 왜 이래? 라면 먹고 바로 잤어?"

"……."

금요일 아침, 강민의 말에 함께 출근을 하던 해진과 정우가 눈을 흘겼다.

"니들이 나 빼고 먹으니까 그런 거야? 뭐 먹었어?"

강민이 그들 사이에 끼어들었다.

"야! 신입. 우리 대리거든."

"아, 예. 박 대리님, 나 대리님. 야식과 폭식으로 인해 얼굴이 호빵처럼 부푸셨는데 무엇을 드신 겁니까?"

강민의 비아냥거림에 해진이 한숨을 내쉬었다.

"치맥."

"나도 없이 그 치맥을 먹었단 말이야?"

강민은 진심으로 억울한 표정이었다. 그런 그를 정우와 해진은 보란 듯이 무시하며 딴청을 피웠다.

"나도 치맥 먹고 싶다고. 그런 의미로 오늘 저녁에는 같이 먹자."

"안 돼!"

단호한 해진의 대답에 무슨 뜻이냐는 표정으로 강민이 정우와 해진을 번갈아 바라보았다. 정우가 조금은 난감한 표정으로 미소를 지었다.

"아, 왜에?"

"누나들은 할 일이 있어."

강민의 불만 섞인 목소리를 뒤로한 채 정우와 해진이 엘리베이터에 올라탔다.

"무슨 일?"

"몰라도 돼."

"니들 어디 가?"

"모른다니까."

그의 눈이 가늘어졌다.

"니들 지금 이상한 데 가는 거지?"

"……."

정우가 멈칫하자, 강민이 확신하는 표정을 지었다.

"이럴 때 거짓말 못 하는 정우는 한 마디도 안 하지. 배신자들! 어디 가는데? 너희들이 이럴수록 내가 무슨 일이 있어도 따라가고 만다."

엘리베이터 안에 몇몇 사람들이 타 있는 것을 알고도 강민은 정우와 함께 내릴 때까지 말을 멈추지 않았다.

"어디 가냐? 정우야?"

해진과 헤어지자 타깃을 정우로 바꾼 것인지 강민이 다정하게 물었다.

"그냥 쇼핑."

그녀가 얼버무렸다.

"너 그분한테는 말한 거야?"

이제 강민에게 태완은 그분이었다. 사람들에게 알릴 수 없으니, 사장이란 말을 쓰지 않았다.

"어."

당연히 강민은 믿지 않았다.

"너 말 안 한 거지? 분명 이상한 데 가는 거지?"

"그냥 쇼핑이야."

"그런데 왜 내 시선을 피해?"

"바쁘니까."

강민의 질문이 끊이질 않았지만 정우는 완벽하게 무시하고 일을 했다. 강민이 알게 된다면 분명 파티에 가는 것이 아니라 이박 삼일 클럽에서 살고 온 사람으로 소문이 나게 될 것이 빤했다.

–영화 보자.

–해진이랑 볼일이 있어요.

–무슨 일? 나는 함께 가면 안 되는 곳이야.

–해진이가 불편할 거예요. 파티 초대받았어요. 강민이도 가겠다고 할까 봐 비밀로 했는데 사촌오빠가 파티를 할 거래요.

–그래?

–네. 혼자 가기 좀 그렇다고 해서.

–무슨 파티?

–생일파티.

–누군지 모르지만 축하한다고 전해 줘. 그럼 다녀와서 연락해.

–네, 미안해요.

–미안하면 내일은 하루 종일 비워 둬.

–네.

역시 종종 파티에 다녀 본 사람이라 그런가, 굉장히 쿨하게 다녀오란 그를 보며 조금은 안심이 되었다. 그날 이후 별다른 것 없는 일상이었다. 퇴근 후면 함께 시간을 보내고, 종종 그의 사무실에서 야근을 하기도 했다.

예전보다 바빠진 그로 인해 매일 만날 수는 없었지만 그거만 빼면 달라진 것은 없었다. 엄마 역시 더 이상 말을 하진 않았지만, 예전보다 전화를 많이 하는 것을 보니 신경을 쓰고 계시긴 한 것 같았다. 물론 엄마가 막아 준 덕분에 선도 보지 않을 수 있었다.

ㅡ빨리 끝나면 연락해.

그의 문자에 그녀의 얼굴에 웃음이 머물렀다.

퇴근 시간이 되자 그녀들은 강민을 피해 슬그머니 정우의 집으로 향했다.

"어때? 괜찮지?"

그녀에게 옷을 내밀며 해진이 웃었다. 평소에 입기엔 좀 짧아 보이지만 잔 꽃무늬가 들어가 차분해 보이는 민소매의 슬림한 라인의 원피스였다. 그러나 무난한 앞과 달리 등이 완벽하게 노출된 원피스를 보며 정우의 눈이 커졌다.

옆에 놓인 해진의 옷은 조금 더 과감했다. 완벽하게 어깨를 드러낸 블랙 원피스였다. 둘 다 평소보다 과감하긴 했지만, 코트를 입으니 괜찮을 것도 같았다. 그리고 이 옷들을 입고 가면 사촌오빠가 더 좋아할 것이라는 말에 그녀는 결국 해진이 내민 원피스를 입었다.

거울로 보니 등이 안 보여서 그런지 나쁘지 않았다.

"뭐, 결혼식장 정도는 이 원피스에 재킷만 입어 주면 될 것 같지 않냐?"

정우가 고개를 끄덕였다.

정우 역시 분위기에 휩쓸린 것인지 조금 과감한 옷들임에도 별 거부감이 들지 않았다. 디자이너의 옷이라는 것에 혹하기도 했다.

"그래도 너보다는 내가 좀 차분해 보이지?"

정우의 물음에 그녀가 픽 웃었다.

"어차피 네 등에서 이미 차분함은 떠났어."

정우가 고개를 내려 자신의 원피스를 바라보았다.

구두를 신고, 원피스 위에 코트를 걸치고 해진의 차에 올랐다. 조금 과감해진 화장도, 그리고 굽 높은 힐도, 무언가 다른 삶을 사는 여자들처럼 그녀들은 조금 들떠 있었다. 그리고 내리기 전 해진과 정우는 셀카를 찍었다.

"밴드엔 나중에 올리자. 지금 올리면 강민이가 추적할지도 몰라."

해진의 말에 정우가 장난스럽게 웃었다.

"여기야."

겨울 밤, 게다가 금요일의 거리는 그녀들만큼이나 들떠 있었다. 기다리겠다는 그가 조금 걸리기도 했지만 그저 생일파티라고 생각했다. 그녀 역시 조금 흥분했으니까.

"아는 곳이야?"

"응. 몇 번. 대부분은 지나가기만 했지만."

해진도 자주 온 것은 아닌지 조금 헤매는 것처럼 보였다. 초대장을 내밀고 그녀가 클럽으로 들어섰다.

"박한아라고, 백수인 줄 알았는데 이쪽에선 꽤 유명한 디자이너래. 예전에 이상하게 옷 입고 다닌다고 큰엄마한테 만날 혼났었는데, 지금은 만날 때마다 자랑하시더라. 정말 사람 일은 모르는 건가봐. 예전 학교 다닐 때는 내가 공부를 잘해서 울 엄마가 만날 자랑하셨는데, 입장이 완전히 바뀌었어. 나는 평범한 직장인이고, 한아 오빠는 유명 디자이너잖아."

살짝 부러움이 느껴지는 그녀의 말을 들으며 정우가 실내를 둘러보았다. 화려한 실내엔 일찍 도착한 사람들로 붐비고 있었다.

"가자."

"응."

정우가 고개를 끄덕였다.

"옷은 좀 고급스럽고 어떤 면에선 단순해 보이는데, 노는 건 좀 요란하지. 큭큭. 안에 있다고 했으니까 조금 기다리면 이쪽으로 올 거야."

조금은 어둡고 화려한 실내와 커다란 음악 소리가 신기하게도 자신을 가리면서 주위를 볼 수 있는 그런 묘한 기분을 느끼게 해 주었다.

"왔냐?"

말이 끝나기가 무섭게 해진이 말한 한아가 들어왔다. 생각보다 깔끔한 이미지의 남자였다. 손에 낀 여러 개의 반지가 아니라면 흔히 볼 수 있는 단정한 슈트 차림의 남자일 뿐이었다.

"응."

"안녕하세요?"

"아. 해진이 친구?"

"네."

"흠. 괜찮네."

그는 자신보다는 옷을 입고 있는 자신의 전체적인 모습을 살피고 있었다. 디자이너라 그런가. 그녀가 어깨를 으쓱했다.

간단한 인사와 불편한 소개가 끝나고 분위기 탓인지 금세 친해질 수 있었다.

한아는 그녀를 동그란 테이블과 동그란 소파가 있는 곳으로 안내했다. 자연스럽게 술을 마시면서 대화들이 이어졌다. 생일 축하를 하러 온 사람들이 한아에게 인사를 건넸고, 그녀들 역시 해진이 바라던 몇몇 남자 아이돌들을 볼 수 있었다.

테이블을 오가며 놀고, 춤추는 상황이 이어졌지만 정우와 해진은 그 자리에 앉아 그들의 이야기를 들었다. 쭈뼛쭈뼛 움직이는 것도 어색했고, 사실은 좀 귀찮기도 했다. 그저 분위기를 느끼며 고개만 조금씩 흔들며 술을 마셨다. 파티라는 게 별거 아닌 모양이다. 해진 역시 그렇게 느끼는지 좀 지루하다는 표정을 지었다.

"별거 없지?"

"응."

정우가 고개를 끄덕였다.

흐음.

그런데 갑자기 천장이 빙 돌기 시작했다. 어젯밤 수다 때문에 세 시간밖에 자지 못하고, 또 옷을 갈아입느라 저녁도 먹지 못한 채 빈 속에 마신 술 때문에 평소와 다르게 어지러움이 느껴지는 모양이다. 원래 어느 정도 술을 마신다고 생각했는데, 이렇게 훅 가 버리는 그런 날도 있긴 했다.

"나 좀 취한 것 같아."

그녀가 해진에게 속삭였다.

"오빠 말로 파티는 지금부터래. 그러니까 조금만 참아. 너 기계실 회식 때 전설의 5차까지도 버텼잖아. 그때라고 생각하고 정신 바짝 차려. 저쪽에 내가 좋아하는 아이돌 그룹 가수가 왔어. 저 가수랑 사진 한 장만 찍고 나가자."

휴대폰을 흔들며 일어서는 해진의 말에 정우가 피식 웃으며 고개를 끄덕였다.

조금만 참아야지. 그녀가 눈으로 얼음물을 찾는 중이었다.

"괜찮나?"

재이라고 했다. 해진의 사촌인 한아의 친구라던 그가 그녀에게 얼음이 가득 채워진 유리잔을 내밀었다.

"고마워."

그는 한아와 함께 일하는 디자이너라고 했다. 자신의 옷을 유심히 바라보며 묘한 미소를 짓는 그를 보며 처음에는 좀 이상한 사람인 줄 알고 미간을 구겼다. 그런데 그가 디자인한 옷이라는 것을 알았을 땐 조금 무안했다.

"더 필요한 거 있으면 말해."

"응."

재이의 물음에 정우가 싱긋 웃었다. 그러면서 배에 힘을 주었다. 술이 취해도 디자이너가 앞에 있는데 사람이, 아니 그가 디자인한 옷이 흐트러지는 건 보여 주고 싶지 않았다.

"예쁘다. 내가 만든 옷이지만 예뻐. 네가 입어서 그런가. 아니면 내 옷을 입어서 그런가? 그건 정확히 모르겠지만."

"칭찬이지?"

큭. 그가 장난스럽게 웃었다.

"어. 그리고 정훈이야."

"응?"

"내 이름 정훈이라고. 주정훈. 그래서 브랜드네임은 PH&JJ이고, 사람들이 재이라고 불러. 보통 박한아가 디자인한 옷은 PH를 쓰고, 내가 디자인한 옷에는 JJ를 붙여. 그런데 그게 자꾸 경쟁적인 모습이 되어서 지금은 무조건 PH&JJ를 쓰지만."

그의 시선이 그녀의 가슴에 머물렀다. 그녀의 가슴엔 작게 JJ라는 로고가 박혀 있었다.

"그건 내가 마지막으로 JJ를 붙인 옷이야."

"아."

자신의 옷을 내려다본 정우가 고개를 끄덕였다.

"선물 받았어. 해진이한테."

"다음엔 매장으로 직접 와. 내가 골라 줄 테니까. 난 목선 예쁜 여자가 좋은데, 나랑 잘 어울리는 옷들이 많을 거야."

옷을 입으며 붙어 있던 택을 확인한 그녀로선 그의 매장에 갈 일은 별로 없을 테지만 정우는 웃으며 고개를 끄덕였다.

"박한아한테 이런 동생들이 있는 줄 몰랐다. 걔 얼굴은 좀 범생이처럼 생겼잖아. 게다가 굉장히 보수적인 집안이라고만 들었는데."

여전히 저쯤에서 괴상하게 느껴지는 춤을 추며 자신의 세계에 빠진 듯해 보이는 한아를 보며 정우가 픽 웃었다. 보수적인 범생이 스타일은 아닌데.

"그런데 이 옷은 여기가 포인트야. 머리를 올리고 목선을 드러내야지. 그래야 등라인도 살아."

자연스럽게 흘러내린 머리가 그다지 마음에 들지 않는 모양이다. 정우는 어깨를 으쓱하고는 그가 건네 준 얼음물을 한 모금 마셨다. 재이의 시선이 느껴졌다.

"잠깐."

갑자기 재이의 손이 그녀의 머리로 향하더니 흘러내린 머리칼을 모았다. 그리고는 자신의 주머니를 뒤져 고무줄을 꺼내 그녀의 머리를 묶었다. 귀 밑으로 자연스럽게 웨이브가 졌던 그녀의 머리가 그의 손에서 예쁘게 틀어 올려졌다.

"기다려. 달라질 테니까."

처음에는 뭘 하려는지 몰라 당황하던 그녀였지만 자신의 옷을 위한 스타일이라고 하니 조금 참아 보기로 했다. 디자이너잖아.

그리고 괜찮았다. 분위기에 취한 것인지, 술에 취한 것인지, 이 정도의 스킨십은 정도는 괜찮다고 생각했다.

"거봐. 넌 목선이 예쁘잖아."

그의 목소리가 좀 더 가까이 들린다고 생각한 순간이었다.

"······."

탁.

갑작스럽게 그가 만든 그림자 대신 커다란 어둠이 내려앉는다는 느낌을 받으며 정우가 눈을 들었다.

"나와."

처음엔 누군가 싶었다. 어둠 속에서 갑자기 뜬 눈으로 인해 눈이 부셨다.

"나정우, 나와."

"······."

태완이었다. 정우가 이해할 수 없는 상황에 눈을 깜빡였다. 이곳과 어울리지 않는 단정한 슈트 차림의 그가 그녀 앞에 서 있었다.

그가 낮은 목소리로 말을 하며 그녀의 팔목을 잡았다. 그는 자신이 화가 났다는 것을 숨기지 않았다.

"누구야?"

재이가 조금 기죽은 목소리로 말하며 일어섰다. 태완의 날카로운 시선이 잠시 재이에게 향했다.

"넌 뭐야?"

"······."

움찔. 그의 서슬에 재이가 입을 다물었다.

"나정우, 조용히 나와."

그의 조용한 목소리에 그녀 역시 긴장하고 있었다. 그리고 뭐라 대답도 할 새도 없이, 생각을 정리할 시간도 갖지 못하고 정우는 태완의 손에 이끌려 밖으로 나왔다.

꼭 바람피우다 걸려 끌려 나가는 것 같은 상황이 되어 버렸다. 재이 역시 그렇게 생각했는지 더 이상 나서지 않았다. 다행스럽게 어둑하고 시끄러운 분위기 때문에 그들에게 신경 쓰는 사람은 거의 없었다.

결국 옷도 걸치지 못한 채 그에게 끌려 나온 정우에게 자신의 코트를 걸쳐 주던 태완의 얼굴이 더욱 굳어졌다.

"너 이런 옷을 입었어?"

"······."

태완이 그녀의 팔목을 놓지 않은 채 다시 걷기 시작했다.

"어떻게 알았어요?"

정우가 아픔에 인상을 찡그리며 그의 손을 뿌리치려 했지만 불가능했다.

그가 멈춰 섰다.

"그게 중요해?"

"그건 아니지만······."

그녀의 목소리가 작아졌다. 굳은 표정으로 그녀를 바라보는 그의 시선은 복잡했다.

"별일 아니었어요."

변명처럼 나오는 그녀의 말에 그가 피식 웃었다. 그러나 그 웃음은 그 어느 때보다 서늘했다. 그의 시선이 그녀의 목 언저리를 향했다.

바람이 불었다. 그녀의 머리가 날리고, 그의 재킷이 날리며 그녀의 모습은 고스란히 드러났다. 그가 낮게 한숨을 내쉬며 그녀의 재킷을 여미었다.

"우리 상황 좀 웃긴다고 생각하지 않아요? 가방이랑 옷도 두고 왔어."

정우로선 별일이 아니라고 생각했기에 조금 놀라긴 했지만 그래도 담담했다.

"그래서 넌 그렇게 입고 웃기지 않은 상황을 만들고 있는 거였어?"

그가 차갑게 말했다.

"……."

정우가 어색하게 웃었다. 그의 손길에서 그의 화가 느껴졌다.

"우선 타라."

그가 차 문을 열었다.

"해진이는 아직……."

"타."

그는 단호했다.

"해진이한테 말이라도……."

그의 눈썹이 치켜 올라갔다. 그리고 재이의 손길이 머물렀을 그녀의 목덜미로 시선을 올렸다.

"나 지금 농담하는 거 아니야. 지금 어떤 새끼든 죽는 꼴 보고 싶지 않으면 그냥 타."

그의 말투는 그 어느 때보다 서늘했다.

다른 사람이 그렇게 말했다면 그저 화가 나서 하는 말이라 여겼을 테지만, 그는 달랐다. 그를 좋아한 시간만큼 그에 대해 아는 것도 많았다. 그래서 지금 그가 내뱉는 말이 농담이 아님도 알고 있다.

"지금 이 상황에서 힘으로도, 무엇으로도 못 이겨, 넌."

결국 정우가 그의 차에 탔다. 의자에 앉자 치마는 더 짧아졌고, 흘러내린 그의 옷으로 인해 어깨와 등이 고스란히 드러났다. 그러나 정우는 화가 난 태완의 눈치를 살피느라 그것도 신경 쓸 수 없었다. 그의 시선이 잠시 그녀에게 머물렀다.

그가 천천히 차를 출발시켰다. 어느새 눈이 내리기 시작했다. 이번 겨울엔 눈이 참 많다. 그런 생각을 하며 그녀가 내리는 눈을 바라보았다.

태완은 말없이 운전을 했고 정우는 태완을 힐끔거렸다.

"우리 집으로 가 주세요."

그러나 태완은 대답이 없었다. 그리고 그가 향하는 곳이 자신의 집 쪽이 아니라는 것도 알았다. 그가 간 곳은 예전 그녀가 살았던 동네의 한 빌라였다.

"내려."

"……오빠."

"내려. 그럼 그냥 가평으로 갈래?"

정우가 입술을 깨물었다. 이 모습으로 태완과 함께 할머니, 할아버지, 부모님이 계신 곳에 갈 수는 없는 노릇이었다.

"내려."

말투가 누그러지기는 했지만 그래도 그의 고집을 꺾을 순 없었다.

한 번도 와 본 적은 없었지만 그의 집일 것이라는 생각은 했다. 정보통 강민에게 들은 바로는 이 서연빌라에 혼자 살고 있다고 했다.

엘리베이터에서 내리는 그녀의 걸음은 무겁기만 했다. 그리고 그의 집 앞에 섰다. 거침없이 문을 연 태완은 문 앞에 선 채 그녀가 먼저 들어가기를 기다렸다. 결국 드레스 차림의 그녀는 그의 집 안으로 들어갈 수밖에 없었다.

따뜻한 온기에 저도 모르게 한숨이 나왔다. 정우가 우두커니 서 있는 사이 그는 방으로 들어가 버렸다.

집엔 어떻게 가지. 그녀가 상념에 빠진 사이 돌아온 태완은 그녀의 손목을 잡고 침실, 정확히는 그것에 딸려 있는 욕실로 들어갔다. 온기 가득한 욕실 욕조 안엔 물이 가득 담겨 있었다.

"씻어."

"네?"

"못 알아들어? 씻어."

"씻고 옷은 저기."

그의 시선이 옷걸이에 걸려 있는 옷으로 향했다.

"오빠!"

"내가 씻겨 줘? 그걸 바라는 거였어?"

그가 노골적인 시선으로 그녀의 몸을 훑어보았다.

"아님 이대로 가평으로 가든지."

정우가 진심으로 화난 표정으로 그를 바라보았다.

"가평 가면 오빠 좋아할 것 같아요?"

정우 역시 오기가 인다. 이렇게 화낼 일이 아니었다. 파티에 간다고 말했었고, 그 역시 알았다고 대답을 했었다.

"그래, 좋아하지 않으시겠지. 좋아하지도 않는 나한테 그런 모습으로 끌려온 넌 뭐라고 하실까?"

문제아 동생 잡아 온 오빠 줄 알겠지. 잘 살고 있다고 생각한 손녀가 이런 모습으로 다른 사람도 아닌 태완에게 끌려온 것을 보면 오 박사도, 모 여사도 가만 계시지 않을 것이다. 만나고 있다는 걸 모르시니, 정우에겐 관심도 없는 태완이 끌고 올 정도로 그녀가 심했을 것이라고 생각하실 테니까.

정우가 입을 꼭 다물었다. 술기운 때문인지 울컥 화가 나기도 한다. 못된 짓이라도 한 것처럼 여기는 그에게 화가 나고, 그럼에도 결국 그의 말대로 할 수밖에 없는 자신에게도 화가 났다. 깊은 한숨이 나온다.

"씻어라."

조금 전보다 누그러진 태도의 태완이 그녈 남겨 두고 욕실을 나갔다.

멍하니 욕실에 서 있던 정우가 거울 속에 비친 자신을 바라보았다. 어차피 지금 할 수 있는 건 없다. 휴대폰이 잠잠한 걸 보면 해진은 이미 무언가를 보았거나 들었을 것이다.

옷을 벗어 버리고, 머리를 감고, 따뜻한 물이 채워진 욕조에 몸을 담갔다. 그리고 눈을 감았다.

그가 걸어 놓은 옷은 커다란 티셔츠였다. 어차피 원피스나 티셔츠나 다를 바 없었기에 정우는 그 옷을 걸쳤다. 목 부분이 조금 크긴 했지만 허벅지를 반쯤 가린 티셔츠는 그냥 집에서 입는 원피스 같았다.

그녀가 거실로 나오자 창가에 서 있던 그가 고개를 돌렸다. 따뜻한 샤워가 그녀의 기분을 누그러뜨렸다.

"한 번도 입지 않은 옷이야."

그가 정우가 입은 옷을 보며 말했다.

"네."

이제 뭘 할까요? 다소 도전적인 정우의 표정에 태완이 픽 웃었다. 그가 눈짓으로 테이블을 가리켰다. 그게 다음 차례라고 말하는 듯이. 그 위엔 김이 나는 머그컵이 놓여 있었다.

"마셔."

그녀는 소파에 앉아 순순히 컵을 들었다. 양치를 하고 나와 조금 떫은맛이 나는 뜨거운 레몬차를 한 번에 마셔 버렸다. 그리고 그를 바라보았다.

"어디서 자면 돼요?"

이 늦은 시간에 이 모습으로 갈 순 없다. 반쯤은 포기 상태로 그녀가 물었다. 욕조에 오랫동안 있었더니 몸이 노곤하기도 했다. 이 많은 방 중 하나는 줄 수 있지 않나?

그녀의 옆에서 소파에 기대 다리를 꼬고 앉아 그녀가 하는 양을 지켜보던 태완이 그녈 물끄러미 바라보았다. 그 역시 씻은 것인지 덜 마른 머리가 흘러내렸다. 항상 정돈된 모습만 봐 왔는데 이런 모습은 새롭다.

"나정우는 참 신기해."

"?"

요즘 신기하다는 소리 많이 듣는다.

"집에 가겠다고 할 때는 언제고, 그런 모습으로 자고 가겠다는 말을 아무렇지도 않게 하고?"

그런 모습?

티셔츠가 크긴 하지만, 뭐 아까 원피스보다는 훨씬 단정한 거 아닌가.

정우가 뚱한 표정으로 그를 바라보았다.

"언제나 자신이 얼마나 위험한지도 모르지."

드러난 그녀의 어깨에서 시선을 든 그의 눈빛이 깊어졌다.

"그럼 그냥 가요?"

정우가 눈으로 욕실을 나와 어딘가에 둔 휴대폰을 찾았다. 콜택시라도 불러야 하나 싶었다.

"넌 도대체 뭘까?"

의미를 알 수 없게 중얼거리는 그가 다가왔다. 무슨 소린가 싶어 고개를 돌리는데 어느새 그의 숨결이 닿을 만큼 가까이 있었다. 그리고 말을 하기도 전에 그의 입술이 닿았다.

뜨거운 숨결이 닿고, 차가운 입술이 닿았다. 벌어진 입술 사이로 그의 혀가 들어왔고, 모든 것을 빨아들일 것처럼 그가 그녀를 당겨 안았다. 그는 머리가 하얗게 변할 만큼, 지금 무엇을 하는지 모를 만큼 그녀를 가두고 있었다.

그를 밀어내던 그녀의 손목까지 잡은 후에야 그는 조금 더 부드러워졌다. 그리고 그녀의 아랫입술을 빨아들이고 핥으며 다독였다. 그의 뜨거운 입술이 목덜미에 닿았고, 부드러운 손길에 가슴이 짓이겨지듯 뭉개졌다. 그리고 그의 입술이 그것에 닿았다. 입술을 빨아 당기듯 가슴 끝을 잡아당기고, 목덜미를 잘근거린 것처럼 잘근거리며 그녀를 괴롭혔다. 다른 손으로는 그녀의 가슴을 여전히 짓누르며 그는 그녀의 가슴에 얼굴을 묻었다.

그녀의 숨결이 빨라졌다. 그의 자극에 발끝까지 저릿했다. 그녀가 그의 머리를 감싸듯 쓰다듬자 태완이 천천히 입술을 뗐다. 어느새 소파 위에 눕혀진 그녀의 위에 그가 있었다.

눈이 마주쳤다. 이미 그녀의 티셔츠와 속옷은 반쯤 올라가 있었고, 그만큼 그녀의 몸은 드러나 있었다. 그런데도 그의 힘 때문에

268

움직일 수 없었다.

"넌 힘으로도 무엇으로도 못 이겨."

그가 그녀의 귓가에 나른하게 속삭였다.

"……오빠."

"그 새끼가 하려던 그거."

짙어진 눈빛과 낮은 목소리에 정우가 눈을 깜박였다.

"그런 거 아니야."

태완이 서늘하게 웃었다.

"다르지 않아. 넌 네가 인식하지 못할 만큼 위험한 여자이고, 난 정상적인 남자고. 물론 그런 면에선 그 새끼도 그랬을 테고."

"내가 입었던 그 원피스를 디자인한 디자이너였어요. 그 원피스 엔 목을 드러내는 게 더 낫다고 하면서 머리를 묶어 주던 중이었고."

"그건 네 생각이야. 정상적인 남자라면 다르겠지."

그녀가 아니라는 듯 작게 고개를 저었다. 진짜 그게 사실이었으니까.

그러나 그가 그녀의 목덜미에 시선을 두었다. 그리고 천천히 흡입하듯 그것을 빨아들였다. 분명 자국이 남을 것이다.

"내 것이라는 표시야."

그리고 그가 입술을 내려 그녀의 유두를 잘근 씹었다가 부드럽게 혀를 굴렸다.

"여기도 그렇고."

"하아."

태완이 납작한 그녀의 배 언저리에도 자잘한 키스를 남겼다.

"여기도."

이상하게 화를 내고 있는 그가 싫지 않았다. 내 것임을 주장하는 것처럼 흔적을 남기는 그를 보며 그녀의 가슴은 두근거렸다. 그녀가 웃자 그가 고개를 들어 그녀와 시선을 마주했다.

"왜 웃어?"

그의 눈썹이 삐딱하게 올라갔다.

"좋아서."

픽.

그의 입술이 다가왔다. 해도 해도 끝나지 않을 것만 같던 키스였다. 끝나지 않았으면 하는 키스였다.

"넌 아무 일도 아닌 것처럼 담담한 척, 이런 식으로 날 안심시켜. 그런데 난 그게 더 불안하고. 미친 듯이."

그가 알 수 없는 말을 속삭이며 그녀의 귓불을 깨물었다.

"그런데 어떻게 알았어요?"

정우가 그에게 물으며 그의 흘러내린 머리카락을 쓰다듬었다.

"능동적인 기다림의 하나라고 해 두지."

그가 서늘하게 웃었다.

"그러니까 자고 가. 정상적인 남자와 여자로."

"지금은 가고 싶어도 못 가요. 옷도 없어."

그녀의 원피스를 떠올렸는지 그의 눈썹이 삐딱하게 올라갔다.

"농담 아니야."

"알아요."

그녀의 눈빛이 일렁였다.

"나정우는 지금 내 말이 농담이길 바라겠지. 날 안다고 생각했는데. 난 농담은 안 해. 잠시 장난을 칠 뿐이지."

그의 얼굴은 여전히 진지했다.

정우가 난감한 표정으로 그를 바라보았다
그의 뒤로 여전히 하얀 눈이 내리고 있었다.

11. 사내연애의 끝

"그래서 그게 너 때문이라고?"

점심시간, 사내식당에 앉은 정우가 강민을 흘겨보았다.

"너희들이 다 나를 속이니까 내가 이런 식으로 알아볼 수밖에 없다고는 생각하지 않냐?"

"안 해."

결국 그 소란의 원인은 이강민이었다. 그것을 홀랑 태완에게 전해 준 것도. 그녀는 그에게 손목이 잡혀 나오느라 보지 못했지만 태완의 뒤엔 강민도 있었다고 했다. 강민이 해진을 데리고 나오며 그녀의 짐도 함께 챙겨 나왔다고 고맙게 생각하라며 큰 소리를 쳤지만 정우는 표정을 풀지 않았다.

"내 반찬에 손대지 마라."

유치하지만 지금 할 수 있는 건 그것밖에 없었다. 꼭 바람피우다 걸린 여자처럼 그녀는 그렇게 끌려 나와 그의 집으로 갔다.

정우는 정말 별일 아닌 일을 크게 만들어 버린 그에게 진심으로 눈을 흘겨주었다.

그날은 그렇게 긴 키스 후 그는 그의 코트를 입혀 그녀를 집까지 안전하게 데려다 주었다. 안전하다는 의미는 결국 키스 외엔 아무 일도 없었다는 뜻이다.

"난 분명 정상적인 남자이지만, 오늘은 그만하는 거야."

그러면서 그는 그녀의 정수리에 뜨거운 숨을 내쉬었다.

정상적인 남자이긴 하지만, 이런 식으로 그녀와 함께하고 싶지는 않다고 했다. 그런데 그게 다행인 건지 아닌 건지는 정확히 알 수 없었다. 그녀 역시 정상적인 여자였으니까.

생각에 잠겼던 정우가 퍼뜩 생각난 듯 강민에게 시선을 돌렸다.

"넌 무슨 의미인데?"

"뭐가?"

"굳이 네가 해진이를 그곳까지 찾아온 이유 말이야."

움찔.

순간 강민이 당황한 표정을 지었다.

"해진이가 아니라 너랑 해진이라고 정확하게 말해 줘."

그가 시선을 피하며 밥을 수북하게 퍼 입에 넣었다.

"그래, 나랑 해진이."

그녀의 시선은 여전히 그를 향하고 있었다.

"몰라. 아직은."

결국 고집스럽게 고개를 숙였던 그가 고개도 들지 않고 대답했다. 그만큼 정우는 묘한 표정을 지었다. 그리고 그를 공격할 무언가를 찾았다고 눈을 반짝일 때였다.

"오랜만입니다."

태완이 식판을 들고 강민의 옆, 정우의 맞은편에 앉았다.

"아, 사장님."

이제는 편한 친구를 대하듯 강민은 그를 향해 친근한 표정을 지었다.

"주말은 잘 보내셨어요?"

"뭐, 그냥."

"왜요?"

"말 안 듣는 여자 잡으러 다니느라 진이 다 빠졌던 것 같습니다."

그의 시선이 정확히 정우에게 닿았다.

"아, 전 그 말 안 듣는 그 여자분께 혼나고 있던 중이었어요. 제가 그 파티의 위험성에 대해 그 여자분 남자친구에게 말을 했거든요. 그런데 고맙다는 인사는커녕 욕을 하네요."

"욕도 합니까?"

"모르셨어요? 나중에 식당 해도 될 정도예요. 욕쟁이 할머니 식당."

"그래요?"

"네."

태완의 물음에 강민의 얼굴은 그 어느 때보다 진지했다. 그로선 정우의 난감한 질문을 피할 수 있는 좋은 기회였을 것이다.

이해한다는 듯 고개를 끄덕인 태완이 숟가락을 들었다.

"많이 드세요. 그 여자분의 본성을 안다면 밥 한 그릇 가지고는 부족해요. 제가 그래서 항상 허기가 져요."

정우가 어이없는 한숨을 내쉬었다.

"그 여자랑 만나는 남자도 참 한심하네요."

자신을 사이에 두고 그들이 하는 대화가 참 어이없다. 그래도 정우는 말없이 밥 먹는 데 집중했다. 이곳은 사내식당이고 모른 척하면 그 여자가 누군지 누가 알겠나 싶었다. 여기서 발끈하면 태완의 의도대로 이 연애가 알려질지도 모르니까.

　보지 않아도 태완의 장난스러운 표정을 알 수 있을 것 같았고, 눈빛을 반짝이고 있을 강민의 표정 역시 빤하다.

　"아무튼 우리끼리 소주 한잔해요. 제가 그 여자분에 대해 굉장히 많을 것을 압니다. 사장님."

　"그러죠."

　정우가 먼저 일어섰다. 자신의 투명인간 취급하며 약속까지 마친 그들은 여전히 식사 중이었다.

　"먼저 가 보겠습니다."

　"그래요. 먼저 가세요, 나 대리님."

　"네. 사무실에서 뵙죠."

　그 둘을 남겨 두고 가는 것이 걸리긴 했지만, 계속 같이 있게 된다면 어떤 이야기를 들을지 몰라 차라리 일어서는 것이 맘 편할 것 같았다. 정우가 뭔가 찝찝한 표정으로 테이블을 떠났다.

　식당에서 나와 엘리베이터를 기다리는데 누군가 옆에 와 섰다. 힐끔 보니 태완이었고, 그를 향한 사람들의 인사 소리가 들렸다. 그녀 역시 모른 척 인사를 하고는 한 발자국 떨어져 섰다. 그리고 문이 열리자 그녀는 서둘러 엘리베이터에 탔다. 점심시간이 끝날 무렵 우르르 몰려드는 사람 때문에 정우와 태완은 가장 뒤에 설 수밖에 없었다. 얼핏 스치는 그의 팔에 정우의 몸이 멈칫했다.

　공간은 별로 없었지만 정우가 그에게서 살짝 옆으로 비켜나려고 할 때였다. 그때, 태완이 정우의 손을 살짝 잡았다. 그리고 자신의 곁으로 그녀를 당겼다. 여전히 손을 잡은 채 그는 앞만 바라보고 있었다. 정우의 사무실이 있는 층에서 띵 소리를 내며 문이 열리자 아쉽다는 듯 눈썹을 찡그린 그가 다시 한 번 힘을 주었다가 손을 놓았다. 식당에서의 일은 잊은 것처럼 그녀의 눈이 커졌다.

두근두근.

사내연애가 이런 건가.

손이 잡힌 건 채 5초도 되지 않는데 심장이 두근거려서 그를 볼 수도 없었다. 그리고 두근거림은 책상에 앉을 때까지 가라앉지 않았다. 잠시 그녀가 가슴에 손을 댔다.

"왜? 소화 안 되냐? 하긴 양심이 있으면 그런 이야기 듣고 소화가 잘 될 리가 없지."

강민이 웃으며 자신의 서랍에서 알약 두 알과 액상 소화제를 꺼내 그녀의 책상에 놓아두었다. 물론 그것으로 해결되지 못할 떨림이었지만, 그녀는 고맙다며 그것을 받아들었다.

그런데 왜 이렇게 계속 심장이 뛰지.

그와는 층이 달라 마주칠 일이 거의 없었다. 그런데 이제는 그것이 조금 더 아쉬워졌다. 복도를 지나며 쓸데없는 생각을 하던 정우가 스스로가 우스워 피식 웃을 때였다.

"뭐가 그렇게 재미있습니까? 나 대리."

태완이다.

그녀의 생각을 읽기라도 한 것처럼 그가 그녀 앞에 서 있었다. 그녀의 눈이 커다래졌다.

"내 생각하고 있었나 보네. 놀라는 거 보니까."

속삭이듯 조용히 이야기하며 스쳐 지나가려는 태완이었다.

"네."

그리고 똑같이 속삭이듯 조용히 대답한 정우를 보며 태완은 가던 걸음을 멈추고는 뒤를 돌아 그녀를 바라보았다. 그녀 역시 고개만 돌려 그를 바라보았다. 그러자 그가 묘한 표정으로 뒷걸음으로 한 걸음 다가오자 그와 그녀는 서로 반대편을 바라보며 나란히 서게 되었다.

"진짜?"

그가 다시 물었다.

네, 라고 대답하려고 했다. 그러나 그의 손에 이끌려 회의실로 들어와 대답할 시간도 없었다.

그녀가 서둘러 주위를 살피자 회의실은 텅 비어 있었다.

"요즘 이곳에서 회의를 해. 조금 전까지도 했고."

정우가 고개를 끄덕이자 그가 그녀에게 한 걸음 다가왔다. 여전히 그녀의 손목은 그에게 잡혀 있었다.

"그게 말이야. 한 번 시작하니까 끝내기도 힘들고, 또 계속 하고 싶기도 해."

시선이 마주쳤지만 그게 뭔지 딱 떠오르지 않았다.

"이거 말이야."

그의 입술이 다가왔다. 겹쳐진 입술이 부드럽게 열리고 그가 천천히 그녀의 입술을 빨아들였다. 달콤하고 뜨거운 입술은 그녀를 천천히 느끼겠다는 듯 느릿하게 움직였다. 잡혔던 손목은 어느새 풀어지고 그는 벽까지 그녀를 밀어붙이고 그녀의 목덜미를 쓰다듬었다.

그가 고개를 비틀며 잠시 입술이 떨어졌다.

"여기 회의실인……."

"알아. 그런데 내 생각했다는 말을 하지 말았어야지."

그의 입술이 또다시 다가왔다. 긴 키스였다. 목덜미를 살짝 흡입한 그의 손길이 부드럽게 가슴을 쓰다듬었다. 옷을 입고 있었지만 그의 뜨거움이 그대로 전해지는 듯해 그녀가 움찔했다. 그녀의 반응을 읽은 듯 그가 옷 위로 가슴을 움켜쥐더니 부드럽게 주무르기 시작했다. 깨물린 입술에 정신이 없던 그녀가 태완의 팔을 꽉 잡았다.

"그만해요."

"왜?"

그가 아무것도 모른다는 듯 물었다.

"힘들어요, 나."

그가 피식 웃으며 그녀의 볼을 쓰다듬었다.

"싫은데."

그가 장난스러운 표정으로 그녀의 입술을 만지작거렸다.

"너 때문에 잠을 못 잤거든."

"?"

"난 뒤끝이 길어서, 복수해야 할 것 같아."

그가 그녀를 당겨 안았다.

"어떻게 나가요?"

"어디를?"

"밖에."

회의실 테이블에 걸터앉은 그가 픽 웃었다.

"같이 나가지, 뭐."

그녀가 말할 수 없이 놀란 눈으로 그를 바라보았다.

"미쳤어요. 내가 먼저 나갈 테니까, 십 분 후에 나오세요."

"왜?"

그가 그녀의 입술을 만지작거리며 물었다. 정우가 그의 손길을 피하며 정색하는 표정을 지었다. 아무것도 모른다는 그의 표정이 괜히 얄미워졌다.

"사람들이 알면."

"사람들이 알면 왜 안 되는데? 파티 초대 못 받아서?"

진짜 뒤끝 긴 남자다.

"아무튼 십 분 후에 나와요."

단호하게 문을 나서려는 그녀를 다시 당겨 도장 찍듯 입술을 꾹 내리누른 그가 그녀와 시선을 마주쳤다.

"한 번 시작하니까 끝내기 어렵다. 저녁때 봐."

그녀가 조용히 회의실을 나와 아무것도 모르는 척 휴대폰을 확인하며 복도를 걸었다. 이렇게 사내연애를 계속하다간 심장병이라도 걸릴 것 같다. 그녀가 작게 한숨을 내쉬며 자신의 사무실로 걸음을 옮겼다.

"안녕하세요?"

퇴근을 하던 그녀가 고개를 돌렸다. 오늘은 늦게까지 회의가 있다는 태완의 연락을 받고 그녀는 일찍 퇴근하는 중이었다.

"?"

처음엔 어둑한 거리 때문에 누군지 몰라봤다. 그러나 그녀의 옷차림과 분위기로 바로 알 수 있었다. 그 여자다. 그의 사무실로 찾아왔던. 그리고 그 호텔에서 마주쳤던.

내색하지 않으려 했지만 그녀의 표정이 설핏 굳어졌다.

"안녕하세요?"

"퇴근하는 길인가 봐요."

"네."

바람이 불어 그녀의 머리가 흩날렸지만 깔끔하게 올린 여자의 머리 한 올도 움직임이 없었다.

"잠깐 시간 있어요?"

"네."

잠시 정우가 그녀를 바라보다 고개를 끄덕였다.

그녀가 안내한 곳은 바였다. 근처 커피숍에서 이야기할 줄 알았는데, 그녀는 조금 당황한 표정으로 그곳에 들어섰다.

"뭐 마실래요?"

"전 그냥 주스 마실게요."

"아, 저녁 전이라 그러는구나. 난 원래 저녁은 안 먹어서. 미안해요."

전혀 미안하지 않은 표정으로 웃으며 그녀가 주스를 주문했다.

"이지언이에요."

"나정우입니다."

나정우란 말에 그녀의 표정이 묘해졌다.

"나정우 씨?"

묘하게 말꼬리를 올린 그녀가 그만큼 묘한 표정으로 정우를 살피고 있었다.

"혹시 그 고등학생?"

그렇게 묻는 여자를 보며 그녀 역시 낯익음의 이유를 알았다. 십년 전, 고등학생이던 그녀가 그에게 선물을 내밀었던 그때, 차에 있던 그 여자였다. 그때 보이던 묘한 표정이 내내 잊혀지지 않았는데, 그 표정 그대로 그녀의 앞에 있었다.

"네."

그녀가 담담히 고개를 끄덕였다.

"나 기억해요? 고등학생이 선물 내밀 때 나는 차 안에 있었어요. 그때 태완 씨랑 스키장 가는 길이었거든."

지언이 예쁜 미소를 지으며 그녀를 바라보았다. 그 교복 입은 어린애가 너였어, 하는 표정으로.

"그런데 최 사장, 아니 태완 씨랑 다시 이어질 줄은 몰랐네."

어린애를 다루듯 묘하게 반말을 섞는 여자의 말투가 거슬린다.

"……."

그녀가 주스 한 모금을 마셨다.

"하고 싶은 이야기하세요."

그녀가 똑바로 지언을 바라보았다.

"뭐?"

"예전 이야기하고 싶어서 저 만나자고 한 거 아니시잖아요."

"그런가? 그런데 꽤나 당돌하네."

그녀가 자신이 주문한 푸른 빛깔의 칵테일 한 모금을 마셨다. 연예인처럼 예쁘고, 행동 하나하나도 세련되어 보였다.

"태완 오빠가 함부로 찾아오지 말라고 했던 것 같은데, 회사 앞까지 왔다면 태완 오빠를 만나러 온 건 아닐 것 같아요."

호호호. 그녀가 웃었다.

"맞아. 사실은 그때 회의실에서 만났던 그 여자 만나러 왔어요. 얼핏 사원증이 목에 걸린 걸 봤었거든. 그 여자가 예전 나정우 씨라는 건 지금 알았지만."

그녀는 대답하지 않고 그녀의 말을 기다렸다.

"나랑 태완 씨랑 만난 건 십오 년쯤 되었나 봐. 그때 태완 씨 진짜 멋있었는데. 아무튼 그 남자랑 처음엔 오빠 친구로, 선후배로 지냈지만 몇 년 전쯤에는 혼담이 오갔어요. 집안끼리."

그녀가 작게 한숨을 내쉬었다.

"그리고 우린 지금도 솔로이고, 여전히 집안에선 우리 결혼을 원해요."

"네."

그녀가 새 칵테일을 주문했다.

"그 남자 한국으로 돌아온 것도, 그리고 여기서 정착하기 위해 이 회사에 들어온 것도 결혼을 위한 거라고 생각했어. 그리고 나한테 기회가 있다고 여기던 때, 나정우 씨가 나타났어요."

"그럼 이렇게 만나는 건 좀 오버 아닌가요? 기회만 주어졌던 거지, 아무 사이도 아니란 거잖아요."

그녀가 담담히 말했다.

"하지만 우린 가능성이 많아요. 한때 재미로 만날 사이가 아니라는 거죠. 태완 씨 집안에 대해 알아요? 태완 씨가 본가와 사이가 안 좋은 것에 대해."

정우는 굳이 대답하지 않았다.

"태완 씨가 본가와 사이가 좋아질 수 있는 기회를 제공할 수 있는 건, 그리고 태완 씨가 인정받을 수 있는 건 나와의 결혼이에요. 물론 본인에게도 나랑 결혼하는 게 이익일 거구요."

"어떤 이익인데요?"

"모르겠어요? 태완 씨 본가인 리수그룹을 물려받을 기회, 그리고 태완 씨를 받쳐 줄 수 있는 든든한 배경. 이런 별 볼 일 없는 작은 회사에서 썩어야 할 사람은 아니잖아요."

"그렇군요."

그녀가 담담히 고개를 끄덕였다.

"나정우 씨는 생각지도 못하겠죠."

무시를 가득 담은 지언의 말투에 그녀가 주스 한 모금을 마셨다. 목이 타고, 머리가 아파 온다. 이런 이야기를 듣고 있는 이 순간이 구질구질하기도 했다.

그녀가 작게 한숨을 내쉬었다.

"그럼에도 불구하고."

"?"

"그 조건과 그 배경을 모두 알고 있음에도 불구하고 태완 오빠는 거절했잖아요."

지언의 얼굴이 굳어지며 곱게 화장한 눈매가 치켜 올라갔다.

"그 거절을 알고도 태완 오빠도 모자라 나까지 찾아오는 건 이지언 씨구요."

"자신만만하네."

"아니요. 자신만만하지 않아요. 지금 이 상황에서 이럴 수 있는 건 그저 오기일 뿐이라는 것도 알아요. 다만 나한테 이러는 거 아무 의미 없다는 거 이야기하고 싶어요. 이럴 시간에 차라리 태완 오빠를 찾아가요. 그쪽 말대로 나는 아무 힘도, 배경도 없어요. 그쪽이 훨씬 나은 조건이고. 그렇기 때문에 이건 그쪽이나 나한테 시간낭비일 뿐이고요."

그녀의 한쪽 입매가 올라갔다. 아마도 주제 파악을 잘하고 있는 정우에게 만족한 모양이었다.

"주제 파악은 하니 다행이네."

그녀의 빨간 입매가 비틀렸다.

"네, 잘해요. 그런데 그쪽도 그거 좀 해야 할 것 같은데."

어깨를 으쓱한 정우가 일어날 준비를 했다.

"그리고 다시 이야기하고 싶으면 태완 오빠 통해서 연락해 줘요. 그럼 나는 태완 오빠 통해서 만날지 말지 전할게요. 그리고 나는 이런 거 숨길 생각 없어요."

지언이 눈썹을 치켜세웠다.

"지금 태완 씨에게 이야기하겠다고 협박하는 거예요?"

그녀의 목소리가 앙칼지게 올라갔다.

"누가 누굴 협박하는 건지 잘 모르겠지만, 알아서 생각하세요."

그녀가 일어서자 지언이 매섭게 그녀를 노려보았다.

"사랑 같아요? 태완 씨랑 하는 그거? 어릴 때 짝사랑이 이루어진 거 같아 좋겠지만, 그때도 매몰차게 거절했던 남자예요. 흥미가 사라지면 언제라도 버려질 텐데 그럼 더 비참하지 않을까?"

그녀 역시 지언을 바라보았다.

"그건 여전히 거절당하고 있는 그쪽에게 들을 말은 아닌 것 같아요. 조심히 가세요."

돌아서는 그녀가 미간을 모았다. 진짜 막장드라마를 찍어 버렸다. 남자 하나를 두고. 그래도 절대 지고 싶지 않았던 건 아마도 그녀의 심술 때문이었을 것이다. 예전을 떠올리게 만들며 그녀의 기를 죽이려 했던, 지언에 대한 심술.

-어디야?

태완의 목소리에서 피곤함이 묻어났다.

"집에 가는 길이에요."

-아직도?

그녀가 잠시 말을 멈추었다. 휴대폰을 들고 있는 손이 시려 손을 바꿔 들며 그녀가 말을 이었다.

"누굴 좀 만났어요."

-누구?

그가 나른한 목소리로 물었다.

"이지언 씨요."

탁 하는 소리와 함께 잠시 휴대폰이 조용하다. 끊어졌나 싶어 휴대폰을 다시 확인했다.

-미안. 의자에 기대 있다 일어나서. 그런데 왜?

미간을 구기고 있을 그의 모습이 눈에 보이는 듯하다.

"여기서 구구절절 다 이야기해요?"

그녀의 목소리는 담담했지만, 그렇다고 그녀의 기분을 느낄 수 없는 것도 아니었다.

-어디쯤이야?

"집 앞."

-들어가서 기다려.

툭.

전화가 끊기고 그녀는 집으로 들어왔다. 지언을 만나고 한 시간을 걸어 집에 왔더니 기운도 없고 배도 고팠다. 소파에 기대 잠시 쉬고 있는데, 휴대폰이 울렸다.

집과 회사가 가깝다 해도 십 분 만에 올 거리는 아니었는데, 급하긴 했나 보다.

－나와. 집 앞이야.

"네."

옷을 갈아입을 사이도 없이 그녀가 다시 가방을 들고 집을 나섰다.

태완이 차에서 나와 그녀에게 차 문을 열어 주었다.

"급했나 봐요."

그는 재킷도 걸치지 못한 채였다.

"좀."

한적한 곳에 차를 멈춘 그가 그녀를 바라보았다.

"음. 집안끼리 혼담이 오갔다고 했어요. 오빠가 본가와 다시 화해할 수 있는 기회와 배경을 제공할 수 있다는 게 이지언 씨의 요지였고."

흠. 그에게서 낮은 한숨이 나왔다.

"그럼에도 불구하고 태완 오빠가 그쪽을 거절한 거 아니냐는 게 내 요지였어요."

그가 눈썹을 찡그린 채 그녀를 바라보았다.

"미안하다."

"네. 이번엔 좀 미안해해야 할 것 같아요. 막장드라마 찍는 기분이었고, 이런 게 계속된다면 내가 어떻게 해야 할까 생각했어요. 오빠 인기 많은 사람일 거고, 나는 그런 오빠를 계속 바라볼 수 있을지 이제는 별로 자신이 없어요. 이번에 실망하면 나도 내가 어떻게 될지 모르겠거든요."

그녀의 솔직한 말에 태완이 그녀의 손을 잡았다.

"미안하다. 그런데 이제 그럴 일은 없을 거야. 혼담이 오간 것도 말 그대로 집안끼리였고, 내 의사는 무시된 거였어. 그리고 그 여자가 줄 수 있는 배경 따위 나는 별로 바라지도 않고. 네 말이 맞아. 그럼에도 불구하고 나는 그 여자가 싫거든. 게다가 여자에게 기대야 할 만큼 능력 없지도 않고. 보면 몰라?"

알고 있다. 새 사장으로 인해 회사가 달라졌다는 이야기를 들을 정도로 그는 능력을 발휘하고 있었다.

"아무튼 다시는 그런 일 없도록 내가 노력할게."

그가 미안한 표정으로 그녀를 당겨 안았다.

"배고파요."

"응?"

"말싸움도 힘들었고, 지지 않으려고 눈싸움 한 것도 그렇고, 열 식히느라 한 시간 걸어온 것도 힘들었어요."

"그게 끝이야?"

"응?"

"화는 그게 끝이냐고?"

"네. 사실 난 믿는 구석이 있어서 괜찮았는데, 그 여잔 약이 많이 올랐을 거예요. 나한테는 오빠가 믿는 구석이지만, 그 여잔 아니잖아. 그래서 좀 마음이 풀려요. 하지만 그 여자도 나도 남자 하나를 두고 그렇게 입씨름할 수밖에 없는 상황은 여전히 짜증나요."

그녀의 솔직한 대답에 그가 그녀의 머리칼을 넘겨주었다.

"고맙다."

"배고파요. 진짜로."

"사람 심장 내려앉게 해 놓고 배고프다고?"

"?"

"네 말투가 너무 담담해서 그만 만나자고 하려는 줄 알았어. 화를 내면서도 차분해서 겁이 나. 요즘 내가 나정우 때문에 심장병 걸리겠다."

"설마."

"진심이야. 네 말투가 너무도 담담해서 겁이 나. 헤어지자고, 나버리겠다고 할 때도 꼭 그럴 것 같아서. 그래서 불안하다, 나는. 네가 너무 어른이 되어 버린 것 같아서."

태완이 그녀를 당겨 안았다. 그의 품에 안긴 그녀가 깊은 한숨을 내쉬었다.

"흠. 그럼 헤어지자고 할 땐 조금 더 슬프게 이야기할게요."

픽.

"그럴 리는 없을 거야."

단호하게 말한 태완이 그녀를 힘주어 안았다.

"배고파요."

"나도."

"그럼 가요. 우리."

"잠깐 내가 배고픈 거 먼저 해결하고."

그녀의 얼굴을 감싸 안은 그가 입술을 내렸다. 혀로 그녀의 입술을 탐하고, 아랫입술을 살며시 깨물었다. 그의 손은 그녀의 등을 쓰다듬다가 천천히 앞으로 다가왔다. 벌어진 코트 사이로 손을 넣어 가슴을 쓰다듬더니 옷 위로 그녀의 가슴을 움켜쥐었다. 세게 움켜쥐었다 천천히 쓰다듬고, 그만큼 입술도 농밀하게 움직였다.

그의 입술이 귓불을 지나 천천히 목덜미로 내려왔다.

"오빠."

정우의 그의 팔을 잡았다.

"그래, 알아."

그가 힘들게 입술을 떼었다.

"한 번 시작하면 참기 힘들어. 나정우."

그가 중얼거리며 그녀를 꼭 안았다.

❖

점심으로 뜨거운 설렁탕을 먹고, 커피를 마실 생각이었다. 이십 분이 남아 있으니, 가면서 마시겠다는 생각으로 정우와 강민, 해진이 이층에 위치한 커피전문점으로 들어갔다. 이층에 위치하지만 커피 맛도 좋고, 분위기도 괜찮아 그들은 자주 가는 곳이었다.

"카페라떼 두 개, 아메리카노 하나 주세요."

정우의 주문에 주위를 구경하던 강민과 해진의 시선이 한곳에 모였다.

"어?"

강민의 작은 소리에 주문을 마친 정우 역시 고개를 돌렸다.

그리고 그곳에는 태완과 이지언이 있었다.

맨 구석에 앉아 잘 보이지 않았기에 처음 들어올 때 몰랐던 모양이다.

흠. 작은 한숨이 새어 나오자, 해진과 강민은 그녀의 눈치를 살피기 시작했다.

"덮쳐?"

해진이 물었다.

"응?"

"머리채 잡아 줘?"

준비운동이라도 하듯 목 스트레칭을 하는 해진의 말에 강민이 질겁하는 표정으로 인상을 썼다.

"야, 저 여자 네가 머리채 잡으면 그대로 죽겠다. 연약하게 생겼잖아. 딱 네 반절이야. 괜히 형사사건으로 만들지 마."

"약하지 않아."

강민의 말에 정우가 단호하게 말했다. 그 바에서 그녀가 떠올랐다. 그녀는 약하지 않았다. 그리고 자신은 착하지 않다.

"기다려. 너희들은."

크게 숨을 내쉰 정우가 천천히 그들에게 다가갔다.

"오빠."

회사 앞이었지만 지금은 오빠라고 부르고 싶었다. 정우가 그를 부르자 지언을 마주하던 시선이 그녀를 향했다. 굳었던 눈매가 부드럽게 풀리며 태완이 일어섰고, 이지언은 그대로 앉은 채 다가오는 정우를 응시했다.

"점심은?"

그가 다정하게 물었다.

"먹고 오는 길이에요."

태완이 고개를 끄덕이며 웃었다.

"앉아. 이야기 끝났어."

"아니에요. 나도 일행 있어요."

태완이 힐끗 뒤를 보자 강민과 해진이 살짝 고개를 숙였다.

"알지? 서로."

그의 말에 정우가 고개를 끄덕였다.

"네, 안녕하세요."

"네."

지언이 못마땅한 표정으로 고개를 까딱했다. 붉은 입술 꼬리가 묘하게 올라갔다.

"무슨 일이냐고 물어야 해요?"

정우가 태완을 똑바로 바라보았다. 태완이 빙긋이 웃으며 고개를 저었다.

"별일 아니야. 마지막 경고 정도라고 할 수 있지."

태완의 시선은 여전히 정우를 향하고 있었다. 정우가 미소를 지었다.

"그럼 나 가 볼게요. 점심시간 20분 남았어요."

"그래. 가서 전화할게."

"네, 오빠."

그녀가 가볍게 지언에게 고개를 숙이고는 여유 있게 돌아섰다. 강민은 정우를 바라보았지만, 해진은 여전히 여자와 태완을 잡아먹을 듯 노려보고 있었다.

"가자. 이러다 늦어."

정우가 해진의 팔을 잡자 그녀가 마지막으로 지그시 지언을 노려봐 주고는 밖으로 나왔다.

"와. 나정우 무서운 줄은 이미 알고 있었지만 포스가 장난 아니다. 아까 네 뒷모습에서 오라가 느껴졌어."

강민이 그때가 떠오른다는 듯 어깨를 부르르 떨었다.

"거기다 해진이는 여차하면 그 여자 머리채 잡을 생각이었나 봐. 쟤가 자랑하던 명품인 줄 아무도 모르는 명품 머리띠 나한테 맡기더니 아예 뛸 준비를 하고 있더라고."

정우가 웃자 해진이 그를 향해 콧방귀를 뀌었다.

"이 머리띠 하나가 네 정장보다 비싸거든."

그녀가 다시 머리를 가다듬으며 소중한 머리띠를 다시 했다.

"형님은 평생 너한테 잡혀 살 것 같다."

"형님?"

"몰랐어? 우리 이제 호형호제하는 사이야. 물론 사석에서만이지만. 우리 태완이 형, 우리 이택 형이지."

낄낄거리는 강민을 보며 해진과 정우가 고개를 저었다.

"나는 솔직히 나정우가 피할 줄 알았는데, 너도 형님한테 맛이 가긴 했구나."

솔직히 피할 생각도 잠시 하긴 했다. 둘을 믿는 건 아니지만 태완을 믿으니까. 하지만 묘한 심술이 있었던 것도 사실이다. 그가 자신을 보고 웃을 줄 알았고, 자신만 바라볼 줄 알았으니까.

결국 못된 것은 그녀도 마찬가지이다. 그래도 숨고 참고, 숨기고 싶지는 않다. 그래야 할 필요도 없었고, 그러고 싶지도 않으니까.

"그런데 원래 알았던 사이 같던데. 지난번 회사에 찾아올 때 보니까."

해진의 말에 정우가 고개를 끄덕였다.

"응, 학교도 함께 다녔고, 집안끼리도 잘 아는 사이래."

"그렇게 오래 함께 있었으면 정들만도 하네. 정략결혼 뭐 그런 건가?"

"응."

정우의 표정이 씁쓸해졌다.

"함께 공부하고, 함께 그 시기를 보낸 사람들은 어떤 생각이 드는 걸까? 저렇게 좋아질 수도 있을까?"

갑자기 궁금해졌다. 잠깐 만나곤 했던 자신과 다르게 태완과 이지언은 함께 대학을 다녔고, 함께 외국에 있었고, 이십 대의 전부를 그리고 삼십 대의 일부를 어떤 식으로든 공유했었다. 사실 걸리는 건 그것이었다. 그와 공유하지 못했던 그 시간, 이지언에게 그는 어떤 감정을 가지고 있을까. 지언의 감정을 그저 정략결혼 때문이라고만 볼 순 없을 것 같았다.

"난 모르지. 우린 여자잖아."

정우와 해진의 시선이 강민에게 향했다.

"함께 공부하고, 함께 일하고, 함께 지낸 여자에 대한 감정?"

궁금했다. 단백하기만 한 강민처럼 그들에게도 그것이 해당될까.

"나는 뭐 너나 이택 팀장님이나 그다지 별 차이가 없어. 네가 내 앞에서 발가벗고 춤을 춘다고 해도……."

그가 말을 멈추더니 잠시 생각에 잠겼다.

"그럼 그땐 해진이랑 같이 발가벗고 춤춰 줄게. 혼자는 창피하니까."

큭.

진지한 강민의 말에 정우가 웃었다.

"그게 내 감정이야. 같이 행복과 창피를 나눌 순 있지만, 몸을 나눌 순 없어. 난 근친상간 같은 기분은 싫거든."

"그럼 그 사람도 그럴까?"

"그건, 뭐라 설명할 순 없지. 그 여잔 너와 다르잖아. 우선 그 여잔 얼굴과 몸매가 완벽하고, 보호본능을 일으켜. 웃으면 더 완벽해지고. 게다가 집안도 좋고 그 정도면 평생 망할 걱정 같은 건 안 할 테고. 너와는 비교 불가하다고 할 수 있지."

사실인데도 괜한 한숨이 나온다.

"하지만 정확한 건 그 다리와 몸매를 드러내도 별 반응하지 않았다면, 그건 진심으로 관심이 없는 거지. 정상적인 남자라면."

그의 말이 굉장히 기분 나쁘지만 정우가 픽 웃었다.

그가 정상적인 남자라는 건 그녀가 정확히 알고 있으니까.

"그런데 여기서 한 가지 기억해야 할 건, 솔직히 네가 나한테 넘어오지 않은 건 내 노력이 커. 너한테 내 매력을 보여 주지 않으려고 많이 노력했거든. 너까지 나 좋아해 버리면 사무실에서도 그렇고 피곤해지니까. 소울메이트는 섹슈얼메이트가 될 수 없다는 것이 내 생각이야."

강민은 여전히 진지한 표정이었다.

소울메이트. 정우가 잘 이해할 수 없다는 표정이었지만, 강민은 개의치 않고 자신의 이야기를 이어 갔다.

"우리가 여전히 친할 수 있는 이유는 나는 너를 소울메이트로 인정했고, 내 매력을 숨기기 위해 노력했기 때문이야. 다 내 덕분이지."

도도하게 고개를 세운 그를 보며 정우가 말도 안 된다는 표정으로 웃었지만, 해진은 묘한 표정으로 그를 바라보고 있었다.

"나는?"

해진의 질문에 잠시 강민이 난감한 표정을 지었다.

"너?"

"어."

그가 진지하게 생각에 잠겼다.

"박해진 대리 너는 런치메이트."

큭. 장난스러운 표정으로 강민이 웃으며 앞서 걷기 시작했다. 해진이 얄미운 듯 강민을 노려보았다.

점심시간 끝나기 십 분 전, 오늘따라 사무실로 들어가기 아쉬워 오 분만 더 있다가 가기로 하고 해진과 휴게실로 향하던 중이었다.

"그러니까 회의실에서 나 대리와 이 박사가 나오는 걸 본 사람이 있어."

"확실해?"

"응. 나 대리는 정확히 봤고, 키 큰 뒷모습이 이 박사였대."

디자인센터 왕 여사와 영업개발실 심지현의 목소리도 들렸다. 항상 소문의 진원지는 이 휴게실이라더니 이런 식으로 소문이 나도는 모양이다.

"나 대리는 왜 그래? 예전엔 이택 실장님하고도 썸씽이 있는 것 같더니. 게다가 나 대리랑 이 박사랑 이사실 박 대리랑 삼각관계라는 소문도 있어. 쓰리썸 그것도 그렇고. 호호호. 박 대리네 집에서 이 박사 나오는 것도 봤대."

이곳에 끼어 봤자 어색한 분위기만 만들어질 것 같아 정우가 문 열기를 포기하고 돌아가려고 할 때였다. 앞으로 튀어나온 해진이 벌컥 휴게실 문을 열었다.

"심지현! 네가 봤어? 네가 정우가 강민이랑 사귀는 거 봤냐고?"

해진의 목소리가 넓은 휴게실에 울려 퍼지자 다른 테이블에 있던 사람도 힐끗거리기 시작했다.

"……박 대리. 우린 그냥 농담으로."

왕 여사가 어색하게 웃으며 일어섰고, 몇몇 여직원도 무안한 표정으로 그녀를 바라보았다.

"해진아."

정우가 그런 해진을 말리려 하자 그녀가 정우를 뿌리쳤다.

"우리가 삼각관계이고, 이강민하고 나정우하고 사귀는 거 봤냐고?"

"보, 보진 않았지만, 본 사람이. 그리고 아니 땐 굴뚝에 연기 나는 거 아니잖아. 나 대리가 예전에 이택 팀장님하고도……."

해진이 코웃음을 쳤다.

"그래? 그 말 어떻게 책임질래? 나정우는 멀쩡한 남자친구 있고, 나랑 이강민이랑 사귀는 사이인데."

그 말에 휴게실 안에 정적이 흘렀다.

"그, 그걸 어떻게 믿어?"

지현이 지지 않고 말을 이었다.

"그럼 당사자가 하지도 않은 말은 어떻게 믿는데? 지금 여기서 한 말 중에 당사자가 한 말이 하나라도 있어?"

심지현이 도와 달라는 듯 왕 여사에게 시선을 돌렸다.

"심지현, 너 입조심해. 예전부터 너랑 누군가가 입 잘못 놀려서 퇴사한 비서실 여지은 생각한다면. 네가 그 진원지였다는 거 여기 모르는 사람 없어."

누군가라고 말하는 해진의 시선이 왕 여사를 정확하게 향했다. 비서실 여지은이 고 전무와 호텔에서 나왔다는 소문을 낸 것이 심지현이었고, 그것을 퍼트린 것이 왕재향이었다. 물론 호텔에서 나오긴 했지만 그건 회의 때문이었고, 여직원들에게 질이 좋지 않은 고전무였기에 그것은 사람들에게 사실처럼 되어 버렸다. 결국 소문을 부풀 대로 부풀었고, 신입이던 여지은은 발령받은 지 육 개월 만에 퇴사를 하고 말았다.

심지현이 해진을 노려보았다.

"그리고 왕 실장님도 조심하세요. 저도 비서실에 있어요. 누가 어딜 들락거리는지는 다 알아요. 하지만 전 말 안 해요. 아실 만한 분이 이러시는 거 안 되잖아요."

종종 사장실에 들르는 왕 여사였기에 그녀 역시 어색하게 웃었다.

"심지현! 나 건드리지 마. 나는 여지은하고 달라. 네 결혼식 피바
다로 만들고 싶지 않으면 너 입 조심하는 게 좋아."

해진의 경고에 곧 결혼식을 하게 되는 심지현이 입을 다물었
다.

"무, 무슨 소리야?"

강민이 해진을 바라보았다.

"너도 잘 생각해 보면 마음속 깊은 곳에서 나를 좋아하는 마음이
있었을 거야."

해진의 말에 강민이 어이없는 표정을 지었다.

"무슨 개풀 뜯어먹는 소리냐고?"

"어차피 우린 사내커플 될 거야. 내가 이미 말했으니까, 디자인
센터부터 온라인개발실까지 다 소문났어."

옆에 서 있던 정우가 난감한 표정으로 자리를 피하기 위해 한 걸
음 움직였을 때였다.

"혹시 너 나정우한테 무슨 이야기 들었어?"

강민의 질문에 정우가 아니라는 표정으로 힘차게 고개를 저었다.
해진에겐 어떤 이야기도 한 적이 없으니까.

그러나 눈치 빠른 해진의 표정이 조금 밝아졌다.

"그렇지? 너도 그런 마음이 있었던 거지?"

해진이 환하게 웃으며 강민을 바라보았다. 그리고 그녀의 얼굴도
조금 붉어져 있었다.

"나는 너 좋아하는 것 같아. 그러니까 너도 생각해 봐. 싫다면
사내연애하다 헤어진 것처럼 하지, 뭐. 그런데 예전처럼 돌아갈 수

는 없어. 나 찬 남자랑 다시 친구를 할 순 없거든. 그렇지만 난 비서실이라 너랑 같이 근무할 일도 없을 테니까 크게 걱정할 필요는 없을 거야."

여전히 해진은 당당했다.

휴게실을 나와 옥상으로 올라온 길이었다. 그리고 사무실로 갔던 강민이 휴게실 소란에 대해 이야기를 듣고 옥상으로 따라왔다.

해진이 담담히 말하며 일어섰다.

"나는 가 볼게. 둘이 이야기하다 나와."

정우가 일어서자 해진이 정우를 잡았다.

"나도 갈 거야. 모든 건 이강민에게 달린 건데 굳이 나까지 있을 필요 없지. 난 런치메이트니까."

혼란스러운 표정의 강민을 놔두고 정우와 해진이 옥상에서 내려왔다.

네이트온이 켜졌다.

정우는 얼른 해진에게 대화를 신청했다.

개발 나정우 - 진짜야?

그 입 다물라. 피바다가 기다린다 님(박해진) - 응.

자신의 심정을 네이트온 별명으로 표시하는 해진이었기에 입을 다물어야 할 사람이 누군지 예상이 되었다.

개발 나정우 - 놀랐어.

그 입 다물라. 피바다가 기다린다 님(박해진) - 나도 놀랐어.

개발 나정우-?

그 입 다물라. 피바다가 기다린다 님(박해진)-나도 혼란스러웠거든. 그때 클럽으로 걔가 날 데리러 왔을 때, 그리고 내 손목을 잡고 클럽을 나왔을 때부터 나 좀 이상했어. 심장이 울렁거렸어.

그 입 다물라. 피바다가 기다린다 님(박해진)-근데 너랑 소울메이트라고 하니까 좀 서운한 마음이 들었어. 그리고 런치메이트라고 했을 때 이강민을 죽이고 싶었어.

그 입 다물라. 피바다가 기다린다 님(박해진)-그리고 그게 사랑이라고 깨달았어.

개발 나정우-죽이고 싶었던 게?

그 입 다물라. 피바다가 기다린다 님(박해진)-비슷해. 아무튼 그게 내 감정이고, 나는 이강민의 대답만 기다릴 거야.

개발 나정우-너 멋있어.

그 입 다물라. 피바다가 기다린다 님(박해진)-?

개발실 나정우-그런 식으로 고백하는 네가 진짜 멋있었어. 나도 예전에 그렇게 할 걸 싶었어.

그 입 다물라. 피바다가 기다린다 님(박해진)-ㅋㅋㅋ

개발 나정우-축하해.

그 입 다물라. 피바다가 기다린다 님(박해진)-아직 확정된 거 아니잖아.

개발 나정우-이미 이강민은 알고 있을 것 같아. 자기 감정. 그냥 먼저 고백당한 게 억울하겠지. 뭐든 먼저 하고 싶어 하잖아. 우리 셋 중에 생일이 제일 늦은 것도 억울해하고.

그 입 다물라. 피바다가 기다린다 님(박해진)-ㅋㅋ그렇긴 하지. 양 이사가 찾는다. 나 간다. 이따 더 이야기하자.

그 입 다물라. 피바다가 기다린다 님(박해진)-지금 네이트 불나는 거 알지? 여지은이 속 시원하다고 고맙다고 연락해 왔어. 얜 어떻게 알았을까. 역시 소문은 무섭다.

회사를 관두고 쇼핑호스트가 되어 홈쇼핑채널에서 볼 수 있던 여지은이었다. 이제 일개 비서와는 연봉이 다르다는 해진의 말처럼, 그녀는 예전보다 훨씬 좋아 보였다. 그리고 종종 해진과 연락을 하며 지내는 모양이었다.

그 입 다물라. 피바다가 기다린다 님(박해진)-내 이야기가 끝나면 네 남자친구에 대한 소문이 돌기 시작할 거야. ㅋ

개발 나정우-그렇겠지.

그 입 다물라. 피바다가 기다린다 님(박해진)-솔직히 이 삭막한 회사 생활 중 이런 핑크빛 소문들이 얼마나 재미있는 줄 너도 알잖아? 자신이 주인공만 아니라면.

개발 나정우-응. 내가 주인공만 아니라면.

그 입 다물라. 피바다가 기다린다 님(박해진)-난 차라리 밝혀져서 그 애들 얼굴 사색되는 거 보고 싶어. 나 그 쓰리썸에서 확 돌았잖아. 그게 할 말이냐?

개발 나정우-그러게. 심하더라.

그 입 다물라. 피바다가 기다린다 님(박해진)-ㅜㅜㅜ

개발 나정우-왕 실장 표정도 장난 아니더라.

그 입 다물라. 피바다가 기다린다 님(박해진)-그렇겠지. 그 소문들의 반은 디자인 왕 여사와 영개 심지현의 입에서 나오는 거잖아.

그 입 다물라. 피바다가 기다린다 님(박해진)-양 이사가 다시 부른다. 소문이 맞냐고 물으시면서. 진짜 간다.

　개발실 나정우-응, 수고해.

　정우가 모니터를 바라보다 픽 웃었다. 결국 둘이 커플이 된다니.
뭔가 재미있기도 하고 신기하기도 했다. 앙숙 같았던 둘이었는
데.

　하긴 서로를 가장 잘 알기도 했다. 그래서 서로를 향한 흔들리는
마음도 느낀 것이겠지.

　쓰리썸에 인상을 쓰던 그녀가 정우가 아직 비어 있는 강민의 자
리를 바라보며 미소를 지었다.

12. 진실과 마주하다

"여행 갈까?"

"응?"

태완의 질문에 밥을 먹으며 이따가 볼 영화를 검색하던 그녀가 고개를 들었다.

"여행. 이박 이일로."

큭. 정우가 웃었다.

이박 이일은 아마도 강민의 코치일 것이다.

"강민이 만났어요?"

"어."

태완이 장난스럽게 웃으며 된장찌개를 먹었다.

"어딘 데요?"

"너 가고 싶은 곳."

그녀가 잠시 생각에 잠겼다. 그런데 특별히 떠오르는 곳이 없었다.

"오빠는요?"

이제 회사와 밖에서의 호칭이 신기할 정도로 잘 구분된다.

회사에선 부를 일이 거의 없긴 했지만 자연스럽게 사장님, 이란 호칭이 쓰였고, 이렇게 둘만 있으면 오빠라고 부른다.

"나는 제주도."

"응?"

"그 설경을 다시 보고 싶어."

"아."

정우가 미소를 지었다. 솜처럼 부드러운 하얀 눈을 만지면서 그녀의 마음도 부드러워졌던 것 같다.

"그래요. 제주도 가요."

"그럼 예약한다. 이박 이일로."

"네."

이박 이일을 강조하는 그를 보며 정우가 빙긋이 웃었다.

007작전이라도 하는 것처럼 공항에 도착해서는 뚝 떨어져 움직였다. 물론 보는 사람은 없었지만, 괜히 알려질까 봐 정우는 걱정이 되었다. 여행을 가는 회사 사람들도 있을 것이고, 누군가의 친구도 있겠지. 그래서인지 의식적으로 한 걸음 떨어져 걷고, 최대한 말도 줄였다.

그가 좋아질수록 무언가 닥칠 것처럼 마음 한구석이 불안해졌다. 그래서 회사에서 그의 장난이 심해질수록, 데이트를 하는 중에 그가 손이라도 잡을라치면 주위를 살피는 것이 버릇이 되었다. 닥쳐

올 무언가를 걱정하지 말고 오늘을 즐기자고 몇 번을 생각하지만 그게 쉽게 되지 않았다. 이지언 앞에서처럼 당당해지지 않았다. 그 무언가는 이지언과 전혀 다를 것이기에.

그리고 제주도에 도착하고야 그녀는 마음을 놓았다. 비행기를 타고 온 이곳이 외국의 어느 곳이라도 되는 것처럼 들뜬 기분에 정우는 태완의 손을 꼭 잡았다. 태완 역시 그녀를 잡은 손에 힘을 주었다.

그의 안내로 렌트한 차를 타고 낯선 해변도로를 달리기 시작했다.

"멋있다."

그녀의 말에 태완이 고개를 끄덕이며 속도를 줄여 그녀가 천천히 풍경을 즐길 수 있도록 해 주었다. 창문을 열고 바람을 맞으며 그녀가 파란 바다를 바라보았다.

한적한 곳에 차를 멈추자, 옆에 작은 커피숍이 나왔다. 허름한 오두막 같아 보였는데 실내는 꽤나 멋스러웠다. 커피를 마시며 주위를 둘러보았다.

"제주도 좋다."

"응."

"엄마, 아빠가 왜 전원주택을 꿈꾸셨는지 조금 알 것 같아요."

"그래? 그럼 너도 나중에 여기 와서 살래?"

그녀가 고개를 저었다.

"여기 와서 살면 제주도가 현실이 되잖아요. 그럼 생각보다 좋진 않을 것 같아서. 그냥 내 꿈으로 남길래요. 이렇게 가끔 여행 오는 것만으로도 충분할 것 같아요."

그녀의 말에 태완이 피식 웃었다.

"그렇게 꿈으로 남긴 게 많아?"

"꿈으로 남겼다는 것보다는, 놔두는 거예요. 실망하지 않기 위해서."

그가 고개를 끄덕였다.

"오빠는요?"

"나도 그랬어."

"?"

"내 꿈으로 나정우는 남겨뒀었다고."

정우가 어이없다는 표정으로 그를 흘겨보았다. 그건 말이 안 된다. 자신이 태완을 꿈으로 남겨뒀다고 하면 이해할 수 있지만, 그가? 정우의 눈이 가늘어졌다.

"나 과거에 집착하진 않지만, 지금 나 놀리는 거죠?"

그가 그런 그녀를 물끄러미 바라보았다.

"아니라면."

"……."

장난스러운 그녀를 보는 그의 눈빛이 깊어졌다.

"점심 먹고 호텔 체크인 하면 될 거야."

"네."

"여기 해물뚝배기가 맛있거든."

커피숍에서 나와 그가 안내한 곳은 요란하게 방송에 나왔다는 간판이 있는 음식점들을 지나 동네 안에 있었다. 그래도 사람들이 꽤 있는 것이 현지인들에게 유명한 곳인 모양이었다.

"어머니랑 와 본 적이 있어."

"아."

"어머니 고향이 제주도야. 그런데 음악을 하시느라 고등학교 때 서울로 오셨대."

이제는 보통 그가 이야기하는 어머니가 하 여사라는 것을 안다. 그래서 엄마와 같은 고등학교를 다녔나 보다. 그녀가 고개를 끄덕였다.

"바이올린을 하셨어. 지금은 전혀 안 하시지만."

얼핏 이야기한 적이 있었다.

"우리 엄마도 피아노 전공하셨대요. 아빠와 결혼하시느라 결국 졸업을 못 했지만. 가끔 피아노를 치긴 하세요. 그럴 때마다 우리 엄마가 아닌 것 같은 기분이 들었어요. 엄마도 일부러 치지 않으셨거든요. 엄마가 피아노 치면 할머니가 속상해하시니까. 그런데 요즘은 가끔 치시나 봐요. 악보가 집에 있는 걸 보면. 마르타 아르헤리치 좋아하세요. 오빠도 자주 듣던. 엄마가 더 젊긴 하지만 거의 비슷한 시기에 피아노를 치셔서 그런 것 같기도 해요."

그가 고개를 끄덕였다.

"넌?"

"나는 피아노 못 쳐요. 바이올린도 그렇고. 엄마가 계속 가르치려고 하셨는데 악기에는 전혀 소질 없었어요. 미술도 그렇고. 그런 쪽에 재능이 있었던 것은 오빠였어요. 그래서 디자이너가 된 것 같기도 하고. 나는 대신 수학을 잘했어요. 알죠? 대학 가려면 수학이 중요한 거."

그녀가 장난스럽게 웃었다.

"알아."

"?"

"너 수학 잘한 거 안다고."

"어떻게 알아요?"

"그냥."

수학 잘하게 생겼나. 묘하게 기분이 나쁜 것 같기도 했지만, 실없는 농담처럼 웃는 그를 보며 그녀 역시 따라 웃었다.

주문한 음식이 나오고 태완과 그녀는 맛있게 먹기 시작했다. 뜨거운 국물에 바닷바람에 얼었던 몸을 녹일 수 있었고, 그가 추천한 만큼 맛도 좋았다. 그냥 그와 함께하는 시간이 좋았다.

뚝배기에 있던 새우를 까 주고, 그녀가 먹기 좋게 조갯살을 발라 주는 그의 모습이 새롭다.

"왜?"

"그냥."

그녀가 배시시 웃었다.

"그냥 뭐?"

"그냥 좋아서요."

그가 그녀를 바라보았다.

"너는 내가 무섭지 않아?"

"?"

"이박 이일이라고 그렇게 말을 했는데, 그런 말 듣고 내가 무섭지 않냐고?"

진지한 그의 말에 정우가 픽 웃음을 터트렸다.

"무서워요. 그런데 그래도 좋네."

그녀의 말에 태완 역시 웃음을 터트렸다.

맛있는 점심을 먹고, 바닷가를 산책했다. 바람이 불긴 했지만, 춥지 않았다.

그리고 어둑해질 무렵 그가 예약했다는 호텔에 도착했다. 체크인을 하고 키를 든 그가 소파에 앉아 있는 그녀에게 다가왔다.

"방을 두 개 잡는다거나, 싱글침대를 생각한 건 아니지?"

그의 물음에 그녀가 픽 웃었다.

"나도 정상적인 여자예요."

"뭐?"

"성욕 있는 정상적인 여자."

자꾸만 긴장되는 분위기를 부드럽게 만들고자 농담처럼 한 말에도 그의 눈빛이 짙어졌다. 그녀의 손목을 잡은 태완이 서둘러 엘리베이터를 탔다. 그리고 호텔 방문을 열자마자 그가 그녀를 끌어당겼다.

시선이 마주쳤다. 그리고 천천히 그의 입술이 다가왔다. 그녀 역시 거부하지 않았다. 그것을 느낀 듯 태완이 그녀의 입술을 파고들었다. 그가 고개를 비틀어 조금 더 깊게 그녀의 입 안에 혀를 집어넣었다. 그녀의 손이 그의 어깨에 닿자 그의 입술이 조금 더 거칠어졌다. 불도 켜지 않은 호텔방에 그들의 숨소리만이 그 공간을 채우고 있었다.

어느새 그는 그녀의 패딩점퍼를 벗겨 버리고 티셔츠만 입은 그녀의 몸을 쓰다듬었다.

입술을 잘근잘근 깨물며 그녀의 보드라운 등과 허리를 쓰다듬더니 티셔츠 안으로 손을 넣었다. 서서히 올라온 손이 납작한 배를 지나 천천히 가슴으로 다가왔다. 그리고 목적하는 걸 찾은 듯 속옷 위로 가슴을 움켜쥐며 그녀의 목덜미에 입술을 묻고는 뜨거운 숨을 내뱉었다.

낯선 자극에 정우의 허리가 휘어지자 그는 그녀의 목덜미를 살짝 깨물며, 속옷을 들추더니 예민한 가슴 끝을 자극하기 시작했다. 지금이 시작이라는 듯 그녀를 움직이지 못하게 고정시키고, 손가락으로 그 끝을 긁듯이 자극하던 그가 가슴을 세게 쥐었다 놓았다.

하아.

그녀가 허리를 뒤로 꺾으며 그에게서 떨어져 나가려 하자, 그가 다시 그녀의 입술을 찾았다. 뜨거웠다.

어둠 사이로 흐릿한 시선이 마주쳤다. 여전히 그의 손가락이 그녀의 가슴을 괴롭히자 정우가 저지하듯 그의 팔목을 잡았다.

"씻고, 씻고 올게요."

그녀의 떨리는 목소리만큼 그에게서 뜨거운 한숨이 느껴졌다.

"그래."

그러나 대답과 다르게 그녀를 누르던 몸도, 그녈 괴롭히던 손가락도 그대로였다.

"잠깐."

숨을 몰아쉬던 그녀가 그를 겨우 밀어내고 침실에 딸린 욕실로 향했다. 그사이 그는 카드키를 꽂자 환한 불빛에 자신의 모습이 드러났다. 붉어진 얼굴과 헝클어진 머리칼, 그리고 말아 올라간 티셔츠까지. 그제야 그녀가 태완과 함께 여행을 왔다는 것이 실감나기 시작했다.

꼼꼼히 샤워를 하고 또 꼼꼼히 몸을 닦고, 그러고도 한참 동안 거울 속의 자신을 확인했다. 크게 숨을 내쉰 정우가 밖으로 나왔다. 태완 역시 씻고 나온 것인지 젖은 머리로 소파에 앉아 있었다.

조금 전보다 여유로운 모습으로 그는 미소를 지으며 그녀에게 시원한 물 한 잔을 내밀었다.

"고마워요."

그녀가 물을 마시며 태완의 옆에 앉았다. 소파에 앉으니 테라스로 밤바다가 반짝이고 있었다.

"예쁘다."

"그렇지. 이 호텔의 가장 좋은 점이지."

호텔의 장점에 대해 이야기하는 그를 바라보는 그녀의 눈매가 가늘어졌다.

"많이 와 봤어요?"

"많이는 아니고. 어머니와 형이랑."

"아."

"어머니랑 형이 이 호텔에서 묵는 걸 좋아하셨거든."

"볼수록 마마보이 같아요. 모든 중심이 가족인 것 같은데."

그가 피식 웃었다.

"마마보이가 되었을지도 모르지. 그런데 어머니는 그런 틈을 안 주셨어."

그에게 잠시 서늘한 표정이 보였다.

"그럼 충분히 그럴 수 있었단 이야긴가."

"정상적이었다면, 보통의 아들이고 동생이 되었겠지. 장난 많고, 무뚝뚝하고, 무심하고, 또 툴툴거리는. 그렇지만 그럴 수가 없었으니까."

그녀가 고개를 끄덕였다. 조금은 이해할 수 있었다. 지금까지 태주와 태완을 위해 자신의 인생을 포기하며 살았을 하 여사에게 그가 어떤 마음을 가지고 있을지. 그리고 모든 것을 함께 보고 자라며 그를 감싸 안았던 태주가 어떤 형이었을지.

"이제는 너한테 그럴 것 같은데."

"?"

"네가 중심이 되겠지."

그의 말에 그녀가 미간을 모으자 버릇처럼 그 역시 검지로 이마를 짚었다. 그녀의 구겨졌던 미간이 부드럽게 풀렸다. 그리고 손가락이 닿았던 부분에 그의 입술이 닿았다.

뜨거운 입술이 이마에 닿고 그녀의 감은 눈에, 그리고 코끝, 그리고 입술에 닿았다. 조금 전처럼 뜨거운 시간이 어색할 것만 같았는데, 이 사람은 선수이긴 선수인 모양이다. 너무도 자연스럽게 그의 키스를 받아들였다.

그는 깊이, 조금 더 깊이 그녀의 입술을 탐했다. 그의 입술이 조금씩 옮겨 가 그녀의 귓불을 깨물고, 그리고 목덜미에 입술을 묻었다. 목덜미를 잘근거리고, 그것을 혀로 핥았다.

하아.

그녀가 흐린 신음을 내뱉었다.

그가 천천히 입술을 내렸다. 그녀가 입은 가운을 벌리고 그녀의 가슴을 찾았다. 속옷을 입지 않은 그녀의 가슴을 덥석 베어 문 태완이 그것을 천천히 잘근거렸다. 가슴 끝을 희롱하듯 괴롭히고, 힘 있게 빨아들였다.

손으로는 나머지 가슴을 주물거리며, 그녀를 쉼 없이 자극하기 시작했다. 이미 예민해진 그녀의 몸은 가까이 닿는 태완의 숨결만으로도 가슴을 들썩이게 만들었다.

하아.

가슴에 머문 그의 머리를 쓰다듬는 그녀의 손끝이 저릿해졌다.

그는 그녀의 흐릿해진 눈을 보며 천천히 그녀를 안아 침대에 눕혔다.

"싫다고 해도 안 된다는 건 알지?"

"내가 정상적인 여자라는 것도 알죠?"

눈빛이 마주치자 그가 천천히 키스하기 시작했다.

조금 전보다 조금 더 농밀하고 조금 전보다 조금 더 깊어진 키스였다.

그는 천천히 그녀 사이에 자리를 잡고 그녀의 얼굴을 감싸듯 그 옆에 팔을 짚었다. 다시 시선이 마주쳤다.

"나정우, 사랑한다."

그녀가 천천히 팔을 뻗어 그녀의 흘러내린 머리칼을 쓰다듬었다.

"……알아요."

정우가 고개를 끄덕였다.

그리고 그가 천천히 그녀의 안을 채웠다. 가득 채웠던 그의 것이 빠져나가기를 반복하는 만큼 그녀는 그를 더 꽉 껴안았다. 미칠 것 같은 이 기분은 그도 마찬가지였는지, 그 역시 거친 숨을 내쉬며 거칠게 움직이기 시작했다. 가슴이 들썩였다. 그는 그럴수록 집요하게 그녀의 안으로 파고들며 몰아붙였다.

"하아."

모든 것이 하얗게 변했다. 그런 그녀를 다독이듯 그의 부드러운 손길이 그녀를 쓰다듬었다. 그가 입술을 내려 그녀의 이마에, 그리고 입술에 자잘한 키스를 하며 그녀를 당겨 안았다.

"왜 난 네 단순한 말에 이렇게 흥분이 되는 거지."

그녀의 등이 그의 가슴에 맞닿아 있고, 그의 숨결이 그녀의 목덜미에 닿았다.

"왜요?"

"안다는 네 말에 흥분했거든."

큭.

그녀가 웃음을 터트렸다.

"왜?"

"예전에 복도에서 네, 라는 대답에도 그랬고, 사장실에서 커피요, 라고 했을 때도 그랬어요."

"그런가. 그냥 네 목소리가 흥분제인가 봐."

그러면서 태완이 그녀를 더 힘 있게 껴안았다.

그의 남성이 그녀에게 고스란히 느껴졌다.

"강민이가 나이 들면 웬만해선 흥분하지 않는다던데."

"나 서른일곱이거든."

정우의 진지한 말에 태완이 발끈했다. 이럴 때는 정말 서른일곱 같지 않다. 강민과 똑같은 수준인 것 같은 느낌.

"알아요. 서른일곱의 오빠가 이럴 줄은 몰랐지만."

"어떨 줄 알았는데?"

"음. 계속 차가울 줄 알았어요. 나랑 전혀 인연이 없을 줄 알았고, 다시 만날 거라고는 생각지도 못했어요."

"그랬겠지."

그의 그녀의 이마에 짧은 입맞춤을 남겼다.

"그건 어쩔 수 없는 거였으니까."

어쩔 수 없었을 것이다. 그 상황을 지켜보던 그 아이가 얼마나 혼란스러웠을지, 그리고 그 시간을 지나오면서 그에게 얼마나 상처가 되었을지. 조금은 알 것 같다. 그리고 그의 부친처럼 되지 않기 위해 그 역시 무던히 노력했던 것인지도 모른다. 아빠가 쓰러지고, 회사가 흔들리자 등을 돌려버린 자신의 가족들을 보면서 어쩌면 그의 가족은 절대 변하지 않을 것이라는 것을 알았을지도 모른다.

만약 그 선보는 날, 그가 좋다고 해도, 그렇게 해서 결혼을 하게 된다고 해도 같은 상황이 벌어졌다면, 그 결과는 보지 않아도 빤했을 것이다. 태완의 어머니, 하 여사와 같은 상황이, 아니 더한 상황이 되어 버렸을지도. 그것을 보는 것이 싫었겠지.

태완이 아무리 그의 부친과 다르다 해도 결국 자신은 상처받았을 테니까.

"그래도 반항아처럼 계속 그럴 거예요?"

"반항아?"

그가 픽 웃었다.

"부모님이 원하는 대로 공부도 잘했고, 원하는 학교에 갔고, 원하는 일을 했어. 다만 하기 싫은 것, 보기 싫은 것만 거부했어. 그것도 할아버지를 닮은 거니 어쩔 수 없는 거지."

그는 참으로 당당하다. 하긴, 예전부터 그는 음악을 하던 태주나 장난꾸러기 같던 효준과 달리 공부도 잘했고, 좋은 대학을 나왔고, 최 회장이 바라는 대로 유학도 다녀왔고, 능력도 있어 무뚝뚝한 최 회장의 자랑거리이긴 했다.

효준을 보는 최 회장의 눈빛과 태완을 바라보는 최 회장의 눈빛은 그녀가 보기에도 확실히 달랐으니까. 그래서 그의 행동에 대해 누구도 뭐라 하지 못했나 보다. 싫은 것을 보지 않고, 싫은 것은 하지 않는다는 서른일곱의 어린 남자가 슬금슬금 그녀의 목덜미를 지분거렸다.

"그래도……."

"너는 신경 쓸 필요 없어. 그리고 신경 쓰게 하고 싶지도 않고."

선을 긋는 것 같은 그의 말에 그녀의 얼굴이 굳어졌다.

"그런 뜻이 아니라 너는 아마 이해 못 할 상황들일 테니까. 나정우의 집은 가장 이상적인 가족이지만, 우리는 가장 막장인 집안이야. 그래서 보여 주고 싶지 않아. 좋은 것만 보여 주고 싶다. 너한테는."

그가 그녀를 숨이 막힐 정도로 꽉 안았다.

"그래도 오빠 혼자 힘든 건 싫고, 나도 이제 어린애도 아니고."

"흠, 그래 그럼 우선 서로 안 속상한 거 먼저 하자."

어느새 그녀의 허리를 안고 있던 손가락이 가슴을 움켜쥐고는 부드럽게 쓰다듬었다.

"보고 싶은 것만 보고, 하고 싶은 것만 해야지."

그러면서 그가 그녀의 몸을 돌려 자신의 아래에 가두었다.

"이박 이일은 지금부터야."

그의 입술이 천천히 다가왔다.

어젯밤부터 아무것도 먹지 못하고 그가 말하는 이박 이일을 보내니 아침부터 배가 고팠다.

얼른 샤워를 끝내고 그들은 아침을 먹기 위해 내려갔다.

그녀가 샐러드와 빵을 담은 두 개의 접시를 들고 오자 그가 픽 웃었다.

"너무 배고파요."

그 역시 고개를 끄덕이며 그녀에게 자신이 가져온 커피를 내밀었다. 창가에서는 바닷가의 풍경이 조금 더 가까이 보였다. 겨울 바다는 차갑지만 그것을 바라보는 자신은 춥지 않았다.

"무슨 생각해?"

"아. 다음에 가족들하고 같이 와도 좋겠다는 생각. 또 해진이랑 강민이와 함께 와도 좋겠다는 생각."

"그러자. 다음엔 그렇게 하자. 그런데 이강민은 좀 힘들걸. 곧 결혼할 것 같던데."

"결혼이요?"

정우가 놀란 표정으로 그를 바라보았다. 전혀 듣지 못했다.

"결혼이 하고 싶다고 하던데."

"해진이랑 결혼을 한대요?"

그녀의 고백 후 자연스럽게 그들은 사내연애를 하게 되었다. 알콩달콩한 사내연애가 아니라 언제나 말싸움으로 시작해 말싸움으로 끝나는 연애였지만, 그것이 서로에게 편한 듯 그들의 모습은 자연스러웠다.

그런데 결혼은 금시초문이다. 언니가 있는 해진은 언니가 결혼을 해야 자신이 결혼할 수 있다고 했다. 부모님께서 개혼은 꼭 언니의 결혼이어야 한다고 절대 허락하지 않으실 거라고. 게다가 당사자인 해진 역시 크게 결혼에 관심이 없었다.

그러니 강민이 아무리 결혼을 하고 싶다고 해도 그게 가능할지 잘 모르겠다. 아무래도 남자들끼리 그런 이야기를 하며, 많이 친해진 모양이다.

"그 커플도 여행간 것 같던데."

"그래요? 해진이가 별말 없었는데."

"납치여행이라고 했어."

정우의 눈이 동그래졌다.

"저녁에 만났다가 바로 부산으로 가겠다던데. 제주도로 오라고 했더니 비행기 탄다고 하면 바로 튈 거라고. 차에 태워서 갈 거라고 하던데."

그가 장난스럽게 웃었다.

분명 고백은 해진이 했고, 그것에 며칠을 튕기던 것은 강민이었는데 지금은 완전히 상황이 바뀌어 버렸다. 지금 목을 매고 함께 있고 싶어 하고, 결혼을 계획하는 것은 강민이었다.

"우리가 친해진 이유가 그거거든."

"네?"

"얼른 여자를 내 것으로 만드는 법에 대한 연구."

깨끗하게 비운 접시가 치워지고, 그가 새 커피를 그녀의 앞에 놓아주고 자신의 커피도 가져왔다.

"이거."

그가 조그만 상자를 내밀었다.

"이렇게 분위기 없는 곳에서 주고 싶지는 않지만, 이박 이일을 채우려면 방에 가서는 이럴 시간이 없을 것 같아서."

정우가 천천히 그것을 가져와 열었다.

작은 상자에 반지가 들어 있다는 것은 대충 짐작이 갔다. 그러나 그렇게 짐작을 하면서도 그가 내민 상자를 열 때는 심장이 두근거리고 손끝이 떨렸다.

가운데 조그만 보석이 박힌 심플한 반지였다.

"오빠."

그녀가 반지에서 시선을 들어 그를 바라보았다.

"너한테 잘 어울릴 거라고 생각해. 나처럼."

그가 자신의 손을 들어 보였다.

커플링을 확인시켜 주듯이 그의 손가락에도 똑같은 반지가 끼워져 있었다. 웃고는 있지만 그녀는 반지를 끼는 것에는 망설이고 있었다.

"이걸 끼면 주위 사람들이 금방 알게 될 거예요."

눈썰미 좋은 사람들은 분명 그와 그녀의 반지가 같다는 것을 알게 될 것이다. 그리고 언젠가 그들이 데이트를 하는 것을 보게 될지도 모른다.

"예전부터 말했지만 그게 내가 원하는 바야."

"?"

"쓰리썸, 삼각관계. 그리고 이택 팀장까지 나도 듣고 싶지 않아."

그녀의 얼굴이 굳어진 만큼 그는 단호했다.

"알았어요?"

"응. 어차피 네 말대로 소문은 금방이야. 물론 그건 내가 옆에 있어서 듣게 된 거고."

"옆에 있었어요?"

"응. 어떤 여자 화나서 이강민한테 화풀이하는 건 아닌가 해서 만나러 가고 있던 중이었지."

"아."

그랬구나. 다 듣고 있었구나. 그것까지 그가 알게 하고 싶지 않았다. 그래서 강민에게도 입조심을 시켰는데. 이미 다 들은 상황에 괜히 강민에게 밥까지 사며 헛수고만 했다.

"그래도."

"왜?"

"회사에서 알면 집에서도 알게 될 거예요."

그녀가 조심스럽게 말을 이었다. 그리고 그것은 자신의 집이 아니라 그의 집안을 말하는 것이었다.

"상관없어."

"아직은 내가 준비가 안 된 것 같아요."

잠시 그녀를 바라보던 태완이 고개를 끄덕였다.

"미안해요."

"괜찮아."

태완이 그녀의 손을 잡았다.

"그래도 오늘은 괜찮지?"

그러면서 그는 그녀의 손가락에 반지를 끼워 주었다. 그녀의 얼굴에도 웃음이 번졌다.

반지를 끼니 뭔가 느낌이 달라졌다. 손을 잡는 것도, 입맞춤을 하는 것도 똑같았지만 반지가 있으니 기분이 묘했다. 갈 때 떨어져 걷던 것과 달리 비행기에 내려서는 그가 내미는 손을 거절하지 않았다. 그의 반지가 눈에 들어와 거절할 수 없었다.

그렇게 신혼여행을 다녀온 부부처럼 출국장을 나오는 중이었다. 자꾸만 웃음이 나온다. 그런데 호사다마라고 했던가. 웃음과 슬픔은 함께 오는 모양이다.

출국장을 나오자마자 누군가와 마주쳤다.

"태완아."

놀란 그녀가 손을 빼려 했지만 그가 손을 꽉 잡고 있어 아무것도 할 수 없었다.

그들을 향해 놀란 시선을 보내는 사람들은 태완의 가족들이었다. 그의 조부 최 회장과 그의 옆에 서 있는 그의 부모님.

"안녕하십니까?"

가족 간의 인사라고 보기에 너무나도 깍듯한 태완의 인사에도 그들의 시선은 정우를 향해 있었다.

그에게 손이 잡힌 채 그녀 역시 고개를 숙여 인사를 했다.

"안녕하셨어요?"

"누구? 정우니?"

그의 모친, 황 여사의 목소리가 앙칼지게 올라갔다. 오랜만에 만난 그들에겐 반가움 대신 날카로운 시선뿐이었다. 그들의 시선은 태완과 정우가 맞잡은 손에 머물렀다.

"네. 저 정우예요."

인사를 하며 손을 빼내려 했지만 그가 아무것도 허락하지 않았다. 그녀가 어색하게 웃었다.

"잘 지내셨어요?"

그녀의 인사에 잠시 당황한 기색을 보이던 최 사장과 황 여사가 굳은 표정으로 고개를 끄덕였다. 최 사장의 이마엔 어디서 다친 것인지 붕대가 감겨 있었다.

그리고 자신을 그렇게 귀여워해 주며 손주 며느리라 부르던 최 회장의 못마땅한 표정이 그녀를 향하고 있었다. 그 시선을 마주하는 순간 몸이 얼음처럼 굳어 버렸다.

"이게 무슨 짓이냐?"

최 회장이 태완에게 물었다.

"뭐가 말입니까?"

그가 아무것도 모른다는 표정으로 다시 물었다.

"아버님. 여기 보는 눈도 많고 지금 김 비서도 기다리고 있고, 약속 시간 때문에 가 보셔야 할 것 같은데요."

그녀는 공공장소에서 벌어질 이 난감한 상황을 피하고 싶은 눈치였다. 황 여사의 조심스러운 말에 최 회장이 끙 소리를 내며 시간을 확인했다.

"다녀와서 보자."

최 회장은 한 번도 그녀에게 시선을 주지 않고 몸을 돌렸다. 지팡이를 짚고 계시긴 했지만 정정한 모습은 예전과 다르지 않았다. 변한 것은 그녀를 향한 그 냉랭한 시선뿐이었다.

"그럼 가 봐라. 너도."

정우를 바라보는 황 여사 빨간 입술이 비틀렸다. 그녀는 하나도 변하지 않았다. 세월이 비껴가기라도 한 것처럼 우아한 모습 그대로였다. 그래서 태완과 더 닮아 보이기도 했다.

"안녕히 가세요."

예의 바르게 인사를 한 정우가 몸을 돌려 걷기 시작했다. 따뜻한 손이 그녀의 어깨를 감쌌다.

"신경 쓰지 마."

"그래도 돼요?"

"어. 내가 말했잖아. 나정우는 그냥 나한테만 집착해. 내가 하는 것처럼."

그녀가 피식 웃자 그가 그녀를 감싼 손에 힘을 주었다.

"갑자기 춥네."

차가운 바닷바람도 춥지 않았는데, 갑자기 온몸이 떨리며 추워졌다. 그녀가 어색하게 웃으며 그를 바라보았다.

"가자."

"네."

그의 차를 타고 그녀의 집으로 왔다. 곧 저녁 먹을 시간이 되었지만 전혀 배가 고프지 않았다.

"들어갈게요."

"정우야, 오늘 우리 집으로 가자."

내리려는 그녀를 태완이 붙잡았다.

"그럼 내일 출근까지 같이 하자고요? 이것만으로도 곧 알게 될 텐데."

그녀가 그가 했던 것처럼 자신의 반지 낀 손을 흔들며 보여 주었다.

"너 자는 거 보고 갈게."

"그럼 나 잠 못 자요. 정상적인 여자잖아."

그녀가 장난스럽게 웃자 그제야 그에게도 미소가 보였다.

뭐라 말하지 않아도 알고 있다. 그도, 그녀도 지금 어떤 마음일지.

막막한 그녀를 그 역시 느끼고 있을 것이다. 그가 물끄러미 정우를 바라보았다.

"다른 생각하지 말고 푹 자."

"네."

그가 손을 뻗어 그녀를 당겨 안고는 이마에 키스를 했다.

"잘 자라, 나정우."

"잘 자요."

그와 헤어져 집으로 돌아왔다. 짐 정리를 하고 커피 한 잔을 타 소파에 앉았다.

―잘 도착했다.

다른 생각하지 말고 푹 자라.

그의 문자에 그녀가 대답을 하지 않고 그저 물끄러미 그것을 바라보기만 했다.

생각은 했었다. 하 여사가 그렇게 이혼을 당했다는 것을 보면서,

최 회장이 분명 내켜하지 않을 것이라는 것을. 집안끼리 혼담이 오간 이지언이 있었기에 더욱 그러리라는 것도 생각했다. 그런데 이렇게 냉랭할 것이라고는 생각지 못했다.

언제나 외조부인 오 박사보다 더 살갑게 말을 걸어 주었던, 손주며느리라고 입에 달고 살았던 최 회장이었다. 그래서 조금 괜찮을 것이라는 생각도 했던 것 같다. 우습게도 마음 한구석 나는 특별하다고 생각했나 보다. 자신은 하 여사나 다른 누구와는 다를 것이라고 생각했다.

아빠가 일선에서 물러났지만, 회사는 다시 정상화되었고, 예전보다 탄탄해진 것도 사실이다. 그녀 역시 회사에서 나름대로 자리를 잡았고, 그리고 태완이 자신을 좋아하니까. 가장 중요한 것은 그것이라고 생각했다. 그런데 최 회장이나 가족들에겐 그것이 중요하지 않은 모양이다.

리수건설로 시작해서 백화점 등의 유통업과 부동산개발, 호텔업 등의 계열사를 거느린 리수그룹으로 성장시킨 최 회장의 입장에선 그녀가 전혀 성에 차지 않았을 것이다.

그녀의 얼굴에 씁쓸한 미소가 번졌다.

냉랭하던 그의 가족들이 떠올랐다.

그녀가 안고 있던 쿠션에 얼굴을 묻었다.

엄마가 매일 전화해 아무 일 없었냐고 묻던 이유가 이런 것이었을까. 머리가 복잡하고, 가슴이 답답하다. 그리고 그가 보고 싶다. 천천히 가기로 했던 자신의 생각과 달리 그녀의 마음은 이미 속도를 내고 있었나 보다.

반짝거리는 반지에 시선이 머물던 그녀에게서 깊은 한숨을 새어 나왔다.

—퇴근하고 집으로 와.

엄마의 문자였다. 오늘은 월요일. 아무래도 어제 일의 연장선인가 보다. 평소라면 오빠나 새언니에게 문자라도 남겨 집안 분위기를 물어봤겠지만 지금은 엄두가 나지 않는다.

—오늘은 일찍 퇴근할게요.

—왜. 데려다 줄게.

—아니야. 친구랑 약속이 좀 있어요.

—그래. 끝나고 연락해.

태완에게 집에 간다는 말은 하지 않은 채 무거운 마음으로 버스에 올랐다. 퇴근 시간이라 평소보다 배가 밀리겠지만, 집에 빨리 가고 싶은 생각은 없었다. 어떻게 해야 할지 잘 모르겠다.

"왔냐? 내 새끼."

언제나처럼 할머니가 그녀를 맞이해 주었다.

"할머니."

"그래, 내 새끼. 힘들었지?"

정우의 손을 잡은 모 여사가 그녀를 끌고 안방으로 들어갔다. 커다란 안방은 미닫이문을 사이에 두고 한쪽엔 오 박사의 서재가, 그리고 한쪽은 침실로 쓰고 있었다. 그리고 방을 채우는 가구들은 석현이 직접 만든 것이었다.

"여보, 정우 왔어요."

"그래, 정우 왔니?"

책상에 앉아 책을 보고 있던 오 박사가 돋보기안경을 벗으며 인자하게 웃었다.

"엄마는요?"

"머리가 좀 아프다더니 잠들었나 보다."

그때 엄마가 방으로 들어왔다.

"왔니?"

"응, 엄마. 많이 아파?"

"아니. 괜찮아."

연실이 물끄러미 그녀를 바라보았다.

"다들 앉자."

오 박사의 한 마디에 혜나가 차를 내오고, 할아버지 오 박사와 할머니 모 여사, 그리고 그녀의 부모님, 그리고 대우와 혜나, 그 옆엔 정우가 자리를 잡고 앉았다.

"추웠을 텐데 어서 마셔."

모 여사의 말에 정우가 따뜻한 유자차를 한 모금 마셨다.

"태완이가 찾아왔다."

오 박사의 말에 찻잔을 들고 있던 정우가 번쩍 고개를 들었다.

어제 잘 도착했다는 인사만 했을 뿐 그에게는 별다른 연락이 없었다. 그리고 친구와 약속이 있다는 그녀에게도 별말이 없었다.

"너랑 만나고 있다고 하더구나. 그리고 결혼하고 싶다고."

오 박사가 말을 이었다.

"두 시간 넘게 무릎 꿇고 앉아 있다가 갔다."

모 여사의 말에 그녀가 작게 한숨을 내쉬었다.

"너도 같은 생각이냐?"

모두들 그녀의 대답을 기다리고 있었다.

모 여사는 괜찮다는 듯 그녀의 손을 쓰다듬으며 고개를 끄덕였다.

"……네. 할 수 있다면 그러고 싶어요."

오호. 대우의 웃음소리가 들렸다.

"대우 넌 알고 있었던 거야?"

"네."

정색하는 연실의 물음에 움찔한 대우가 조용히 대답했다.

"너 그래서 전문CEO라고 하면서 최태완을 추천한 거였어? 그럼 당신도 알고 있었던 거야?"

흠. 석현이 헛기침을 하자, 연실이 어이없는 표정을 지었다.

석현이 운영하던 회사가 리안퍼니쳐였다. 그리고 회사를 살리기 위해 노력했던 것이 그곳에서 디자이너로 근무하던 대우였고, 그가 사장으로 취임하면서 리안퍼니쳐가 다시 정상화될 수 있었다.

대우가 디자인을 공부하다 경영을 하게 된 것 때문이었는지, 대우는 사람들의 학교나 흔히 말하는 스펙을 중요시하지 않았다. 그리고 유학을 포기한 정우 역시 똑같은 시험을 통해 리안퍼니쳐에 입사할 수 있었다. 그것은 대우의 권유이기도 했다. 자신보다 셈이 빠르고 경영 쪽에 더 능력이 있는 정우가 자신을 도와주길 원했다.

그리고 차근차근 그녀는 대리가 되었다. 회사에선 전혀 모르는 일이었다. 특이한 이력서 때문이기도 했고, 이름만 비슷할 뿐, 전혀 닮지 않은 외모, 성격에 전혀 남매라고 생각조차 하지 못했다.

물론 아예 모르는 것은 아니었다. 어릴 때부터 봐 왔던 석현의 친구, 양 이사와 집에 온 적이 있는 이택, 그리고 몇몇의 입 무거운 임원들뿐이었다. 양 이사는 정우가 석현의 딸임을 알기에 더 심하게 굴렸다고 스스로 말할 정도로 차별이나 특별대우 같은 건 없었다.

그리고 그즈음 대우도 결혼을 했다. 같은 디자이너였던 혜나와 결혼 후 5년 만에 어렵게 임신이 되었다. 임신해 힘이 든 혜나를 위해 대우는 과감히 육아휴직을 냈고, 그 시간을 태완에게 맡기기로 했던 모양이다. 물론 정우에겐 어떠한 언질도 없었다. 그들에게 회사와 집은 완벽하게 분리되어 있었으니까.

물론 정우는 아무것도 알지 못했지만, 아버지와 대우, 그리고 오박사는 당연히 알고 있었을 것이다. 그가 취임할 즈음 대우의 이상한 질문들이 이제야 이해가 되었다.

"나대우!"

"전 다시 경영은 하고 싶지 않아요. 밖에서 사람들이 지키는 사장실에도 가고 싶지 않고. 디자인센터로 가야죠. 제가 가야 할 곳은 그곳이니까."

대우의 말에 연실이 미간을 모았다. 그저 육아휴직이라 생각했던 그의 휴가엔 다른 뜻이 있었나 보다.

"그러니까 누구든 잘하는 사람이 있어야 하는 거구요. 다른 이유는 없어요. 그냥 최태완이 적당한 인물이었고, 운 좋게도 태완이가 그때 들어오려는 중이었어요. 태완이가 있었던 영국의 가구회사도 그랬지만, 리안도 잘 되고 있잖아요."

"그래, 태완이 때문에 회사 매출이 올랐다는 건 알고 있다."

석현도 대우를 도와 말을 이었다. 그러자 연실이 깊은 한숨을 내쉬었다.

"그래도 네가 아버질 위해서라도……."

"그건 회사 일이고, 지금은 정우의 일을 이야기하는 자리다."

오 박사의 말에 연실이 입을 다물었다.

"아무튼 네 뜻도 그렇다면 우리 결정만 남은 게냐?"

"할아버지가 반대하면 저 결혼 안 해요."

오 박사의 질문에 그녀가 담담히 대답했다.

오 박사가 허허허 웃으며 말문을 열었다.

"그 집에서 무슨 일이 있었는지 대충 알 게다. 그래도 최 회장과 나는 죽마고우야. 서로 등을 돌리지 않는 이상, 설령 등을 돌린다 해도 그건 변하지 않을 것이고, 나는 죽마고우와 등을 돌리고 싶지는 않다."

그녀가 고개를 숙였다. 알고 있다. 오 박사가 최 회장을 어떻게 생각하는지. 그의 반대가 연실의 반대와는 또 다른 의미가 있다는 것도 알고 있다.

"다만 네 할머니 말대로 이번만은 내 새끼 편을 들어주려고 한다. 네 할머니는 내가 매번 가족보다는 친구, 제자를 더 위하고 생각했다고 하더구나. 그러니 이번만은 내 새끼 편을 들어 달라고. 그래서 나도 이번에는 내 귀한 손녀 편을 들련다. 어차피 나는 곧 죽을 거야. 살 날 많이 남은 네가 행복한 게 훨씬 좋겠지."

"……할아버지."

"게다가 나는 태완이가 싫지 않구나. 그 상황에서 삐뚤어지지 않고 제 몫을 해내는 그 녀석이 난 항상 기특했거든. 대우와 동갑이니까 그 애는 어린 나이에 많은 것을 겪었어. 내 친구라 그 허물을 다 감싼다고 해도 결국 태완이나 그 어미한테는 상처이고 아픈 일이었을 거야. 애란이, 그 애가 참 잘했다. 태완이나 태주, 그리고 최 회장한테도."

그가 예전 생각이 떠올린 듯 낮게 한숨을 내쉬었다.

"아무튼 네 맘만 변하지 않는다면 우리는 신경 쓰지 마라. 이곳으로 오니까 세상과 많이 떨어진 기분이야. 들리는 말도 없고, 보기 싫으면 안 보면 되고."

오 박사가 미소를 지었다.

"그래, 정우야. 우리는 신경 쓰지 말고 너 하고 싶은 대로 해라. 내 새끼 잠을 못 자서 그런지 얼굴이 말이 아니다. 그 꼴 보느니 차라리 태완이 그놈이랑 결혼해."

할머니가 정우의 뺨을 쓰다듬었다. 어젯밤 잠을 못 잤던 것뿐인데 할머니는 그것을 바로 알아보셨다.

"엄마!"

연실이 모 여사를 크게 불렀다.

"네 엄마 여기 있다. 크게 부르지 않아도 돼. 그리고 나는 너도 허락했어. 정우 허락 못 할 게 뭐야. 태완이가 정우 능력 있다고, 계속 일했으면 좋겠다고 하던데."

큭.

모 여사의 조건은 그거 하나였나 보다. 석현과 대우가 연실의 눈치를 보며 웃음을 참았다.

"대우 애비도 한 마디 해라."

"네. 아버님."

오 박사의 말에 석현이 언제나처럼 딸을 다정하게 바라보았다.

"어제 아버님이랑 이야기는 다 끝냈다. 그렇지만 우리가 허락한다고 해서 끝나는 게 아니라는 건 알고 있지? 최 회장님 댁에서 어떻게 나올는지 아무도 몰라. 네가 생각했던 것 이상일 수도 있어. 네 엄마나 우리가 걱정하는 것도 그것이고. 하지만 그래도 태완이랑 우리 딸을 믿는다. 우리가 귀한 딸을 안 믿어 주면 누가 믿어 주겠냐? 그러니까 힘든 일이 생기거나 아픈 일이 생기면 바로 전화해. 알았지?"

"네, 아빠."

눈시울이 붉어지는 아빠의 모습에 정우가 고개를 끄덕였다. 가족들의 마음이 어떨지 그녀 역시 알고 있었다.

"이제 이야기 끝났으면 우리 정우 밥 좀 먹이자."

모 여사의 말에 가족들이 일어나려 할 때였다.

초인종이 울렸다.

"왔나 보다. 내가 봐라."

그녀가 영문을 모르는 표정으로 대우를 바라보았다.

"나가 봐."

대우가 장난스럽게 웃었다. 이미 주방에 나와 있던 혜나가 문을 열어 주었나 보다. 그리고 현관에 들어서는 태완이 보였다.

"오빠."

놀란 정우에게 살짝 미소를 지은 태완이 예의 바르게 인사를 하고 안방으로 들어갔다. 아마도 절을 올리고 있을 것이다.

"잘생겼어. 아가씨가 좋아할 만하다. 키도 크고."

혜나의 말에 괜히 그녀의 얼굴이 붉어졌다.

"아가씨 취향이 저런 얼굴이었구나. 대우 씨와 정반대인. 그럼 내가 누굴 소개시켜 줬어도 마음에 들지 않았겠다."

그러면서 혜나는 그 뒷모습을 계속 바라보았다.

"나 아가씨 힘들게 한 저분 계속 미워할까? 원래 아이는 미워하는 사람 닮는다고 하잖아. 나 저분 계속 미워하고 싶다. 우리 애들이 좀 닮게."

혜주가 부른 배를 쓰다듬으며 장난스럽게 말했다. 정우의 얼굴에도 미소가 번졌다.

"어제도 할아버님하고 이야기하고, 또 그만큼 아버님하고 이야기하고, 또 그 배만큼 대우 씨랑 이야기했어. 사실은 어제만이 아니고."

그녀가 놀란 눈으로 혜나를 바라보았다.

"음 한 달쯤 된 거 같아. 이틀에 한 번씩은 여기 와서 그렇게 이야기하다 가곤 했으니까. 대우 씨랑 저분께서 절대 아가씨한테는 말하지 말라고 해서 말 못 했지만."

전혀 몰랐다. 매일 만나지 못하고, 주말에도 하루만 시간이 된다고 해서 그저 그가 바쁜 줄만 알았다. 그런데 그가 이미 그녀의 집에 찾아오고 있었다니. 그녀의 눈빛이 깊게 가라앉았다.

"조심해서 데려다 주게."

"네."

태완과 정우가 나란히 집을 나섰다.

"언제부터 온 거예요?"

"지난번 어머님이랑 마주친 다음 날부터."

그가 담담하게 말을 하며 차를 출발시켰다.

"왜요?"

"너만 난감해지는 거 싫으니까."

그럼 그녀가 얼버무리고, 괜히 자신의 집안 이야기를 피하던 것을 그는 다 알고 있었나 보다.

"넌 왜 친구 만난다고 한 거야?"

"그냥, 괜히 걱정할까 봐."

그녀의 대답에 그가 그녀의 머리를 쓰다듬었다.

"어머님께서 5년 후에 결혼하라고 하시더라."

"네."

"그럼 나는 마흔이 넘어."

진지하게 마흔이 넘는다는 그의 말에 큭 웃음이 터졌다.

"넌 아무렇지도 않지? 그래 봐야 서른 중반이라고."

그녀 역시 서른넷이 되겠지만, 마흔은 먼 이야기 같아 현실감이 느껴지지 않는 것도 사실이었다.

"솔직히 크게 와 닿지는 않아요."

"너도 금방이야."

"그래서 뭐라고 했어요?"

"그렇게 하겠다고."

그녀의 눈이 커졌다.

"서운해?"

그녀가 고개를 저었지만, 그런 마음이 없는 것도 아니었다.

"너 아프게 한 것에 비하면 그건 일도 아니라고. 어머님이 그러시더라."

아.

"그건 부인할 수 없는 사실이니까 그러겠다고 했어. 나 그 나쁜 놈이잖아."

엄마가 그에게 했던 말을 기억하나 보다. 그녀가 고개를 끄덕였다.

"그런데 오 박사님, 아니 할아버님은 내 편이셨어. 손녀가 서른 넘어서 결혼하는 건 꿈에도 생각지 못하셨대. 2세를 생각한다면 지금도 늦는다고 얼른 결혼해야 한다고."

그가 빙긋이 웃었다.

5년을 기다리란 엄마의 말에도 전혀 서운해하지 않던 이유가 있었나 보다. 오 박사라는 누구보다 든든한 백이 있었으니까.

"도곡동에선 아무 말씀도 안 하세요?"

그가 잠시 쓸쓸한 미소를 지었다.

"솔직하게 이야기해 줘요. 숨겨 봤자 곧 알게 될 거잖아."

"네가 느끼는 그대로야."

"……."

"그렇지만 신경 쓰지 마. 나한테만 집착하라는 거 거짓말 아니니까."

"네."

그렇지만 그녀의 표정은 어두워졌고, 그것이 고스란히 드러났다. 쿨하게 생각하겠다고 했지만 그건 생각보다 어려웠다. 아무것도 아니라고 생각했던 모든 것들이 그와 연관이 되면 아프고, 좀 쓰렸다. 정말 그에게 집착하고 있나 보다.

"집착이 좋아."

그녀의 표정을 읽은 듯 그가 웃으며 말을 이었다.

"나도 그럴 테니까. 표현하지 못했던 것들 다 할 거니까."

어느덧 차는 서울에 도착해 있었다.

사거리다. 좌회전하면 그녀의 집이 나오고, 직진을 한다면 그의 집으로 가는. 신호가 걸리고 그가 차를 멈추었다.

"그런 의미로 내 집 갈래? 네 집으로 갈까?"

그녀의 눈이 가늘어졌다.

"다른 선택 사항은 없어. 내 집? 네 집?"

그가 빙긋이 웃었다. 빙긋이 웃고 있지만 복잡해진 눈빛을 보니 차 안에서 할 이야기가 아닌 것 같다는 생각이 들었다. 그는 피곤해 보였다.

"오빠 집이요."

파란 불로 바뀌고 그가 가볍게 차를 출발시켰다.

"이야기를 들어야 하는 줄 알았어요."

뜨거운 여운을 즐기듯 그는 여전히 그녀의 가슴께에 머물러 가슴을 괴롭혔다. 그녀가 무겁다는 듯 그를 밀어내자 그녀의 위에서 내려온 그가 이제는 정우를 뒤에서 꼭 껴안았다.

"둘 다야."

그녀가 픽 웃었다.

"나 막장드라마 찍어야 해요?"

"응?"

"반대하는 남자 부모님 만나야 하는 건가 해서요."

그녀의 말에 그가 정우의 몸을 돌려 시선을 마주했다.

"연락 왔어?"

그의 눈매가 굳어지자 그녀가 고개를 저었다.

"음, 그냥 쉽게 넘어가진 않으실 것 같아서. 엄마도 그걸 걱정하고."

그녀의 얼굴이 어두워지며 한숨을 삼켰다.

"그런 일은 없을 거야. 하지만 혹시나 그렇다면 나한테 말해."

그녀가 고개를 끄덕였다.

"그런데 미리 말해 두겠지만 나는 순종적인 여자는 아니에요. 숨기고 억울하게 당하고, 그런 거 싫어요. 우리 엄마가 나도 귀한 자식이듯 오빠도 귀한 자식이랬어요. 그래서 내 딸 아프게 한 나쁜 놈인 줄 알지만 반대하지 못하겠다고."

그의 눈썹이 꿈틀거렸다.

"예전에도 말했지만 나쁜 놈이란 건 우리 엄마의 말이에요."

그녀가 장난스럽게 웃자, 그 역시 어이없는 미소를 지었다.

"나 귀한 자식이라 당하고 그런 거 안 한다고요. 나 버릇없다고 해도 할 수 없지만, 그래도 나는 그럴 거예요."

"내가 그런 여자한테 약하다는 건 아나?"

그녀가 고개를 저었다.

"그래도 그 모습 보면 정 떨어질지도 모르는데. 만약 그렇담 빨리 말해 줘요."

그가 그녀의 흘러내린 머리를 쓰다듬었다.

"그런 일 없어."

"다행이네."

그녀가 미소를 지으며 그의 팔을 쓰다듬었다.

"그럼 우리 이야기는 다 끝난 건가?"

"대충."

"그럼 다시 시작하자."

"?"

"하다 만 거."

그가 그녀를 안아 자신의 위에 올려놓았다. 그리고 천천히 고개를 들어 입술을 찾았다.

오랜만에 넷이 함께 점심을 하기로 했다. 그래서 근처 짬뽕집에 가는 중이었다.

"부산 다녀왔어."

강민은 더없이 의기양양한 표정이었고, 해진은 심드렁했다.

"납치여행. 그거였어?"

정우의 물음에 강민이 크게 고개를 끄덕이고, 해진은 코웃음을 쳤다.

"엄마한테 죽지 않을 만큼 혼났어. 잠깐 저녁 먹고 온다는 애가 외박을 했으니."

해진이 한숨을 내쉬었다.

"그래서?"

"아빠 출장 가서 다행이었지 아빠 계셨으면 나 어떻게 되었을지 몰라. 이강민 이름 불어 버리고, 도망치고 싶더라. 그랬담 이강민 우리 엄마한테 반 죽었을 텐데."

이택 역시 이번엔 웃음을 터트렸다. 세 사람의 시선이 그를 향했다. 그의 웃음은 참 오랜만이었다.

"참, 이택 팀장님은 나한테 평생 점심 산다고 하셨다. 그러니까 맛있는 거 많이 시키자."

요즘 이택은 일에 중독된 사람처럼 일만 하더니 주말을 지나고 와서는 많이 편안한 표정이었다. 아마도 그게 강민과 연관되어 있었나 보다.

그때 정우의 휴대폰이 울렸다.

모르는 번호였다.

"잠깐, 나 전화 좀. 여보세요?"

−정우냐?

최 회장의 목소리였다. 예상은 했지만, 심장이 툭 떨어졌다.

"네, 안녕하세요."

그녀가 담담히 인사를 했지만 표정이 굳어졌다.

누구야? 해진이 그녀의 표정을 살피며 묻자, 정우가 아무도 아니라는 듯 고개를 저었다.

　-그래. 네가 회사에 다닌다고? 내가 지금밖에 시간이 없는데 잠깐 만날 수 있는 게냐?

　그의 말투는 그녀의 의견을 묻기보다는 당연히 최 회장의 스케줄을 따르라는 의미가 담겨 있었다.

　"네, 괜찮습니다."

　최 회장은 약속 장소를 말하고 전화를 끊었다.

　"나 오늘은 못 갈 것 같아."

　"왜?"

　해진이 걱정스러운 표정으로 물었다.

　"일이 좀 있어. 팀장님, 죄송해요. 다음에 꼭 사 주세요."

　얼굴 가득 물음표를 담고 있는 사람들에게 인사를 한 정우가 서둘러 택시를 탔다.

　"리수호텔로 가 주세요."

　목적지를 말한 정우가 자신의 휴대폰을 들고 통화 버튼을 눌렀다.

　-네.

　반가운 목소리가 들렸다. 그러나 임원들과의 점심 때문인지 그의 목소리는 평소보다 딱딱했다.

　"나 사랑해요?"

　그에겐 뜬금없겠지만 그녀에겐 중요한 말이었다. 다른 말보다 그 말이 듣고 싶었다. 그가 자신을 사랑하고 있다는 것을 확인하고 싶었다. 그래야 용기가, 마주할 힘이 생길 것 같았다. 누구보다 그가 자신의 든든한 백이니까.

　-어.

"내가 무슨 짓을 해도?"

그녀가 다시 물었다. 결연한 정우의 말투에 택시기사가 그녀를 힐끗거렸지만 개의치 않았다.

-그건 상관없어.

그의 목소리가 단호하다. 그녀의 얼굴에 웃음이 스몄다.

"알았어요. 그럼 식사해요. 어려운 자리잖아."

-아직 끊지 마.

전화를 끊으려던 정우가 멈칫했다.

-사랑한다, 나정우.

태완의 목소리에 전화를 끊으려던 정우가 가만히 휴대폰을 들고 있었다. 임원들과의 식사자리에서 그 이야기를 했으니, 뒷일이 걱정되지 않느냐는 그런 생각은 들지 않았다. 그냥 가슴이 두근거렸다.

"나도."

전화를 끊은 정우의 심장이 이제는 다른 의미로 두근거렸다. 무언가 닥칠 것이라는 건 안다. 그게 무엇인지 정확하지 않지만 그것 때문에 상처받을 것이라는 것도 예상하고 있다. 다만 지지 않아야겠지. 그녀에겐 든든한 백이 있으니까. 그녀가 크게 한숨을 내쉬었다.

이미 최 회장은 도착해 있었다. 그녀는 안내된 룸으로 천천히 걸어가자 그 안에는 최 회장이 있었다. 역시 최 회장은 이 호텔을 좋아하나 보다.

"안녕하셨어요?"

그녀가 깊이 고개를 숙여 인사를 했다.

"그래."

고집스러운 모습은 변함이 없었다.

"별로 변하지 않았구나."

"감사합니다."

"요즘 오 박사도 만나지 못했지만, 가끔 소식은 들었어. 대우 가구회사가 잘되고 있다고?"

"네."

"태완이가 잘하고 있는 모양이구나."

태완이 때문에 잘되고 있다는 뜻이 분명했다. 그러나 그녀는 아무 말도 하지 않았다. 아무래도 상관없었다. 본론은 이게 아닐 테니까.

"태완이도 결혼할 때가 되었어. 이제 장난처럼 아무 여자나 만나고 다닐 때가 아니다. 이쪽 세계란 게 그렇더구나. 따져 봐야 할 게 많아. 너는 모르겠지만."

이제는 완벽하게 다른 삶을 살고 있다는 의미가 담긴 말투였다.

"……."

최 회장이 녹차 한 모금을 마셨다.

"차라리 5년 전 그때 태완이를 좀 꼬셔 보지 그랬니?"

그가 재미있는 농담이라도 하듯 웃었다.

"어쨌든 지금은 상황이 많이 달라졌다. 5년 전과는. 아니, 넌 그대로인데 리수가 많이 달라진 거겠구나. 이 호텔 역시 리수호텔로 바뀌었고."

그의 얼굴에 자신만만함이 나타났다. 그가 이 호텔을 욕심내고 있다는 것은 예전부터 알고 있었다. 언제나 이곳을 찾았고, 그는 결국 그 꿈을 이룬 모양이었다. 리수호텔의 로고가 보였다.

"네."

"나는 네 할아버지와는 다르다. 시골에서 죽은 듯 살고 싶지 않아. 제자들이 찾아오고, 존경받는 것이 무슨 대수라고. 세상은 힘이 있어야 살아남는다. 힘이 뭔 줄 아느냐? 그건 곧 돈이란 이야기야. 나는 꿈이 커. 정권이 바뀔 때마다 흔들리는 것도 원하지 않고. 그런데 그게 꼭 내 꿈만은 아니란다. 태완이를 위하는 것이고, 태주를 위하는 일이기도 하지. 그래서 말이다. 네가 물러나 줘야 되겠구나."

그의 눈빛이 날카롭게 빛났다.

"그것이 태완이를 위한 일이고, 태주를 위한 일이야."

그가 다시 한 번 강조했다. 문득 왜 막냇동생인 효준이는 언급하지 않으실까 싶은 생각이 들었다.

"이미 집안끼리는 결혼을 약속한 아이가 있다. 너보다 먼저 만났고, 그건 태완이도 잘 알 게야."

그의 말에 정우가 작게 한숨을 내쉬었다.

예전 인자하게 웃으며 자신의 머리를 쓰다듬어 주던 그 최 회장 할아버지는 어디로 간 것일까. 이곳에 도착하기 전까지도 혹시나 했던 마음을 가졌던 그녀가 진심으로 바보였던 것 같다.

"죄송합니다."

그녀의 말에 그의 표정이 굳어졌다.

"무슨 뜻이냐?"

"저는 안 헤어져요. 개인적인 이유라면 몰라도 할아버지, 아니 최 회장님의 뜻으로 헤어지진 않겠습니다."

정우가 담담하게 말했다. 그의 코웃음 소리가 들려왔다.

"머리가 좋다더니 그것도 아니구나."

그의 말투에 노여움이 서려 있었다.

"머리 좋지 않아요. 머리가 좋았다면 예전 최 회장님께서 보여주시던 친절이 진심이 아니었다는 것도 알았겠죠. 저는 다 믿었거든요. 그리고 최 회장님께서 좋은 분이라고 생각했어요."

그러나 최 회장의 표정엔 변화가 없었다.

"그리고 저희 할아버지는 여전히 최 회장님을 좋은 분이라고 믿고 계세요. 그저 세상이 그렇게 만든 것뿐이라고. 자라 오면서 너무 많은 걸 겪어 그럴 수밖에 없었을 것이라고. 저한테 그러셨거든요. 진심은 그게 아닐 거라고."

오 박사의 이야기에 잠시 최 회장의 표정이 흔들렸다. 태완과 정우가 만난다는 것을 알게 된 후, 오 박사와 최 회장 사이에 어떤 이야기가 오갔는지는 정확히 알 수 없었다. 하지만 오 박사는 정우에게 그렇게 말했다. 세상이 그를 그렇게 만들었다고, 상처가 많은 친구라고. 그녀가 눈을 들어 최 회장을 바라보았다.

"하지만 저는 그렇지 않아요. 본성은 변하지 않으실 테니까요. 저희 할아버지처럼."

"당돌하구나."

그녀가 잠시 물 한 모금을 마셨다.

"헤어져야 한다는 이야기시라면 저는 그렇게 할 수 없습니다. 죄송합니다."

"너는 리수가 어떤 회사인지 모르는 것이냐? 리안과 리수가 같이 시작했지만 그 끝은 완전히 다르다는 것을? 겨우 리안퍼니쳐로 내가 만족할 것 같으냐?"

"아직은 끝이 아니라고 생각합니다. 그리고 리안퍼니쳐를 상대로 무언가를 하실 거라면, 회장님의 말씀대로 태완 씨가 잘하고 있으니까 걱정하지 않습니다."

정우는 얼굴색 하나 변하지 않고 담담하게 말했다.

"그깟 리안퍼니쳐가 내 상대가 될 거라고 생각하는 거냐? 머리가 꽤 나쁘구나. 네게 소중한 것이 무엇인지 아직도 깨닫지 못한 거야? 그래서 결국 못 헤어지겠다고?"

탁!

최 회장이 분에 못 이기는 듯 테이블을 내리쳤다.

"네."

그러나 그녀는 담담했다.

"너 하나 때문에 태완이가 가족과 고립되고, 평생 가족의 정을 모르고 살 텐데."

"그게 저 때문이라고 생각하십니까?"

"뭐?"

"그 이유는 더 잘 아시잖아요."

화를 참지 못한 최 회장이 벌떡 일어섰다. 그의 손엔 지팡이가 들려 있었다. 그리고 그녀의 시선이 높이 들린 지팡이로 향했다.

정우가 저도 모르게 질끈 눈을 감았다.

벌컥.

그때 문이 열렸다.

탁.

태완이이었다. 최 회장이 휘두르는 지팡이를 맞은 것은 그녀가 아니라 태완이었다. 요란한 소리와 함께 정우가 놀란 눈으로 그를 바라보았다. 그의 표정이 말할 수 없이 일그러졌다.

"태, 태완아."

처음으로 최 회장도 당황한 표정을 지었다. 그의 이마에서 피가 흐르기 시작했다. 태완은 개의치 않고 일어나려는 그녀의 어깨를 눌렀다. 상처를 봐야 하는데 그는 그것조차 허락하지 않았다.

"무슨 짓입니까?"

"너 태완이에게 연락한 게냐?"

"……."

"제가 온 겁니다. 어머니께 하셨듯이 똑같이 하실 테니까요."

"고얀 것!"

최 회장이 다시 의자에 앉았다.

"무슨 짓이냐고 물었습니다."

"뭘 말이냐?"

최 회장은 평정을 되찾은 듯 차분히 물었다.

"저한테 하시라고 한 말, 농담인 줄 아셨습니까?"

"그럼 내 말은 농담으로 들은 게냐?"

최 회장의 하얀 눈썹이 꿈틀거렸다.

"다시 이런 일이 생긴다면 저도 어떻게 할지 모르겠습니다. 사람들이 제 능력이 할아버지를 꼭 닮았다고 하더군요. 그럼 똑같겠지요. 보기 싫은 것을 처리하는 방법도."

태완이 그를 똑바로 바라보았다.

"태주 형 잃고, 저도 잃으셨는데, 효준이까지 잃고 싶으신 겁니까?"

"뭐라고?"

그가 지팡이를 꽉 쥐었다.

"어쨌든 헤어져라. 이런 꼴까지 보게 만든 저 애를 내가 허락할 것 같으냐?"

"제가 허락을 구해야 하는 상황입니까?

그가 담담히 물었다.

"제가 허락을 구하고 빌어야 할 상대는 할아버지가 아니라 정우와 정우의 가족뿐입니다."

최 회장의 입매가 비틀렸다.

"감히 내 손자가 누구에게 허락을 구한단 말이야?"

그의 목소리가 룸 안에 울려 퍼졌다.

"그만하십시오. 더 이상 이런 모습 보이긴 싫습니다."

"태완아, 네 가족은 나와 네 부모, 그리고 태주야. 저 아이의 가족이 아니라."

그의 목소리가 누그러들며 태완을 바라보았다.

"가족이요? 차라리 처음부터 도곡동 어머니를 허락하지 그러셨어요? 아니면 태주 형을 끝으로 저 같은 건 태어나지 않게 하시던가요? 할아버지는 아무것도 잃고 싶지 않으셨겠죠? 어머니가 가진 배경도, 그리고 도곡동 어머니가 낳은 손자도 모두 얻고 싶으셨겠죠?"

"네가 뭘 안다고 함부로 이러는 게냐?"

최 회장의 목소리가 커졌다.

"제가 모를 것 같습니까?"

그만큼 태완의 목소리는 차분하게 가라앉았다. 그래서 그런 그가 그녀는 더욱 안쓰러웠다.

"태완아!"

"반만 섞인 제 동생 효준이를 제 스스로 밝히길 바라십니까? 할아버지도 알고 계시지 않습니까? 효준이의 아버지 말입니다. 하지만 버리진 못하시죠? 남은 건 효준이뿐이니. 가족으로 인정조차 하지 않으시면서도 말입니다. 결국 가장 중요하게 생각하시는 리수도, 가족도 사라지는 걸 보고 싶지 않으시니까요."

그가 비릿하게 웃었다.

"결국 이것까지 밝혀지길 바라십니까? 끝까지 묵인하고 있는 그 것을."

최 회장의 손끝이 떨렸다.

"아, 이제 이 더러운 비밀을 알고 있는 사람이 둘이 되었습니다."

태완이 정우의 어깨를 잡은 손에 힘을 주었다.

"다시 한 번 건드려 보십시오. 어떻게 될지."

정우의 표정이 굳어졌다.

"일어나, 정우야."

"네."

그의 손등으로 핏방울이 떨어졌다. 그것이 눈에 들어오자 다리가 후들거려 잘 일어날 수가 없었다. 간신히 다리에 힘을 주고 일어나 자 태완이 그녀의 어깨를 감싸 안았다.

"다시는 이런 일로 뵙지 않길 바라겠습니다."

"미안하다."

그의 사과가 왜 이렇게 아픈지 모르겠다.

"어떻게 왔어요?"

그가 씁쓸하게 웃었다.

"네 전화 받고 느낌이 이상하더라. 그리고 여긴 최 회장님 단골 만남의 장소지. 어머니를 만났고, 아버지의 여자들을 만나는 장소였 고, 태주 형 형수를 만나기도 했었고."

아. 그녀가 쓰게 웃었다.

"고마워요."

"뭐가?"

"사실은 그 지팡이로 맞는 줄 알았어요. 그거 되게 길어서 무서 웠거든."

"전혀 무서워하지 않는 표정이던데."

"그랬어요?"

"응. 아, 진짜 내 여자구나 싶었어."

그녀가 픽 웃었다. 그의 상처는 생각보다 컸다. 정우의 고집으로 성형외과에서 세 바늘을 꿰매고 돌아오는 길이었다.

"오늘은 회사 들어가지 마라."

"어떻게 그래요?"

"어차피 너 사장 애인으로 소문 다 났어. 하루 쉬는 것도 괜찮 아."

그의 말에 그녀가 난감한 표정을 지었다.

"아까 그 자리에 양 이사님이 계셨거든. 바로 알아들으시더라. 기개실 나정우 대리 맞냐고?"

큭. 그녀가 웃었다.

"맞다고 했더니 좋아하시더라. 아버님께 전화하시는 것 같던데."

양 이사는 좋은 사람이다. 대우가 자리를 잡을 수 있도록 도와주 었고, 리안을 위해 노력했다. 항상 허허 웃고 있는 것 같지만, 그의 능력은 달랐다. 아버지의 친구이자, 그는 좋은 상사였다.

"그러니까 들어가지 마."

그녀가 잠시 생각에 잠기는 사이 그는 차를 출발시켰다. 그리고 도착한 곳은 하 여사의 집이었다.

"갑자기 이렇게 가도 될까요?"

"괜찮아."

"오빠는 몰라도 나까지."

그녀가 조금은 난감한 표정으로 그의 팔을 잡았다. 자신의 팔을 바라본 태완이 픽 웃으며 그녀의 손을 감쌌다.

"나보다 너를 기다리실걸."

벨을 누르기도 전에 문이 열렸다.

"어서 와. 정우도 왔구나."

하 여사가 환하게 웃으며 그들을 맞이했다.

"그런데 정우, 너 어디 아프니? 얼굴이 하얗게 질려 있어."

하 여사는 태완에게 눈길도 주지 않고, 정우의 얼굴만 살폈다.

"리수호텔 다녀왔어요."

그제야 태완을 바라본 하 여사가 흔들리는 눈빛으로 그의 상처를 살폈다. 그러나 그녀는 그의 상처에 대해서는 아무 말도 하지 않았다.

"그렇구나."

하 여사의 얼굴이 굳어졌다. 하 여사는 더 이상 묻지 않고 정우의 손을 잡고는 소파로 데려갔다.

"이거 한 잔 마셔. 좀 진정이 될 거야."

"감사합니다."

"집에 가겠다는 거 여기로 데려왔어요. 혼자 두기도 걱정되고, 가평으로 가기도 그렇고."

태완의 말에 하 여사가 고개를 끄덕였다.

"그래, 잘했다. 여기서 좀 쉬다가 맛있는 저녁 먹자."

감사합니다, 정우가 다시 인사를 하자 하 여사가 살짝 눈을 흘겼다.

"감사하긴. 이제 그런 이야기하지 말고 편하게 쉬어."

"네."

"아, 태완이는 회사 다시 들어가 봐야 할 테니까, 너는 태완이 방에서 좀 쉬어라."

그러자 그가 자신의 방으로 그녀를 안내했다.

"여긴 욕실. 편하게 쉬어. 어머니도 그러길 바라실 거야."

"네."

태완이 정우를 안았다.

"미안한 일만 생기는구나."

"네."

"그래도 안 떠날 거지?"

"네. 그러니까 잘해요."

"응."

그가 그녀의 목덜미에 얼굴을 묻고 숨을 깊이 들이마셨다.

"나도 같이 있을까?"

"회사 가 봐요. 두 사람 다 없으면 또 오해해."

그가 픽 웃었다.

"빨리 결혼하자."

"네."

그가 몸을 떼고 그녀를 바라보았다. 정우가 고개를 끄덕였다.

"강민이보다 빨리 하고 싶어."

큭. 정우의 장난스러운 말에 태완이 큰 소리로 웃었다.

"그거라면 바로 들어줄 수 있어."

그가 다시 정우를 안았다.

"사랑해, 나정우."

그의 품에서 그녀가 눈을 감았다. 굳이 말하지 않아도 서로에게 아픈 상황이라는 것을 알았기에 그들은 서로를 꼭 안았다.

"나는 괜찮아요."

이 말이 하고 싶었다.

"그러니까 오빠도 걱정하지 말아요."

"그래."

"상처가 빨리 나아야 할 텐데."

그녀가 그의 상처를 살폈다. 이마의 상처도, 그리고 그를 헤집는 마음의 상처도 모든 것이 빨리 나았으면 좋겠다.

"그럴 거야."

그가 방을 나가고 나서야 그녀는 참았던 긴 한숨을 내쉬었다. 잠시 방 밖에서 태완과 하 여사의 대화 소리가 들렸지만, 아무것도 듣고 싶지 않았던 그녀는 욕실로 향했다.

뜨거운 물로 샤워를 하고 하 여사가 가져다 준 편안한 옷을 입고, 따뜻한 이불 속에 누웠는데도 잠이 오질 않는다. 눈을 감았다 다시 뜨고, 휴대폰을 확인하고, 다시 눈을 감고 양을 세어 봐도 머릿속만 복잡할 뿐 잠이 오질 않는다.

결국 정우는 다시 몸을 일으켰다.

따뜻한 물 한 잔을 마실 생각이었다.

그런데 주방엔 하 여사가 있었다.

"잠이 안 와?"

하 여사가 걱정스럽게 물었다.

"네."

"그렇기도 하겠지. 그럼 차 한 잔 줄까?"

"아까 주신 차, 제가 탈까요?"

그녀가 환하게 웃었다.

"기다려. 내가 타 줄게."

그리고 식탁에 마주 앉아 차를 마셨다.

"연잎차야. 태주나 태완이는 맛이 이상하다며 싫어하는데, 좋아하는 사람이 있어서 나도 좋다."

"예전에 마신 적이 있어요. 그때 좋았거든요."

혜나와 함께 전통찻집에 가면 마시던 차였다.

그녀가 미소를 지었다.

"힘드니?"

정우가 고개를 저었다. 하 여사가 그녀를 물끄러미 바라보았다.

"사실은 조금 힘들어요. 제가 너무 자만했었나 봐요. 나름 괜찮은 집안, 괜찮은 학교, 괜찮은 직업, 뭐 그렇게 생각했었거든요."

조금은 무거운 분위기를 바꾸려 장난스럽게 말하자 하 여사가 고개를 끄덕였다.

"나도 그랬어."

"?"

그녀의 표정이 아련해졌다.

"나도 제주도에서 꽤나 잘나가는 부잣집 딸이었거든. 바이올린 하라고 서울로 유학도 보내 주시고, 그러다 집안끼리 아는 태완 아버지를 만났다. 좋더구나. 태완 아버지가 무뚝뚝한 이유가 원래 성격인 줄 알았어. 그런데 알고 보니 태주가 있더라. 그 정도는 이해하려고 했어. 철이 없었지. 내가 사랑하니까 내가 잘하면 된다고 그렇게만 생각했어."

하 여사의 표정이 씁쓸해졌다.

"그런데 무뚝뚝한 건 나한테만 해당되는 거였어. 태주를 키우다가 핏덩이 같은 태완이가 오고도 살았다. 결혼했으니 살아야 하는 줄 알았으니까. 나름대로 최선을 다했어. 그런데 갑자기 친정이 어려워지더라. 한창 제주도에 개발붐이 일어났을 때 무리하게 투자를 했던 것이 원인이라지만, 내가 뭘 알아야지. 그런데 친정이 어려워지니까 살갑던 가족들이 모두 태완 아버지처럼 변하더라. 태주하고 태완이만 내 자식 같았지."

그녀가 차 한 모금을 마셨다.

"그런데 그 후부터는 태주 친엄마를 만나는 걸 숨기지도 않더라. 나도 자만했었나 봐. 괜찮은 집안, 괜찮은 학교, 그런 것들이면 태주 아버지도 나를 봐 줄 줄 알았는데, 아니었어. 그 사람들이 본 건 그저 괜찮은 집안이었던 거지."

하 여사의 눈매가 굳어졌다. 정우는 뭐라 할 말을 찾지 못하고 묵묵히 듣고만 있었다.

"그런데 어느 날 태완이 눈매를 본 순간 못 참겠더라. 그즈음 그 호텔에서 최 회장님을 만났다."

정우의 눈이 커진 만큼 하 여사의 쌍꺼풀 진 큰 눈도 흔들렸다.

"여기 상처."

하 여사가 앞머리를 들어 이마에 보이는 희미한 상처를 보여 주었다.

"그런데 어떻게 알고 왔는지 그 모습을 태주와 태완이가 함께 봤어. 손자들에겐 손끝 하나 대지 않던 분이신데 그날은 태주랑 태완이까지……. 더 이상은 안 되겠더라. 그래도 마지막엔 태완 아버지 사과라도 받고 끝내자 했는데 그냥 그 집을 나와 버렸어. 그런데 이상하게 이혼하고 나니까 친정이 살아나더라. 지금은 더 괜찮아졌어."

하 여사가 그때를 떠올리며 떨리는 한숨을 내쉬었다.

"그때 연실이, 네 엄마가 나 많이 도와줬어. 친정도 형편이 어려우니, 내가 기댈 곳이 있어야지. 영국으로 가게 된 것도, 거기서 자리 잡고 살 수 있었던 것도 네 엄마 덕분이야."

그래서 엄마가 최 회장의 집안을 더 싫어했었나 보다.

"어쨌든 정우, 넌 나와는 달라. 나는 아무도 없었지만 너는 태완이가 있잖아. 태완이를 믿어. 내 아들이라서 그런 게 아니라 믿을 만 한 놈이야. 여전히 나 챙기는 거 보면."

그녀의 표정에서 잠시 씁쓸함이 보였다.

"나는 곧 영국으로 갈 거야."

"네?"

"사실은 태주한테 하루가 멀다 하고 전화가 온다. 언제 오냐고?"

그녀의 표정은 행복해 보였다.

"지금 행복하세요?"

그냥 묻고 싶었다. 그렇게 가족을 잃고, 아무것도 없어 보이는 그녀의 삶에 남은 것이 무엇인지 묻고 싶었다.

"행복해. 아들이 둘이나 있고, 이제 며느리도 둘이 될 거고. 손자도 있어."

"네."

그녀가 고개를 끄덕였지만 뭔가 남아 있었다.

"너는 내 행복을 묻고 싶겠지?"

"아직 젊으시잖아요. 그리고 아까워요."

"뭐가?"

"어머님 외모가."

하 여사가 소리 내어 웃었다

"너랑 연실이랑 똑같구나. 너한테만 이야기할까. 내가 아는 정우는 입도 무겁고, 그러면서도 할 말은 다 하는 아이였으니까."

하 여사가 장난스럽게 미소를 지었다.

"나 영국에 만나는 사람이 있어."

그녀의 눈이 커졌다.

"태주는 알아. 태주가 다녔던 학교 교수님이거든. 바이올린을 해."

"와!"

지금까지의 일을 잊은 것처럼 정우의 눈빛이 반짝였다.

"그래서 다시 가야 할 것 같기도 해. 너희 결혼하고 나면."

하 여사의 눈매가 부드러워졌다. 그리고 알았다. 부드럽게 풀리는 태완의 눈매는 황 여사가 아니라 하 여사를 닮았다는 것을.

"네."

그녀가 고개를 끄덕였다.

"그러니까 얼른 결혼해. 태완이가 정착하는 거 보고 싶다. 나를 보면서 네 모습을 찾지 마라. 나는 달라. 태완이 아버지는 이미 다른 여자의 남자였다. 그걸 알고도 선택한 건 나였어. 그렇지만 너는 달라. 너는 태완이가 있잖아. 너를 지켜 주고 보듬어 줄 태완이가. 그리고 나도 있다."

걱정스러워하는 하 여사의 표정은 연실이 자신에게 보여 주던 그 표정이었다.

태완이 왜 도곡동이 아닌 하 여사를 자신의 어머니로 여기는지 알 수 있을 것 같았다.

공항에서 만난 태완의 친부모도, 그리고 최 회장조차도 이런 따뜻한 표정을 한 번도 보여 주지 못했다. 그리고 어린 태완도, 그리고 어른이 된 태완도 그것을 알고 있었으리라.

"네, 어머니."

그녀가 환하게 웃었다.

하 여사와 자신은 다를 것이다.

자신에겐 태완이 있고, 가족이 있으니까. 그리고 하 여사도 있으니까.

그녀가 자신의 반지를 만지작거렸다. 회사에서 끼지 않겠다고 했지만 오늘은 어쩐지 끼고 오고 싶었다. 그녀의 마음을 알기라도 하는 것처럼 반지가 그 어느 때보다 반짝이고 있었다.

"어머닌?"

서둘러 퇴근한 것인지 그는 6시를 좀 넘은 시간에 집으로 왔다.

"잠깐 소포 부칠 게 있다고 나가셨어요."

"또 태주 형 건가 보네."

태완의 말에 정우는 아무 말도 하지 않았다. 하 여사의 남자친구의 생일이 곧이라고 했다. 그 시기에 맞춰 선물을 보내고 싶다며 잠시 다녀오겠다고 했었다.

"그런가 봐요."

그녀가 미소를 지었다.

"어때? 몸은?"

이 질문은 오늘 딱 네 번 받았다.

해진에게 전화가 왔고, 강민에게, 그리고 이택에게도 연락이 왔었다. 그리고 태완에게까지. 자신을 걱정해 주는 사람들을 보며 정우의 얼굴에 미소가 번졌다.

"괜찮아요."

그러나 태완은 믿지 않는 듯 그녀의 이마에 손을 짚어 열을 재보고 그녀의 얼굴을 꼼꼼히 살폈다.

"진짜 괜찮아요."

그제야 태완의 얼굴에도 미소가 번졌다.

"오빠는요?"

그녀의 시선이 그의 이마로 향했다.

"괜찮아."

"저녁은 외식해요. 어머님도 힘드실 거고 나도 맛있는 거 먹고 싶어요."

"그러자."

그가 그녀를 당겨 안았다.

"잠깐만 쉬자."

그녀에게 그가 안식이듯 그에게 그녀 역시 휴식이었다.

"피곤해요?"

"응."

"많이 시달렸어요?"

"응. 이강민하고 박해진 대리한테."

"걔들이 뭐라고 해요?"

"내 상처는 보이지도 않는 모양이더라. 그렇게 공격적으로 사장을 쳐다보는 비서는 처음이야. 게다가 내 비서도 아니고 양 이사님 비서인데. 그래도 내가 자기들 회사 사장인데 날 우습게 보는 것 같기도 하고."

큭. 어울리지 않는 태완의 푸념에 그녀가 웃었다.

"이강민은 십 분에 한 번씩 문자를 하더라. 너 괜찮은지. 걔랑 호형호제하기로 한 것부터 실수였어. 이택 팀장은 직접 사무실로 찾아왔었고."

그녀가 다시 웃었다. 그의 낮은 웃음소리도 들렸다.

"그래서 안심했어. 우리 나정우가 이런 사람이구나 싶어서."

"그리고."

"응?"

"이강민은 여름에 결혼하겠다고 하더라."

강민보다 빨리 결혼하고 싶다는 그녀의 말을 기억하고 있었나 보다. 그건 그냥 분위기를 바꾸려는 농담 같은 말이었는데. 게다가 강민의 결혼 계획은 해진의 의견이 아닐 것이다. 그녀는 언니가 결혼한 후에 눈 오는 겨울 날 야외결혼식장에서 결혼하고 싶다고 했었는데.

"우린 3월에 하게 될 거야."

그녀가 고개를 들어 그를 바라보았다.

"어차피 이강민은 이기려면 확실히 이겨야지."

"오빠."

그녀의 얼굴에 난감함이 스쳤다.

"어차피 하려면 빨리 하자. 나도, 내 몸도 더 이상 못 참으니까. 우린 정상적인 성인남녀잖아."

그러면서 그의 입술이 다가왔다. 따뜻한 입술이 포개어지고, 그녀의 입술이 벌어졌다.

"3월에 결혼하자."

잠시 입술을 뗀 그가 물었다. 그리고 그때 문 여는 소리가 들렸다. 정우의 눈이 커지며 그에게서 벗어나려 했지만, 그를 힘으로 이길 순 없었다.

"힘으로도 말로도 못 이겨. 대답해."

"오빠. 제발."

그녀의 목소리가 애절하다.

"결혼한다고 하면 놔줄게."

그녀가 급하게 고개를 끄덕였다.

쪽. 그가 웃으며 정우를 놓아주었다. 그리고 하 여사가 거실로 들어왔다.

"태완이 왔구나."

"네, 어머니. 저희 3월에 결혼하기로 했어요."

태완이 묻지도 않은 말을 먼저 꺼내며 환하게 웃었다.

13. 3월의 웨딩

　오랜만에 옥상에 올라와 바람을 맞았다. 태완과 마주쳐 답답할 때도, 복잡한 머릿속을 비우기 위해서도 그녀는 종종 이 옥상에 올라왔었다. 오늘도 해진과 둘이 자판기에서 커피와 율무차를 뽑아 화단에 걸터앉았다.

　이제 차가운 겨울바람이 아니라 선선한 봄바람이 불어왔다. 해진이 나른하게 기지개를 켰다.

　"이제 바람이 따뜻하다."

　"그렇지? 그래서 그런지 점심 먹고 나면 너무 졸려."

　정우가 고개를 끄덕였다.

　"참, 너는 결혼 어디서 해?"

　그녀의 물음에 배시시 정우가 웃었다.

　"많이 생각해 봤는데 제주도에서 하려고."

　"제주도?"

해진의 물음에 정우가 고개를 끄덕이자 그녀의 표정이 심각해졌다.

"결혼 예물이랑 웨딩사진도 없고, 웨딩드레스랑 턱시도도 따로 준비하지 않는다면서 결혼식도 제주도에서 하려고?"

"응."

그녀가 정신을 차리게 해 줄 진하고 단 커피를 한 모금 마셨다.

"그럼 일박 이일로 가긴 너무 서운하겠다. 오랜만에 제주도 가는데 여름휴가 당겨 써야 하나."

정우가 웃으며 고개를 끄덕였다.

"그런데 신혼여행도 아니고, 결혼식을 왜 제주도에서 하는 건데?"

그녀가 의아한 표정으로 물었다.

"여기서 하는 결혼식이 큰 의미가 없을 테니까."

"왜?"

"축복받는 결혼식 하고 싶거든."

그건 언제나 그녀의 꿈이었다. 굳이 화려한 호텔을 빌리지 않아도, 굳이 화려한 웨딩드레스를 입지 않아도 그저 축하해 줄 사람만 있다면 장소나 옷은 의미가 없다고 생각했었다. 그를 만나지 않더라도 그 생각은 변하지 않았을 것이다.

사실 꿈은 외국 어느 작은 섬에서의 결혼식이었지만, 그것은 말 그대로 꿈일 것이다. 그녀가 가고 싶어 하는 그 섬까지 나이 드신 할머니, 할아버지가 스무 시간 이상 비행기를 타고 가는 것은 무리였다.

"너도 거기서 하고 싶어?"

"응."

그녀가 미소를 지었다.

"허락은 받은 거야?"

그녀가 고개를 끄덕였다.

"응. 다들 좋아하셔. 할아버지, 할머니께서 비행기 타시는 게 걱정이긴 한데. 할머니도 제주도 정도는 충분히 갈 수 있다고 하시고."

"그럼 누구누구 가는데?"

정우의 표정이 잠시 씁쓸해졌다.

"태완 오빠 어머님, 형. 그리고 우리 가족. 양 이사님 가족, 너랑 강민이. 또 이택 팀장님 가족."

"이택 팀장님 가족?"

"정말 찾으신 거야? 그분이 맞대?"

"응."

그녀가 고개를 끄덕였다.

드디어 이택도 그녀를 찾게 되었다. 그렇게 찾아다니던 자신과 이름이 같다던 그녀. 부산으로 납치여행을 갔던 눈썰미 좋은 강민의 눈에 띄었다고 했다. 휴대폰 사진과 똑같이 생긴 여자가 부산의 한 음식점에서 일을 하고 있다고.

해진은 보지 못했지만, 맛집을 찾던 강민은 그것을 이택에게 알렸고, 그녀는 이택이 찾던 정은이었다. 결국 그들은 강민 덕분에 다시 만날 수 있었다.

이택 앞에서 의기양양했던 강민이 떠올라 둘은 웃음을 터트렸다. 어쨌든 이택의 얼굴도 눈에 띄게 환해졌다.

"그렇담 멤버는 딱 좋네."

해진이 고개를 끄덕였다.

사실 이곳에서의 결혼식은 아무래도 무리가 있었다. 공개적으로 연애를 하게 되면서 사람들의 입에 오르내리게 되었고, 그 소문은 최 회장 가족에게도 알려졌을 것이다. 그리고 그들의 결혼도.

그러나 그 만남 이후 태완은 더욱 단호해졌다. 부드럽던 눈매가 최 회장의 이야기만 나오면 딱딱하게 굳어졌다. 결국 태완은 자신의 가족은 태주와 하 여사뿐이라는 고집을 꺾지 않았고, 그녀 역시 최 회장 가족의 무서운 축하 따위는 받고 싶지 않았다.

그 후 정우는 태완의 모친 황 여사의 연락을 받았었다.

최 회장과 다르게 교양 있는 목소리의 황 여사는 정우와 만나기를 원했었다. 혹시나 자신이 나가지 않으면 엄마에게 연락을 할 것 같아 그녀는 조용히 약속 장소에 나갈 생각이었다.

그런데 그 약속을 지키지 못하게 된 것은 태완 때문이었다. 어떻게 알았는지 그 약속 장소에 먼저 가 있었던 것은 태완이었고, 그녀가 들어가지 못하게 제지한 것은 강민이었다. 전혀 맞지 않을 것 같던 태완과 강민은 어느새 형 동생 사이가 되어 있었다. 거기다 요즘은 이택도 함께 어울려 평균 수준이 올라가는 게 아니라, 세 사람의 평균 수준이 급격하게 하향 평준화되어 가고 있었다.

어쨌든 그가 어떤 말을 했을지, 그리고 어떤 말을 들었는지는 알 수 없지만, 그 후 그의 가족들에겐 다른 연락이 없었다.

물론 리안퍼니쳐에 어떠한 해도 없었다. 사실 내내 긴장하고 있었던 정우 역시 안도의 한숨을 내쉬었다. 그리고 그날, 호텔에서 일어났던, 들었던 모든 것은 여전히 비밀로 남아 있었다. 최 회장으로선 당황할 만한 비밀을 알게 된 정우를 어떻게 하는 건 더 이상 힘들다고 생각했는지도 모른다. 황 여사 역시 마찬가지였는지도.

어쨌든 모든 것이 예전처럼 조용하게 흘러갔고, 또다시 조용한 연애가 시작되었다. 그리고 결혼 역시 조용하게 그들의 뜻대로 하기로 했다.

그래서 생각한 것이 진심으로 축하해 줄 수 있는 사람들만 모인 결혼식. 그리고 그곳은 제주도에 있는 하 여사의 별장이었다. 하 여사의 의견이었고, 제주도를 좋아하는 태완 역시 고개를 끄덕였다. 제주도는 그들에게도 특별한 곳이었으니까.

최 회장에게 보란 듯이 리수호텔의 경쟁사인 국제호텔에서 화려하게 해야 한다는 해진과 달리, 낭만적이라는 강민의 말처럼 나쁘지 않을 것 같았다. 3월이라 춥기는 하겠지만 그 정도는 문제가 되지 않을 것이다. 앞쪽으론 해변이 펼쳐져 있고, 관광지를 벗어나 한적한 그 별장은 그들의 결혼식을 치르기에 아주 적당했다. 하 여사의 가족이 운영하고 있다는 호텔엔 결혼식에 초대된 가족과 손님들을 모실 수도 있었다. 태완의 형, 태주와 그의 아내, 그리고 그들의 아들도 결혼식에 맞추어 제주도로 오기로 했다. 이제 문제될 것은 없었다. 단 하나만 빼고.

"그럼 그분들은 계속 반대하시는 거야?"

"응. 사실은 잘 모르겠어. 공식적으론 아무런 반응이 없으시거든. 그런데 더 솔직하게 말해서 나도 그렇고 태완 오빠도 그렇고 그분들의 승낙 받고 싶지 않아. 지금은 그냥 이렇게 살고 싶어."

해진이 고개를 끄덕였다.

"그렇기도 하겠다. 내가 그 상황이었음 나는 그 할아버지 고소했을지도 몰라. 나 그 지팡이 이야기 듣고 계속 심장이 두근거리더라. 하긴 사장님 성격에 가만히 있지도 않았을 거지만."

이제 해진은 태완을 늙은 사장이라 부르지 않고, 사장님이란 호칭을 정확히 사용한다. 태완의 이마에 난 상처에 대해 알고 난 후 정우를 잘 지켜 줄 수 있을 거란 믿음이 생겼다고 했다. 이제 태완을 사장님이라고 부르는 것은 자신의 베프 남친으로 인정한다는 의미라고 해진은 당당하게 말했다. 그래도 여전히 무슨 일이 있으면 도끼눈을 뜬다는 것이 태완의 이야기이긴 했다.

아무튼 그때를 떠올리자 그녀가 씁쓸하게 웃었다. 그의 앞에서 담담한 척하기는 했지만 사실은 그녀 역시 그 시간이 끔찍했으니까. 한동안 악몽을 꾸기도 했고, 혹시나 싶어 며칠 동안 가평 집에서 출퇴근을 했었다. 물론 가족들에겐 집 밥이 먹고 싶어서라고는 했지만, 내내 불안했었다.

"어쨌든 올 거지?"

정우가 화제를 바꾸려는 듯 다시 물었다.

"당연하지. 내가 안 가면 누가 가냐?"

해진이 환하게 웃었다.

"그럼 신혼여행은?"

"영국."

"응?"

"어머님이 돌아가신대. 아무래도 그곳에서 정착하실 건가 봐. 그래서 태완 오빠가 불안한가 봐. 그래서 여행 겸 확인하는 거지. 오빠가 좋아했던 곳에 데리고 가고 싶기도 하대."

그녀 역시 하 여사의 행복한 모습을 보고 싶기도 했다.

"그렇구나. 그런데 엄마는 좋아하셔?"

"그냥 지금은 좀 어색하지만 좋아질 거라고 생각해."

사실이었다. 여전히 연실은 무언가 남은 것처럼 거리를 두고 있지만, 곧 변할 것이라는 생각이 들었다. 태완의 앞에서 애써 연실이 웃음을 참고 있다는 것을 가족들 모두 알고 있으니까.

"아무튼 축하해. 많이 많이."

"고마워, 해진아."

그녀가 환하게 웃었다.

"참, 강민이는 분해하더라."

"왜?"

"결혼식 선수를 빼앗겼다고 생각해. 자기가 먼저 할 거라고 혼자 계획 세우고 있었던 모양이야."

코웃음을 치는 해진의 말에 정우가 깔깔거리며 웃었다. 아마도 분명 자신이 먼저 해야 했다고 억울해했을 것이다.

"그럼 너희는 언제 결혼할 생각인데?"

그녀의 질문에 해진이 잠시 생각에 잠겼다.

"내년 겨울."

해진이 단호하게 말했다.

"내년? 강민이는 이번에 하고 싶어 하던데?"

"안 돼. 그래도 직급은 같아야 하잖아. 사원과 대리, 좀 그렇지 않냐? 강민이도 내년쯤 대리 되지 않을까 싶은데. 사장 부인 생각은 어때?"

전 사장의 동생이자 현 사장의 와이프가 된다는 정우를 대함에 변함이 없었다. 사주의 딸이자, 현 사장의 와이프지만 전혀 힘이 없다는 것을 다 안다는 것이 강민과 해진의 의견이었다. 힘이 있었다면 양 이사도 박 부장, 이택까지 회사에서 그렇게 굴리지는 않았을 거라고. 차라리 자신이 사장에게 직접 아부를 하겠다며 강민은 대놓고 정우를 무시했다.

그래서 좋았다. 언제나 변하지 않을 친구들이자 소울메이트이자 런치메이트니까.

물론 변한 사람도 있었다. 디자인센터의 왕재향과 영개의 심지현, 그녀들은 무심한 정우를 슬금슬금 피하곤 했다. 그녀는 그것보다 신경 쓸 것이 많아 그들에 대해서 잊어버렸다는 것이 더 맞는 말이긴 했지만, 그녀들은 그렇지 않은 모양이었다. 어찌 보면 이제는 입조심을 하는 계기가 될지도 모르는 일이었기에 그냥 모른 척하기로 했다. 그게 아니라면 몰래 하는 뒷담화가 더 늘어났거나.

하지만 상관없었다. 그것보다 좋은 일이 더 많으니까.

"난 겨울 신부가 좋아. 눈과 어우러진 웨딩드레스. 그게 내 꿈이야. 절대 바뀌지 않을."

해진의 말에 정우가 묘하게 웃었다. 아마도 강민으로 인해 그렇게 되지 않을 것이라는 예감이 들었으니까.

3월 20일.

결혼식 날 아침은 맑은 하늘을 보여 주었다. 바람이 불긴 했지만 이 정도는 괜찮았다.

그녀는 거울에 비친 자신의 모습을 확인했다. 가족들과 친구들은 마지막 결혼식 준비를 하고 있다고 했다. 창문으로 보니, 의자가 없이 모래밭에서 진행되는 결혼식이었기에 할머니와 할아버지, 그리고 부모님만 빼고 모두 맨발로 움직이고 있었다. 그녀의 얼굴에 웃음이 스몄다.

그리고 십 분 후에 결혼식이 시작된다.

따로 웨딩드레스는 마련하지 않았다. 대신 디자이너인 혜나가 만든 하얀색 탑드레스를 입고, 얼굴을 살며시 가리는 긴 면사포를 썼다. 머리는 자연스럽게 틀어 올렸고, 화장도 평소와 다르지 않았다. 평소와 다른 것이라면 하 여사가 결혼반지로 내밀었던 커다란 다이아몬드 반지뿐이었다.

처음엔 거절했지만 결혼선물이라는 그녀의 고집에 결국 그것을 받을 수밖에 없었다. 그리고 그것은 꽤나 마음에 들었다. 이런 보석에 관심이 없는 줄 알았는데, 그건 아니었나 보다. 커다란 반지를 보면 괜히 미소가 지어지기도 했다.

자신의 반지를 바라보던 정우가 눈을 들었다.

"예쁘다."

문 앞엔 태완이 서 있었다. 별장의 이층, 그녀의 방으로 들어온 태완이 그녈 향해 환하게 웃었다.

"진짜요?"

"응."

그가 그녀에게 한 발자국 다가왔다.

"십 년을 기다렸더니 내 색시가 되는구나."

"네?"

무슨 이야기냐고 묻고 싶었다. 십 년을 상처받은 건 자신이었으니까.

"성인이 어린 고등학생에게 입을 맞추고 싶었다면 그건 범죄였을 거야. 채 졸업도 하지 않은 널 내 것으로 만들어 아프게 했다면 그것도 결국 죄였을 거고. 하지만 그 시간 동안 나도 네가 궁금했어."

그의 눈빛이 깊게 가라앉았다.

"······오빠."

"네가 호텔에서 나가서 거리를 헤매고 다닐 때, 차라리 붙잡을까 싶기도 했어. 혼자 술집에 들어가는 걸 보고, 미친놈들이 너를 힐끗

366

거리는 걸 보고 차라리 내가 널 호텔로 데려가 버릴까 싶기도 했다."

그날을 말하는 것일까.

선을 본 그날, 태완은 가족모임에서 먼저 나가 무엇을 했는지 알고 있었나 보다.

"내가 영국에서 일을 하면서 망할 나대우의 눈에 들기 위해서 얼마나 노력했는지 넌 모를 거야."

그녀의 눈빛이 흔들리며 그의 타이에 시선이 머물렀다. 그녀의 눈이 가늘어졌다.

"이건……."

그가 피식 웃었다. 그녀를 안았다. 그가 하고 있는 넥타이는 예전 그녀가 선물하려고 했던 그 넥타이였다. 물론 그는 받지 않았고, 그날 그녀는 분명 그것을 쓰레기통에 버렸는데……. 그럼 그가 정말 자신을 따라왔던 것인가.

"결국 내 것이 되어 줘서 고맙다, 나정우."

몰랐다.

그는 그저 자신에게 관심 없는 차가운 남자인 줄 알았다. 그런데 그 역시 그녀를 생각하고 있었다니, 처음으로 알게 된 사실에 그녀의 가슴이 세차게 뛰었다.

"몰랐어요."

"그래, 몰랐어야 했으니까."

울컥 눈물이 나려고 했다.

"이제 알았으니까 혼자 너무 억울해하지 마."

그가 장난스럽게 말을 하며 그녀의 이마에 키스를 남겼다.

"가자. 네가 울면 나는 또 침대로 널 데려가고 싶어져. 그날이 떠오르거든."

네가 침대에서 울었던 그날. 그가 귓가에 마지막 말을 속삭이며 슬금슬금 가슴으로 손을 옮겨 갔다. 그건 슬퍼서 운 게 아니잖아.

탁. 그녀가 그의 손을 쳐 냈다.

"내려가자."

"……."

그녀가 고개를 끄덕였다.

그가 손을 내밀었다. 그리고 그 손을 정우가 잡았다.

그녀의 촉촉한 눈빛이, 그녀의 손가락에 끼어진 반지가, 그리고 그의 손을 잡은 그녀가 반짝거렸다.

"축하한다."

"정우야, 축하해."

"우리 딸, 축하한다."

가족들의 축하에 그녀가 미소를 지었다. 넓은 모래밭, 그 뒤에 바다, 그리고 가족들.

하 여사와 태주 오빠의 얼굴도 보였다. 그리고 태주의 손엔 바이올린이 들려 있었다. 그의 연주 소리가 바닷가에 울려 퍼지기 시작했다.

기둥 두 개를 연결해 꽃과 하얀 천으로 장식한 식장. 그녀가 한 걸음 그곳에 다가섰다. 디자이너로서의 능력을 발휘하겠다며 대우가 만든 간이식장은 그 어떤 화려한 호텔의 식장보다도 아름다웠다. 석현의 손을 잡은 정우가 태완을 바라보며 걷기 시작했다. 맨발의 그 역시 그 어느 때보다 멋져 보였다.

마지막으로 연실에게 시선을 돌렸다. 연실이 촉촉한 눈빛으로 그녀를 바라보고 있었다. 그리고 괜찮다는 듯 고개를 끄덕여 주었다. 그녀는 잠시 울컥했지만 입술에 힘을 주며 울음을 참았다. 괜찮다며 다독이는 듯한 석현의 따뜻한 손이 느껴졌다.

바닷바람에 면사포가 날리며 석현의 얼굴을 가리자 부녀는 잠시 당황했다. 그런데 사람들의 웃음소리가 들렸다. 결국 그것을 잡은 정우 역시 웃을 수밖에 없었다.

경건하거나 무거운 결혼식이 아니었다. 환하게 웃을 수 있고, 따뜻했다.

그래서 별장 앞 해변에서의 결혼식이 더 아름답게 느껴졌는지도 모르겠다. 드레스를 입은 맨발의 정우가 아버지의 손을 잡고 그에게 다가갔고, 맨발의 태완 역시 다정하게 정우의 손을 잡았다.

"이 자리에 와 주신 여러분 감사합니다. 내가 우리 손녀 결혼까지 볼 수 있을까 했는데 이렇게 소중한 자리까지 함께할 수 있어서 참 다행입니다. 이 좋은 풍경, 이 아름다운 사람들을 보니 내 어린 시절부터 함께 지내 왔던 누군가가 생각납니다. 그 친구도 우리의 마음을 알아줄 날이 있겠지요. 그리고 여러분, 내가 혈혈단신으로 내려와 살다 보니, 기쁜 날도 슬픈 날도 가장 생각나는 것은 가족이더군요. 여러분도 그것을 잊지 말았으면 좋겠습니다. 가장 중요한 것은 사랑이고 가족입니다. 내가 보듬고, 나를 보듬는 가족이 있기에 내가 있다는 것을 기억해야 합니다. 이 늙은이의 말이 길어지면 재미없으니 이만하겠습니다. 마지막으로 내 소중한 손녀 정우야, 축하한다. 잘 살아라. 그리고 태완아. 고맙다."

고맙다. 태완아. 오 박사의 말에 태완이 그녀를 잡은 손에 힘을 주었다.

주례 대신 오 박사의 짧은 축하에 정우는 미소를 지으며 생각했다. 그분께서 진심으로 알아주셨으면 좋겠다고.

"이제 부케를 던질 차례입니다."

강민의 말에 정우가 자신이 들고 있던 부케를 던질 준비를 했다. 사람들의 웅성이는 소리가 들리고, 네가 꼭 잡아, 라고 하는 강민의 목소리도 들렸다. 정우는 힘껏 부케를 던졌다. 그리고 잠시 후 환호 소리가 들렸다.

그녀의 부케를 잡은 것은 하 여사였다. 그리고 가장 좋아하는 것은 연실이었다. 하 여사와 눈이 마주친 정우가 미소를 지었다. 쑥쓰러워하던 하 여사도 그녀를 향해 환하게 웃어 주었다.

"키스해. 키스해."

강민이 소리치자, 사람들의 웃음소리가 들렸다.

슬픈 눈물 같은 건 없었다. 즐거웠고, 그래서 웃을 수 있었다.

"사랑한다, 나정우."

그녀의 귓가에 태완이 속삭였다.

"사랑해요, 나도."

그가 그녀의 손을 꼭 잡았다. 그리고 따뜻한 입술이 닿았다.

바람이 불었지만 춥지 않았다. 그녀의 곁에 그가 있어 전혀 춥지 않았다.

오랫동안 좋아했던 만큼, 그만큼 아팠던 것 같다. 그래도 이 순간 그는 자신을 바라봐 주고 있었다. 태완이 자신만큼 이 시간을 오랫동안 꿈꿔 왔다는 것을 전부 믿는 것은 아니다. 하지만 자신을 바라보는 지금 그 눈빛은 믿는다. 사랑이니까.

분명 그와 싸울 일이 생길 것이고, 구겨진 미간을 그가 문질러 주면 화가 풀릴 것이다. 그렇게 살아갈 것이다. 그래도 분명 그 순간조차 행복할 것이라는 것을 안다.

그가 그녀를 잡은 손에 힘을 주었다.

지금이 아니라면 몰랐을 것이다.

얼마나 행복한지.

지금 이 순간이기에 안다.

그를 사랑한다는 것을.

그리고 평생 그와 마주할 것이라는 것을.

—fin

9살의 태완

"정말? 너무 예쁘다."

하얗고 조그만 아이가 하 여사의 품에 안겨 있었다. 그 옆에서 대우의 모친인 연실이 웃고 있었다.

"태완아, 이리 와 봐. 대우 동생이야. 너무 예쁘지?"

쭈뼛쭈뼛 다가가자 예쁜 아이가 보였다.

"너도 이런 동생 있었으면 좋겠지? 엄마도 동생 낳을까?"

"대우 동생이면 태완이 동생이기도 하지."

연실의 웃음 섞인 대답에 태완이 입을 삐쭉 내밀었다. 우유를 잘 먹는다는 대우의 동생자랑이 이제는 지겹다. 아니, 솔직히 부럽다. 저 조그맣고 하얀 인형 같은 아이가 내 것이면 좋겠다. 매일매일 함께 있었으면 좋겠다.

"이름은 지었어?"

"언니, 아버지가 이름을 정우라고 지으셨어. 그런데 남자이름 같지? 난 싫어. 어떻게 해?"

연실의 목소리가 들렸다.

태완은 조심스럽게 아이를 안아 보았다. 작은 아이가 너무 예뻐 그의 얼굴에도 웃음이 스몄다.

"태완아? 넌 어때? 넌 정우란 이름이 좋아?"

태완이 잠시 생각에 잠겼다.

"난 정은이가 더 좋은데."

정은이. 연실의 눈이 반짝거렸다.

❖

"태완아, 어서 나와."

태주의 말에 열심히 어버이날 카네이션과 편지를 준비하던 태완이 인상을 썼다.

"또?"

태주가 고개를 끄덕였다. 태완이 초등학교에 들어가면서 이해할 수 없는 만남이 이어졌다. 매달 두 번째, 그리고 네 번째 토요일 최 사장은 형과 자신을 데리고 옆 동네에 있는 커다란 집으로 갔다. 걸어서 십 분 정도 걸리는 거리였는데 멀리 가는 것처럼 항상 차를 타고 왔다.

커다란 정원에 놀이터와 수영장이 있던 그 집에 예쁜 여자도 있었다. 갈 때마다 자신들을 꼭 안으며 눈물을 흘리던 그녀는 자신을 엄마라고 소개했다. 말도 안 되는 소리인 줄 알면서도 태주 형이 묵묵히 그 여자가 차려 준 밥을 먹으면 그 역시 형을 따라 조용히 밥을 먹었다. 그래야 할 것만 같았다.

그사이 그 여자는 최 사장의 품에 안겨 서럽게 울었다. 그리고 그때 태주와 태완은 보았다. 그 여자가 아버지의 새하얀 와이셔츠에 실수인 척 붉은 립스틱을 묻히는 것을.

그리고 언제나 같고 독한 향수 냄새가 옷에 밸 정도로 그녀가 자신들을 안는 것을.

"엄마가 보고 싶으니까 자주 와야 한다."

그 여자의 말이 진심이 아니라는 것쯤은 안다.

그렇게 하루를 보내고 집에 돌아가도 엄마는 환하게 웃으며 자신들을 맞이했다. 목욕을 시키고, 또 언제나처럼 형제가 좋아하는 맛있는 음식을 만들어 주었다. 그리고 매번 그 집에 다녀오면 체하고 마는 태주의 등을 쓰다듬어 주었다. 이상하게 그 모습이 슬퍼 태완은 시키지 않아도 쓰기 싫은 일기를 쓰고 일찍 잠이 들었다.

하 여사의 마른 등이 보고 싶지 않다.

11살의 태완

어버이날이었다. 태주와 태완이 준비한 카네이션과 스카프를 두른 하 여사와 형제는 저녁을 먹기 위해 레스토랑으로 향했다.

요즘 분위기가 좋지 않았다. 아들인 최 사장보다 더 귀하게 여기던 며느리 하 여사에게 냉랭한 최 회장 때문이었다. 하 여사 역시 전화를 받으며 걱정스러운 표정을 지을 때가 많았다.

그래서인지 태주 형의 손엔 하 여사가 좋아하던 비탈리의 곡을 연주하기 위한 바이올린이 들려 있었다. 태주 형은 하 여사처럼 바이올린을 좋아했다. 그런 태주 형을 하 여사는 기특하게 바라보았다.

이 레스토랑은 최 회장이 좋아해 평소 가족들과 함께 자주 가던 곳이었지만, 오늘은 모두 약속이 있다고 했다. 그런데 그곳에 최 회장과 최 사장, 그리고 빨간 립스틱의 그 여자가 있었다.

그 여자의 까만 웃음소리가 여기까지 들리는 듯했다. 이제는 훌쩍 커 하 여사와 비슷한 키의 태주가 하 여사의 손을 잡았다.

"엄마, 우리 다른 거 먹어요. 나 여기 싫어요."

"그래."

하 여사가 웃으며 다른 손으로 태완의 손을 잡았다.

"가자, 우리 아들."

태완이 엄마의 손을 꼭 잡았다.

"이제 좀 물러나는 게 어때요? 지긋지긋하지도 않아요. 마음에도 없는 남자 등만 바라보고 사는 거?"

비웃음 섞인 그 여자의 말에 하 여사는 작은 어깨를 떨어뜨렸다. 다리를 꼬고 앉은 그녀가 빨간 입술로 하 여사가 건넨 커피 한 모금을 마셨다. 자기 집에 온 것처럼 여자는 모든 것이 자연스러웠다.

"여기서 딱 십 분 거리예요, 우리 집. 그이가 매일 오는 건 알아요?"

"오늘은 그만 가요. 아이들 올 시간 되었어요."

하 여사의 말에 여자의 눈매가 앙칼지게 올라갔다.

"내 아이들이에요. 내 뱃속으로 낳은."

"아직 아무것도 모르는 아이들이에요. 상처받을 거야. 내가 설명할 때까지만 기다려 줘요."

그 상황에서 되레 부탁을 하는 것은 하 여사였다.

"지금까지 기다린 것만으로도 나는 지쳤어요. 내가 언제까지 이집에 몰래 와야 하는데."

여자의 목소리가 높아지자 하 여사의 얼굴이 하얘졌다.

"제발, 아이들 오겠어요. 태주는 요즘 사춘기라 더 예민해요. 부탁할게요. 지금 중요한 콩쿠르도 앞두고 있어요."

무릎이라고 꿇을 것처럼 그녀는 애원하고 있었다.

"싫어요. 당신이 뭔데 나한테 명령이야? 나 오늘 내 아들들 보고 가야겠어요."

당황한 하 여사가 다급하게 고개를 돌리다 현관 앞에 서 있던 태완과 시선이 마주쳤다.

"태, 태완아."

하 여사와 달리 여자는 한쪽 입술을 올리며 웃고 있었다.

"엄마!"

태완의 부름에도 하 여사는 끝끝내 돌아보지 않았다. 그녀가 흐느끼고 있다는 것을 보지 않아도 알 수 있다. 남자는 울면 안 돼. 그렇게 다독이던 하 여사였기에 태완은 울음을 참으며 택시를 타고 떠나는 엄마의 모습을 바라만 볼 뿐이었다. 엄마와 약속했다.

엄마가 잠깐 여행을 다녀올 동안 공부 열심히 하겠다고, 밥도 잘 먹고 일기도 미루지 않겠다고. 그리고 울지 않겠다고.

"형."

바이올린 수업을 마치고 온 태주 형이었다.

"엄마가 갔어."

형의 표정이 굳어졌다.

"가자."

"어딜?"

"엄마 어디 가신 줄 알아."

그리고 그들은 호텔로 향했다.

"지금 이혼은 못 합니다. 아이들과 정리할 시간이라도 주세요. 아무것도 모르는 아이들이에요."

"따지고 보면 네 자식도 아닌데 그냥 나가거라."

"싫습니다."

하 여사의 차분한 목소리가 끝나기 무섭게 요란한 소리와 함께 하 여사의 비명 소리가 들렸다. 태완과 태주는 벌컥 방문을 열었다. 그들의 눈에 널브러진 재떨이와 피를 흘리고 있는 하 여사가 보였다.

"엄마!"

"너희들이 왜 이곳에 온 거냐? 네가 부른 것이냐?"

최 회장의 노여움 담긴 목소리와 함께 들고 있던 지팡이를 높이 들었다.

"왜 이러세요? 할아버지. 우리 엄마예요! 엄마라구요! 우리한테 엄만 한 분뿐이란 거 아시잖아요!"

"뭐라고?"

태주 형이 절규하듯 소리를 질렀다. 한 번도 누구에게 소리를 지르거나 화를 내는 것을 본 적 없던 형이었다. 그런데 형이 울고 있었다. 하지만 최 회장은 아랑곳하지 않았다. 그를 막았지만 어린 그들로서는 역부족이었다. 한 번 화가 난 그를 누구도 막을 순 없었다. 태주와 태완이 할 수 있는 건 그저 몸으로 엄마를 보호하는 것뿐.

요란한 소리가 나고 단단한 지팡이는 온몸을 때렸다. 어디가 아픈지도, 어디를 맞고 있는지도 모른 채 시간이 흘렀다.

"아악."

갑자기 태주 형의 날카로운 비명 소리가 들렸다. 그가 자신의 한쪽 귀를 감싸며 앞으로 고꾸라졌다. 그의 손가락 사이로 피가 흐르고 있었다.

❖

"왼쪽 귀는 청력을 상실한 것 같습니다."

의사의 말에 하 여사가 그대로 주저앉았다. 하 여사처럼 바이올린을 하겠다던 태주 형이었다. 자신의 상처 치료도 잊은 채 태주 옆에만 붙어 있던 피딱지가 맺힌 그녀의 얼굴이 하얗게 질렸다.

"차라리 잘되었네. 그깟 바이올린은 해서 뭐하려고?"

방문 밖에서 의사에게 다시 묻고 있는 최 회장의 목소리가 들려왔다. 평소 음악을 하는 그를 못마땅해하던 그였다. 그의 섬세함을 이해하지 못하던 최 회장이었다.

"고얀 것! 결국 네가 아이를 그렇게 만들었구나. 낳지도 않은 네가."

또다시 최 회장의 목소리가 들려왔다. 차라리 자신이 막았다면, 음악 같은 건 좋아하지도 않는 자신이었다면 괜찮았을 텐데, 왜 하필……. 음악을 하는 형이 좋았다. 평소 조용하던 형의 표정이 살아나는 것은 바이올린과 함께일 때라는 것을 그는 알고 있다. 그런데 그는 귀를 잃었다.

아무것도 해 줄 수 없는 태완이 주먹을 꼭 쥐고 질끈 눈을 감았다.

열다섯 살의 태완

"네 엄마는 나야. 오늘 모임이 있으니까, 얌전히 있어. 네 형처럼 되고 싶지 않으면. 넌 그게 사고처럼 보이니? 네 할아버지가 그럴 분이야? 네 형 귀를 잃는 대신 다른 걸 얻은 거야."

"그만해요!"

태완의 목소리가 낮아졌다. 이 여자에겐 아무것도 듣고 싶지 않다.

"그만해? 왜? 내가 뭐가 무서워서? 네 까짓 게 뭘 할 수 있어? 그리고 난 네 엄마야. 네가 아무리 부정하고 싶어도 내가 네 엄마라고. 그 여자가 보고 싶어? 그 여자가 뭘 했는데? 그 여자 아무것도 없어. 네 할아버지 돌아가시고, 네 몫이라도 갖고 싶으면 나한테 잘해."

열다섯 아들에게 그녀는 항상 재산을 운운한다. 형을 신경도 쓰지 않으면서 협박에만 사용하는 앙칼진 황 여사의 말에 태완이 주먹을 꼭 쥐고 정원으로 나왔다. 황 여사가 예전에 살던 집처럼 수영장이 만들어진 정원이 그 무엇보다 싫었다. 엄마가 좋아하던 그 꽃들을 모두 뽑아 버린 그 여자가 싫었다.

오 박사에게 인사를 드린 후, 모임에서 얼른 자리를 피해 나무 밑으로 갔다. 저런 할아버지가 있는 대우가 또 부럽다. 정원 한쪽에 있던 커다란 나무는 사람을 가려 주기에, 그래서 몸을 숨기기에 딱이었다. 배가 고팠지만 참기로 했다.

"오빠."

어떻게 안 것인지 조그만 아이가 그의 곁에 앉았다.

"이거 먹어요."

그 아이가 내민 것은 분홍도시락에 정성스럽게 싼 김밥과 하얀 우유였다.

"뭐냐?"

"여기서 밥을 먹으면 자꾸 체해서 엄마가 따로 도시락 싸 줬어요. 그런데 오빠 먹어요. 배고프잖아요."

그녀가 배시시 웃었다.

"정은아! 어디 있어?"

대우의 목소리에 여자애는 토끼눈이 되어 벌떡 일어섰다. 하얀 원피스의 아이가 손을 흔들었다. 그 아이가 떠나자 심장이 두근거렸다.

설마.

넌 열다섯이야. 쟨…….

젠장. 태완이 김밥을 한 입에 꾸역꾸역 집어넣었다.

서른한 살의 태완

도망 같은 건 가지 않는다.

힘을 키울 때까지, 내 능력을 키울 수 있을 때까지 나는 버틸 것이다. 능력이 없던 그는 형을 지키지 못했고, 하 여사를 지키지 못했다. 그래서 지금은 안 된다. 그의 자책은 아무 의미 없다고, 그럴 수밖에 없는 상황이라고 태주는 말했지만, 그래도 그는 그럴 수 없었다.

생각에 잠겼던 태완이 고개를 들었다.

"오빠 좋아해요."

어리던 그 아이가 많이 자랐다. 뽀얀 피부에 동그란 이마, 공들여 화장한 티가 나긴 하지만 여전히 어린아이였다. 최 회장이 마지막이라며 나가라는 선 상대가 바로 나정우였나.

그가 씁쓸하게 웃었다.

선물을 건네는 떨리는 저 손을 잡아 주고 싶다. 아니, 떨리는 저 입술을 오롯이 탐하고 싶었다.

좋아한다고? 나만큼.

겨우 솜털이 보송보송한 고등학생인 어린 여자애를 탐하고 싶어 하는 변태라고 느껴질 만큼. 좋아한다고?

그래 봐야 정략결혼이야?

최 회장이 바라는 건 네가 아니라 네 아버지의 리안이라는 걸. 건설업에 이어 가구업까지 진출하고 싶었던 최 회장이 탄탄한 리안을 탐내고 있다는 걸 너는 모르지. 그런데 아직 나는 힘이 없어. 최 회장이 어머니에게 그랬듯 너에게 그런다 해도 난 지금 널 지켜 줄 수 없다.

태완이 비릿하게 웃었다.

'정우는 우유가 안정제라더라. 우유 마시면 마음이 편해진대. 걘 어릴 때부터 우유만 좋아했어. 그래서 하얀 건가.'

농담처럼 말하던 대우의 말이 떠올랐다.

"따뜻한 우유 한 잔 부탁합니다."

그녀를 남겨 두고 룸을 나서던 그의 말에 종업원이 예의 바르게 대답했다.

마시는 걸 확인하란 건 오버겠지.

그가 서늘하게 웃으며 그 자리를 떠났다.

이제 오 박사 가족과 있을 가족모임에 가면 그만이다. 엘리베이터에 타려던 그의 눈이 가늘어졌다.

시그니쳐향수라 했던가. 독한 향이 변하지 않는 도곡동 어머니를 코가 먼저 알아챈 것이다. 그리고 그녀의 곁엔 한 남자가 보였다.

태완이 조용히 그들에게 다가갔다. 열린 비상구 사이로 그들의 대화 소리가 들렸다.

"효준이는 엄연한 내 자식이야. 가끔 만날 수는 있잖아."

남자의 목소리에 황 여사의 앙칼진 목소리가 들렸다.

"그러다 들키면? 그럼 나뿐 아니라 네가 누리던 것도 다 사라져. 그래도 좋아?"

"누나, 그런 뜻이 아니잖아. 나도 내 아들이 보고 싶다고."

"참아. 그 노인네가 살아봐야 얼마를 더 살겠니? 어차피 다른 애들은 다 떠났어. 나한테도 그 노인네한테도 효준이뿐이야. 기다려.

그러니까."

황 여사의 웃음소리가 들렸다.

"역시 누난 달라. 1805호야. 오늘은 제발 늦지 마."

"알았어. 어차피 최 사장도 모임만 끝나면 사라질 거야. 여자가 또 바뀌었거든. 이번엔 신인 탤런트라는데. 여기선 이러지 마."

질척한 소리와 함께 남자의 웃음소리가 들렸다.

태완이 비릿하게 웃었다.

최 회장을 이길 수 있는 힘, 그 외엔 아무것도 필요 없었다. 아니, 이것 하나로 충분한 것인가. 모든 권리를 포기하겠다는 태주 대신 그가 가야 할 미국으로 떠날 필요가 있을까 싶었다. 효준이를 데리고 가라는 최 회장의 말도 듣고 싶지 않았다.

마지막까지 나정우의 얼굴을 보면서까지 고민했다. 이제 그 힘을 가진 것은 그 자신이었다. 이대로 나정우를 선택한다 해도 문제없을 것이다. 그가 가지고 있는 카드가 있으니까.

하지만 조부, 그리고 아버지와 도곡동 어머니를 본 순간 결국 상처받는 것은 나정이란 사실을 깨달았다. 버리는 것에 죄책감이 없는 사람들이었기에. 이 진흙탕에 그 아일 끌어들이고 싶지 않았다.

"영국으로 갈 생각입니다."

그의 말에 나정우의 얼굴이 하얗게 질렸다. 그의 심장이 누군가 움켜쥔 것처럼 욱신 아파 왔다.

결국 그 가족모임 자리를 먼저 나온 것은 정우였다. 웃고는 있지만, 그녀의 흔들리는 눈빛에 결국 태완은 그녀를 따라 나올 수밖에 없었다. 먼발치에서 그녈 바라보았다. 그녀가 가장 먼저 한 것은 쓰레기통에 자신의 선물이라 내밀었던 상자를 버리는 것이었다.

그리고 그녀는 걸었다. 발이 아플 만도 한데 두 시간을 걸었던 것 같다. 그 역시 그녀를 뒤따랐다. 왜 이렇게 작은 어깨가 눈에 밟히는지, 그가 담배를 입에 물었다.

술집으로 들어가는 정우를 보며 태완은 망설였다. 이렇게 들어가면 저 아이를 끌고 나올지도 모른다. 어쩌면 끌고 나와 호텔로 가서 하고 싶던 대로 핥고, 물고, 빨지도 모르지.

태완이 그녀의 모습을 물끄러미 지켜보았다.

서른여섯의 태완

-잘 지내냐?

"그렇지."

태완이 모니터를 보며 무심하게 대답했다.

-나도 잘 지내고. 정우도 그렇고.

움찔.

정우란 말에 태완이 수화기를 고쳐 잡았다.

-그런데 우리 와이프 임신한 거 이야기했던가. 입덧이 심해서 전문CEO를 써야 할 것 같기도 한데. 리안퍼니쳐에 우리 정우 일하는 거 알지. 거기서 괜찮은 사람 있으면 결혼시킬 생각이야. 같이 일하는 팀장도 괜찮은 거 같고. 할머니가 좋아하시거든.

그의 흥얼거림이 들렸다.

"대우야."

태완이 정중한 목소리로 대우를 불렀다. 요즘 살이 찌더니 그 살이 다 심술살인 모양이다. 그의 악랄한 웃음소리가 들렸다.

망할 나대우의 눈에 들기 위해 얼마나 열심히 일했던가.

어쩔 수 없었다. 오너인 나대우의 눈치를 볼 수밖에 없는 입장이니까.

심장이 터질 것 같았다. 나정우를 만날 수 있다는 것에.

그리고 아직 혼자라는 그녀의 옆엔 이강민과 이택이 있었다. 무슨 자기들이 그녀의 오빠라도 되는 양 자신을 경계하는 모습에 어이가 없었다.

첫 출근 후, 리수호텔에 예약이 되어 있다는 말에 입맛이 뚝 떨어졌다. 아마도 그것은 고 전무의 의견일 것이다.

리수건설에서 근무하던 고춘근 전무를 리안퍼니쳐로 가게 한 것은 최 회장이었을 것이다. 그리고 사람 좋은 석현은 그것을 거절하지 못했겠지.

그의 비열함과 최 회장의 관계를 아는 이상 그의 첫 번째 목표는 고춘근이었다. 번들거리는 얼굴로 웃고 있는 그를 보며 태완은 한숨을 삼켰다. 그러나 임직원들과의 첫 점심 약속이었기에 그는 조용히 차를 탔다.

그런데 나정우가 보인다. 그 옆에 이강민. 그들이 다정하게 일식집으로 들어갔다.

"제가 저 일식집을 잘 아는데, 저기로 가면 어떨까요?"

그의 말에 고 전무와 양 이사가 그를 바라보았다.

회식에서 사라져 버린 그녀를 다시 만난 곳은 그녀의 집 앞이었다.

분명 이강민과 박해진 대리만 두고 이택과 나정우가 함께 올라갔다. 그래, 올라갈 수도 있지. 그런데 이강민과 박해진 대리가 탄 차는 떠나 버렸고, 이택은 내려오지 않는다.

피가 거꾸로 솟는다는 것이 이런 기분일까. 대리운전 기사를 보낸 그가 핸들을 내리쳤다.

올라가서 확인하고 싶었지만 아직은 안 된다. 여전히 그녀에겐 기회가 있다. 더 좋은 남자를 만날 기회. 그러면서도 태완은 안절부절못하고 있었다.

젠장, 젠장, 젠장.

그가 불 꺼진 나정우의 아파트를 노려보았다.

망할 이택, 망할 이강민.

그가 결국 휴대폰을 들었다.

그러나 그녀는 받지 않는다. 그가 던져 버리려던 휴대폰을 다시 들어 번호를 확인했다.

나대우.

그가 졸린 목소리로 전화를 받았다.

—야! 너는 오너한테 이 시간에 전화를 하냐? 예의도 없는 놈.

끓어오르는 화를 참으며 그가 비굴하게 말을 이었다.

"너 정우한테 전화 한번 해 봐."

지금의 태완

한 번도 포기하진 않았다. 다만 그녀에게 기회를 주었다. 자신을 떠날 수 있는 기회, 자신보다 좋은 남자를 만날 수 있는 기회. 그가 영국에 가 있는 시간이 그 기회였고, 그 시간 동안 그는 혹시 모를 자신에게 주어질 기회를 위해 준비 했다.

그리고 돌아왔을 때 그녀의 곁엔 아무도 없었지만, 그 누구보다 냉담했다. 담담해진 그녀에게 문득문득 겁이 났다. 쉬운 것 같았지만 그 여잔 전혀 쉽지 않았다.

눈 하나 깜짝하지 않고 떠나겠다고 말할 것처럼 담담해서, 그래서 불안하고 서운했다.

그러나 알았다.

할아버지를 만나고 이지언을, 그리고 내 가족을 만나면서 그녀가 얼마나 대단한지.

자신이 그녀를 지키려 했지만, 결국 그를 흔들리지 않게 지켜 준 것은 그녀였다. 그녀가 없었다면 지금의 태완도 없었을 테니까.

예전엔 나정우는 투명하고 말랑말랑 했다. 젤리처럼 탱글하고, 달큰거려 조심스럽고, 그래서 더 조바심이 났다. 그런데 지금 투명함을 감춘 그녀는 단단해졌다. 건드리면 제 자리로 돌아오지만, 속내를 감추고 있어 겁이 나기도 한다. 그런데 더 달큰해져 잠시라도 놓을 수도 없는 것이 더 큰 문제다.

십 년을 돌아왔다. 그리고 만났다.

그러나 그녀는 모른다. 대우가 전하는 그녀의 남자들 얘기에 그가 얼마나 질투를 했는지, 또 얼마나 조바심을 냈는지. 그래도 괜찮다. 그만큼 더 사랑하고, 그만큼 더 집착하면 되니까. 누구와도 공유하고 싶지 않은 최태완의 여자라는 것을 그녀도 알 테니까.

그의 손에 하얀 우유가 들려 있었다.

에필로그

　"그러니까 이 밴드의 사진을 보라고."

　해진의 말에 정우가 유심히 사진을 살펴보았다. 예전 어느 날 일
식집에서 그녀의 손을 잡고 강민이 초밥을 먹는 장면, 그리고 그것
을 해진이 찍은 것이다.

　"아니, 그 뒤 배경 말이야."

　그 뒤엔 양 이사와 태완이 있었다.

　"저 눈빛 봐. 장난 아니지?"

　정우가 웃었다. 정말 눈빛으로 사람을 죽일 수 있다면 강민과 그
녀는 아마도 죽었을 것이다.

　"요즘도 그래?"

　"잘 몰라."

　정우가 웃으며 그녀에게 케이크 접시를 내밀었다.

　"그리고 이것도."

이건 클럽에서 강민과 이택, 정우, 셋이 찍은 사진이었다. 그리고 저 한쪽 끝에서 불을 내뿜고 있는 태완이 흐릿하게 보였다. 태완과 결혼하기 전 정우가 나온 사진에는 태완의 모습이 배경처럼 보였다. 저런 눈빛을 한 채.

십 년을 좋아한 게 맞느냐며 왜 지금은 모른 척하는지 매일 묻는 태완이 떠올라 정우가 피식 웃었다. 해진의 말대로 사람은 살아 봐야 아는 것인지, 언제나 태완은 정우 옆에서 떨어질 줄을 몰랐다.

"어때? 몸은?"

해진의 배가 불러 오고 있었다. 강민과 해진은 여름에 결혼을 했다. 오토바이를 타지 않으면 여름에 결혼하겠다는 해진의 말에 강민은 미련 없이 오토바이를 처분했고, 해진과 결혼을 할 수 있었다. 그리고 해진의 뱃속엔 예쁜 아이가 있었다. 아들이라고 했다.

"강민이 닮을까 봐 걱정이야."

"이강민 팀장님이 왜? 능력 있고, 자상하고."

강민은 이제 팀장으로 승진을 했다.

"너 예전의 이강민을 몰라?"

해진과 눈이 마주친 정우가 깔깔거리며 웃었다.

정우는 리안에 사표를 제출했다. 육아휴직을 하라는 주위의 말도 있었지만, 조금 천천히 자신의 미래를 생각해 보고 싶었다. 그리고 가장 큰 이유는 그들 사이에 태어난 아이들 때문이었다.

"쌍둥이는?"

"아빠랑 공원 갔어."

태완과 정우 사이에서 쌍둥이가 태어났다. 아들이었다. 이란성 쌍둥이였고, 큰아이인 윤형은 태완을 닮았고, 둘째인 건형은 정우를 닮았다. 그리고 지금 세 살이 된 말썽쟁이 두 아이는 태완과 함께 산책을 나갔다.

"밖에서 노는 걸 좋아해서 아마 어둑해질 때쯤 돌아올 거야."

해진이 고개를 끄덕였다.

"강민이는 자고 있을걸. 어제 팀장 축하주 마신다고 늦게 들어온 거 알지? 참, 내일은 사장님하고 이택 부장님하고, 이강민 팀장님께서 함께 만나신다고 하시던데."

세 사람은 여전히 친하게 지내고 있었다. 하향평준화 역시 꾸준히 유지되고 있었다.

"나도 가야겠다. 이강민 팀장님 깨시면 바가지 한 번 긁어야지."

해진이 꿍 소리를 내며 일어섰다.

"다음엔 내가 갈게. 운전하려면 힘들잖아."

해진이 대신 정우가 가방을 들며 걱정스러운 표정을 지었다.

"이렇게 운동 안 하면 매일 앉아만 있어야 해서 답답해. 오토바이는 강민 씨가 아니라 내가 타야 할 것 같아. 참, 케이크랑 선물 고마워. 다음에 보자."

차에 탄 해진이 웃으며 손을 흔들었다. 정우 역시 웃으며 손을 흔들었다.

"윤형, 건형. 이제 잘 시간이야."

"네, 엄마."

아빠와 샤워를 끝낸 아이들이 콩콩 뛰어와 엄마 품에 쏙 안겼다. 잠을 잘 때는 꼭 엄마가 읽어 주는 동화책이 있어야 쉬이 잠이 드는 아이들이었기에 정우는 아이들을 데리고 방으로 들어갔다.

그리고 한참이 지난 후 정우가 아이들 방에서 나와 침실로 향했다.

"자?"

태완의 물음에 그녀가 고개를 끄덕이며 미소를 지었다.

"마셔."

그녀에게 차가운 얼음물을 내밀었다. 그녀가 유리컵을 받으며 그의 곁에 누웠다.

"피곤하죠?"

"별로."

그가 팔을 내밀어 그녀를 감싸 안고는 그녀의 목덜미를 지분거렸다.

"나 내일 집에 갈 거야."

"왜?"

그의 불퉁한 물음에 그녀가 피식 웃었다.

"태완 씨, 내일 강민이랑 이택 오빠 만난다면서. 술 마시고 늦을 거 아냐. 그러니까 나 집에 가서 자고 올래."

"넌 내가 약속 있다면 기다렸다는 듯이 집에 가더라."

그의 불만 섞인 말투에 그녀가 깔깔거리며 웃었다.

"우리 집이니까 그렇지. 다들 쌍둥이도 보고 싶어 하시고."

"그럼 나는?"

그가 몸을 돌려 그녀를 아래에 가두었다.

"태완 씨는 늦을 거니까 나도 엄마랑 언니랑 놀고 싶어."

심술궂은 그의 표정에 그녀의 목소리가 작아졌다. 무언가 다른 것을 요구할 것이 빤한 그였기에 눈동자를 굴렸다.

"그럼 오늘은 내 맘대로 한다. 내일 못 볼 거니까."

"나 피곤한데……."

그러나 이미 그의 입술이 그녀의 입술에 닿았다. 고집스럽게 벌리지 않는 입술을 살짝 깨물어 벌어지게 하고는 고개를 비틀고 혀를 집어넣었다. 입술로 그녀를 맛보며 티셔츠 안으로 손을 집어넣었다. 납작한 아랫배를 쓰다듬던 그가 천천히 가슴을 간질였다.

유두 끝을 간질이고, 닿을 듯 말 듯 약을 올리자 정우가 가슴을 들썩였다. 그러자 그가 천천히 입술을 내려 가슴을 한 입에 담았다. 간질이던 유두를 잘근거리고, 그것을 흡입하듯 빨아들였다. 다른 손으로는 남은 가슴을 움켜쥐었다.

결국 그녀에게서 짧은 신음이 배어 나왔다. 그녀의 어디가 예민한지 이미 잘 알고 있는 그는 피곤하다는 말이 또 나올세라 그녀의 목덜미에 입술을 묻었다. 어깨를 베어 물며, 그것을 혀로 핥자 정우가 그의 팔을 꽉 잡았다.

그에게서 만족스러운 미소가 보였다.

그녀의 다리 사이에 자리를 잡은 그가 천천히 그녀를 채웠다. 얇게 채우며 그녀를 애타게 하다가 숨도 못 쉴 정도로 깊게 채우며 그녀를 괴롭혔다.

"하아. 태완 씨."

그녀가 그의 목을 꽉 안았다.

"사랑한다, 나정우."

"……알아요."

그가 빠르게 움직이기 시작했다.

❖

"할아버지, 할머니."

"오냐, 내 새끼들."

연실은 모 여사가 그랬듯 내 새끼라 부르며 윤형과 건형을 반겼다. 정원엔 오 박사와 모 여사, 그리고 석현도 나와 있었다.

이제 세 살이 된 아이들은 집보다 외가를 더 좋아했다. 아무래도 이 동네로 이사를 와야 할 것 같다.

"얼굴이 해쓱하다."

"엄마는 나만 보면 해쓱하대. 나 괜찮거든."

그러나 연실은 눈을 가늘게 떴다.

쌍둥이들은 대우의 아들인 희재와 함께 정원을 뛰놀고 있었다. 가족들은 그 모습을 흐뭇하게 바라보았다.

"최 서방은?"

"약속이 있어서 내일 오겠대."

연실이 고개를 끄덕였다. 태완에게 가장 마음을 늦게 열었지만, 지금은 누구보다 그를 챙기는 연실이었다.

"그래? 백숙 재료 준비했는데, 내일 만들어야 하나."

그녀의 중얼거림에 정우가 미소를 지었다.

"할아버지, 할머니는 산책 가셨어?"

그녀의 질문에 연실의 얼굴이 굳어졌다.

"최 회장님 건강이 안 좋으시다는구나. 아빠가 두 분 모시고 거기 가셨어."

정우가 놀란 눈으로 연실을 바라보았다.

"너랑 최 서방도 가 봐야지."

정우의 눈빛이 복잡해졌다.

정우는 하룻밤 자고 오겠다는 계획을 바꿔 아이들을 데리고 집으로 돌아왔다. 집에는 약속이 있다는 태완이 있었다. 집에 온 지 얼마 되지 않는지 정장 차림 그대로 소파에 앉아 팔을 올린 채 눈을 감고 있던 그가 피곤한 눈으로 정우를 바라보았다. 아이들은 집에 오자마자 바로 잠에 빠져들었다.

"약속은?"

"피곤해서 일찍 나왔어."

그의 말에 그녀가 고개를 끄덕였다.

"할아버님께서……."

"들었어."

아무래도 그것 때문에 일찍 온 모양이다. 그녀가 그를 안아 주었다.

"힘들어요?"

"아니."

대답과 다르게 기운 없는 목소리에 그녀의 마음도 아파 왔다.

"내일 함께 가요. 아이들 데리고."

"그러자."

그가 그녀의 품에서 참았던 한숨을 내쉬었다.

다행스럽게도 최 회장은 괜찮아 보였다. 심각한 상태를 넘겼다는 효준의 말처럼 그는 예전만큼 정정한 모습이다. 그리고 그의 곁엔 효준이 있었다.

결혼식장에도, 아이가 태어났을 때도 태완은 연락하지 않았고, 최 회장 역시 태완을 찾지 않았다. 그의 가족들도 마찬가지였다. 가끔 효준과 식사를 하는 것 빼고는 별다른 연락은 없는 것 같았다.

여전히 그에게 가족은 하 여사와 태주뿐인 것 같았다.

"안녕하세요. 할아버지."

두 아이의 배꼽인사에 최 회장이 고개를 돌렸다. 최 회장은 아이들을 처음 보는 것이었다. 윤형과 건형의 예의 바른 인사에 최 회장의 눈빛이 깊어졌다.

"많이 컸구나."

그 한마디를 끝으로 최 회장은 피곤하다며 눈을 감았다. 그리고 끝까지 정우와 태완에게는 시선을 주지 않았다. 깊이 고개를 숙인 정우와 물끄러미 그 모습을 지켜본 태완이 사람들로 겹겹이 싸인 병실을 나왔다.

"쳐다보지 않으시는 건 똑같네."

그의 말에 그녀가 피식 웃었다.

"다행이다."

"뭐가?"

"노기도 여전하신 게 건강하신 것 같아서. 그게 반가울 줄은 몰랐어."

정우의 말에 태완도 그런 것인지 고개를 끄덕였다.

"그런데 할아버지 옆 테이블에 CD 봤어요. 그거 태주 오빠, 아니 아주버님 거였어."

왼쪽 귀의 청력을 잃은 태주였지만, 그는 영국에서 음악을 전공하고, 지금은 한 대학의 교수가 되었다. 그리고 학생들과 함께 음반을 냈다고 했다. 정식 음반은 아니었지만, 그 수익금은 장애아를 위해 쓰인다고 해서, 태완에게 꽤 많이, 그리고 비싸게 팔았던 것으로 기억한다. 그런데 그것을 최 회장도 가지고 있었다.

"봤어."

그가 관심 없는 투로 무심하게 대답했다. 물론 그것만으로 아무 것도 알 순 없다. 그것은 그저 CD일 뿐이니까. 다만 음악나부랭이라 칭하며 다 쓸모없는 짓이라 했던 최 회장이 조금은 변한 것이라 생각한다. 모든 것을 용서하거나, 용서받지 않았다. 누구도 그럴 순 없다. 그의 이마의 상처는 예전에 아물었지만, 그의 마음까지는 잘 모르겠다. 예전만큼 굳은 표정은 아니었지만, 그는 여전히 최 회장과 거리를 두고 있었고, 그의 가족은 모두 영국에 있었다. 그러나 예전과 조금 다른 것을 그도 느낄 것이다.

"그래도 좋아하시는 것 같지?"

"뭘?"

"윤형이랑 건형이."

태완은 대답 없이 미소를 지을 뿐이었다. 유모차에서 잠든 아이들을 바라보며 정우가 웃었다.

"조금씩 달라지겠지?"

"그랬으면 좋겠어?"

태완이 물었다.

"잘 모르겠어. 할아버님은 여전히 무섭긴 해. 그렇지만 윤형이랑 건형이에겐 좋은 기억이면 좋겠어. 우리 같은 기억은 슬프잖아."

정우가 태완의 이마를 매만지며 미소 지었다. 어쩌면 그 역시 그런 마음일지도 모른다.

그들이 천천히 걸었다. 선선한 바람이 그들을 감싸고 있었다.

❖

"자자. 피곤하다."

그가 샤워를 마치고 침대에 누운 정우를 당겨 안았다. 그리고 버릇처럼 목덜미에 입술을 묻었다.

"피곤하다며."

"피곤하니까 이렇게 피로를 풀고 싶다고."

그의 손이 슬금슬금 그녀의 옷 속을 파고들었다.

"꿈을 꿨어."

정우의 말에도 태완이 행동을 멈추지 않고 물었다.

"무슨 꿈?"

"누군가 나한테 커다란 딸기를 한 바구니 주셨어. 너무 예뻐서 먹기 아까웠어."

"딸기 먹고 싶구나. 이따가 사 줄게."

그가 그녀의 가슴을 찾으며 물었다.

"우유 마시고 싶어."

"조금만 참아."

그녀를 달래는 그의 목소리가 다정하다.

"나 임신했어."

가슴을 베어 물던 그가 번쩍 고개를 들었다.

시선이 마주쳤다.

"딸이었음 좋겠어. 딸일 것 같아."

그녀의 얼굴에 웃음이 스몄다.

"진짜야?"

"응. 오후에 병원 다녀왔어."

잠시 멍해 있던 그가 환하게 웃으며 몸을 돌려 그녀를 자신의 위에 올려 두었다. 그녀가 그의 가슴에 얼굴을 기댔다. 그의 심장소리가 들렸다.

"고마워, 나정우."

그가 그녀의 등을 부드럽게 쓰다듬었다.

"너 닮은 딸이면 좋겠다."

그의 말에 그녀가 고개를 끄덕였다.

"그래도 우리 딸은 짝사랑 안 했으면 좋겠어. 내 딸이 그러면 슬플 것 같아. 엄마도 이런 심정이었을까?"

그녀가 고개를 들어 그를 바라보았다.

"그래도 우리 딸은 결국 사랑하는 사람을 얻을 거야. 이 아빠처럼."

"태완 씨가 얻은 거야?"

그가 당연하다는 듯 미소를 지었다.

"그것도 아주 어렵게 얻었지."

정우가 미소를 지으며 다시 얼굴을 내렸다. 두근거리는 그의 심장 소리가 그대로 전해졌다.

"그럼 우리 딸도 사랑하는 사람 만났으면 좋겠다."

"그럴 거야. 엄마처럼."

그의 웃음이 가슴으로 전해져, 그녀의 얼굴에도 미소가 번졌다.

작가 후기

첫 번째 후기를 쓰면서, 다음 후기를 쓸 수 있을까 생각했는데, 벌써 다섯 번째 후기를 쓰게 되었습니다.^^

한 아이가 있었습니다. 너무 작고 꼬물거려서 한시도 눈을 뗄 수 없었던 작은 아이가 자랐습니다. 아무것도 모를 것 같던 아이는 이제 이모가 아프면 자기가 잠잘 때 쓰는 만지기 이불(^^)을 제 손에 꼭 쥐여 주고, 농담처럼 힘들다 말하면 '이모, 괜찮아?' 하며 작은 손으로 저를 꼭 안아 줍니다. 그리고 그것은 저에게 그 무엇보다 큰 위로가 됩니다.

시간이 흐르는 게 아쉽고, 나이가 드는 게 싫다고만 생각했는데, 누군가는 이 시간 속에서 또 자라고 남을 위로할 수 있는 사람이 되는 것을 보며, 꼭 이 시간이 나쁜 것만은 아니라는 생각을 하게 됩니다.

지금이 아니라면 느끼지 못할 것이기 때문에 지금 이 순간이 소중하다는 생각이 들기도 합니다. 지금이 아니라면 못하게 될 말들이 많이 있습니다. 사랑하는 누군가를, 곁에 있는 누군가에게 꼭 해줘야 할 그 말을 꼭 하는 지금이 되었으면 좋겠습니다.

감사합니다.

저에게 가장 큰 기쁨이고 위로인 우리 채원이와 가족들, 그리고 친구들 감사드립니다.

그리고 언제나 편지와 댓글로 힘이 되어 주신 독자님들, 이 책을 낼 수 있도록 많이 기다려 주시고, 도와주셨던 다향 정시연 팀장님께도 진심으로 감사드립니다.

즐거운 오늘이고, 감사한 지금입니다.

감사합니다.^^

www.bbulmedia.com